Ruth Lillegraven
Tiefer Fjord

Ruth Lillegraven

Tiefer Fjord

Roman

Aus dem Norwegischen
von Hinrich Schmidt-Henkel

List

Besuchen Sie uns im Internet:
www.ullstein.de

Wir verpflichten uns zu Nachhaltigkeit
- Klimaneutrales Produkt
- Papiere aus nachhaltiger Waldwirtschaft
- ullstein.de/nachhaltigkeit

MIX
Papier aus verantwortungsvollen Quellen
FSC www.fsc.org
FSC® C083411

Deutsche Erstausgabe im List Verlag
List ist ein Verlag der Ullstein Buchverlage GmbH
1. Auflage Juli 2021

Titel der norwegischen Originalausgabe: Alt er mitt (Kagge Forlag, Oslo)
Umschlaggestaltung: ZERO Media GmbH – Simone Mellar
Titelabbildung: © arcangel/Tony Watson (Schnee mit Fußspuren);
© FinePic®, München (Bäume, Haus und Hintergrund)
Satz: Pinkuin Satz und Datentechnik, Berlin
Gesetzt aus der Adobe Caslon
Druck und Bindearbeiten: CPI books GmbH, Leck
ISBN 978-3-471-36041-5

Alles ist nah, alles ist fern, so weit.
Alles ist dem Menschen nur geliehen auf Zeit.
Alles ist mein, alles wird mir genommen,
schon bald wird mir alles genommen.
Der Baum, die Wolke, der Boden,
auf dem ich gehe – nichts bleibt.

»Am schönsten ist es in der Dämmerung«
(*Det är vackrast når det skymmer* – Auszug)
Pär Lagerkvist

Prolog – *Clara*

1988

DER WAGEN KRACHTE MIT EINEM SO FÜRCHTERLICHEN KNALL aufs Wasser, dass ich richtig überrascht war, als ich die Augen wieder aufmachte und wir trotzdem noch am Leben waren. Ich bin noch nie geflogen, aber ich denke, so fühlt sich ein Flugzeugabsturz an. Ein paar Sekunden danach war es auf einmal ganz still, ich hab gedacht, alles ist noch mal gut gegangen, wir treiben mit dem Auto im Wasser wie in einem Boot, bis uns jemand rettet. Aber dann ist das Wasser zu den Lüftungsöffnungen und überall reingeschossen, und mir wurde klar, dass niemand uns retten konnte.

Oh, Entschuldigung, ich sollte wohl besser von vorn anfangen … Also, es war ein Mittwoch, unser Heimatkundelehrer war krank, darum hatten wir früher schulfrei als sonst. Ich hätte zu Papa nach Hause gehen können, ich wohne bei ihm. Aber Magne, mein Stiefvater, hatte gesagt, wir könnten mal zusammen Mama im Krankenhaus besuchen, wenn ich wollte. Sie war wegen irgendwelchen Frauensachen operiert worden. Jetzt passt es gut, wegen der ausgefallenen Schulstunde, dachte ich. Also bin ich zu dem Hof hochgegangen, wo Magne und Mama wohnten. Er schien sich zu freuen, als er mich sah. Wir setzten uns ins Auto, fuhren den steilen Kiesweg vom Hof runter zur Hauptstraße und bogen in Richtung Krankenhaus ab. Als wir auf die weite Kurve zufuhren, blendete uns die sehr helle Sonne.

Ja, und dann ging alles so schnell, ich erinnere mich nicht genau.

In der einen Sekunde fuhren wir in die Kurve rein, in der nächsten sind wir auf meiner Seite aus der Kurve rausgeflogen. Wir waren wohl zu schnell. Ich konnte eigentlich nur noch schreien, dann sind wir auf dem Wasser aufgeschlagen. Magne hat meinen Sicherheitsgurt aufgemacht und gerufen, ich soll das Fenster runterlassen und da aussteigen. Natürlich habe ich gedacht, er tut dasselbe, aber dann habe ich mich umgedreht und gesehen, dass er immer noch auf dem Fahrersitz saß, steif und schlank, ich begriff nicht, warum. Ich versuchte, meine Tür von außen zu öffnen, aber es ging nicht, sie war wie abgeschlossen. Dann wollte ich um das Auto rumschwimmen, es hat eine Weile gedauert. Der Wagen ist immer schneller gesunken, ich rüttelte an der Fahrertür, aber auch sie saß felsenfest. Ich schlug ans Fenster, versuchte, zu Magne Kontakt aufzunehmen, aber er hat einfach nur dagesessen. Dann musste ich zur Oberfläche schwimmen.

Das Wasser war viel kälter, als ich gedacht hätte, meine Glieder wurden steif, und ich habe es mit letzter Kraft ans Ufer geschafft. Dann habe ich zitternd und weinend auf einem Stein gesessen. Ich glaube ja eigentlich nicht an Gott, ganz sicher kann man aber auch nicht sein, nicht wahr, also habe ich ein bisschen gebetet. Aber Magne ist nicht aufgetaucht, und irgendwann wurde mir klar, dass er das nie mehr tun würde, dass ich ihn nie mehr wiedersehen würde.

Entschuldigung, ich will eigentlich nicht weinen, aber es ist so ein schrecklicher Gedanke, dass er mir geholfen hat und ich ihn einfach untergehen ließ. Mama tut mir so leid, und Magne auch.

»Danke, Clara«, sagt der Polizist und nickt zu der Solo-Limonade und der Puddingschnecke auf dem Tisch hin, ich soll mich bedienen, aber mir wird schon beim Anblick des gelben Puddings übel.

Der Polizist scheint ganz in Ordnung zu sein, ich frage mich trotzdem, ob er einer von denen ist, die nicht verstehen, nicht verstehen wollen.

Durch das Fenster sehe ich Leute parken, die zu der Arztpraxis neben dem Gemeindehaus wollen, in dem wir sitzen.

Auf der anderen Straßenseite sehe ich den Laden. Die Schule. Und das Altersheim. Ringsherum liegen die Berge, behüten uns. Oder sperren uns ein.

Dahinter liegt der Fjord.

Teil 1

1 – *Haavard*

Was auch passiert, lass dich nicht scheiden.

Diesen Rat hatte mir ein geschiedener Freund am Abend davor gegeben, beim Bier, im Hintergrund lief die Premier League. Eine Scheidung ist so scheißteuer, sagte er. Du wirst ausgeplündert. Mal dir ein finanzielles Worst-Case-Szenario aus und multipliziere es mit zwei. Nein, mit drei! So teuer ist eine Scheidung.

Okay, ich halte aus, ich stehe es durch.

Die Terrassentür fällt laut zu, das ist Claras passiv-aggressive Art, mich zu wecken. Durch die wehenden weißen Gardinen zeichnet sich ihre hochgewachsene, schmale Gestalt auf der Terrasse vor dem Schlafzimmer ab.

Clara ist ein Gewohnheitstier. Sie steht morgens gern ein paar Minuten so da, in derselben Titanic-Positur, wie auf der Fähre, wenn wir nach Westnorwegen fahren.

Die letzten Tage über hat eine fast brutal drückende, flirrende Hitze in der Luft gelegen, ganz ungewohnt nach dem langen, strengen Winter und dem mehr oder weniger ausgefallenen Frühling. In der Schule der Jungs, auf der Straße, in den Geschäften, überall reden die Leute darüber, dass eben noch Winter war, dass es keinen Frühling gegeben hat, und jetzt diese plötzliche afrikanische Hitze.

Ich selbst genieße sie. Wenn Clara endlich ihren Gesetzesvorschlag durchbringt, können wir vielleicht einen Ausflug nach Kilsund machen. Meine Eltern werden nicht jünger, und wir müssen die Hütte für die Saison klarmachen.

»Du musst aufstehen«, sagt Clara, als sie wieder reinkommt. »Sonst schafft ihr es nicht rechtzeitig zur Schule.«

Wir sind diese Woche an der Reihe, eine Gruppe von Schülern zu begleiten, und ich habe versprochen, das heute zu übernehmen.

Mir ist etwas übel, ich habe eine Fahne. Das waren gestern ein paar Bier zu viel, oder ich vertrage weniger als früher.

Die Augen lasse ich zu, tue so, als würde ich noch schlafen. Es hat Clara immer irritiert, dass ich kein Morgenmensch bin wie sie. Aber das bedeutet nicht, dass ich es nicht aus dem Bett schaffe, um die Kinder zur Schule zu begleiten, denn das mache meistens ich.

»Haavard?« Sie stupst mir mit dem Knie ans Bein. Es tut weh.

»He, was soll das?«, frage ich verärgert. »Tust du mir mit Absicht weh?«

Sie seufzt.

»Ich habe um acht eine wichtige Besprechung und muss gleich aus dem Haus.«

»Und ich habe bis morgen früh durchgehend Dienst«, murmele ich.

»Du bist nicht der Einzige, der Leben retten muss«, sagt sie.

Ich schwinge die Beine aus dem Bett, setze mich auf die Bettkante und gähne.

»Haben die Kinder gefrühstückt?«

»Sind gerade dabei.«

Jetzt steuert sie das Bad an, das sie als ihr privates Reich ansieht, um dort ihr Ministeriumsgesicht aufzusetzen. Mich packt der Übermut, ich springe auf und spurte an ihr vorbei.

Ohne die Tür zu schließen, mache ich den Klodeckel auf und pinkele im Stehen, dass es nur so spritzt.

Sie steht draußen, kein Wort.

Warum muss sie ums Verrecken noch hier stehen und rummaulen, dass sie keine Zeit hat und ich mich beeilen soll, wo sie längst hätte fahren können? Was kontrolliert sie mich und treibt mich an, als wäre ich nicht daran gewöhnt, mit den Kindern allein zu sein, sie ist doch kaum zu Hause?

Seit sie an dem Gesetzesvorschlag arbeitet, ruft sie an, um Bescheid zu sagen, *dass* sie zum Abendessen nach Hause kommt, nicht wie sonst, wenn sie es nicht schafft.

Pfeifend spaziere ich aus dem Badezimmer.

Ohne einen Blick geht sie rein, schließt die Tür ab.

Ich ziehe mich an und gehe runter.

Die Jungs sitzen am Esstisch. Ihr Anblick in den Pyjamas lässt mich innerlich immer ganz weich werden. Die schmalen Hälse, Nikolais vom Schlaf verstrubbeltes Haar, die Locken in Andreas' Nacken.

Doch dann sehe ich, dass sie Schokopops essen. Noch dazu jeder mit seinem iPad vor der Nase.

Ich deute auf das Paket mit den Schokopops. »Die sind nur am Wochenende erlaubt! Das wisst ihr genau. In dem Zeug sind nicht mehr Nährstoffe als in der Verpackung.«

»Mama hat gesagt, wir dürfen«, rufen sie im Duett.

Im Schrank finde ich eine Packung Paracetamol und schlucke eine mit Milch, die ich direkt aus dem Karton trinke.

»Und was sagt eure Oma übers iPad?«

Noch mal im Duett: »Unfug!«

»Nein. Sie sagt, ihr kriegt noch viereckige Augen.«

Die Jungs schlürfen die Schokokissen und die Milch auf, die jetzt hellbraun geworden ist, während sie sich wegen irgendeines Fortnite-Spiels zanken, das sie in ihrem Alter noch gar nicht haben dürften.

Jetzt kommt auch Clara runter.

»Schokopops?« Ich ziehe die Augenbrauen hoch. »Im Ernst?«

»Sie haben sich geweigert, was anderes zu essen. Du warst ja nicht hier, irgendwas müssen sie ja frühstücken.«

»Herrgott noch mal«, murmele ich.

Plötzlich springen die Jungs auf und laufen zur Gartentür hinaus.

»He!«, rufe ich. »Wo wollt ihr hin? Kommt zurück! Sofort!«

Kurz darauf sind sie wieder da, jeder hat zwei Äste Flieder in der Hand. Eigentlich will ich schimpfen, weil sie ohne Erlaubnis aufgestanden sind, und wegen der abgerissenen Zweige, aber ich verkneife es mir, sie sind so süß und stolz.

»Einer für Mama und einer für Papa«, sagt Nikolai. Andreas lächelt sein zeitloses Lächeln. »Bitte nicht mehr streiten.«

»Nein«, sage ich. »Und vielen Dank, das ist lieb von euch.«

Ich suche eins meiner Skalpelle von der Arbeit im Durcheinander der Schublade, um die Zweige anzuschneiden. Beim zweiten rutscht das Messerchen aus irgendeinem Grund ab, mir direkt in die Kuppe des Mittelfingers.

»Verdammte Scheiße!«, rufe ich.

»Die Skalpelle sollten auch wirklich nicht überall rumfliegen, das habe ich dir schon x-mal gesagt«, sagt Clara.

»Danke«, fauche ich. Es blutet stark.

»Was ist passiert, Papa?«, fragt Nikolai.

»Zum Teufel noch mal«, sage ich, dann reiße ich mich zusammen. »Ich habe mir in den Finger geschnitten.«

»Tut es weh?«

»Ein bisschen. Zum Glück bin ich Arzt, da kann ich es selbst nähen«, sage ich, es soll aufmunternd klingen. Nicht sehr überzeugend.

»Es kann doch nicht so schwer sein, ein bisschen aufzupassen?«, sagt Clara, ach so empathisch. Jedes Mal, wenn die Kinder oder ich uns wehtun, reagiert sie genervt. Sie scheint es als ein Zeichen der Schwäche anzusehen.

Ich untersuche den Finger, reiße ein Blatt Küchenpapier ab und wickele es darum, versuche, wieder der coole Papa zu sein.

»Fluchen ist aber verboten, Papa«, sagt Andreas.

»Tut es sehr weh?«, fragt Nikolai.

»Tschüss dann.« Mit raschen Schritten geht Clara durch Küche und Flur. Erst als die Haustür ins Schloss fällt, lockere ich die Schultern und lächele die Kinder richtig an.

So geht es also bei uns zu. So weit ist es gekommen.

2 – *Clara*

WER EIN RICHTIGER MINISTER SEIN WILL, greift kaum jemals selbst zum Telefon. Für gewöhnlich ruft die Sekretärin von Justizminister Anton Munch an und fragt, ob ich rüberkommen kann.

Im Ton höflich, aber die Frage ist rein rhetorisch.

Her mit dir. Pronto.

»Ich komme.« Ich stehe auf, streiche mein Kostüm glatt, speichere das Dokument, an dem ich arbeite. Mein drittes Kind. Ein Vorschlag zur Gesetzesänderung. *Prop. 220 L.* 78 Seiten. 11. Kapitel. Vorbemerkung, Zielsetzung. Geltendes Recht, Erwägungen und Vorschläge. Anmerkungen. Dann der neue Gesetzestext.

Und ganz am Schluss wie immer die absurde Formel *Wir, Harald, König von Norwegen.*

Der Gesetzesvorschlag soll dafür sorgen, dass alle Instanzen, ob Krankenhaus oder Jugendamt, Kindergarten oder Gesundheitswesen, stärker verpflichtet sind, jeden Verdacht von Gewalt gegen Kinder oder Missbrauch weiterzugeben.

Diese Meldepflicht ist im geltenden Recht bislang zu unverbindlich formuliert, überall steht die Schweigepflicht im Vordergrund.

Das soll anders werden.

Der Vorschlag ist so gut wie fertig. Jetzt arbeite ich noch

am Text, straffe ihn und feile und poliere an ihm herum wie an einer Skulptur, damit er rundherum glänzt.

Und ich setze meine Ehre daran, den aufgeblasenen, unverständlichen Stil zu vermeiden, den wir Juristen gewöhnlich produzieren, lauter verschachtelte Nebensätze und Einschübe, bis es eine unlesbare Soße wird, wegen der die PR-Leute sich die Haare raufen, wenn sie Presseerklärungen zustande bringen müssen. Jedes Jahr neu werden etliche externe Berater engagiert, die uns beibringen sollen, uns verständlich auszudrücken. Klartext sozusagen.

Klartext können sie haben.

Ich klackere auf meinen Stilettos durch die Gänge zur politischen Abteilung. Absätze auf braunem Schiffsboden. In den Verwaltungsetagen haben wir nur Linoleum, hier im Allerheiligsten ist Teakholz verlegt, mit schwarzen Streifen zwischen den Deckplanken.

Der Erste, dem ich bei den Politikern begegne, ist dieser idiotische, auf den Hinterbeinen stehende ausgestopfte Eisbär. Wahrscheinlich auf Spitzbergen geschossen, auf der Treppe vor der Kirche. Gereckter Rücken, starrer Blick. Ich reiche ihm gerade mal bis zum Ellbogen. Er hört auf den Namen »Oddbjørn«.

Seit einiger Zeit arbeite ich direkt Minister Munch zu, abseits vom Dienstweg. In den letzten Monaten bin ich ihm und damit meinem Ziel immer näher gekommen.

Sämtliche Einwände und Fragen der verschiedenen Vorgesetzten habe ich in diesen Tagen gelöst. Der Vorschlag muss zwar noch eine Anhörung überstehen, bevor er dem Parlament vorgelegt werden kann, aber wenn der Minister sein Okay gibt, ist schon viel gewonnen.

Ein Ministerium spürt schnell, ob es an seiner Spitze eine Führungspersönlichkeit hat oder nicht. Munch ist jetzt seit einem Jahr im Amt, inzwischen merkt man, dass er viel heiße Luft produziert, aber ich sehe ihn weniger kritisch als andere, eben wegen meines Projekts.

Der Höhepunkt war vor einer Woche. Wir saßen in seinem Büro, er lehnte sich im Schreibtischstuhl zurück, faltete die Hände hinter dem Kopf und sagte:

»Okay, Clara. Wir machen das.«

Auch jetzt sitzt er wieder hinter seinem großen braunen Schreibtisch, dahinter passende Bücherschränke.

Am Tag nach der Schlüsselübergabe hat er die Gemälde, die in seinem Büro hingen, rausgeworfen und durch einen riesigen Flachbildschirm-Fernseher ersetzt. Außerdem hat er das Büro mit Hunderten Miniaturhelikoptern und Militärfahrzeugen geschmückt, was die Journalisten nur zu gerne in ihren Artikeln erwähnen.

Der aufgeräumte Teakholzschreibtisch, das Obst, die weißen Kaffeetassen, der Fernseher, die Schnellhefter, die ironischen Kaktustrophäen der Boulevardzeitschrift *Se og Hør*, nichts scheint besonders, aber der Mann hinter dem Schreibtisch sitzt auf einem der mächtigsten Posten des Landes.

»Komm rein«, sagt er jetzt, ohne von seinem Telefon aufzublicken.

»Hei Clara«, sagt eine Stimme. Erst jetzt bemerke ich Ernst Woll hinter dem Besprechungstisch in der Ecke.

Das gesamte politische Führungspersonal besteht aus Männern. Woll ist der tougheste und der einzige Jurist. Sein Büro ist das größte, sein Einfluss der größte.

Früher gab es immer nur einen Minister und einen Staatssekretär, jetzt ein ganzes Rudel Staatssekretäre, dazu noch politische Referenten. Alle kämpfen sie um die Gunst des Justizministers, wetteifern darum, wer am fleißigsten ist und am meisten zustande bringt.

Alle, die ein politisches Amt innehaben, müssen unablässig beweisen, dass sie es auch ausfüllen, und dafür müssen sie sich in alles Mögliche einmischen. Darum verzögern die Staatssekretäre ständig die Arbeit und stehlen den Mitarbeitern ihre Zeit, die Besseres zu tun hätten.

Der Minister ist mit seiner Funktion als Galionsfigur beschäftigt und damit, seine Sache in den Medien und auf Facebook gut zu machen, die Staatssekretäre sitzen in den Besprechungen, sind den Fachreferenten auf den Fersen und treffen die meisten politischen Entscheidungen.

Trotzdem habe ich Munch dazu bringen können, sich für meinen Gesetzesvorschlag zu engagieren. Und es ist mir gelungen, Woll zu umgehen. Bis jetzt.

»Wir werden dich nicht lange aufhalten«, sagt Woll.

»Kein Problem«, sage ich.

»Ja, Clara.« Munch blickt endlich von seinem Telefon auf. »Unser Vorschlag ist im Kabinett diskutiert worden …«

Stille.

»Ja?« Mir dämmert, dass diese Besprechung in eine andere Richtung laufen könnte als gedacht. Die beiden schauen einander kurz an. Munch wirkt widerwillig. Woll zuckt mit den Schultern, scheint bereit, es hinter sich zu bringen.

»Und, ja … Wir müssen ihn auf Eis legen«, sagt Munch endlich.

Die Härchen an meinen Armen stellen sich unter der weißen Seidenbluse auf.

»Wie meinst du das?«, frage ich mit belegter Stimme. »Die Minister haben doch meine Vermerke gelesen?«

»Du weißt doch, so was passiert ständig. Kontroverser Vorschlag. Koalitionsregierung. Die anderen halten ihn für zu radikal. Und ich habe gerade andere Sachen auf der Platte, die ich unbedingt durchbringen muss.«

»Aber das wäre das Wichtigste, was du in deiner Amtszeit tust«, sage ich. »Wissen deine Kollegen nicht, was das für die Schwächsten in unserer Gesellschaft bedeuten würde?«

Hinter meinem Rücken lacht Woll ein kurzes, trockenes Lachen und unterbricht mich:

»*You win some, you lose some.* Die Sache ist gelaufen.« In seiner Stimmung knistert eine Spur Schadenfreude.

So sind sie. Es geht ausschließlich um Macht.

Alles kann Verhandlungssache sein. Alles kann gekippt werden.

»Du hast den Minister gehört. Danke, dass du gekommen bist«, fügt Woll noch hinzu und steht auf. Ein ministerieller Rauswurf.

Munch sieht wieder auf sein Mobiltelefon, mich schaut er nicht mehr an.

Ich drehe mich um, fast überrascht, dass mein Körper gehorcht, gehe aus der Tür, am Schreibtisch von Munchs Sekretärin vorbei, an dem gigantischen Obstkorb, der hier doppelt so groß ist wie in den Fachabteilungen.

Vorbei am Eisbären, der in seiner täppischen Freundlichkeit plötzlich erschreckend wirkt.

Vorbei an den Teilen der Helikopter- und Militärfahrzeugsammlung, die bis ins Vorzimmer gedrungen sind, aus der Abteilung hinaus, durch die Flure.

Irgendwann bin ich endlich zurück in meinem Büro, ziehe die Tür hinter mir zu, rutsche an der Innenseite zu Boden und bleibe dort mit angezogenen Knien sitzen.

Haavard nennt mich immer die Eiskönigin. Er selbst kann bei jeder sich bietenden Gelegenheit weinen.

Ich glaube, ich habe seit dem Tag vor dreißig Jahren nicht mehr geweint, und ich habe auch nicht vor, damit anzufangen. Aber jetzt lege ich die Hände vors Gesicht, die Fingerspitzen auf den Augen. Ich versuche, ruhig zu atmen. Es gelingt mir nicht.

Als ich dreizehn war, im Jahr nach dem Unfall, übernachtete ich manchmal allein auf der Sommeralm. Drei, vier Nächte nacheinander. Ich kochte mir selbst, heizte ein, las, wanderte.

Einmal kam ich auf die Idee, einen Berg in der Umgebung zu besteigen, den Trollskavlen. Eine lange, anstrengende Wanderung, aber mein Vater hatte mir erklärt, welchen Weg er als Jugendlicher gegangen war, ich hatte ihn auf der Karte verfolgt und wusste, dass ich es schaffen konnte. Und ich hätte es auch geschafft, wenn der Sonnenschein, bei dem ich aufgebrochen war, nicht plötzlich von dichten Wolken verdeckt gewesen wäre.

Wenige hundert Meter vor dem Gipfel zog dichter Nebel auf.

Erst verschwand der Gipfel. Dann sah ich überhaupt nichts mehr.

Alles war weiß.

Ich nahm Karte und Kompass hervor und bewegte mich voran, meinte, es sei die richtige Richtung. Irgendwann kam ich zu einem Steilhang, den ich wohl vorher erstiegen hatte. Ich drehte mich um, Angst im Bauch, und kletterte runter, bis ich auf einmal mitten im Hang stecken blieb, angespannt wie Spiderman, und weder vor noch zurück konnte.

Ich hatte mich verstiegen. Mein Vater hatte mal erzählt, dass das in den Bergen Schafen auf der Sommerweide manchmal passiert. Dann stehen sie da auf einem schmalen grünen Vorsprung im schwarzen Fels und blöken.

Manchmal kann man sie mit Seilen hochhieven, wenn sie erreichbar sind, aber manchmal bleibt nur, sie abzuschießen.

Jetzt ging es mir auch so. Es war weit bis nach unten, ich wusste nicht, wohin ich die Füße setzen sollte.

Nach einer Weile versuchte ich es trotzdem, Tritt um Tritt. Ein Haltegriff hier, einer dort.

Für einen oder zwei Meter ging das gut. Dann stürzte ich ab.

Viele Minuten lag ich da und rang nach Luft, erst dann konnte ich anfangen nachzuspüren, ob ich mir etwas gebrochen hatte.

Dasselbe Gefühl habe ich jetzt, wo ich am Boden des Ministeriums für Justiz und öffentliche Sicherheit sitze, dreißig Jahre später.

Ich habe so viel in diesen Gesetzesvorschlag investiert. Er bedeutet mir mehr als alles andere.

Und jetzt haben die beiden da oben ihn mir weggenommen, ihn zerstört, ohne die geringste Ahnung, was sie damit anrichten.

3 – *Haavard*

Kaum habe ich den weissen Kittel angezogen und die Abteilung betreten, wird mir klar, dieser Dienst wird ein Marathon. Bei dem schönen Wetter war die ganze Stadt auf den Beinen. Und uns wird jetzt das Fallobst geliefert, in Form von Verletzungen und Krankheiten. Die Patienten kommen Schlag auf Schlag. 15 Uhr 35: ein kleines Mädchen im diabetischen Koma. 16 Uhr 21: ein asthmakranker Junge mit allergischem Schock. 16 Uhr 53: ein Geschwisterpaar nach einer Massenkarambolage. 17 Uhr 20: ein lebensgefährlich dehydrierter Sechsjähriger.

Und dann, um 18 Uhr 53, kommt eine ganze Familie.

Der Mann, Mitte dreißig, trägt einen ungefähr vierjährigen Jungen in den Armen. Wahrscheinlich in Norwegen lebende Pakistaner, vielleicht auch Afghanen. Der Junge hat eine blaue kurze Hose und ein rotes T-Shirt an. Am rechten Zeigefinger ein Star-Wars-Pflaster. Dreck unter den Fingernägeln. Ein Armband aus kleinen Kugeln mit Buchstaben darauf. Der kleine Kopf, blauschwarzes Haar.

Leblos hängt er in den Armen seines Vaters.

»Muss mit Arzt sprechen!«, ruft der Vater. Er trägt ein blaues Chelsea-Sweatshirt und ein Basecap. Sein Gesicht ist voller Aknenarben.

Direkt hinter ihm kommt Roger angerannt, und mit ihm eine Wolke von Aftershave. Ein süßlicher Duft, aus der

Mode gekommen, vielleicht aus einer dieser Flaschen, die wie ein männlicher Torso oder eine Matrosenuniform oder so aussehen.

Natürlich habe ich weder gegen Schwule noch gegen Krankenpfleger etwas. Und Roger ist fachlich ganz ausgezeichnet, einsatzfreudig, erfahren, warmherzig und fürsorglich. Einer mit vielen Qualitäten. Nur übertreibt er es leider immer mit dem Duft.

»Ich habe versucht, ihm klarzumachen, dass ich ihn aufnehme«, sagt er jetzt. »Eigentlich müssten sie in die Notaufnahme. Aber er ist mit dem Jungen sofort weitergelaufen. Und jetzt schicken wir sie doch nicht wieder weg, oder?«

»Nein, natürlich nicht.«

Hier im Krankenhaus Ullevål haben wir die besten Notfallteams, andere Krankenhäuser schicken uns ihre schwersten Fälle, meist mit dem Krankenwagen zur zentralen Aufnahme. Aber manchmal bringt jemand sein Kind selbst. Wer weiß, wo die Kinderstation ist, kommt direkt hierher.

So diplomatisch wie möglich sage ich zu dem Vater: »Ich bin der diensthabende Arzt. Was ist deinem Jungen passiert?«

»Bist du blind, Arzt?« Der Vater baut sich dicht vor mir auf, in den Augen Angst und Wut zugleich. Erinnert mich an die Stadtstreicher, die in dem Viertel, wo ich aufgewachsen bin, auf den Schulhof kamen.

»Siehst du nicht, er ist ohnmächtig, Arzt! Er wacht nicht auf!«

Die Mutter trägt einen Hijab, Jogginghosen schauen unter dem Salwar Kamiz hervor. Sie fuchtelt beim Reden mit den Händen. Der Mann sagt etwas in einer mir unverständlichen Sprache, sie verstummt.

Der Junge ist so klein und dünn, schmale Hüften und ein Hals wie ein Vögelchen, dieselben blauen und orangen Sneaker wie Andreas sie hat, nur dass diese schmutzig und abgetragen sind, mit einem Loch am großen Zeh.

»Wie alt ist er?«, frage ich, nehme dem Mann den Jungen aus den Armen und lege ihn auf den Untersuchungstisch.

Vier Finger. Die Mutter schaut mich flehend an, ringt die Hände, ihre Knöchel sind weiß.

»Was ist passiert?«

»Er ist gefallen. Von Baum. Und eingeschlafen. Jetzt will er nicht mehr aufwachen! Tu was, Arzt!«

Ich gebe Roger ein Zeichen, dass er Kollegen hinzurufen soll. »Er braucht ein CT«, sage ich halblaut.

Die Mutter fängt an zu weinen, der Mann herrscht sie an. Ich stehe kurz still. Muss mich besinnen, ein paar Sekunden lang. Der Junge ist bewusstlos. Draußen vor dem Fenster singen die Vögel. Ich wäre auch gern im Freien.

Denn ich spüre dieses besondere kribbelnde Gefühl, so wie wenn du erkennst, dass das Kopfweh an einem Hirntumor liegt, dass der Ausschlag durch Leukämie ausgelöst wird, dass du bald jemandem eine Nachricht überbringen musst, die er lieber nicht hören würde.

Das Gefühl umgibt mich wie kalte Luft.

Ich beuge mich über den Jungen. Er riecht säuerlich nach Erbrochenem. Aber auch nach Staub und Sonne und etwas anderem, Kaugummi, Zahncreme, Shampoo und einem schwachen Duft von Ingwer, Knoblauch und Curry.

»Gehen Sie ein bisschen spazieren«, sage ich zu den Eltern. »Ich kümmere mich um Ihren Sohn.«

Sie wirken skeptisch, verlassen aber den Behandlungsraum. Kurz darauf kommt Sabiya herein.

»Was ist los?« Sie ist außer Atem.

Sabiya ist kaum größer als 1,55, und wegen ihres leichten, lautlosen Gangs sieht es aus, als würde sie durch die Flure schweben. Ihr schulterlanges Haar glänzt immer, sie hält es mit einer Spange zusammen. Weder Schmuck an den Fingern noch Nagellack, ganz nach Vorschrift. Ihre Bewegungen sind effizient, aber graziös.

»Weiß nicht«, antworte ich. »Bestenfalls schwere Gehirnerschütterung. Vom Baum gefallen.«

Sie steht still da und mustert den Jungen mit einem seltsamen Gesichtsausdruck.

»Aha«, meint sie schließlich und fängt an, den Jungen auszuziehen, während sie Roger und Bente, eine Krankenschwester, herumkommandiert.

Hinter ihrem Rücken zwinkere ich Bente zu, die wie üblich rot wird.

Ausziehen und Nachprüfen ist eines von Sabiyas Steckenpferden. Vor ein paar Wochen hat sie in der Morgenrunde einen kurzen Vortrag gehalten, mitsamt einer Powerpoint-Präsentation, Fotos von Rücken mit den Spuren von Peitschenhieben oder Mündern voller Wunden, Röntgenbilder von gebrochenen Knochen. Wir bekommen das im Studium beigebracht. Aber wenn man im Krankenhaus anfängt, muss es immer so schnell gehen, da sind die Zeichen leicht zu übersehen. Da müssen wir besonders aufpassen, uns die wenigen Sekunden Zeit nehmen, auch dann nachzuschauen, wenn das Kind eigentlich wegen etwas anderem eingeliefert wurde. Alle nickten etwas schuldbewusst, als sie das sagte.

Jetzt bückt sie sich und rollt den Ärmel des roten Pullovers hoch.

»Verdammt«, sage ich, als ich die Flecken auf der Innenseite des Armes sehe. Kleidung ist trügerisch, mit ihr sieht alles ganz normal aus. Sabiya greift eine Schere, schneidet die Sachen des Jungen auf.

Überall Hämatome. Auf den Schultern, an den Beinen.

Ich hole tief Luft. »Verdammte Scheiße.«

»Ja, da gibt es keinen Zweifel«, sagt Sabiya, immer noch beeindruckend professionell. Gemeinsam mit Roger heben wir den Jungen in ein Bett, dann schieben wir es eilig durch die Flure zur Notaufnahme, wo das CT gemacht werden soll. In solchen Situationen möchte ich Roger nicht im Wege sein. Niemand von uns hat mehr Erste-Hilfe-Erfahrung als er, niemand hat mehr Verletzte und Kranke in Krankenwagen hinein- oder aus ihnen herausgehoben.

19 Uhr 40. Das CT ist fertig. Sabiya und ich warten auf die Bilder. Ein paar Kollegen kommen dazu, Kardiologen und Anästhesisten.

Da hören wir hinter uns schwere Schritte und gehetzte Atemzüge. Der Vater des Jungen stürmt herein.

»Zutritt verboten«, sage ich bestimmt und gehe ihm entgegen. Er steht unerschütterlich da.

»Was hast du gesagt, Arzt?«

»Sie müssen draußen warten.«

»Scheißrassist«, sagt er.

»Die Regeln gelten für alle«, sagt Roger barsch.

Widerwillig entfernt sich der Mann, läuft aber im Flur unruhig auf und ab wie ein zorniger Ochse.

Als ich mich wieder umdrehe, steht Sabiya da und blickt mich mit einem merkwürdigen Ausdruck an.

»Kennst du ihn?«, frage ich.

Sie nickt, sagt aber nichts weiter, und da kommen die Röntgenbilder. Es ist wohl das allererste Mal, dass ich Sabiya fluchen höre. Ich sehe ihr über die Schulter, sehe den großen Schatten auf dem Bild.

Wie ein unheilvoller Tintenfleck.

»Traumatische Hirnblutung. Er muss sofort operiert werden«, sage ich.

Sabiya nickt nur kurz, sie hat feuchte Augen und ist blass um die Nase.

Wir schieben das Bett mit dem Jungen zurück in unsere Abteilung. Der Vater bleibt uns dicht auf den Fersen.

Die Anästhesisten kontrollieren auf dem Monitor Blutdruck und Puls, Sauerstoffsättigung und Herzschlag. Die Kollegen bereiten Narkose und Intubation vor, schließen das Beatmungsgerät an.

Die Eltern kommen herein. Die Mutter weint, der Vater brüllt etwas wie, wir sollen gefälligst aufpassen, unseren Job tun. Jemand schiebt ihn wieder hinaus. Roger folgt ihm auf den Flur und versucht, ihn zu beruhigen.

Sabiya geht zu dem Jungen, streichelt ihm vorsichtig die Wange, auf der staubigen Haut sind Tränenspuren. Dann nimmt sie die kleine Hand mit dem Star-Wars-Pflaster und redet leise und ruhig auf Panjabi mit ihm. Der Junge ist so klein und blass, kann nichts erklären oder verstehen. Aber es muss einfach gut gehen, bald wird er die Augen wieder aufmachen, sich langsam erholen. In den nächsten Tagen werde ich regelmäßig nach ihm schauen, werde mir genug Zeit nehmen, um mit ihm zu reden und zu scherzen, ich werde sehen, wie er auflebt und fröhlicher, sicherer wird.

Noch während ich das denke, fallen Puls und Sauerstoffsättigung plötzlich schnell ab.

Verflucht, denke ich. Verflucht, verflucht, verflucht. Verzweiflung befällt mich. Wir dürfen ihn nicht verlieren.

Der Anästhesist legt sofort einen venösen Zugang am Arm des Jungen, um Adrenalin zu spritzen.

»Besorg Notfallblut«, sage ich zu Roger.

Wir legen dem Jungen schnell eine Infusion und geben ihm weitere Mittel, um den Blutdruck zu stabilisieren. Er wird zum OP gebracht. Wir eilen hinterher. Vor dem OP übernimmt der Anästhesist, wir müssen zurückbleiben.

Es ist 21 Uhr 10. Keiner sagt etwas. Sabiya wandert ruhelos auf und ab. Ich gehe zum Fenster. Draußen rumpelt die Straßenbahn vorbei. Autos warten an der roten Ampel. Während die Leute ringsum auf den Restaurantterrassen ihre Gläser auf den Sommer erheben, während die Welt sich weiterdreht wie üblich, wird der kleine Junge wieder aus dem OP geschoben.

Der Neurochirurg, einer unserer erfahrensten, schüttelt den Kopf.

»Die Blutung ist zu groß, nicht mit dem Leben vereinbar.«

Am liebsten würde ich mich auf den Boden setzen und weinen.

Vier Jahre lang hat er leben dürfen. Vier Jahre lang mit blauen Flecken.

Er wird zu seinem Zimmer zurückgeschoben.

»Wir müssen die Angehörigen informieren«, sage ich. »Und die Mutter versteht kein Norwegisch.«

Ich höre mir selbst zu und begreife, wie feige und pathetisch es von mir ist, Sabiya diese Aufgabe zuzuschieben.

Ohne ein Wort nimmt sie die Eltern beiseite.

Der Vater schlägt mit der Faust auf die Wand ein. Die Mutter sinkt zusammen. Sabiya streichelt ihr den Rücken. Wir anderen stehen ratlos da. Später muss ein weiteres CT gemacht werden, zur Bestätigung, dass die Blutversorgung des Gehirns unterbrochen ist und der Junge für tot erklärt werden kann. All das dauert seine Zeit, es wird wahrscheinlich nicht vor morgen passieren. Dann müssen wir die Eltern auch nach einer Organspende fragen. Wir versuchen, den Angehörigen Zeit für ihre Entscheidung zu lassen, allzu lange warten können wir aber auch nicht.

In unserer Gruppe herrscht eine andere Wärme als sonst. Wir stehen das hier gemeinsam durch. Es tut weh. Aber wir haben auch andere Patienten, kranke Kinder warten auf uns, um die wir uns nicht kümmern konnten, während wir dieses eine zu retten versuchten. Der Ausnahmezustand darf nicht zu lange dauern.

Da kommt der Vater gerannt. Bente möchte ihm die Hand auf die Schulter legen, er wischt sie weg.

»Es tut mir sehr leid«, sage ich.

»Wo ist der Gebetsraum?«

Ich sage nicht, was ich denke: Ein Vater, der seinen Sohn zu Tode prügelt, hat im Gebetsraum nichts verloren. Was er getan hat, ist unverzeihlich. Ich drehe mich nur halb weg.

»Bente«, murmele ich. »Zeigst du ihm, wo das ist?«

Während sein Rücken durch die Glastür verschwindet, lege ich beide Hände flach an die Wand, lasse den Kopf dazwischen sinken, atme tief durch.

Einmal, zweimal, dreimal.

4 – *Clara*

Heute mag ich mit niemandem reden, eigentlich nicht mal mit meinem Vater. Aber ich rufe ihn jeden Tag an, das ganze Jahr über. Wenn er nichts von mir hört, macht er sich Sorgen. Als die Jungs im Bett sind, wähle ich seine Nummer.

»Hallo, wie geht's?«, frage ich, als er abnimmt.

Ich sehe ihn vor mir. Er steht beim Telefonieren gern am Fenster und blickt über den Fjord. Er schaut sowieso gern in die Ferne. Steht da und glotzt, hat Mutter immer gesagt. Also habe ich das wahrscheinlich von ihm.

»Jaaa«, antwortet er mit zittriger Stimme.

»Was ist los?«

»Ich hab mich nicht so ganz auf dem Damm gefühlt und beim Arzt vorbeigeschaut.«

»Ja?« Meine Kopfhaut kribbelt.

Er murmelt so leise, dass ich es nicht verstehe.

»Papa, kannst du etwas lauter sprechen?«

»Ja, er hat mich dann mit dem Krankenwagen hierhergeschickt.«

»Wo ist hierher?«

»Ins Krankenhaus«, sagt er. »Sie sagen, ich habe vielleicht einen kleinen Schlaganfall gehabt oder so ... Bist du noch da?«

Ich muss mich räuspern. »Ja.« Mir ist schwindlig.

»Das kommt sicher in Ordnung«, sagt er. Er klingt allerdings überhaupt nicht zuversichtlich. »Bis morgen muss ich erst mal hier bleiben, vielleicht auch länger. Ah, jetzt kommen sie Blut abnehmen. Bis später.«

Als ich auflege, spüre ich es.

Etwas Nasses rinnt aus meinen Augen, ich kann es nicht zurückhalten.

Und dann ruft Haavard an.

5 – *Haavard*

»Ja bitte?« Claras Stimme klingt belegt, wahrscheinlich ist sie über ihrem Mac eingenickt, das passiert ihr öfter.

Es ist 21 Uhr 40. Die morgendliche Missstimmung dürfte jetzt verflogen sein, obwohl sie ein Elefantengedächtnis hat.

»Clara, könntest du mal nachschauen, ob die Jungs gut schlafen?«

»Wie meinst du das?«

Sie klingt nicht mehr sauer. Nur müde und etwas traurig.

»Nur kurz mal nachschauen. Ob alles in Ordnung ist …«

»Also wirklich, ich sitze hier nebenan im Wohnzimmer, seit ich sie ins Bett gebracht habe. Und sie haben deinen Schlaf, die würden nicht mal aufwachen, wenn über dem Haus ein Flugzeug die Schallmauer durchbricht. Was hast du denn?«

Ich schlucke.

»Ist was passiert?«

Ich stehe allein in einem dunklen Waschraum unserer Abteilung. Und jetzt bricht es aus mir heraus.

»Dieser verfluchte Mistkerl mit seinem Chelsea-Sweatshirt, voll auf Anabolika …«

»Jetzt verstehe ich gar nichts mehr.«

»Kommt mit seinem Vierjährigen hier reingerannt. Angeblich ist der Junge vom Baum gefallen. Wir untersuchen ihn, überall Hämatome, Abschürfungen und Brandwunden …

Das CT zeigt eine massive Hirnblutung. Jetzt liegt er hier, hirntot, wir warten nur noch darauf, die Geräte abzustellen.«

»Oh mein Gott«, flüstert Clara ins Telefon.

»Und damit nicht genug, der Mann schlägt hier die ganze Zeit Krach. Als ob wir schuld wären! Eben gerade hat er Zugang zum Gebetsraum verlangt. Zum Beten! Schlägt seinen kleinen Sohn tot und will dann beten! Was ist das für eine Welt. Du hättest den Jungen mal sehen sollen, Clara, er hat mich so an unsere Jungs in dem Alter erinnert. Hatte sogar die gleichen Sneaker an wie Andreas.«

Ein paar Sekunden lang herrscht Stille, ich höre leise Geräusche, sie scheint sich zu bewegen. Dann flüstert sie, wahrscheinlich steht sie in der Tür des Kinderzimmers:

»Die Jungs schlafen.«

»Danke«, erwidere ich, ebenso flüsternd, und mir ist es sehr ernst damit.

Um zehn gehe ich ins Freie. Ich brauche unbedingt eine Pause, um den Rest des Nachtdienstes durchzuhalten. Wenn ich nachher wieder drin bin, darf ich nicht vergessen, die Polizei anzurufen. Das ist in diesem Fall Standard.

Im Foyer des Krankenhauses steht ein Seeräuberschiff mit schwarzer Totenkopfflagge, eigentlich ziemlich unpassend an diesem Ort.

Ich drehe draußen eine kleine Runde und will eben wieder reingehen, da sehe ich eine Gestalt im Gebüsch dicht am Gebäude, die sich vornübergebeugt erbricht.

»Sabiya«, sage ich. »Alles in Ordnung?«

»Nein.« Sie legt sich die Finger auf die Augen und zieht sie straff zur Seite, haut gegen die Wand, krümmt sich wieder und schlägt sich die Hand vor die Stirn, als wollte sie sich selbst bestrafen.

Sabiya ist von uns allen die Professionellste und besonders beherrscht, aber jetzt wirkt sie völlig außer sich.

»Ich verstehe …«, setze ich an.

»*Nichts* verstehst du.« Ein wilder Ausdruck tritt in ihre Augen. »Mukhtar Ahmad ist ganz in meiner Nähe aufgewachsen. Er ist zwei Jahre jünger als ich. Unsere Väter haben zusammen bei der Straßenbahn gearbeitet.«

»Wer?«

»Der Kindesmisshandler. Wir haben uns damals schon alle vor ihm gefürchtet. Ich habe mit seinem kleinen Bruder gespielt, als der so alt war wie sein Sohn jetzt. Du hast ja keine Ahnung, was …«

Ihr Gesicht verzieht sich zu einer Grimasse, und die Tränen fließen.

»Entschuldige«, sagt sie. Ich streichele ihr über die Wange.

»Du brauchst dich für nichts zu entschuldigen.« Ich tätschele ihr den Kopf wie meinen Jungen. »Das macht gar nichts. Wein ruhig.«

Sie lehnt sich an meine Brust, aber nur kurz. Dann erstarrt sie, richtet sich auf und schlägt mir mit der Faust gegen die Schulter, mehrmals.

»Du lieber Gott, Haavard. Und wir stehen einfach nur da.«

»Ja.« Ich erwidere ihren Blick.

Sie schaut mich an, wendet sich nicht ab.

»Verflucht noch mal. Wir müssen was tun.«

6 – *Roger*

Ich sehe sie, als ich rauskomme.

Haavard und Sabiya.

Sie stehen unter den Bäumen in der Nähe des Eingangs und unterhalten sich. Oder streiten sie? Sie wedelt mit den Armen, gestikuliert, er schüttelt den Kopf, umarmt sie.

Was machen zwei diensthabende Ärzte jetzt draußen? Ich betrachte sie ein paar Sekunden, dann gehe ich weiter.

Es ist 22 Uhr 05, mein Dienst dauert noch mindestens eine halbe Stunde, aber ich muss Ahmad finden, ihm klarmachen, was er getan hat, es ihm begreiflich machen.

In diesem Moment verdient er es absolut nicht, auf einem Gebetsteppich zu liegen und sich heilig zu fühlen.

Sabiya und Haavard und alle anderen rennen aufgescheucht durch die Gegend, und ein Kindesmörder läuft frei herum.

Als sie sich vorhin um den Jungen gekümmert haben, wusste ich sofort, es war hoffnungslos. Ich habe viele Stunden mehr als jeder Arzt vor den Monitoren gesessen, aber uns vom Pflegepersonal bemerken die ja kaum. Hol dies, hol das, mach dies, mach das. Sonst reden die ja nicht mit mir, wenn sie nicht müssen, geschweige denn, dass sie mich um Rat fragen, dabei hab ich auf allen Posten gearbeitet, habe Tausende Babys auf die Welt gebracht, Neugeborene in der Geburtsabteilung versorgt und Frühchen auf der Frühgeborenen-Intensivstation, ich habe Väter getröstet und Müttern die Hand gehalten.

Aber die sehen nur einen Pfleger, jemanden, der unter ihnen steht.

Askildsen, der Stationspfleger, sagt, es hätte Klagen gegeben, mein Aftershave riecht angeblich zu stark. Stell dir vor! Nicht Patienten oder Angehörige hätten sich beschwert, nein, es muss einer von den Ärzten sein. Vornerum ist bei denen alles so toll, vier Kinder, dicker Volvo und Hund und Hütte in den Bergen, Urlaub in Italien und Familienfotos auf Facebook, aber hinter der Fassade stinkt es gewaltig.

Haavard hat Sabiya getätschelt wie einen Hundewelpen. Der Mann ist attraktiv, ja, auf so eine etwas struppige Westend-Art, aber ich kann ihn nicht leiden. Er ist zu easy, bleibt irgendwie immer an der Oberfläche, als ob ihn nichts wirklich berühren könnte, typisch für so Leute, die in einem großkotzigen Haus mit Riesengarten aufgewachsen sind. Jovial und gradlinig, das schon, aber trotzdem ein Oberklasse-Pisser aus Vinderen.

Und Sabiya?

Mag schon sein, dass sie die anderen täuschen kann mit ihrem Brave-Mädchen-Look, mit Perlenohrsteckern und dezentem Lipgloss. Aber ich bin in Linderud aufgewachsen, auch so einem Viertel: Ich weiß genau, man kriegt die Frau aus dem Getto raus, aber nicht das Getto aus der Frau.

Ahmad und Sabiya sind vom selben Schlag. Der Unterschied ist nur, dass sie sich angepasst hat.

Ich wohne im Viertel Rosenhoff. Die Leute finden immer, das klingt idiotisch, mitten in Oslo, aber ich kann den Fjord ein bisschen sehen, ich habe meine Musik, meine Serien und meine Freunde, und ich habe Mama. Ich besuche sie jeden Tag, sitze neben ihr und halte ihr die Hand und rede mit ihr.

Einen Lover hab ich nicht, auch keine Kinder, aber ich versuche, den Kindern bei uns im Krankenhaus all meine Liebe und Fürsorge zu geben.

Der Junge heute gehört zum Schönsten, was ich je gesehen habe. Wie unschuldig er in den Armen seines Vaters gelegen hat. Wie kann jemand seinem Kind bloß so was antun?

Nachdem ich den ganzen Abend in der Abteilung rumgerannt bin, ist mir heiß, ich bin verschwitzt, meine Achseln sind nass. Wenn ich nach Hause komme, nehme ich eine lange kalte Dusche, dann lege ich mich in frisch gewaschenes Bettzeug.

Zum Glück ist die Abendluft etwas erfrischend, sie legt sich wie ein kühler Mantel über meine erhitzte Haut.

Aber genau in dem Augenblick sehe ich ihn, den Mann, der seinem eigenen Sohn die Zukunft gestohlen hat. Er geht direkt vor mir.

Ich folge ihm, geräuschlos und vorsichtig wie der rosarote Panther, und gleich ist mir wieder heiß.

Außer uns ist niemand unterwegs, und der Typ scheint ziellos rumzulaufen. War das mit dem Beten nur ein Bluff? Oder hat er nicht verstanden, wo der Gebetsraum liegt?

Ich gehe nur zehn Meter hinter ihm, aber er hat Kopfhörer in den Ohren, wirklich unglaublich, und kümmert sich nicht um mich.

Irgendwann bleibt er stehen, geht eine Metalltreppe rauf und fasst an den Griff einer blauen Stahltür. Hier kommen sie also zum Beten hin, die Muslime mit ihrer Doppelmoral, die dafür verantwortlich sind, dass die Haushaltshilfe nicht die Lebensmittel einkauft, die die Hilfsbedürftigen haben wollen, dass ethnisch norwegische Kinder in der Schule gemobbt werden, in der Stadt Leute zusammengeschlagen werden, wenn sie mit ihrem Liebsten Hand in Hand gehen, nur weil er vom selben Geschlecht ist.

Alles an diesem Kerl macht mich rasend wütend, der Stiernacken, das kurz geschnittene Haar, das Basecap und das blaue Chelsea-Sweatshirt mit der Samsung-Reklame auf der Brust.

Ich verspüre eine irrsinnige Lust, ihm die Fresse zu polieren, seinen Kopf gegen eine Wand zu knallen, irgendwas zu tun.

7 – *Haavard*

Kurz vor Mitternacht stehe ich auf dem Flur, untersuche meinen linken Mittelfinger. Das Pflaster löst sich beim Händewaschen, also habe ich es abgezogen, aber darauf geachtet, dass ich bei Patientenkontakt immer Handschuhe trage. Zum Glück hat die Wunde relativ schnell zu bluten aufgehört, sie scheint sich schon zu schließen, aber ich muss den losen Hautfetzen bei der nächsten Gelegenheit abschneiden.

Da kommen zwei Polizeibeamte in Uniform durch die Glastür der Abteilung, eine Frau und ein Mann.

Der dürfte kurz vor der Pensionierung stehen, wirkt aber schlank und durchtrainiert. Braun gebranntes Gesicht, Kurzhaar, scharfer Blick. Sicher einer, der sein Leben lang im Morddezernat gearbeitet hat und sich trotz seiner guten Kondition auf einen Herzinfarkt zubewegt, nach vielen Jahren mit zu wenig Schlaf und zu viel Arbeit.

Die Frau ist jünger, um die vierzig, mit mädchenhaften Sommersprossen, gepflegten Fingernägeln und einem langen Pferdeschwanz, an den Spitzen heller als am Haaransatz.

Sie stellen sich vor, sie kommen vom Dezernat für Gewaltverbrechen, ich kriege nur die Vornamen mit. Elin und Morten.

»Sind Sie bereit, als Zeuge auszusagen? Sie haben das Recht abzulehnen.«

»Nein, in Ordnung.« Ich habe das schon früher mitgemacht, wenn wir die Polizei hinzuziehen mussten.

»Möchten Sie einen Rechtsbeistand?«

»Nein, nein …«

Die steifen, förmlichen Sätze bringen mich fast zum Lächeln.

»Dann fangen wir jetzt an. Haben Sie einen Patienten namens Faisal Ahmad?«, fragt Elin, und erst da fällt mir ein, dass ich in all dem Chaos eines ganz vergessen hatte.

Die Polizei anzurufen.

Als Diensthabender wäre das mein Job gewesen. Dass sie jetzt hier auflaufen, bedeutet, dass Sabiya das übernommen hat.

»Hatten Sie in irgendeiner Form Kontakt mit Faisal Ahmads Vater, Mukhtar Ahmad?«, fragt die Polizistin.

»Natürlich. Er war heute Abend länger hier.«

»Wann haben Sie ihn zuletzt gesehen?«

»Tja. So kurz nach halb zehn? Da wollte er den Weg zum Gebetsraum wissen. Wir hätten ihn vielleicht zurückhalten sollen, aber das war wirklich nicht so leicht. In seiner Situation konnten wir ihm das nicht verwehren.«

Sie schauen einander kurz an, ich sehe, sie sind ein eingearbeitetes Team, arbeiten gut zusammen.

»Sie kommen doch, weil jemand aus unserer Abteilung Sie angerufen hat, oder?«, erkundige ich mich.

Jetzt schüttelt die Frau den Kopf.

»Nein, wir kommen wegen eines Leichenfunds auf dem Gelände des Krankenhauses. Der Tote ist bislang nicht identifiziert. Laut Ausweis könnte es sich um Mukhtar Ahmad handeln. Und am Empfang haben wir erfahren, dass sich ein Patient namens Faisal Ahmad hier in der Abteilung befinden soll. Trifft das zu?«

»Das könnte man so sagen«, antworte ich.

Die ärztliche Schweigepflicht gilt auch gegenüber der Polizei. Darauf würden sich manche meiner prinzipientreueren Kollegen jetzt wohl berufen.

Aber wenn auf dem Gelände des Krankenhauses ein Toter gefunden wird …

Es dauert einen Moment, bis mein Gehirn richtig verarbeitet, was sie eben gesagt hat.

»Entschuldigung, sagten Sie, Mukhtar Ahmad ist tot?« Ich stehe mit offenem Mund da.

»Das versuchen wir zu ermitteln«, sagt Morten.

»Erst noch einmal zurück zu Faisal Ahmad«, sagt die Polizistin.

Ich versuche, mich zu konzentrieren.

»Der Junge hatte eine Gehirnblutung«, sage ich schließlich. »Wurde heute Abend operiert, aber die Blutung war zu umfangreich, mit dem Leben nicht vereinbar. Der Vater ist gleich danach gegangen. Faisal wird noch beatmet, aber das Gerät wird bald abgestellt. Einen Schädelbruch hatte er auch. Der Vater behauptet, er sei vom Baum gefallen, aber er hatte auch alte Brüche und wies andere Anzeichen für Misshandlung auf. Alte und frische Hämatome, dazu diese schwere Hirnblutung. Es kann keinen Zweifel geben, das ist ein Fall von familiärer Gewalt.«

»Wann haben Sie heute angefangen zu arbeiten?« Morten klingt wie einer aus Trondheim, der seit der Polizeihochschule in Oslo lebt. Elin ist dem Akzent nach eine echte Bergenerin.

»Kurz vor drei habe ich den Dienst angetreten, fünf vor oder so.«

»Haben Sie das Haus während des Dienstes verlassen?«

Ich zögere kurz.

»Nein.«

»Was für einen Eindruck hatten Sie von Ahmad?«

»Nicht den besten.« Ich bin erleichtert über den Themenwechsel. »Laut. Aggressiv. Schnell beleidigt. Hat die ganze Zeit rumgeschrien.«

»Ist seine Frau noch hier?«

»Soweit ich weiß, ist sie zu den anderen Kindern nach Hause gefahren.«

Elin schaut auf ihre rosa Trainingsuhr.

»Hätten Sie die Möglichkeit mitzukommen und eine vorläufige Identifizierung vorzunehmen? Wir wollen ganz sicher sein, bevor wir mit den Angehörigen Kontakt aufnehmen.«

»Wer hat die Leiche gefunden?«, frage ich, während wir über das Gelände gehen.

»Ein Wachmann war zufällig in der Nähe, er glaubte, einen Schuss gehört zu haben, und beschloss, die Umgebung genauer abzusuchen. Er hat dann hier in der Notaufnahme Bescheid gegeben, und die haben uns angerufen. Jetzt versuchen wir, sämtliche Bewegungen in dem entsprechenden Zeitraum zu rekonstruieren.«

»Er ist erschossen worden?«

Ohne eine Antwort führt Elin mich zum Tatort, und ich stelle keine weiteren Fragen.

Das Krankenhausgelände hat sich in eine Art Rummelplatz verwandelt, mit Absperrband, Polizeiwagen und blinkendem Blaulicht. Außerhalb der Absperrungen haben Journalisten Stellung bezogen.

Ich muss einen weißen Schutzanzug anziehen. Wir erklimmen die fünf Stufen der Stahltreppe, gehen durch eine blaue, nur angelehnte Tür: *Raum für Glaubensausübung und lebensanschauliche Praxis.*

Der Raum misst vielleicht zwanzig Quadratmeter.

In seiner Mitte liegt ein Mann auf dem Bauch, er trägt ein blaues Chelsea-Sweatshirt.

»Bleiben Sie auf der Plastikfolie hier«, instruiert mich Elin.

Ich würde gern fragen, ob es wirklich in Ordnung ist, wenn ich hier reingehe, verkneife es mir aber. Schließlich haben sie mich selbst dazu aufgefordert.

Neben der Leiche knien zwei Beamte von der Spurensicherung, ebenfalls in weißen Schutzanzügen, und fotografieren sie aus verschiedenen Blickwinkeln. Der eine macht eine Aufnahme von einer angesengten Stelle auf dem Chelsea-Sweatshirt.

Ich bücke mich und betrachte das zur Tür gedrehte Gesicht.

Seine Augen sind gebrochen, die Haut hat bereits etwas Gummiartiges, obwohl sein dunkles Haar ihn weniger gelblich wirken lässt als einen ethnischen Norweger nach Eintreten des Todes.

Er muss hier eingetreten sein und sich gewaschen, sich für das Gebet bereit gemacht haben, all das.

Ob er Trauer empfunden hat? Reue? Oder hat er die Welt ganz allgemein verflucht, wütend auf alle und jeden, wie in unserer Abteilung? Wer war er eigentlich? War er wirklich gläubig, oder war das nur ein Trick, um die Abteilung zu verlassen?

Schämte er sich? Trauerte er um seinen Sohn? Hatte er ihn geliebt?

Wie dem auch sei, ich empfinde nichts als Erleichterung darüber, dass er weg ist. Hinter mir räuspert sich die Polizistin. Ich stehe auf, nicke ihr zu.

»Ja, das ist er«, sage ich zu ihr, als wir hinausgehen. »Der Mann, der mit seinem Sohn zu uns gekommen ist.«

»Gut. Danke erst mal. Sie hören dann noch von uns.« Zu meiner Überraschung schiebt sie sich eine Portion Kautabak unter die Lippe, extra starken.

Ich gehe weg, so schnell, wie es nur geht, ohne zu rennen.

Unterwegs sehe ich Beamte mit Hunden, andere suchen das Gelände mit Metalldetektoren ab. Überall Leute.

In unserer Abteilung herrscht nächtliche Stille, aber Stationspfleger Askildsen ist gekommen, jemand muss ihn alarmiert haben.

Nachdem ich ihm alles geschildert habe, schüttelt er den Kopf: »Mein Gott, was für eine Geschichte. Ich bleibe heute Nacht hier.«

Askildsen lebt allein. Er liebt schottischen Whisky und sieht sich sämtliche Spiele von Liverpool im Fernsehen an. Abgesehen davon ist unsere Abteilung sein einziger Lebensinhalt. Wahrscheinlich wird er sich am Tage seiner Pensionierung in Staub auflösen.

»Wirkt sonst aber eher ruhig hier«, meint er.

»Mittlerweile schon.«

»Dann geh mal nach Hause, Haavard.«

Erst will ich ablehnen, aber dann merke ich, wie erledigt ich bin. Wir Stationsärzte haben von fünfzehn Uhr nachmittags bis um zehn Uhr am nächsten Vormittag Dienst. Das ist sonst schon heftig genug. Heute kommt es mir unvorstellbar lang vor.

»Danke. Ich glaube, da nehme ich dich beim Wort.«

Ich schaue im Stationsbüro vorbei, setze mich hin, greife nach dem Mobiltelefon.

Auf der Website der Boulevardzeitung *VG* wird schon vom Mord im Krankenhaus Ullevål berichtet. Ein Videofilm ist eingestellt, man sieht eine blonde Journalistin vor dem Haupteingang, sie deutet auf das Gebäude hinter sich.

Ich lege das Telefon weg, sitze da und blicke in die samtblaue sommerliche Dunkelheit hinaus, auf den Mond, die Hausdächer, die beleuchteten Fenster. Ich will das Skalpell nehmen, das in der Mulde zwischen meinem Tisch und Sabiyas gelegen hat, um den Hautstreifen an meinem Finger wegzuschneiden. Aber jetzt ist es nicht mehr da, Sabiya muss es weggeräumt haben.

Auf ihrem Tisch steht ein Foto von ihr, ihrem Mann und den drei Kindern. Fröhliche, sommerlich gekleidete Menschen. Eine schöne Familie, nur der stechende Blick des Mannes ist mir etwas unbehaglich.

Über den Dächern blinken die Sterne. In diesen Häusern schlafen Tausende Menschen. Das Krankenhaus schläft nie.

In meiner Kindheit hörte ich manchmal meinen Vater in seinem Arbeitszimmer Selbstgespräche führen, wenn es mit einer Sache hart auf hart ging.

Jetzt versuche ich dasselbe.

Diese Schicht war außergewöhnlich belastend, sage ich zu mir, aber doch nur eine Schicht unter anderen.

Manchmal können wir eben ein Kind nicht retten. Und manchmal werden Leute erschossen, in Oslo wie in anderen Großstädten auch. Es passieren eben Dinge, die nicht passieren sollten.

Aber der Pep Talk hilft mir nicht. Ich kann den Anblick des kleinen Faisal und die gebrochenen Augen seines Vaters auf dem Boden im Gebetsraum einfach nicht vergessen.

Ich habe ein ganz fremdes Körpergefühl, eine Empfindung, als ob alles sich verändert hätte. Sie bleibt, als ich die Treppen ins Parkhaus hinuntergehe, bleibt, während ich mit dem Fahrrad durch die Straßen fahre.

Die Nacht ist unendlich schön. Der Mond scheint, kein Mensch ist auf den Straßen, nur ich allein, mitten in der Sommernacht, mitten in Oslo, umgeben vom Duft der Traubenkirschen und des Flieders, der gerade aufgeht.

Alles blüht früh in diesem Jahr. Blüht und stirbt.

8 – *Clara*

Als ich aufwachte, lag Haavard schlafend neben mir. Eigentlich hätte er heute bis zehn Uhr arbeiten müssen, aber offenbar ist er nachts irgendwann nach Hause gekommen. Ich bin aufgestanden, ohne ihn zu wecken, habe die Jungs und die anderen Schüler zur Schule begleitet, wie geplant.

Jetzt bin ich schon seit ein paar Stunden im Büro.

Gerade packe ich meine Sachen für eine Besprechung, die mir ziemlich im Magen liegt – es geht noch einmal um meinen Gesetzesvorschlag –, da kommt einer der politischen Referenten hereinspaziert, ohne anzuklopfen, ohne zu fragen, ob es mir recht ist. »Wie schade, dass sie deinen Vorschlag abgeschossen haben«, sagt er lächelnd.

Er ist sicher erst fünfundzwanzig und hat schon drei Kinder zu Hause in Südnorwegen, aber trotzdem ist er noch völlig verpickelt. Seine Haare glänzen von Wachs, sie riechen muffig, wie bei den Jungs zu Hause in den Neunzigern.

Die Staatssekretäre haben ja manchmal wenigstens noch Arbeitserfahrungen aus dem zivilen Leben, aber die politischen Referenten sind Rotznasen aus den Jugendorganisationen der Parteien, die haben noch nie ein paar Schritte draußen in der wirklichen Welt getan.

Dafür haben sie die Hoheit über die Terminkalender, sie koordinieren die politischen Besprechungen, sind im Ministerium die Anlaufstelle für die Medien, kümmern sich um den Facebook-Auftritt und halten sich überhaupt für unersetzlich.

In Wahrheit ist niemand leichter zu ersetzen als ein politischer Referent.

»Du, ich habe gerade nicht so richtig Zeit.« Ich schaue auf die Uhr. »In einer halben Stunde habe ich eine wichtige Besprechung mit …«

»Kein Problem, ich wollte dir nur das hier geben.« Er wirft einen Aktenordner auf meinen Tisch. »Aus dem Vorzimmer des Ministers. Damit kannst du dich amüsieren, du hast ja jetzt Zeit genug.«

Ich öffne den Aktendeckel. Du lieber Himmel. Briefe aus der Bevölkerung.

Da könnte er mich auch gleich zum Kaffeekochen schicken.

Die meisten Briefschreiber sind völlig durchgedreht. Trotzdem sind wir verpflichtet, ihnen zu antworten. Es ist ein ganzer Stapel. Viele Briefe.

Der politische Referent ist nicht befugt, mich damit zu beauftragen. So was muss über den Dienstweg kommen. Ich weiß, dass er das weiß. Aber ich bringe es nicht über mich, mich auf sein Niveau zu begeben und jetzt Zeit damit zu verschwenden.

»Danke«, sage ich nur.

Hinter mir räuspert sich jemand.

»Was geht hier vor?« Ministerialdirektorin Mona Falkum steht straff und aufrecht hinter ihm in einem ihrer klassischen anthrazitgrauen Kostüme.

Der politische Referent zuckt zusammen.

»Nichts. Ich hab nur reingeschaut, um ein bisschen zu reden.«

»Aha. Clara hat jetzt aber für Small Talk keine Zeit. Wir haben einen wichtigen Termin. Bist du bereit?«, fragt Mona, während der politische Referent sich aus dem Staub macht.

Ich schlüpfe in die Schuhe. »Ja. Mehr als bereit.« Als ich im Justizministerium anfing, war Mona meine Abteilungsleiterin. Jetzt ist sie die Bienenkönigin, die das Ministerium leitet, während die Minister kommen und gehen, eine Chefin, die sich vor uns stellt, die versucht, uns vor Munch und seinen Männern zu schützen.

Eins aber hat sie nicht geschafft.

Sie hat lange versucht, die Staatssekretäre und politischen Referenten dazu zu erziehen, dass sie ihre Aufträge über den Dienstweg in die Fachabteilungen geben, statt diese mit Streufeuer zu überziehen, aber damit ist sie gescheitert. Die heutigen Staatssekretäre wissen, dass sie einer Ministerialdirektorin formell nicht untergeordnet sind, sondern auf derselben Ebene stehen, die lassen sich von keinem Spitzenbürokraten dressieren.

Als ich hier anfing, waren die meisten Leute noch per Sie. Jetzt nennen sich alle beim Vornamen und stehen im Netz miteinander in Kontakt, alle verwenden dieselbe Software. E-Mails und SMS gehen kreuz und quer. Längst ist die Zeit vorbei, da Vorgesetzte noch wussten, welche Informationen zwischen ihren Untergebenen und dem Minister ausgetauscht werden.

Mona und mich als Freundinnen zu bezeichnen, würde zu weit gehen. Eine Ministerialdirektorin ist nicht mit Kolleginnen befreundet, und ich bin sowieso nicht der Typ, der links und rechts Freundschaften schließt. Aber wir haben einen guten Draht zueinander.

»Ich kann dir nicht versprechen, dass das jetzt den völligen

Umschwung bringt«, sagt sie, während wir zum Fahrstuhl gehen. »Aber immerhin ist das jetzt noch mal eine Gelegenheit, den Gesetzesvorschlag ordentlich zu präsentieren, obwohl er schon abgelehnt wurde. Vielleicht gelingt es dir, ihn trotzdem noch durchzubringen. Die Ministerialdirektoren können so ein Papier immer noch zur Anhörung zulassen. Wenn du sie auf deine Seite ziehen kannst, ist vielleicht alles wieder offen.«

»Das hoffe ich. Danke für die Chance.«

Einmal pro Woche versammeln sich sämtliche Ministerialdirektoren zu einer Runde mit Smørrebrød, die Munch spöttisch den »Frühstücksclub« zu nennen pflegt. Zu diesem Treffen nimmt sie mich jetzt mit.

Sie drückt auf den Erdgeschossknopf. »Aber du musst dir darüber klar sein, dass du jetzt den achtzehn langweiligsten Menschen des Landes begegnest.« Ich grinse, freue mich, dass sie versucht, mir Mut zu machen.

»Ach so? Ich dachte, die sitzen in der Regierung?«

»Gut, achtzehn von den sechsunddreißig langweiligsten.«

Bis wir durch die Drehtür auf den heißen Asphalt raustreten, sagen wir nichts mehr. »Ja, bis zu Breiviks Attentat wurden die Treffen natürlich im Regierungshochhaus abgehalten.« Mona nickt zu dem Gebäude hin, in dessen obersten Etagen früher der Ministerpräsident residierte. Jetzt sind die Fenster vernagelt. Das leere Hochhaus steht dort, jahraus, jahrein, und wartet auf irgendeine Entscheidung.

Rasch gehen wir über den Platz des Höchsten Gerichts, wir kreuzen die Karl Johans Gate, die Prinsens Gate, die Tollbugate und Rådhusgate. Ich versuche, darauf zu achten, dass ich mit meinen dämlichen Stilettos nicht im Kopfsteinpflaster hängen bleibe.

Endlich haben wir die Festung Akershus erreicht. Die Staatskanzlei befindet sich in der Glacis Gate in einem wuchtigen Gebäude aus Ziegelsteinen und Glas; eigentlich gehört es zum Verteidigungsministerium. Die Mauern spiegeln sich in der Glasfront.

Ich weise mich aus. Dann noch einmal.

Danach zwei Schleusen, und dahinter steht genauso ein Eisbär wie in unserem Ministerium.

»Ja, das ist tatsächlich sein Zwilling«, sagt Mona. »Die Ministerpräsidentin hat sich in ihn verliebt, als sie mal bei uns war, da hat man ihn herbringen lassen.«

Wir gehen in den ersten Stock, klingeln, eine Sekretärin öffnet uns und geleitet uns zum Besprechungsraum, bittet mich, auf einem Stuhl vor der Tür zu warten, während drinnen die Tagesordnung abgearbeitet wird.

Ich hole meine Notizen hervor. Die Stichworte habe ich auf vier DIN-A5-Blätter aus kräftigerem Papier geklebt, wie es die Redenschreiber für die Ministerpräsidentin tun. Ich schaue sie durch, lege sie beiseite. Zu spät, um noch zu pauken. Ich stehe auf, gehe hin und her.

Nach ein paar Minuten setze ich mich wieder hin, versuche, ruhig zu atmen, bis ich endlich in die heilige Halle eingelassen werde.

Um den glänzenden langen braunen Tisch herum sitzen die achtzehn Ministerialdirektoren und der Generalstaatsanwalt, in der Mitte der rechten Längsseite der Chef der Staatskanzlei als Vertreter der Ministerpräsidentin, der mächtigste von allen. Sie haben keine festen Plätze, aber Mona sitzt neben dem Chef der Staatskanzlei, wahrscheinlich, weil sie für den heutigen besonderen Tagesordnungspunkt zuständig ist.

»Zu diesem Gesetzesvorschlag habt ihr ja eine ganze Reihe von Vermerken gelesen«, sagt sie. »Uns ist bewusst, dass er sehr kontrovers diskutiert wird. Nicht wenige meinen, er greife zu sehr ins Privatleben ein, und so wurde er neulich auch angehalten. Trotzdem möchte ich euch bitten, Clara Lofthus anzuhören, eine der besten Referentinnen bei uns im Hause. Sie wird erläutern, warum wir diese Initiative für richtig und für wichtig halten.«

»Danke.« Ich stehe auf.

Als Mona mich zu dieser Runde eingeladen hatte, habe ich ein kurzes, pointiertes Referat eingeübt, sodass es wirkt wie frei gesprochen, obwohl die Stichworte vor mir liegen.

»Alle Veränderungen, die wirklich tiefgreifend nötig sind, die einen wichtigen Unterschied machen, tun weh, das ist unvermeidlich«, fange ich an. »Wenn dem nicht so ist, dann sind sie wahrscheinlich zu zaghaft, zu behutsam, letztlich doch unwichtig. Aber hier haben wir es mit einer Veränderung zu tun, die unbedingt sein *muss*. Nicht um meinetwillen. Nicht um euretwillen. Aber um der Kleinsten, der Schwächsten willen. Wenn wir uns trauen, diesen Schritt zu tun, kann es für sie eine Frage von Tod oder Leben sein.«

Jetzt kommt es darauf an, dass ich brillant bin. Und ich *bin* gut. Sage nicht zu viel, nicht zu wenig. Sage das Richtige auf die richtige Weise.

»Ein großes Problem besteht darin, dass für viele die Schweigepflicht und Persönlichkeitsrechte schwerer wiegen als die Meldepflicht. Darum ist die Meldepflicht in unseren Gesetzestexten unklar definiert, die Schweigepflicht hingegen überall ausführlich bestimmt. Niemand hat bislang gewagt, auf diesen Missstand hinzuweisen. Der vorliegende Gesetzesvorschlag bedeutet einen Paradigmenwechsel, er ist seit Jahren das wichtigste Vorhaben in diesem Rechtsbereich. Ja, ich wage sogar zu behaupten, er ist das Wichtigste, das euch als Ministerialdirigenten derzeit vorliegt.«

Sie hören aufmerksam zu.

Ich erläutere, wie und warum auch ohne richterliche Entscheidung künftig in Kindergärten, Institutionen und Heimen abgehört und per Kamera überwacht werden soll. Dass zugleich eine strafbewehrte Verpflichtung des Personals eingeführt werden soll, jeden Verdacht von Gewalt und Missbrauch zu melden.

Als ich geendet habe, nicken sie anerkennend.

Es gibt einige kürzere zustimmende Äußerungen.

Doch dann ergreift der Ministerialdirektor des Ministeriums für Regionalentwicklung das Wort, einer von diesen Männern in den Sechzigern mit Kassenbrillengestell, sorgsam über die Glatze gelegten Haaren und Warze auf der Nase, das ganze Paket.

Datenschutz, sagt er.

Persönlichkeitsrecht, sagt er.

Polizeiwillkür, sagt er.

Danach äußert sich die Runde einer nach dem anderen, und niemand wagt es mehr, etwas Positives zu sagen. Der Staatskanzleiminister dankt für die Beiträge. Als ich rausgehe, nickt Mona mir zu.

Auf dem Rückweg sehe ich ständig die aufgeblasene, selbstzufriedene Miene dieses Ministerialdirektors mit der Warze vor mir. Wie heißt der noch? Wer ist das überhaupt? Hat der Typ keine Kinder?

Auf halber Strecke bleibe ich mit dem rechten Absatz hängen, falle nach vorn, kann mich gerade noch fangen und lande in der Stellung eines Sprinters am Startblock. Kurz verharre ich so, die Fingerspitzen auf den Boden gestützt, dann richte ich mich wieder auf.

Der Absatz bleibt im Pflaster stecken, glatt abgebrochen.

»Verdammte Scheiße«, murmele ich, sammele die Trümmer ein, streife mir den zweiten Schuh vom Fuß. Ein paar Leute sind stehen geblieben und glotzen mich an, Kinder lachen. Nicht jeden Tag sehen sie eine Frau im Businesskostüm ohne Schuhe.

Barfuß gehe ich weiter, die Überreste meiner Schuhe in der Hand.

9 – *Haavard*

Dieser Tag ist mir irgendwie zwischen den Fingern zerronnen. Ich habe lange geschlafen, danach bin ich ziellos durchs Haus gestreift, ohne viel Vernünftiges zustande zu bringen, bis es Zeit war, die Kinder abzuholen.

Clara ist erst von der Arbeit gekommen, als die Jungs ins Bett sollten, und gleich mit ihnen nach oben gegangen.

Jetzt sitzt sie neben mir auf der unteren Veranda, ihren Abendjoint in der einen Hand, das Telefon in der anderen. Ich sehe, dass sie wieder auf Strava ist, der Sport-App. Jeden Abend studiert sie ihre Laufstrecken, wer wo langgelaufen ist und in welcher Zeit.

Soweit ich verstehe, geht es darum, jederzeit den Rekord zu halten. Das stachelt wohl ihren Konkurrenzgeist an. Normalerweise necke ich sie wegen dieser Manie, heute fehlt mir die Energie dazu, ich sitze einfach nur tief im Sessel.

»Ich habe im Krankenhaus angerufen, um mich nach dem Jungen zu erkundigen, von dem ich dir erzählt habe«, fange ich an.

Zum ersten Mal heute sind wir zu zweit, und ich verspüre ausnahmsweise ein starkes Bedürfnis, mit ihr zu reden.

»Ja?« Sie blickt mich abwartend an.

»Sie hatten gerade die Beatmung abgestellt.«

Sie seufzt.

»Das heißt, er ist tot?«

»Ja.« Ich schlucke, sehe wieder seine Augen vor mir. »Hast du auch mitbekommen, was mit dem Vater passiert ist!«

Sie nickt.

»Ich habe im Netz über den Mord gelesen und mir schon gedacht, das ist vielleicht der Typ, von dem du erzählt hast.«

»Ich musste die Polizei zum Tatort begleiten, um ihn zu identifizieren …«

Clara schaut mich an. »Und?«

Niemand hat so blaue Augen wie sie. Auch jetzt in der Dämmerung leuchten sie regelrecht.

In der ersten Zeit nannte ich sie immer Bette Davis, wegen Kim Carnes' Songversion von 1981, *Bette Davis' Eyes*, wo es um die klaren blauen Augen der Schauspielerin geht, die auf Fotos oft braun wirkten, vor allem in Schwarz-Weiß. Von heute aus gesehen ist der Vergleich schief, denn niemand könnte Claras Augen je anders als blau finden, egal in welchem Licht.

Clara war erfrischend anders als die Mädchen, mit denen ich aufgewachsen war. Sie beherrschte Dinge, von denen ich keine Ahnung hatte, zum Beispiel Obstbäume beschneiden, Zäune aufstellen, Lämmer auf die Welt bringen oder Traktor fahren.

Eine Art androgynes Naturkind, ein Stück ungezähmte westnorwegische Natur.

»Ja, er war es«, antworte ich. »Alle sind völlig entsetzt, die Leitung steht unter Druck, das Krankenhaus steht nicht gut da. Niemand hat eine Ahnung, wer das getan haben könnte. Irgendwann hat die Polizei sämtliche Ausgänge abgesperrt, aber da war schon einige Zeit vergangen, der Täter konnte längst entkommen sein.«

»Warum sollte jemand ihn umbringen?«

»Keine Ahnung, aber er war ein aggressiver Typ, hatte sicher Feinde. Zwei große Austrittswunden, eine am Rücken, eine an der Seite. Die habe ich gesehen, als ich ihn identifizieren musste, die Kriminaltechniker machten gerade Fotos von ihm.«

»Oh mein Gott …«

»Schlimmer Anblick. Ich habe so was schon öfter gesehen. Offenbar ist er mit Deformationsgeschossen umgebracht worden.«

Im Laufe des Tages hatte ich noch einiges über diese Munitionsart gelesen. Vor einigen Jahren wurde unsere Polizei damit ausgestattet, weil damit weniger Gefahr eines Durchschusses und die Verletzung Dritter droht als bei gewöhnlicher Munition. Außerdem wird sie bei der Jagd verwendet, da sie zuverlässiger zum Tod führt.

»Der Typ wirkte ziemlich zwielichtig. Kein besonders erfreuliches Kind Gottes. Also Allahs …«

Wir schweigen kurz.

»Wie geht es eigentlich im Ministerium?«, erkundige ich mich.

Ich versuche immer, eine Frage nach Claras Arbeit unterzubringen, schließlich ist das ihr wichtigster Lebensinhalt.

»Hör bloß auf mit dem Scheißladen.« Ihr Gesicht verdunkelt sich.

»Warum?«

»Sie haben meinen Gesetzesvorschlag auf Eis gelegt. Der ist gestorben.«

»Was?« Ich bin schockiert.

Weil es so viel von ihrer Zeit und Aufmerksamkeit beansprucht hat, habe ich das Ding zwar oft genug dahin gewünscht, wo der Pfeffer wächst, aber wenn der ganze Aufwand vergebens war und das Gesetz nie das Licht der Welt erblicken wird, bedeutet das schlechte Stimmung, und zwar für geraume Zeit. »Was ist passiert?«

»Tja, wenn man das wüsste.« Sie bläst einen Rauchring, sagt nichts mehr.

Als wir uns kennenlernten, mochte ich Claras Ehrgeiz, mir gefiel, dass sie so willensstark und kompromisslos war. Allerdings dachte ich auch, sie würde mit der Zeit etwas milder werden. Irrtum. Im Gegenteil.

Sie schlägt die Decke weg, unter der sie liegt, und schwingt die Füße aus dem Liegestuhl. Offenbar will sie aufstehen und gehen, wie immer, wenn ich versuche, ein Gespräch mit ihr zu führen.

»Lass mal.« Ich stehe auf. »Ich gehe ja schon, bleib ruhig sitzen.«

Da setzt sie sich wieder hin.

Ich gehe rein und schließe die Terrassentür, will den schweren, süßlichen Haschgeruch nicht in der Wohnung haben. Noch nach all den Jahren kann ich mich nicht ganz daran gewöhnen, dass sie das Zeug täglich raucht. Eigentlich hoffe ich, dass sie bald aufhört, bevor die Jungs irgendwann begreifen, was da läuft. Aber ich habe so meine Zweifel.

Jetzt setze ich mich ins mittlere Zimmer, nehme das Handy raus und drücke auf das orange Icon.

Als notorischer Strava-Verächter habe ich die App natürlich auf einen Bildschirm ganz rechts gelegt, sodass sie zu keinem Zeitpunkt zu sehen ist. Die Push Nachrichten habe ich abgestellt. Clara schnüffelt nicht auf meinem Handy herum, aber sollte sie zufällig mal die geöffnete App sehen, kann ich immer noch sagen, dass ich sie mir runtergeladen habe, um mal nachzusehen, was daran so faszinierend sein soll.

Eine rote Zahl rechts oben auf dem Icon zeigt acht Nachrichten an.

Ich öffne die App, scrolle nach unten und klicke das Profil von MRSSPLENDID an.

Sie ist dieselbe Runde in ihrer Nachbarschaft gelaufen wie mehr oder weniger jeden Dienstag, wenn sie nicht arbeitet. Durch den Wald und um einen kleinen See herum. Heute hatte sie einen recht guten Tag, eine ihrer besten Zeiten auf der Strecke. Hoher Puls die ganze Zeit. Dank dieser digitalen Daten kann ich mich ihr etwas näher fühlen.

Gut gemacht, MRSSPLENDID!, kommentiere ich.

Und dann: *Du brauchst wohl bald einen Wettlauf!*

JA!, antwortet sie.

Ich rufe die Strecke von MRSSPLENDID vom letzten Dienstag auf und zoome auf einen Hügel mit einer fast kraterartigen Vertiefung in der Mitte, einer Art Grube, die vor Blicken schützt, falls jemand unten auf dem Weg vorbeikommt.

Ich schließe die Augen und denke zurück.

Unser Ort. Unsere Zeit.

So unendlich weit von der wüstenartigen Ödnis entfernt, zu der unsere Ehe geworden ist.

10 – *Clara*

Zum ersten Mal bin ich Haavard an einem Junisamstag vor vielen Jahren begegnet, in dem charmanten, überwucherten Garten der alten Edith, nur einen Steinwurf von dort, wo wir jetzt wohnen.

Ich durfte umsonst bei ihr wohnen, brauchte dafür nur im Garten zu arbeiten und zu putzen, Holz zu stapeln und verschiedenes anderes zu erledigen. Sehr viel netter als der Putzjob, den ich bis dahin gehabt hatte, bei dem ich jeden Tag die Bahn bis nach Lambertseter nehmen und dort in zwei abgeranzten Friseurläden sauber machen musste, wo die Kakerlaken auf dem Küchentresen steppten und alles voller abgeschnittener Haare war. Dank Edith konnte ich es mir leisten, bei den Friseuren zu kündigen, auf Nimmerwiedersehen.

Wie sich herausstellte, war Edith unter ihrem etwas verstaubten Äußeren richtig amüsant. Hustend und rauchend saß sie in ihrem Liegestuhl und erzählte von alten Zeiten in Paris, von Avenuen und Cafés, Partys und Diskussionen.

Sie war ein ungeheuer runzeliges, dürres kleines Wesen, aber nach allen Regeln der Kunst geschminkt, sie trug gepunktete Blusen und Ohrringe und hochgestecktes Haar. Keine Ahnung, wie alt sie war, wahrscheinlich irgendwo in den Achtzigern.

Mir wurde schnell klar, dass sie vor allem Gesellschaft wollte.

»Komm, jetzt setzen wir uns erst mal gemütlich hin«, sagte sie oft. Und wenn ich noch so sehr meinte, ich hätte doch meine Pflichten zu erledigen, taten wir das dann auch, meistens mit einer Flasche Rosé.

Die Vögel zwitscherten, die Fliegen surrten, die Blumen blühten.

Ich fühlte mich in diesem großen, verwinkelten Haus, das von üppigem Grün umgeben war, geborgen. Ein altes Haus, ein zugewucherter Garten, ganz wie daheim auf unserem Hof, obwohl die Ähnlichkeiten damit natürlich auch aufhörten.

Jedes Mal erkundigte sich Edith nach meinem Jurastudium. Und jedes Mal meinte sie, ohne zuzuhören, was ich antwortete, sie könne gar nicht begreifen, warum ich mir das antäte. Als ihr Sohn seinerzeit Jura studierte, habe sie mal in seine Bücher geschaut, du lieber Himmel, etwas so gottesjämmerlich Langweiliges, sagte sie mit ihrem heiseren Lachen. Ich versuchte, ihr klarzumachen, dass das Studium zwar nicht unbedingt aufregend sei, mir aber viele interessante berufliche Perspektiven biete, Möglichkeiten, etwas Wichtiges zu tun, etwas, womit ich den Menschen helfen könnte. Da sollte ich mal ihren Sohn kennenlernen, meinte sie, der habe es weit gebracht.

Sie wollte nicht glauben, dass ich keinen Freund hatte, nicht einmal einen Flirt oder eine Romanze. Und dann verlagerte sich das Gespräch meist auf die Zeit vor rund sechzig Jahren, wo sie in der Nähe von Sacré-Cœur am Montmartre gewohnt und in den Cafés nach Männern Ausschau gehalten hatte.

Ich schlug auf meinem Liegestuhl die Beine unter, prostete ihr mit dem Rosé zu und lauschte.

Recht bald wurde mir klar, dass Ediths Alter, Richter am Obersten Gerichtshof – ein Amt, in das ihm der Sohn übrigens nachgefolgt war –, sie nach Strich und Faden betrogen hatte. Stolz, wie sie war, saß die Kränkung natürlich tief. Doch als sie erst einmal darüber redete, öffneten sich die Schleusen.

»So was ist erblich. Mein Sohn William hat viele gute Seiten, aber ich fürchte, er wird seinem Vater immer ähnlicher, auch in dieser Hinsicht. Das merkt man einfach, weißt du. Die Leute denken immer, man müsste nach Lippenstift et cetera suchen, Unsinn, das ist überflüssig. Wenn dein Mann sich nachts nicht mehr an dich kuschelt, aber sonst mit seinem Leben froh und zufrieden scheint, dann weißt du Bescheid. Dann stimmt etwas nicht, und bevor du dich versiehst, riechst du das fremde Parfüm und weiß Gott was sonst noch. Verstehst du?«

»Natürlich«, lachte ich.

Sie war nicht nur amüsant, sondern auch meine einzige Freundin in der fremden Stadt.

Als wir eines Tags so plauderten, stand auf einmal ein stattlicher junger Mann vor uns auf den Steinplatten des Weges. Ich bemerkte ihn erst, als Edith aufsprang und ihm um den Hals fiel.

»Aha, mein Liebling!«, rief sie stolz. Sie waren ein merkwürdiger Anblick, sie winzig, der Mann, den sie umhalste, mindestens eins neunzig, lang und schlaksig in dunkelblauen Shorts und weißem Piqué-T-Shirt, beides ein wenig verwaschen, aber von sichtlich guter Qualität, das T-Shirt ohne Markenaufnäher, das bemerkte ich sofort.

Am Handgelenk eine wahrscheinlich ziemlich teure Uhr. Dunkle Haare, eine Strähne fiel ihm ständig in die Stirn. Braun gebrannt, er schien sich viel im Freien aufzuhalten, auf dem Wasser oder in den Bergen. Tiefblaue Augen. Eine Art Adlernase.

Eigentlich erinnerte er mich an meinen Vater auf Fotos vor meiner Geburt, vor Agnes, vor allem. Aber dieser junge Mann strahlte eine natürliche Autorität aus, ganz anders als Papa. Er schien vor Selbstsicherheit richtig zu leuchten. So sieht man wohl aus, wenn man in einem Zuhause aufgewachsen ist, wo es nie an etwas gefehlt hat. Wo dir zum Einschlafen vorgelesen wird, wo du schon als kleines Kind am Wochenende zum Skilaufen mitgenommen wirst, wo es keinen Zweifel daran gibt, dass du geliebt wirst und dir ein gutes Leben beschert sein wird.

»Großmutter!« Haavard erwiderte ihre Umarmung, ich konnte sehen, wie vorsichtig er war. Ediths Schulterblätter staken hervor, sie sah aus wie ein Vögelchen. Ich selbst hatte immer Angst, sie bei einer Umarmung zu erdrücken.

»So, du bist also Großmutters neuer Liebling?« Er schaute mich neugierig an. »Sie hat mir schon von dir erzählt.«

»Und mir von dir«, sagte ich, obwohl mich Ediths Sohn mehr interessierte als das, was sie über ihren Enkel berichtete, der seinen Vater so enttäuscht hatte.

»Kann ich mir vorstellen«, sagte er. »Das schwarze Schaf der Familie, oder, Großmutter?«

»Ganz genau.« Edith kicherte vergnügt. »Komm, hol dir einen Liegestuhl aus dem Schuppen.«

»Nur kurz, ich habe noch etwas vor.« Haavard holte einen Liegestuhl, ich ein drittes Glas und noch eine Flasche Wein.

So hat es angefangen, vor langer, langer Zeit.

Ich hatte nicht vor, mir einen Freund zuzulegen, schon gar nicht in dem Moment.

Aber mit irgendwem muss man sich ja irgendwann mal zusammentun. Haavard war klug, er studierte Medizin, ohne davon zu fantasieren, wie er dereinst für Ärzte ohne Grenzen in die Welt ziehen würde, das hätte ich nicht ertragen. Er wirkte beruhigend auf mich, ich schmiegte mich gern abends in seine Umarmung, lehnte mich an ihn.

Und er konnte gut mit Kindern, das stellte ich fest, als ich ihn mit dem Nachwuchs seiner Freunde sah. Außerdem sah er aus wie eine griechische Skulptur, war aber trotzdem nicht zu glatt, ein wenig strubbelig mit seinem langen Haar und dem Dreitagebart.

Beim Sex nahm er mich gern ein bisschen härter ran, das kannte ich noch nicht. Manchmal war ich noch am Tag danach etwas wund, das gefiel mir. Ich saß in der Vorlesung und freute mich über mein Geheimnis. Ich schloss mich auf der Toilette ein, ließ die Hose runter oder zog mir den Pullover hoch, betrachtete die kleinen Schrammen und blauen Flecken. Als ob ich eine neue Haut bekommen hätte. Einen neuen Körper.

Ich dachte, alle müssten mir ansehen, dass ich mich verändert hatte. Dass etwas passiert war.

Als ich ins Wohnzimmer komme, schaut Haavard die Abendnachrichten, sein Telefon in der Hand.

»Schau mal, die da.« Er nickt zum Fernseher hin. Gerade wird Cathrine Monrad interviewt, die Polizeipräsidentin, in voller Montur.

Eine zupackende Frau, mit Visionen, sehr integer, sie lässt sich nicht auf der Nase herumtanzen. Die Medien lieben sie. Anders als Munch.

»Verdammt sexy in dieser Uniform, muss man schon sagen …«, meint er mit dem schiefen Lächeln, das er dann aufsetzt.

»*Oh, come on*«, erwidere ich, »lass den Machoquatsch.«

Sie sieht aber wirklich gut aus in der eng sitzenden blauen Bluse, mit Krawatte und Gold auf den Schultern. Langes blondes Haar, *classy* Make-up.

Sie blickt in die Kamera: »Es ist nicht leicht zu erkennen, was daran zielführend sein soll.« Das ist ihr Kommentar zu dem Vorschlag, die Bandengewalt im Osten der Stadt durch die Einrichtung geschlossener Anstalten für schwer erziehbare Kinder zu bekämpfen. Einer der radikaleren Vorstöße von Minister Anton Munch letzthin, ähnlich wie die Heime für alleinstehende minderjährige Asylanten in Kabul.

Kritische Stimmen sehen darin Parallelen zu dem jüngsten Skandal des US-Präsidenten, der zum internationalen Entsetzen illegale Einwanderer von ihren Kindern trennt.

Der Minister äußere sich nicht zu den Vorbehalten seiner eigenen hohen Beamtin, sagt der Reporter in der Abmoderation.

»Wenigstens sagt eine, wie ungerecht das ist«, sagt Haavard.

Er hat den Glauben an eine gerechte Welt immer noch nicht verloren.

»Es gibt keine Gerechtigkeit, Haavard«, sage ich. »Das müsste dir auch so langsam klar sein. Abwarten, wie beliebt sie sich im Ministerium damit macht. Aber klar, das ist übel. Kindesmisshandlung von Staats wegen.«

11 – *Roger*

Es fühlt sich schon ein bisschen surreal an, dass ich bereits zum zweiten Mal wegen des Mordes an meinem Arbeitsplatz vernommen werde.

»Mukhtar Ahmad hat die Kinderabteilung um 21 Uhr 35 verlassen, nach eigenem Bekunden, um zum Gebetsraum zu gehen. Ohne Aufenthalt braucht man dorthin fünf Minuten«, sagt die Beamtin.

Ihre Stimme ist kühl, professionell.

Auch diesmal haben sie mich als Erstes über meine Rechte belehrt. Dann sollte ich den gesamten Ablauf des Abends schildern, alles, was ich getan habe, sie unterbrachen mich nicht.

Und jetzt nehmen sie offenbar alles, was ich gesagt habe, genauer unter die Lupe.

»Sie haben bereits erklärt, Sie haben sich bis zum Ende Ihrer Schicht um 22 Uhr 30 in der Abteilung aufgehalten. Laut Stechuhr haben Sie die Abteilung allerdings um 22 Uhr 23 betreten, das bedeutet, dass Sie zwischen 22 Uhr und 22 Uhr 30 draußen waren?«

»Ja, war ich, aber nur kurz.« Meine Stimme zittert, meine Hände auch. Ich hätte nicht gedacht, dass sie die Stechuhr untersuchen.

»Und wann haben Sie die Station verlassen?«

»So um fünf nach zehn, glaube ich.« Ich versuche nachzudenken. »Ich weiß noch, ich habe auf die Uhr geschaut, es war keine halbe Stunde mehr bis zum Ende meiner Schicht. Ich dachte, da ist es in Ordnung, wenn ich kurz rausgehe. Ich wollte mit dem Mann sprechen. Sein Sohn ist hirntot, und es ist seine Schuld. Ich wollte etwas tun. Mit ihm reden, ihn zurückholen, dafür sorgen, dass er sich seiner Verantwortung stellt. Außerdem musste man früher oder später über Organspende mit ihm reden. Darauf wollte ich ihn gerne vorbereiten, den Weg bahnen, dass er zustimmt. Wenn ein anderes Kind die Organe des Jungen bekommt, gibt es in all dem Elend wenigstens noch etwas Positives.«

Sie notiert das ohne irgendwelche Bemerkungen.

»Aber ich bin ihm nicht gefolgt, um ihn zu erschießen«, fahre ich fort, plötzlich verzweifelt. »Ich habe in meinem ganzen Leben noch keine Waffe in der Hand gehabt, Ehrenwort. Und als ich gesehen habe, dass er in den Gebetsraum wollte, bin ich zurückgegangen, ich dachte, ich spreche ihn dann später an. Ja, ich habe mit dem Islam nichts am Hut, trotzdem wollte ich den Mann nicht zur Rede stellen, während er betet.«

»Wie spät war es genau, als er den Gebetsraum betrat und Sie umgekehrt sind?«

»Ich weiß nicht. Ungefähr zehn nach?«

»Trotzdem haben Sie die Schlüsselkarte erst um 22 Uhr 23 benutzt? Wenn Ihre Angaben stimmen, haben Sie dreizehn Minuten für einen Weg gebraucht, den man in wenigen Minuten zurücklegen kann. Es sei denn, Sie sind Ahmad eben doch in den Gebetsraum gefolgt? Wäre das möglich?«

Jetzt sollte ich Ruhe bewahren.

Aber etwas juckt mich, unter der Haut.

»Nein, verflucht noch mal«, sage ich. »Verdächtigen Sie mich etwa? Dann sagen Sie es klar und deutlich. Ich habe die ganzen Fragen schon einmal beantwortet. Warum lassen Sie mich nicht in Frieden?«

»Wir reden mit vielen Zeugen.« Sie bleibt ganz ruhig.

»Aber mich verdächtigen Sie, oder? Ich habe alles ganz detailliert geschildert, mehr hab ich nicht zu sagen.«

»Gut, reden wir über was anderes«, schlägt der ältere Beamte vor. »Roger, würden Sie uns etwas über Ihre Sicht auf Einwanderer aus muslimischen Ländern erzählen?«

»Äh, na ja … Kritisch sehe ich das, wie die Mehrheit der Bevölkerung. Aber seit wann ist das ein Verbrechen?«

Er mustert mich unbewegt.

»Haben Sie unter dem Alias ›miketyson66‹ Beiträge auf rights.no und document.no gepostet?«

»Ja, aber das hat nun wirklich nichts mit dem hier zu tun.«

Er blickt in seine Papiere, liest vor:

»Dann schauen wir doch mal, was ›miketyson66‹ am 14. November 2015 geschrieben hat, sofort nach den Terrorangriffen in Paris: ›Die politisch korrekte Elite‹ und die gleichgeschalteten Medien haben uns die Wahrheit verschwiegen. Muslime und ethnische Europäer werden nie zusammenleben können. Wenn hier nichts unternommen wird, wenn kriminelle Moslems und Hassprediger nicht in ihre Herkunftsländer abgeschoben werden, dann nehmen wir normalen Europäer die Dinge irgendwann selbst in die Hand.«

Ich schüttele hektisch den Kopf. »Was ist das für ein Unsinn?«

»Interessanterweise schreiben Sie noch unter einem anderen Alias, ›grorudgay66‹«, fährt der Beamte fort. »Dieser ›grorudgay66‹ schreibt auf gaydar.no an ›babylonqueer‹: ›Bist du aus dem Irak? Ich lasse mich gern von jungen Araberboys dominieren …‹ Was hat das zu bedeuten?«

»Das geht jetzt wirklich zu weit.« Ich stehe auf.

»Bleiben Sie bitte sitzen«, sagt Elin.

Ich setze mich wieder hin, aber meine Stimme zittert immer noch.

»Sehen Sie denn nicht, was da draußen passiert? Norwegische Schüler werden wegen ihres Pausenbrots gemobbt. Muslimische Schüler haben keinerlei Respekt vor norwegischen Erwachsenen, nicht mal vor Polizisten. Normale Leute trauen sich nicht mehr, in Oslo Hand in Hand über die Straße zu gehen. Unschuldige Karikaturisten leben in Todesangst. Und wem machen Sie das Leben schwer? *Mir*? Das ist lächerlich. Ich habe niemanden umgebracht! Herrgott noch mal, ich bin Krankenpfleger! Ich *rette* Leben!«

12 – *Haavard*

Mit nur einer Stunde Vorlauf werden wir zu einer Abteilungsversammlung einbestellt. Alle, die hier sind, hatten auch in der Todesnacht Dienst, abgesehen von Askildsen, der war ja erst später aufgetaucht.

»Ich habe euch hergebeten, damit wir alle auf den neuesten Stand kommen.« Askildsen scheint es nicht ganz wohl zu sein. »Als Erstes will ich berichten, was es vonseiten der Polizei gibt, jedenfalls, was ich davon weiß. Gleich nach dem Mord wurde eine vorläufige Einsatzgruppe gebildet, die euch alle vernommen hat und jetzt im Präsidium sitzt. Sie besteht aus technischen und taktischen Ermittlern. Sie ermitteln im persönlichen Umfeld des Opfers, suchen weitere Zeugen und bemühen sich um eine vollständige Chronologie der Ereignisse. Ziel ist, sämtliche Bewegungen auf dem Krankenhausgelände zur Tatzeit zu erfassen, außerdem die Aufenthaltsorte aller Anwesenden. Soweit ich weiß, wird erwogen, den Ablauf als Rollenspiel zu rekonstruieren. Es kann sein, dass ihr dabei um Mithilfe gebeten werdet.«

Die Leute nicken stumm. Ich schaue zu den Bäumen vor den Fenstern des Verwaltungsgebäudes hinaus.

Als Kind dachte ich, das Krankenhaus Ullevål wäre ein Schloss.

Meine Eltern belächelten das, aber ich freute mich jedes

Mal, wenn wir an dem rotbraun gemauerten Schloss vorüberfuhren.

Recht früh fand ich dann heraus, dass alles – der Turm, die schönen Bäume, die Pflanzen und Ruhebänke – zur Quarantäne dienen sollten. Zur Zeit der Eröffnung des Krankenhauses im Jahre 1887 wüteten Diphtherie und Scharlach in der Stadt, schon nach vier Tagen waren alle Betten belegt, angeblich zweiundneunzig pro Arzt.

Die architektonischen Kenntnisse hatte ich von Oma Edith, die selbst immer von einer Laufbahn als Architektin geträumt hatte und der es allzu lieb gewesen wäre, wenn ich so schöne Gebäude gebaut hätte wie Nordan und Schirmer mit diesem Krankenhaus.

Mein Vater hingegen hoffte während meiner gesamten Kindheit und Jugend, ich würde in seine Fußstapfen treten und den langen, mit Paragrafen gesäumten Weg zum Höchsten Gerichtshof beschreiten. Doch nachdem ich beinahe an einer Blinddarmentzündung gestorben war und durch eine Operation gerettet wurde, gab es für mich weder Jura noch Architektur, nur noch Medizin. Ich wollte etwas Nützliches tun.

Seitdem reitet Vater immer wieder darauf herum, dass ich ihn durch diese Entscheidung im Stich gelassen hätte. Natürlich sagt er das nicht geradeheraus, aber man müsste schon taub sein, um seine Anspielungen zu überhören.

»Noch Fragen?« Askildsen war mit seiner Ansprache fertig.

»Und wenn das noch mal passiert? Was wird jetzt eigentlich unternommen? Bekommen wir Supervision? Schließlich hat es an unserem Arbeitsplatz einen Mord gegeben!« Roger klingt ungewöhnlich erregt und aufgebracht.

»Ich weiß nicht«, sagt Askildsen, »aber ich werde nachfragen.«

»Das zeigt nur wieder, wie schlimm es um diese Stadt steht!«

Ich muss mich bemühen, nicht laut aufzustöhnen. Roger verfolgt als Einziger, den ich kenne, die rechtslastigen Plattformen *Resett* und *Human Rights Service*, er jammert ständig darüber, dass die Kinder in den Stadtteilen mit vielen Einwanderern keine Salami mehr auf dem Schulbrot haben dürften.

»Hör doch auf.« Sabiya bedenkt ihn mit einem irritierten Blick. »Du hast dem Kerl doch selbst den Tod an den Hals gewünscht, ganz wie wir alle.«

Alle sind mucksmäuschenstill.

»Weißt du was darüber, ob in Sachen Kindesmisshandlung an dem kleinen Faisal ermittelt wird?«, fährt Sabiya fort, als wollte sie ihren vorigen Einwurf vergessen machen. Sie muss immer noch außer sich sein, üblicherweise hätte sie Roger nicht so angeblafft.

»Ich denke schon«, sagt Askildsen.

»Und die Mutter, ist die wegen Mittäterschaft verhaftet worden?«, frage ich, fast nur, um auch etwas zu sagen.

»Es wird wohl gegen sie ermittelt, ja, das geht aus den Fragen der Polizei hervor. Und die Familie erhält Betreuung.«

»Aber wie sollen wir uns an unserem Arbeitsplatz jetzt noch sicher fühlen?« Bente klingt wie ein Echo auf Roger. »So was kann doch jederzeit wieder passieren.«

»Na ja«, meint Askildsen, »ich glaube nicht, dass ihr euch Sorgen zu machen braucht.«

»Du *glaubst* nicht …« Bente schüttelt den Kopf. »Schöner Trost.«

»Wie gesagt, das scheint ein Einzelfall zu sein, wahrscheinlich hat das mit dem Milieu zu tun, in dem der Mann sich bewegt hat. Trotzdem solltet ihr nachdenken, ob ihr noch irgendwas gesehen oder gehört habt. Falls es auch nur im Entferntesten mit dem Fall zu tun haben könnte – behaltet es nicht für euch. Besser, ihr sprecht einmal zu viel mit der Polizei als einmal zu wenig. Überlasst die Einordnung und Bewertung den Ermittlern. Vergesst nicht, es ist in unser aller Interesse, dass das aufgeklärt wird.«

Nach Ende der Versammlung gehe ich vor die Tür und mache eine Runde auf dem Krankenhausgelände.

Nachdem ich mir meine Clogs zehn Jahre lang auf den Linoleumböden des Universitätskrankenhauses Ullevål abgelaufen habe, weiß ich längst, dass ich mich als Fünfjähriger gründlich getäuscht hatte.

Ullevål ist kein Schloss.

Diese ehrwürdigen Bauten sind im Inneren abgenutzt, hässlich.

Die neueren Gebäude sehen drinnen besser aus, dafür von außen schrecklich, wie aus den billigsten Materialien zusammengebastelt. Fast wie ein in Bau befindlicher Flugplatz. Alles bunt durcheinander, große und kleine Gebäude, alte und neue.

Und wahnsinnig viele Leute.

Ich glaube, hier sind gegen zehntausend Mitarbeiter beschäftigt, das größte Krankenhaus in Nordeuropa, eine kleine Welt für sich. Und ein ziemlich raues Pflaster, ein ständiger Kampf um Ansehen und Positionen – und um etwas so Grundlegendes wie feste Anstellungen.

Mindestens ein Drittel der Ärzte sind vom Ehrgeiz zerfressene Idioten, ein weiteres Drittel befindet sich wegen des ersten so gut wie ständig im Krankenstand, und dann gibt es noch uns, die wir mitten in alldem die Stellung halten und arbeiten und nur manchmal übereinander lästern.

Auf dem Weg zurück zur Station checke ich die Nachrichten. Die *VG online* bringt unter der reißerischen Überschrift »Der Gangstermord« ein Foto von Ahmad.

Der im Stadtteil Grünerløkka aufgewachsene Mukhtar Ahmad war offenbar schon Anfang der 2000er Jahre in den kriminellen Gangs von Oslo eine bekannte Figur. Ungenannte Quellen behaupten der Zeitung gegenüber, verschiedene Leute hätten ein Motiv, ihn umzubringen. Kaliber und Munition lassen darauf schließen, dass er mit einer in dem Milieu häufig verwendeten Waffe, wahrscheinlich mit Schalldämpfer, erschossen wurde. Gefunden wurde sie noch nicht.

Auch heißt es, die Polizei gehe jetzt sämtliche Register und Waffenhändler durch, um diese Waffe jemandem im Milieu oder einem früheren Straffälligen zuzuordnen.

Von den Deformationsgeschossen haben die Medien offenbar noch nichts mitbekommen.

Auf meiner Netzhaut läuft immer noch eine Art Film ab.

Jetzt friert er an einer bestimmten Stelle ein.

Mukhtar Ahmad hat seinen Sohn nicht in die Notaufnahme gebracht, sondern direkt zu uns.

Er wusste wohin. Er war nicht zum ersten Mal auf der Kinderstation.

Ich müsste eigentlich an einem Artikel über Leukämie im Kindesalter arbeiten, den ich federführend zusammen mit zwei anderen Ärzten verfasse. Letzte Woche habe ich die Kommentare der beiden anderen zum ersten Entwurf bekommen, jetzt warten sie auf die überarbeitete Fassung.

Aber als ich im Büro sitze, komme ich nicht mal dazu, die Datei zu öffnen. Stattdessen lese ich noch einmal gründlich den Arztbericht über den kleinen Jungen. Dann gebe ich seinen Nachnamen als Suchbegriff in unserer Datenbank ein.

Bingo. Vier weitere Treffer. Ich klicke den ersten an, lese. Dann die anderen.

Ich lehne mich vor und blinzele. In der dritten Datei entdecke ich etwas.

Verdammt noch mal. Ja.

Faisal Ahmad (geb. 2014): 09. 04. 2017: Subdurales Hämatom linke Hemisphäre, Läsionen verschiedenen Alters. Trümmerbruch okzipital links. Außerdem multiple nicht dislozierte Frakturen posterior 2.–5. costa rechts. Auf Brust und Rücken Hämatome verschiedenen Alters.

Nicht nur, dass seine Geschwister schon hier waren.

Auch der Junge selbst war schon bei uns, erst vor dreizehn Monaten.

Ich lese weiter, über Faisal und seine Geschwister, über all die anderen sogenannten Stammkunden.

Ich lese über einen Jungen voller Stiche und Kratzer und Schürfwunden, den sein Vater gezwungen hatte, mit dem Rad durch eine Dornenhecke zu fahren.

Über Kinder mit tiefen, blutigen Fleischwunden entlang der Wirbelsäule, die ihnen mit Münzen zugefügt wurden, um »böse Mächte auszutreiben«.

Über Kinder mit Rissen hinter den Ohren, an denen man sie festgehalten hat, um sie zu Oralsex zu zwingen, oder mit Verletzungen im Mundraum nach Zwangsfütterung.

Über Kinder mit zahlreichen gleichförmigen Abdrücken von Schlägen mit dem Baseballschläger.

Über Kinder mit Verbrühungen, die in siedend heißes Wasser gesetzt wurden.

Ich lese weiter, bis mir übel ist.

Immer deutlicher wird mir klar, warum Clara so unverrückbar sicher war, dass ihr Gesetzesvorschlag richtig und notwendig war. Bis jetzt habe ich ihn kritisch gesehen, habe gefunden, die Absicht sei gut, aber der Vorschlag greife zu sehr in die Persönlichkeitsrechte ein. Mein Vater hat mich gelehrt, wie wichtig es ist, Persönlichkeitsrechte und die individuelle Freiheit hochzuhalten.

Vorfälle wie die, von denen ich hier lese, werden der Polizei und dem Jugendamt gemeldet, die daraufhin unverzüglich zu handeln haben. Trotzdem ist allgemein bekannt, dass manche Kinder immer wieder kommen, dass das System eine Schwachstelle hat oder sogar viele. Wir leben damit, denn wir glauben, es sei nichts daran zu ändern. Aber vielleicht stimmt das nicht, vielleicht bin ich es Faisal Ahmad schuldig, etwas zu versuchen.

Während der Computer herunterfährt, wird mir klar, was ich zu tun habe. Ich muss ein Warner werden.

13 – *Clara*

Ich stehe auf dem Balkon im Obergeschoss.

Weit hinten sehe ich den Oslofjord. Dunstig und graublau geht er beinahe unmerklich in den großen Himmel über.

Etwas näher liegt die Stadt, von hier aus nicht mehr als ein dunkelgrauer Streifen mit vielen kleinen Hügeln.

Als ich das erste Mal hier war, Haavards Eltern wohnten noch im Haus, warf mich die Aussicht glatt um. Jetzt wohne ich schon seit fast zehn Jahren selber hier. Der Blick aufs Wasser ist immer noch das Beste, eine Art Verbindung zu unserem Hof daheim mit seinem Panoramablick über den Fjord.

Ich brauchte etliche Jahre, bis mir klar war, dass für Familien wie diese ein nicht allzu penibel gepflegter Garten zum edlen Image gehört. Sorgfältig getrimmte Hecken und Rasen sind kleinbürgerlich, fertig. So gesehen stehen wir sehr gut da, wir haben beide keine Zeit für Gartenarbeit.

Die Stauden und Büsche brauchen zum Glück nicht viel Pflege. Gerade jetzt blüht der erste Flieder, in diesem Jahr so früh wie noch nie.

Im Juni dann die Pfingstrosen.

Beide stehen hier schon seit fünf oder sechs Generationen. Und ebenso die knorrigen alten Apfelbäume.

Das Villenviertel hier im Stadtteil Vinderen ist sehr

attraktiv, eine gesuchte Lage, würden wir in der Annonce schreiben, falls wir denn verkaufen wollten. Stadtnah gelegen, dennoch ruhig im Haakon den Godes Vei.

Die Einfahrt wird von einer hohen Hecke geschützt, die Häuser stehen so, dass sie für die Nachbarn nicht einsehbar sind. Man kann unbemerkt kommen und gehen.

Ich drehe mich um und gehe rein. Das Schlafzimmer ist mir am liebsten, quadratisch, hohe Decke, mit Stuck wie in allen Zimmern. Alte Fenster. Balkon. Der Boden weiß gestrichen. Luftige weiße Gardinen, ein Korbsessel, eine Kommode aus Eichenholz, ansonsten viel Freifläche.

Luftig, sauber, aufgeräumt, so, wie es mir gefällt.

Auf der Seite, wo in meinem Kleiderschrank die Sachen für die Arbeit hängen, habe ich zehn Seidenblusen. Alle in verschiedenen gedeckten Farben. Vier oder fünf schwarze, dunkelgraue und dunkelblaue Hosen. Ein paar T-Shirts.

Zweimal pro Jahr gehe ich in einige Läden, in denen ich sicher sein kann zu finden, was mir gefällt. Meistens bei Hugo Boss, Donna Karan oder in den Geschäften ganz unten im Hegdehaugsvei. Massimo Dutti. Filippa K. Diskrete Eleganz und Qualität. Klassische Teile, uni, gern aus Leinen, Seide, Baumwolle. Optisch möglichst unaufwendig.

Vor allem schlicht. Um weder unnötig viel Zeit noch Energie fürs Einkaufen zu verwenden.

Jetzt wähle ich ein Set von Filippa K, dunkelblaue Hose und Jacke, darunter ein weißseidenes Top.

Ich föhne mir die Haare, schminke mich, besprühe mich mit dem exklusiven Duft, den Schwiegermutter mir aus Südfrankreich mitgebracht hat, aus Grasse oder so.

Zum ersten Bewerbungstermin im Ministerium vor fünfzehn Jahren war ich allzu teuer gekleidet erschienen, die

Sachen waren raffiniert geschnitten, ich hatte sie vom Rest meines Studiendarlehens in der City gekauft. Eigentlich war ich an Jeans und T-Shirt gewöhnt und kam mir verkleidet vor.

Trotzdem zog ich die Sachen am ersten Tag im neuen Job wieder an.

Wie sich herausstellte, trugen die meisten jungen Sachbearbeiter immer noch dasselbe wie zuvor auf der Uni. Jeans, Pulli, vielleicht Bluse oder Hemd, allerhöchstens mal eine Anzugjacke. Ansonsten vor allem *casual, casual, casual.*

Am zweiten Tag wollte ich es ihnen gleichtun, entschied mich aber im letzten Moment doch anders und wählte einen schwarzen Rock, dunkelblaues Polo und dazu die neue Kostümjacke.

Dress sharp, think sharp.

Diese Kleidung gehört zu den Dingen, die dir Autorität verleihen, und daran habe ich festgehalten. Zu Hause trage ich ausschließlich Jeans, T-Shirt und Hoodies.

Als ich den Empfang des Ministeriums betrete, ist es mittlerweile kurz nach acht Uhr. Ein Team von TV2 macht sich für eine Aufnahme bereit. An der Schleuse ziehe ich meine Karte durch, warte, gehe weiter zum Fahrstuhl. Der öffnet sich, heraus kommen Minister Munch und sein politischer Referent. Der Minister blickt auf, lächelt mir zu, ich erwidere sein Nicken. Die Leute von TV2 warten wohl auf ihn.

Während meiner Jahre hier hat sich die Berichterstattung in den Medien total verändert.

Die Presse ist viel präsenter und reagiert auf den kleinsten Fehler. Den ganzen Tag herrscht ein viel höheres Tempo. Sogar große Pressekonferenzen werden manchmal in allerletzter Minute vorbereitet, während man durch die Flure zu ihnen hetzt.

Ich betrete den frei gewordenen Fahrstuhl. Im achten Stock steige ich aus, ziehe meine Karte noch einmal durch den Leser. In meinem Büro nehme ich den Laptop aus der Tasche und verbinde ihn mit der Dockingstation. Während er hochfährt, hole ich mir im Flur einen Kaffee. Dann sitze ich am Tisch und schaue die Onlineausgaben der Tageszeitungen und unseren Pressespiegel durch.

Und plötzlich steht er in der Tür. Der Minister *himself.*

»Bleib ruhig sitzen«, meint er, als ich Anstalten mache aufzustehen. »Hast du vielleicht ein paar Minuten?«

»Ja.« Ich nicke zum Besuchersessel, blicke ihn abwartend an. Munch tritt alles Mögliche los, jedes Problem muss gelöst werden, noch das kleinste, er ist extrem sichtbar. In der Öffentlichkeit bringt das Punkte. Vorläufig. Aber er kann keine Prioritäten setzen und lässt sich von den Medien treiben, um ohne großen Aufwand gut dazustehen. Und so gerät man in Vergessenheit.

Da er meinen Gesetzesvorschlag abgeschmettert hat, hoffe ich, dass es schnell geht.

»Ja, Clara, wir haben ja über dein Papier nicht eingehender reden können. Du weißt, ich dachte, ich würde es durchkriegen.« Er faltet die Hände und lässt die Knöchel knacken, ein unausstehliches Geräusch. Schmaler Trauring. Seine Frau habe ich bislang nur auf Fotos zu Gesicht bekommen, Fotos von Diners im Schloss, die wahrscheinlich wiederum er unausstehlich findet. »Obwohl dein Vorschlag hier oben nicht so besonders beliebt war. Mehrere deiner Vorgesetzten haben mich aufgesucht und sich dagegen ausgesprochen. Aber du hast dich nicht beirren lassen. Das ist recht ungewöhnlich, muss ich sagen.«

Und da wird es mir klar.

Er ist hier, um mich abzuservieren. Oder zu versetzen, in

irgendein langweiliges, nebensächliches Referat, damit sie mich hier los sind.

Natürlich wird er es nicht so nennen, es wird sicher nur wieder so eine zwielichtige Restrukturierung von der Sorte, die nur eine oder zwei Personen betrifft. Aber ihm ist klar, dass das geplant ist, und er hat indirekt seinen Segen dazu gegeben, um all die zu beruhigen, die gegen meinen Vorschlag waren. So gesehen gereicht es ihm zur Ehre, dass er mir das höchstpersönlich mitteilen will. Er muss wirklich ein schlechtes Gewissen haben.

»Hier ist es zurzeit für dich nicht besonders gemütlich, was?« Er blickt mich forschend an. »Ich meine, hier bist du nicht ganz am rechten Platz, Clara. Du bist zu gut für diese Tretmühle.«

»Aha.« Ich winde mich auf meinem Stuhl, würde ihn am liebsten auffordern zu gehen, mag mir nicht anhören, wie er mir in bester Politikermanier den Verlust meiner Stelle als Chance verkaufen will.

»Es ist Zeit, dass du weiterkommst. Du ahnst vielleicht, worauf ich hinauswill?«

»Mag sein, ja.« Ich pule an meiner Schreibunterlage herum, einem alten Mistding von der Materialbeschaffungsstelle. Wahrscheinlich schicken sie mich jetzt in die Orgaabteilung auf irgendeinen öden Planungsjob.

»Und, wie stehst du dazu?«

»Viel mitzureden habe ich ja wohl nicht.« Ich blicke starr aus dem Fenster auf die obersten Etagen des Regierungshochhauses.

»Haha, jetzt überschätzt du wahrscheinlich meine Einflussmöglichkeiten. Ich kann dich natürlich nicht zwingen.«

»Wozu genau eigentlich?« Er soll aus meinem Büro verschwinden, Minister hin oder her. Da sitzt er, den rechten Unterschenkel nonchalant auf dem linken Knie, er wippt mit seinem braunen Lederschuh. War seinerzeit sicher ein vielversprechender Fußballer, unser Munch.

»Woll hört demnächst auf.« Er genießt es hörbar, mich zu überraschen.

»Oh.« Damit habe ich nicht gerechnet. »Wohin geht er?«

»Finanzministerium.«

»Aha.« Wenn unsere besten Leute sich nicht gleich von Headhuntern auf Leitungsposten in der freien Wirtschaft abwerben lassen, wechseln sie öfter ins Finanzministerium und verwandeln sich über Nacht in treue Knappen des dortigen Ministers, wenn es darum geht, den Geldbeutel zuzuschnüren. Das ist jedes Mal wieder faszinierend.

»Ja«, seufzt Munch, »das ist natürlich bedauerlich. Aber als ich es erfuhr, dachte ich, warum nicht mal *something else*? Wenn du verstehst, was ich meine.«

»Ich glaube nicht, offen gesagt.«

»Na ja … ich will dich fragen, ob du nicht meine Staatssekretärin werden willst?«

»Ich? Machst du Witze?«

»Nein.« Er lacht kurz. »Du bist sehr fähig, Clara. Und außerdem eine Frau. … nein, nicht darum«, ergänzt er begütigend, wahrscheinlich ist ihm mein Blick nicht entgangen. »Das ist nur noch ein Pluspunkt mehr. Ich kann so was gut einordnen. Du verfügst über alle Fachkenntnisse und Erfahrungen, die man für das Amt braucht. Und dazu noch über Gestaltungswillen und Durchsetzungsfähigkeit, du willst etwas, anders als viele sonst. Also, was sagst du, könnte dich das interessieren?«

Ihm ist anzusehen, dass er fest mit meiner Zusage rechnet, mag sein Angebot auch unkonventionell sein.

Eine Verwaltungsmitarbeiterin als Staatssekretärin. Das hat es schon gegeben. Oft nicht.

»Du wirst das mit deiner Familie besprechen wollen. Das ist total in Ordnung. Aber ich hoffe, du denkst wenigstens ernsthaft darüber nach?«

»Nachdenken werde ich auf jeden Fall, ja …«

»Gut! Nur nicht zu lange. Ich kann Woll nicht mehr lange halten.«

»… aber für besonders wahrscheinlich halte ich es nicht«, schließe ich, und sein Lächeln verblasst ein wenig.

Staatssekretärin? Neben Munch? Auf keinen Fall, und wenn es in der Hölle schneit.

14 – *Haavard*

GENAU DAS, was ich im Leben nicht erwartet hätte.

Aber jetzt fühlt es sich natürlich an. Und richtig.

In der Station Frognerseteren gehe ich den Pfad unterhalb der Gleise runter. Er gehört zu unserer festen Strava-Strecke. Abseits der begangenen Wege. Auf einer Anhöhe kreuzen sich zwei Wege, das ist unser Treffpunkt. Ich setze mich auf einen Stein am Wegrand, nehme das Telefon.

In drei Minuten ist ihre Bahn da.

Drei Minuten braucht sie hierher.

Also noch sechs Minuten. Und dann gehen wir eine Minute einen schmalen Pfad weiter, den nur ich kenne.

Die Trainings App ist genial, ein wasserdichtes Kommunikationsmittel.

Sollte Clara entgegen aller Wahrscheinlichkeit über DOCTORH stolpern, wird sie dennoch MRSSPLENDID nicht finden. Natürlich folgen wir einander nicht. Manchmal geben wir uns gegenseitig ein »Gefällt mir« unter Postings oder kommentieren sie. In einer absolut harmlos wirkenden kodierten Sprache.

Das Geniale ist ja, dass Clara weder DOCTORHs noch MRSSPLENDIDs Identität kennt. Beide rufen einander nie an. Es gibt keine SMS von einem gefakten männlichen Anrufer, nichts, was uns verraten könnte. Wir sind nicht mal bei Facebook befreundet, haben allerdings erwogen, es zu tun, weil alles andere geradezu Verdacht wecken könnte.

All diese Vorsichtsmaßnahmen sollen natürlich vor allem sie schützen, aber mich auch.

Ich schaue ungeduldig zur Bahn hinauf, sehne mich danach, sie zu sehen, sie in den Armen zu halten. Endlich über alles reden zu können, was passiert ist. Die Zeit, in der wir hinterher daliegen und reden, ist das Beste an dem Ganzen.

Vor bald einem Jahr hat es angefangen, leise und behutsam, ganz anders als meine Frauengeschichten in den letzten Jahren sonst, Quickies oder ein Abend in der Stadt, weil ich es verdiene, nachdem ich es all die Jahre mit einer immer frigideren Frau ausgehalten habe.

Das Problem mit Quickies ist nur, sie sind nie besonders befriedigend. Nur im Film haben die Leute fantastischen Sex mit Fremden an einer Wand auf der Toilette. In Wahrheit ist das vor allem Gefummel und Verrenkungen. Die meisten Frauen habe ich nur ein einziges Mal getroffen.

Als Clara und ich uns kennenlernten, mochte sie Sex. Sie war unerfahren, aber neugierig, offen für neue Erfahrungen. Wie lang das jetzt her zu sein scheint. Bei jeder anderen würde ich vermuten, sie hat sich einen Liebhaber zugelegt oder ist lesbisch geworden. Aber ich denke einfach, sie interessiert sich für niemanden, weder für mich noch für sonst wen, weder erotisch noch anders.

Die Frau, auf die ich jetzt warte, kannte ich schon lange vor Clara.

Wir saßen im Hörsaal immer nebeneinander, in der ersten Reihe, schrieben unsere Hausarbeiten gemeinsam, verbrachten die Pausen miteinander. Ich traute mich nie, irgendeinen Vorstoß zu unternehmen, nicht weil ich in Sachen Frauen gehemmt gewesen wäre, damals ließ ich möglichst nichts anbrennen, es war fast eine Art Sport. Aber wie die meisten gleichaltrigen Jungs aus Oslo empfand ich eine Art Respekt vor pakistanischen Mädchen. Sie waren verbotene Früchte.

Marokkanische Mädchen, kein Problem, türkische oder indische ebenso wenig.

Aber keinesfalls ein pakistanisches.

Im letzten Semester heiratete sie einen Kerl aus Karachi, den ihre Eltern ihr ausgesucht hatten und als modernen Mann aus der Großstadt verkauften. Sie fand das natürlich grässlich.

Zehn Jahre nach der Abschlussfeier im Audimax begegneten wir uns unerwartet in unserer Abteilung im Krankenhaus und fielen uns vor lauter Wiedersehensfreude um den Hals. Wenigstens durfte sie arbeiten.

Jetzt sind wir schon seit zwei Jahren in derselben Abteilung.

Erst war sie nur eine hübsche, fröhliche Kollegin. Munter und schnell. Flink mit dem Mundwerk. Ich konnte sie gut leiden, aber das war es auch schon. Bis wir eines Tages gemeinsam Schicht hatten und über irgendetwas kicherten, das eine nervende Mutter gesagt hatte. Wir standen da, übernächtigt und schlapp, und auf einmal stellte sie sich auf die Zehenspitzen und küsste mich.

»Wow«, sagte ich.

Wow – so was Bescheuertes. Als wäre ich einer meiner Söhne, nicht meines Vaters Sohn.

Aber sie lachte nur, und dieses Lachen macht seit einem Jahr mein Leben heller.

Im Gegensatz zu Clara ist sie warm, liebevoll und an mir interessiert. Ich verdiene es, dass jemand mich versteht, sich um mich sorgt. Allerdings frage ich mich in der jüngsten Zeit, ob ich möglicherweise gegen alle Vernunft und Vorsätze dabei bin, mich zu verlieben. Das war nie der Plan gewesen.

Allen Frauen, mit denen ich in den letzten Jahren was hatte, war eines gemeinsam. Sie wollten mehr von mir als ich von ihnen. Nur Sex, keine Gefühle, das war immer meine Devise. Das hier ist anders.

Endlich kommt sie den Weg runter.

Immer näher.

Sich so umzustellen, ist immer etwas Besonderes, erst noch Kollegen, gleich Liebende, es dauert aber immer nur ein paar Minuten. Gut so, wir haben nicht übermäßig lange, müssen immer bald auf Nebenwegen zur Station Sognsvann kommen und zurück ins Krankenhaus fahren. Trotzdem, eine halbe Stunde im Heidekraut können wir immer noch daliegen, an der Anhöhe, wo nur die Sonne uns findet.

Mein Schwanz wird immer härter. Und da steht sie vor mir, in Adidas Sneakern, Jeanshose und -jacke. Das hier ist nicht die abendliche Joggingrunde von MrsSplendid, sie ist weit von zu Hause entfernt, Sportsachen sind nicht nötig. Aber wir speichern trotzdem unsere wöchentlichen Treffen auf Strava als Sport. Falls es Fragen geben sollte, waren wir eben beim während der Arbeitszeit zulässigen Training. Das war ihre Idee gewesen. Sie ist schlau. Das sagt schon ihr Name.

Sabiya. Die Glänzende.

»Ich fahre für ein paar Tage nach Hause«, sagt Clara an dem Abend.

»Nach Hause? Nach Westnorwegen?«, frage ich, und sie nickt.

Clara sagt immer »nach Hause«, wenn sie zu ihrem Vater fährt, obwohl ich sie schon darauf hingewiesen habe, dass das Zuhause da ist, wo Mann und Kinder sind, wo man wohnt und arbeitet.

»Vater geht es irgendwie nicht gut.«

Clara und ihr Vater haben ein fast symbiotisches Verhältnis zueinander. Das gibt es wohl öfter, wenn die Mutter nicht mehr da ist. Ich kann Leif gut leiden, aber er ist nicht so tough wie seine Tochter. Hättest du ihn mal früher gekannt, sagt Clara immer. Vor dem Libanon. Aber ich denke, wenn Leif so stark wäre wie Clara, hätte er auch den Libanon überstanden.

»Wie, es geht ihm nicht gut?«, frage ich.

»Ich weiß auch nicht genau.« Sie verschwindet auf die Terrasse.

»Okay«, sage ich hinter ihr her. »Wir kommen schon zurecht. Wo du derart freundlich fragst.«

Keine Antwort. Wie immer.

Eigentlich ist es nicht weiter schwierig, ein paar Tage ohne Clara auszukommen. Wir kennen das ja. Ich kann Mutter anrufen. Und ich habe einiges vor.

Mein Arbeitszimmer liegt im Obergeschoss, Wand an Wand mit dem Schlafzimmer, gegenüber vom Zimmer der Jungs.

Die maßgefertigten eichenen Einbauregale stehen hier schon, seit das Vaters Arbeitszimmer war und ich als Dreikäsehoch unter seinem Schreibtisch lag, darum bemüht, so leise zu sein, dass er nicht auf die Idee kam, mich rauszuschicken.

In diesen Regalen stehen meine Helden. Hamsun, Bjørneboe, Hemingway, neben den *guilty pleasures* meiner Jugendzeit wie Forsyth oder Follett.

Ein schwerer Schreibtisch, mitten im Zimmer. Ein Geschirrschrank, ein Sofa und ein Lehnsessel, alle original vom verstorbenen Fredrik Kayser hergestellt. Der lebte seinerzeit hier in Vinderen und wurde mit der Möblierung zahlreicher Häuser in der Nachbarschaft beauftragt. Kayser baute hochelegante schlichte Möbel. Nur schade, dass er früh gestorben ist. Mittlerweile bauen verschiedene Produzenten seine Modelle nach, aber er ist trotzdem noch nicht so Mainstream wie Wegner, Jacobsen oder andere bekannte Namen.

Ich setze mich an den Tisch, schalte die grüne Kontorlampe an und klappe meinen Job-PC auf. Logge mich ordentlich ein, öffne ein neues Dokument.

Am Anfang steht Faisal Ahmad, der kleine Junge.

Durch Kopfschuss zu sterben, schnell und schmerzlos, ist eigentlich ein gnädigeres Schicksal, als Mukhtar Ahmad es verdient hätte. Einen wie den müsste man langsam zu Tode foltern, ihn und seinesgleichen in Stadt und Land.

Natürlich kann ich allein nicht unbedingt viel ausrichten.

Aber ich kann und werde meinen Beitrag leisten und darauf hinweisen, dass unser System versagt hat.

Ich werde Beweise dafür sammeln, dass immer wieder Kinder aus denselben Familien zu uns kommen, Kinder, deren Fälle wir bereits beim Jugendamt gemeldet hatten.

Wir haben viele solche Wiedergänger. Nur die Götter wissen, wie viele es tatsächlich sind. Das muss konkret benannt werden. Schwarz auf weiß. Möglichst genau dokumentiert.

Hier, ein Eintrag zu Faisal Ahmad. Und einer zu seiner sechs Jahre alten Schwester, die vor einem Jahr bei uns war.

Heute ist ein weiterer Fall dazugekommen, eine Frau namens Susanne Stenersen. Sie kam mit ihrer Älteren: Armbruch, ausgekugelte Schulter und andere ihr angeblich unerklärliche Verletzungen. Der jüngere Bruder war zuvor mit Kopfverletzungen und Verbrühungen hier gewesen, wahrscheinlich von zu heißem Badewasser. Außerdem besteht der Verdacht, dass die Mutter rauschgiftabhängig ist und die Kinder zu Hause sich selbst überlässt.

Geschlagene vier Mal waren die beiden schon bei uns, trotzdem leben sie immer noch bei der Mutter. Es ist nicht zu fassen.

Auch einen weiteren Namen auf der Liste kenne ich schon von einer anderen Gelegenheit.

Melika Omid Carter, eine Art Party-VIP, ich kann mich von früher an sie erinnern. Sie war zwei Mal in unserer Abteilung, das erste Mal bereits vor zwölf Jahren mit ihrer Neugeborenen, Verdacht auf Shaken-baby-Syndrom.

Ich schaue auf Vaters Bücherregale.

Als ich ungefähr so alt war wie die Jungs jetzt, arbeitete er gefühlt jahrelang an dem Nachweis, dass einer seiner Mandanten unschuldig wegen Mordes verurteilt worden war.

Und es gelang ihm, gegen alle Widrigkeiten. Natürlich war ich stolz auf ihn.

Am besten erinnere ich mich aber an eine Bemerkung hinterher.

»Vergiss nie, die Welt da draußen ist brutal, du wirst sie nie ganz begreifen.«

Wie klein und unbedeutend ich mir da vorkam. Er war immer groß und wichtig gewesen. Anders als ich.

Jetzt aber kann ich selbst etwas bewirken, endlich.

Das hier Askildsen vorzulegen oder seinen Vorgesetzten, hätte keinen Sinn. Sie wissen schon, dass es so ist, aber sie haben ihren Frieden damit gemacht.

Nein, das muss an die Medien gehen. Das ist am effektivsten.

Die Leute denken ja, die Boulevardjournalisten kämen durch eigene Recherche auf solche Enthüllungen. Dass dem nicht so ist, weiß ich von Axels Exfrau. Die beiden sind die

Einzigen, die wir all die Jahre regelmäßig getroffen haben, Clara ist nicht besonders gern unter Leuten. Jetzt sehen wir nur noch Axel, aber von Caro, der Journalistin, weiß ich, dass die Polizei etwas hat durchsickern lassen, wenn in den Boulevardblättern von Pädophilen die Rede ist.

Ziemlich alles kommt irgendwoher. Weil jemand etwas ans Licht des Tages zerrt, Aufmerksamkeit dafür erringen will.

Ich muss Clara davon erzählen, immerhin arbeitet sie an dem Thema. Vielleicht kann das ja eine Art gemeinsames Projekt für uns werden. Mir fehlen unsere Abendgespräche. Der Abend nach dem Mord war eine seltene Ausnahme, leider auch nur halb geglückt.

Dass Sabiya mein Engagement zu schätzen wissen wird, da bin ich mir sicher.

Nur selten sind die Motive, aus denen jemand etwas tut, ganz eindeutig. Unsere Handlungen werden von dem Wunsch bewegt, etwas Gutes zu tun, die Welt ein wenig zu verbessern, aber auch von dem Wunsch, dass wir selbst etwas davon haben.

15 – *Clara*

Ich fahre über Brücken. Durch Tunnel. Durch noch mehr Tunnel. Je näher ich meinem Heimatdorf komme, desto häufiger ist die Straße so schmal, dass nur ein Auto darauf Platz hat; die ganze Zeit muss man darauf gefasst sein, einen Entgegenkommenden vorbeizulassen oder schlimmstenfalls zurücksetzen zu müssen.

Das Autoradio habe ich mit meinem Handy verbunden und höre eine Playlist von Autofahrmusik. Ein Hit nach dem anderen. Gerade läuft Nenas *99 Luftballons*, davor kamen Kate Bushs *Cloudbusting*, Tanita Tikarams *Twist in My Sobriety* und Blondie mit *Heart of Glass* und *One Way or Another*.

Blondie höre ich besonders gern.

Ich hänge immer noch bei der Musik aus meiner Teenagerzeit fest, seitdem hatte ich irgendwie keine Zeit mehr, Neueres kennenzulernen. Abgesehen davon habe ich nicht nur Frauen, sondern auch Tom Petty, Dire Straits, Bruce Springsteen, lauter alte Helden, die Vater ebenfalls verehrt.

Ich höre gern Musik beim Fahren, sonst nur selten, und beim Laufen nie.

Jetzt kommt Roxy Music. *More than this.*

It was for a while. There was no way of knowing …

Ich singe mit, drücke etwas mehr aufs Gas.

Maybe I'm learning. Why the sea on the side. Has no way of turning.

Zu meiner Linken fallen die Abhänge steil ins Wasser ab. Und dann der Fjord, mit dieser grünlichen Farbe, die bei mir immer ein Ziehen im Bauch verursacht.

Ich fahre an *der Stelle* vorbei, sehe wie stets nicht hin. Hinter den Leitplanken, die mittlerweile hier montiert wurden, gähnt die Leere. Sonst sind die Straßenränder bunt, Waldstorchenschnabel, Vergissmeinnicht, Löwenzahn, Traubenkirsche. Und jede Menge Grün.

Früh im Sommer wie jetzt kommt man hier noch gut durch, aber gegen Mittsommer verstopfen die Wohnmobile alles. Mit den Jahrzehnten sind es mehr und mehr geworden, aber die Straßen sind so schmal wie eh und je.

Und dann, als ich fast da bin, nur noch zehn Kilometer zu fahren: die Fähre.

Ihre Klappe öffnet sich. Der gerillte Boden des Schiffs unter meinen Reifen. Handbremse.

Ich steige aus, um mich in den Wind zu stellen, blicke über die weißgestrichene Reling in den Fjord, genieße die frische Luft, die Tropfen im Gesicht, sehe das grüne Wasser um die Fähre herum aufschäumen, es wirbelt in einem eisig nassen Crescendo, während wir ablegen.

Hinter mir das laute Tuckern der Schiffsmotoren, dazu der Dieselgeruch. Die Crew läuft in ihren Overalls herum, tagaus und tagein, jahraus und jahrein.

Ins Café unter Deck gehe ich nie, vom Geruch nach Kaffee, Würstchen und Frittierfett wird mir in dem engen Raum unwohl. Ich habe nie verstanden, warum die Leute so ein nostalgisches Verhältnis zu den Cafeterias auf den Fähren haben, zu Waffeln mit braunem Käse.

Trotzdem gibt es in mir etwas, das in Oslo erloschen ist und erst hier, zwischen den Bergen, am Fjord wieder lebendig wird.

Etwas öffnet sich, genauso, wie die Klappe der Fähre nach zwanzig Minuten tuckernder Fahrt aufgeht und die Autos rauslässt, so, wie der Fjord sich öffnet. An seiner breitesten Stelle kann man die Straße zu unserem Hof sehen, er liegt ein Stück weiter oben am Hang, in einer Senke mit Aussicht übers Wasser.

Aber dort will ich jetzt noch nicht hin.

Ich biege auf den Parkplatz unterhalb des im Nachbarort gelegenen Krankenhauses ein, das ständig von Schließung bedroht ist, für dessen Erhalt ständig demonstriert wird.

Ich parke den Wagen, warte ein paar Sekunden, steige aus. Beim Aufbruch war das Auto frisch gewaschen, jetzt ist es von einer dünnen Schicht Straßenstaub bedeckt.

Vater sitzt in seinem Zimmer auf einem Entspannungssessel und sieht fern, offenbar eine Dokumentation oder Ähnliches aus den USA, aber der Ton ist abgestellt. Seine Beine liegen auf einem Hocker, die Füße gekreuzt. Ein Buch im Schoß, die Kaffeetasse auf einem kleinen Tisch neben sich. Die Brille auf der Nasenspitze. T-Shirt, Jeans.

Er schaut mich überrascht an.

»Ach, Clara, du? Du bist hier?« Er greift sich mit der Hand ins Gesicht.

Hat er feuchte Augen bekommen? Ein Schlaganfall soll die Leute oft etwas rührselig machen. Ansonsten wirkt er wie immer. Er legt die Fernbedienung und das Buch von Clive Cussler beiseite, stützt sich auf den Armlehnen ab, versucht aufzustehen.

Und jetzt kann ich sehen, dass er Schwierigkeiten mit dem Gleichgewicht hat, er steht halb aufgerichtet, seine Beine zittern.

Ich fasse ihn beim Ellbogen, helfe ihm auf, schiebe den

Hocker beiseite, damit er mehr Platz hat, umarme ihn und nehme den vertrauten Papageruch war. Shampoo, Eutersalbe, Nivea, oder was auch immer er sich ins Gesicht schmiert, den Wollpullover und den Nikotinkaugummi, mit dem er sich herumquält, seit er das Rauchen aufgegeben hat.

»Setz dich lieber wieder«, sage ich und versuche, ihn wieder zu dem Sessel zu führen.

Papa. Zimmer 27. Ein Krankenhausbett mit Klingelschnur und Nachttisch, darauf Trauben und Zeitung und das Steuergerät für das Bett, rollstuhlgeeignetes Bad, Neonröhren, am Boden Linoleum.

»Fahren wir heute schon nach Hause?«, will er wissen.

»Immer langsam.« Ich nehme seine Hände in meine. Sie sind überraschend kalt, außerdem kleiner, als ich sie in Erinnerung habe. Früher hatte er zu jeder Jahreszeit braune, kräftige Arbeitshände. Jetzt fühlen sie sich ganz schwach an. Und er hat Leberflecken bekommen, wie ein alter Mann.

»Jetzt lass mich erst mal allein nach Hause fahren, einkaufen und nachschauen, ob alles bereit ist, und dann hole ich dich morgen, ja? Das wird auch deinen Ärzten lieber sein.«

Er denkt kurz nach, nickt, setzt sich behutsam wieder hin.

»Bleibst du eine Zeit lang hier?«

»Ich muss noch schauen, ob das geht«, sage ich, obwohl ich kaum länger als drei Nächte fortbleiben kann. Danach hat Haavard eine Fortbildung in Lysebu. Ich habe ein paar Tage Familienurlaub genommen, das ist noch nie vorgekommen, auch kaum mal ein Tag wegen Krankheit.

Eigentlich sollte ich Vater schon jetzt mit nach Hause nehmen, um möglichst viel Zeit mit ihm zu haben, aber ich brauche einen Abend für mich. In Ruhe dasitzen und über den Fjord schauen, über Munchs verrückten Vorschlag nachdenken, darüber, was ich in Zukunft tun will.

»Ich hab im Fernsehen etwas von einem Mord im Krankenhaus Ullevål gesehen?«, erkundigt er sich.

Er scheint doch ganz gut beieinander zu sein.

»Ja, das Opfer war der Vater von einem von Haavards Patienten. Das hat ihn natürlich ganz schön beschäftigt«, sage ich und bereue es sofort. Haavard hat es mir gegenüber mit der ärztlichen Schweigepflicht nie allzu ernst genommen, aber ich habe immer darauf geachtet, nichts davon verlauten zu lassen. »Ich schau mal, ob ich draußen jemanden vom Personal finde. Ich bin gleich wieder da, okay?«

Er nickt.

»Clara.« Er streckt die Hand nach mir aus. »Du hättest nicht wegen mir die lange Fahrt machen sollen. Aber schön, dass du hier bist.«

Ich gehe nicht darauf ein und umarme ihn kurz.

»Wir gehören doch zusammen, Papa.«

»Ja«, lächelt er, dann gleitet ein Schatten über sein Gesicht. Er lässt meine Hand nicht los, als ob er mich festhalten wollte. »Weißt du, Clara, eine Sache …«

»Ja?« Ihm ist anzuhören, dass er nicht gerne damit herauswill.

»Am Tag, bevor das hier passiert ist, habe ich einen Anruf aus Kleivhøgda bekommen …«

Mich durchzuckt es.

Was hat das zu bedeuten? Ein Anruf aus dem Pflegeheim? Ist meine Mutter endlich tot?

»Ja, es ist wegen Agnes …« Er zögert, atmet tief ein, nimmt innerlich Anlauf. »Sie hat angefangen zu reden. Kann sich offenbar an so einiges erinnern.«

Eine Sekunde vergeht. Dann noch eine.

Plötzliche Übelkeit. Zitternde Hände.

Und dann bin ich da.

Das Auto rast über den Straßenrand weg, schlägt krachend auf dem Wasser auf. Mein Kopf wird heftig nach vorn geschleudert, dann zurück. Das Wasser strömt rein.

Alles fängt von vorn an. Immer wieder und wieder.

Teil 2

16 – *Leif*

1975

Es war ein Tag im Juni. Ich wartete an der Bushaltestelle auf ein Paket aus der Stadt, da stieg sie aus – langer Rock, langes Haar und lange Beine.

Sie schaute sich verwundert um, als wäre sie zufällig ausgerechnet hier ausgestiegen. Ich stand rauchend da und dachte, einen so schönen Menschen hatte ich noch nie gesehen, aber für einen wie mich käme es auf keinen Fall infrage, sie anzusprechen. Als dann sie mich ansprach, erwies sich, dass sie, verträumt, an der falschen Station ausgestiegen war, hier an der Stelle, wo der Fjord am tiefsten, der Hang besonders steil war und die Straße sich bergan schwang, in das Tal, an dessen Ende mein Hof lag.

Es war einer dieser bebend dunstigen Tage, Berge und Fjord von fast derselben dunkelblauen Farbe, dazwischen alles üppig grün, und auf den Gipfeln noch weiße Schneeflecken, ja, alles zeigte sich von der besten Seite. Und es war lange hin bis zum nächsten Bus. Also kam sie mit auf meinen Hof, und ich vergaß alles, was ich an dem Nachmittag noch hatte tun wollen, die Tiere versorgen, einen Zaun bauen, Gras mähen.

Agnes nahm an diesem Tag keinen Bus mehr, und am nächsten auch nicht.

Sie zog bei mir ein, all ihre Habseligkeiten hatten in ihrem Rucksack Platz, ein paar Röcke, ein paar Blusen, Sandalen,

Haarbürste. Meine Eltern waren tot, Haus und Hof gehörten mir, ich musste niemanden fragen, ob sie bleiben durfte. Auch untereinander besprachen wir es nicht weiter.

Sie blieb einfach da.

Wie sich zeigte, waren ihre Beine unter dem Rock erstaunlich braun. Am Abend schlief sie in meinen Armen ein. Oft lagen wir derart lange so da, dass mein Arm am nächsten Morgen steif und taub war, aber das erwähnte ich nie. Manchmal wachte ich nachts davon auf, dass sie nackt neben mir im Bett kniete und ihre langen hellen Haare über mein Gesicht streifen ließ.

In meiner Erinnerung ist das ein Sommer, in dem die Vögel unablässig sangen und immer die Sonne schien. Mild erschien Agnes mir, das war mein erster Eindruck, sie war so durchsichtig, so daunenleicht und lebendig. Außerdem hatte sie so etwas Staunendes an sich. Allerdings war das nicht ihr einziger Charakterzug, wie ich bald feststellte. Dazu kam noch ein ziemlich starker Wille. Auch das gefiel mir.

Und nur ein Jahr nachdem sie am Fjord aus dem Bus gestiegen war, brachte Agnes in dem Krankenhaus der kleinen Stadt eineinhalb Stunden Fahrt von uns entfernt ein Kind zur Welt, wir wurden Eltern.

Es war ein Mädchen, sie musste per Kaiserschnitt geholt werden. Deshalb hielt ich sie in den ersten Stunden im Arm. Sie war so klein, ihr Kopf verschwand fast in meiner Hand.

Ich war fest entschlossen, dass sie Klara heißen sollte, wie meine Mutter. Aus irgendeinem Grund bestand Agnes auf Clara. Ich wollte dagegen protestieren, aber es nützte nichts. Also nannten wir sie Clara, obwohl ich immer noch fand, das sehe eigenartig und fremd aus. Clara mit C, so sagte Agnes immer.

In der ersten Zeit nach der Geburt war Agnes sehr

schwach, alles in ihr schien sich ein wenig zu verändern, auch zwischen uns, es war nicht leicht zu erklären.

»Ich kann sie nehmen, wenn du schlafen möchtest«, sagte ich und nickte zu dem Baby hin. Das nahm Agnes gern an. Sie stillte sie und schlief, stillte sie und schlief, aber es war nicht einfach, ihre Brustwarzen waren wund, bis sie bluteten, die ganze Brust spannte und schmerzte, wie bei Kühen mit Euterentzündung, nur noch schlimmer.

Wenn Clara nicht gerade bei ihrer Mutter trank, saß ich entweder im Schaukelstuhl am Fenster und blickte über den Fjord, das Baby an meiner Schulter, oder ich hatte sie bei der Arbeit auf dem Hof dabei, die sich ja nicht von selber machte. Bei den Kühen musste ausgemistet und gefüttert, das Dach abgedichtet werden, die Korn- und Heuernte standen bevor, ich musste die Schafe zusammentreiben und scheren, alles Mögliche musste gerichtet und versorgt werden. Und Clara hatte ich bei allem dabei.

Nachts kam ich kaum zum Schlafen, tagsüber schon gar nicht, aber ich war nicht erschöpft, im Gegenteil, ich lächelte unablässig und konnte mich gar nicht an ihr sattsehen, wie sie da in ihrer Wiege lag und schlief.

Die beiden gehörten zu mir, Clara und ihre Mutter. Meine kleine Familie. Auf die ich immer aufpassen würde.

Dennoch beunruhigte es mich ein wenig, dass Agnes die Kleine kaum wahrzunehmen schien. Manchmal kniete sie vor ihr, brabbelte ein wenig und schnitt Grimassen. Dann leuchtete das kleine Gesichtchen auf. Nur wurde es der Mutter gleich wieder zu viel, sie machte sozusagen dicht, sonderte sich ab, saß dann stumm und verdrossen da. Dann zappelte Clara, warf sich hin und her, fuchtelte mit den Armen und stieß leise Schreie aus.

Meist führte das dazu, dass ich sie hochnahm, mit ihr

Flugzeug spielte, dann lachte und jauchzte sie, alles war die reine Freude. Aber natürlich fragte ich mich, wie es ging, wenn ich nicht in der Nähe war. Mit der Zeit fiel mir auch auf, dass Agnes Clara immer seltener ansprach. Die Kleine saß in ihrem Kinderstühlchen, wiegte sich vor und zurück, während ihre Mutter versponnen in ihrer eigenen Welt versunken war.

Immer häufiger nahm ich Clara mit mir. Anfangs noch auf meinen Schultern, bald wuselte sie aber auf ihren eigenen Beinchen um mich herum, auf dem Hofplatz, an den Hängen, im Kuhstall. Wohin ich auch ging, sie blieb mir dicht auf den Fersen, in Latzhose und Turnschuhen, auf dem Kopf eine Kappe, ganz ähnlich meiner eigenen aus der Einkaufsgenossenschaft.

Lange, bevor sie selber sprechen konnte, unterhielt ich mich mit ihr, beschrieb ihr alles, was ich machte, und auch, warum ich es tat. Und später fragte sie dann von sich aus. Nach den Bäumen am Hang, nach dem Wasser im Bach, nach den Ameisen, nach Sternen und Wolken und allem, was es gab. So vergingen die Tage wie ein ununterbrochenes Gespräch zwischen uns. Und eines Tages konnte ich ihr erzählen, dass sie bald ein Geschwisterchen bekommen würde.

Im Bauch von ihrer Mama war ein Baby und würde immer größer werden und irgendwann zur Welt kommen, ein winziges Menschlein, ein neuer Teil unserer kleinen Familie.

Und das Baby kam, es hatte Finger und Zehen und Augenlider und winzig kleine Wimpern. Der Kleine war stiller, als Clara es gewesen war, tagsüber schlief er viel. Seine Mutter auch. Ich war es, der ihn wickelte und anzog, ich hatte ihn im Auto dabei, wenn ich Clara in den Kindergarten ins Dorf runterbrachte. Agnes und ich fanden beide, dass es für Clara gut wäre, mit anderen Kindern zusammen zu sein, auch wenn wir Erwachsenen den ganzen Tag zu Hause waren.

Sie brachte Zeichnungen und Knetfiguren und jede Menge Geschichten mit nach Hause. Ich war erleichtert, denn ich hatte befürchtet, sie könnte so eigen werden wie ihre Mutter, aber jetzt sah ich, wie offen sie der Welt begegnete, wie sie alles in sich aufsog.

Oft blieb Agnes bis zur Mittagszeit im Bett, zur Wand gedreht, die Bettdecke zwischen den Beinen, und schaute sich nur kurz zu mir um, wenn ich mit Lars auf den Armen zu ihr kam.

Irgendwann war Lars alt genug, dass ich auch ihn morgens im Kindergarten abgeben konnte. Da standen sie dann beide nebeneinander in der Tür ihres Gruppenhauses und winkten mir nach.

Clara mit ihrem hellen, lockigen Haar, das ich morgens zu zwei strammen, an den Seiten abstehenden Zöpfchen geflochten hatte.

Lars mit seinen wilden Strubbelhaaren.

Irgendwann fing Agnes an, wieder aufzustehen, sie machte einen Fernkurs, wollte eine Ausbildung absolvieren, sagte sie. Es kam sogar vor, dass sie mir bei der Arbeit half.

Wir hatten ein gutes Leben.

Es stimmt schon, ich hatte viel Verantwortung zu tragen, aber jeden Abend, wenn ich mich endlich in meinen neuen Ledersessel setzte, dachte ich, was für ein Glück ich doch hatte, dass diese kleinen warmen Wesen zu mir gehörten.

17 – *Clara*

Ich setze mich auf Vaters abgewetzten hellbraunen Ledersessel und schaue aus dem Fenster.

Letzte Schneereste kleben an den Felsen, sie sehen aus wie weiße Kühe. Auf den grünen Wiesen Schafe und Lämmer. Die Lämmer sind in dieser Zeit besonders niedlich, noch ganz klein, aber neugierig und lebhaft. Bis hierher kann ich sie blöken hören, und ihre Glocken bimmeln. Sie rufen nach ihren Müttern. Und die Mütter antworten.

Weiter unten an den Hängen ein Streifen grünspangrüner Laubwald.

Und ganz unten der Fjord. Von hier aus wirkt er eher wie eine Art grauer Teppich, aber ich weiß, wie er in der Abendsonne glitzert und funkelt.

Nie weißt du, wie tief er ist, hier zehn Meter, und da hundert oder sogar tausend Meter. Der Fjord, mit all den großen Fischen und Schweinswalen und Autowracks und Gott weiß was noch darin.

Der Fjord ist sein eigener Herr, niemand kann ihn überwinden, wenn er es nicht will. Heutzutage wird Grubenschlamm in die Fjorde eingeleitet, in allen Buchten treibt Plastik, trotzdem denke ich immer noch, dass der Fjord am mächtigsten ist. Und am gefährlichsten.

Der Fjord gehört mir, alles hier gehört mir. Ist sicher. Und zugleich nicht.

»Ach du lieber Himmel.« Das war das Einzige, was ich herausbekam, als Vater mir vorhin von meiner Mutter erzählte.

Gedächtnisverlust nach Elektroschockbehandlungen wie bei ihr vor vielen Jahren ist eine recht übliche Nebenwirkung. Ich habe mich in das Thema eingelesen, die Entwicklung in jüngerer Zeit ist eigentlich ziemlich überraschend.

Offenbar wird immer häufiger zur Elektroschocktherapie gegriffen, oft auch ohne Einverständnis der Betroffenen. In der Zeitung war von einem Fünfzigjährigen zu lesen, der nach kurzer Depression wegen einer Midlife-Crisis Elektroschocks bekommen hatte und sich danach nicht mehr an die letzten fünfundzwanzig Jahre erinnern konnte, einschließlich Frau und Kinder. Natürlich war er zutiefst verzweifelt darüber, dass er sein ganzes Leben, seine Geschichte verloren hatte.

Vielleicht ging es meiner Mutter ähnlich. Vielleicht war es ihr gleichgültig. Ich habe keine Ahnung, eigentlich habe ich sie nie gekannt.

Seit achtunddreißig Jahren habe ich sie nicht mehr gesehen.

»Die Frau sagte am Telefon, wir sollten Agnes besuchen, sie denkt, das könnte ihr guttun«, hatte Vater noch gesagt.

»Ach du lieber Himmel.«

»Ja, es muss ja nicht sofort sein.«

»Nein«, sagte ich. »Bist du überhaupt jemals dort gewesen?«

»In dem Pflegeheim? Nein. Du?«

Sein Gesicht. Gefurcht wie uralter Fels.

»Nein, ich auch nicht. Glaubst du, dir ist es wegen dem Anruf auf einmal so schlecht gegangen?«

»Nein.« Er lächelte schwach. »Das wäre ohne das sicher auch gekommen. Aber Clara ... Versprich mir, dass du nicht hinfährst, ja.«

Und ich hatte es versprochen.

Jetzt überlege ich trotzdem, ob ich Agnes nicht morgen besuchen sollte. Dass ihr Gedächtnis wiederkommt, verändert alles. Dennoch, es wäre immer noch ein gewaltig großer Schritt, nach all den Jahren, in denen es mir unvorstellbar war.

Ich ziehe mir einen dicken Wollpullover über, greife ein Lammfell und ziehe auf den Balkon um. Bella, Vaters fette alte Katze, springt mir auf den Schoß und rollt sich zu einem Ball zusammen. Für gewöhnlich hasst sie mich, aber jetzt scheine ich ihr gut genug zu sein.

Während es langsam dämmert, stecke ich mir einen Joint an.

Die erste Tüte meines Lebens hatte Haavard mir angeboten, in dem Sommer, als wir uns kennenlernten. Für ihn war das ein Partyvergnügen, für mich aber die wohltuende Entdeckung, dass Hasch mir eine gewisse Betäubung verschaffte. Alle Emotionen, all das Dunkle in mir wurde gedämpft, ich konnte mir selbst für eine Weile entkommen.

Haavard hat damit natürlich längst aufgehört. Er als Frohnatur braucht so was nicht. Es gibt nichts, das ihn heimsucht. Weder meine Mutter noch Lars. Das Leben ist für ihn immer leicht gewesen.

Ich schaue mir Großmutter Klaras Garten an. Sie hatte wohl einen grünen Daumen. Seitdem ist es mit dem Garten ziemlich bergab gegangen. Als ich klein war, arbeitete Mutter darin, wenn sie eine gute Phase hatte, dann stand sie in Gummistiefeln und leichtem Rock über die Beete gebeugt wie eine Figur auf den Bildern von Nikolai Astrup, die unweit von hier entstanden sind.

Damals ähnelte sie Joni Mitchell, war nur noch schöner und zerbrechlicher.

Ich stelle mir vor, wie sie heute aussieht. Fett und hässlich, in fleckigem Jogginganzug, mit strähnigem Haar und langen Borsten am Kinn. Schwere Lider. Ein aufgetriebenes Gesicht, nicht wiederzuerkennen.

Ihr Interesse für den Garten schwand bald, genau wie für alles andere. Loslegen wie ein Bär, aber bald daliegen wie der leere Pelz. Und Vater hatte zu viele andere Pflichten. Heute mäht er den Rasen mit der Sense, und nur noch die widerstandsfähigsten Stauden und Sträucher sind übrig.

Ein Goldregen, angeblich der größte vom ganzen Dorf. Helllila, dunkellila, weißer Flieder. Jasmin. Zwei Geißblattsträucher, beide so hell, zart, altweiß, jeder mit seinem eigenen ausgeprägten Duft. Und die Stechpalme, mein Liebling. Die schönen Blüten früh im Jahr, die roten Beeren im Herbst. Und der Name, *Ilex*.

Jetzt füllen allmählich Schatten den Garten, es wird dunkel. Das Rauschen des Flusses, die Vögel, die Glocken der Schafe, alles wird leiser jetzt, da es bald Nacht wird.

Wie immer hätte ich Lust auf noch einen Joint, lasse es aber bleiben. Immer mit Maßen, nicht die Kontrolle verlieren, nur nicht übertreiben. Ich gehe rein, lege mich der Länge nach auf den Boden und mache ein paar von meinen Atemübungen. Die absolvierte ich schon lange, bevor ich zu rauchen angefangen hatte, lange, bevor ich wusste, dass es so etwas wie Pranayama gibt, ich wusste nicht mal, dass etwas wie Atemtechnik existiert.

Die eigentlichen Übungen habe ich selbst entwickelt, durch Ausprobieren. Jeden Morgen nach dem Aufwachen machte ich sie, beim Fernsehen auch. Und im Sommer lag ich in einer Mulde im Fluss im Wasser und machte Atemübungen.

Erst ging es mir darum, so lange die Luft anzuhalten wie möglich.

Der Weltrekord lag damals für Männer bei acht, für

Frauen bei sechs Minuten. Vielleicht, so dachte ich, könnte ich das ja eines Tages übertreffen.

Das habe ich natürlich nicht geschafft. Aber ich übe immer noch jeden Tag.

Die beste Übung besteht darin, eine bestimmte Anzahl Atemzüge lang beim Ausatmen den Bauch einzuziehen und ihn beim Einatmen rauszudrücken, dann tief einzuatmen und die Luft anzuhalten, dazu Kehlverschluss, *Jalandhara Bandha*, und Wurzelverschluss, *Mula Bandha*, solange es geht. Dann atmet man ruhig wieder aus.

Meist mache ich drei Runden, jede zwanzig bis fünfunddreißig Atemzüge lang.

Wenn ich Zeit habe, gibt es noch die Extremvariante, zehn Runden, jede mit hundert Atemzügen.

Danach habe ich einen klaren Kopf und bin voller Energie, bin deutlich leistungsfähiger als sonst. Bei der Vorbereitung des Gesetzesvorschlags hat mir das sehr geholfen. Jetzt brauche ich es als Vorbereitung für morgen.

Ich bin nicht mehr allein in diesem Haus gewesen, seit Vater im Libanon war. Auch jetzt ist es kein gutes Gefühl. Aber es würde wohl kaum etwas ändern, wenn er hier wäre, denn mich beschäftigt nur eins, die Frage, ob ich Agnes besuchen soll oder nicht.

Ich schicke Haavard eine Textnachricht: *Könnte ich vielleicht ein paar Tage länger hierbleiben*?

Für meine Verhältnisse ist das eine regelrecht demütige Anfrage. Es wäre einfach gut, hier noch etwas mehr Zeit zu haben.

Im Obergeschoss sind die Zimmerdecken niedrig, die Blockbohlenwände gelb gestrichen. Am Boden grüne Flickenteppiche, von Großmutter gewebt. Unter der Dachschräge alte Kisten.

Zuerst gehe ich in Lars' Zimmer. Alles ist hier unverändert geblieben. Vater und ich finden das beide richtig so, aber ich glaube nicht, dass er jemals hier reinkommt. Wenn Gäste im Haus sind, wird das Zimmer abgesperrt. Ich setze mich aufs Bett, nehme Lars' Stoffbären, Teddy Colargol, drücke ihn fest an mich und singe. *Kommt ein Vogel geflogen, setzt sich nieder auf mein'n Fuß, hat 'nen Zettel im Schnabel, von der Mutter ein'n Gruß …*

Das Lied habe ich ihm immer vorgesungen, jeden Abend um acht.

Sein Spielzeug. Die Lego Feuerwache. Das Schaukelpferd. Die Federmappe auf dem Pult, bereit für den Schulbeginn. Die Plakate mit den Vogelarten. Ich schnuppere an dem Teddybären, halte die Nase dicht über das Kissen. Ein alter, staubiger Geruch. Jetzt bereue ich, dass ich hier reingegangen bin. Ich lege den Teddy wieder hin und gehe in mein Zimmer rüber, wo ich das Fenster aufmache und die frische Abendluft reinlasse.

Dann ziehe ich die oberste knarrende Kommodenschublade auf und nehme das Lederband mit dem Nagel daran raus, halte es mir an den Hals und betrachte mich in dem kleinen Spiegel über der Kommode, der so alt ist, dass mein Gesicht ganz verzerrt erscheint.

Mein Telefon piept.

Muss zum Kurs nach Lysebu, hab niemanden, der einspringen kann. Verlasse mich drauf, dass du zurückkommst wie verabredet.

Ich lege das Telefon beiseite, ohne zu antworten.

Draußen ist jetzt alles still, sogar die Schafe. Das Rauschen des Flusses ist das einzige Geräusch, besonders laut in diesem Jahr wegen der raschen Schneeschmelze in den Bergen.

Ich ziehe mich aus und nehme die gehäkelte Tagesdecke

vom Bett. Darunter liegt die blaue Bettdecke mit den weißen Wolken darauf, die hatte ich früher am liebsten.

Clara im Himmel, sagte Vater immer, wenn er mich damit zudeckte. Schlaf süß, sagte er dann noch und küsste mich auf die Stirn.

Ich schlief immer fest, bis seine Schreie mich weckten.

Aber heute Nacht werde ich nicht schlafen.

18 – *Haavard*

Ich sitze mit der Zeitung und einem Cortado vor dem Café Java im Ullevålsvei auf einer Bank, den Rücken an die verputzte Wand gelehnt. Mein Rad habe ich an einem Laternenmast angeschlossen, fröhliche Leute in Sommerkleidung führen ihre neuen Sonnenbrillen aus. Es ist wie früher, am Übergang zwischen Jugend und Erwachsensein. Ein paar Jahre haben Clara und ich hier ganz in der Nähe gewohnt, in einem der englischen Häuser im Geitmyrsvei.

Es ist zwei Uhr nachmittags, die Besprechung in unserer Abteilung ist seit einer halben Stunde zu Ende. Bis ich die Jungs von der Schule abholen muss, ist es noch ein paar Stunden hin, aber ich habe mir für den Rest des Tages freigenommen und bin fest entschlossen, nicht ins Büro zurückzugehen. Ich will den Kopf freikriegen, mir eine Strategie zurechtlegen, wie ich künftig mit Meldungen von verletzten Kindern umgehen will.

In den Nachrichten im Netz ist die Sache mit Mukhtar Ahmad noch weiter nach unten gerückt.

Die Polizei habe zwischen den Gebetsteppichen eine Patronenhülse entdeckt, heißt es, anhand derer sie zusammen mit den Kugeln aus Ahmads Körper möglicherweise auf den benutzten Waffentypus schließen könne.

Der Zeitpunkt des Todes ist auf das Intervall zwischen 22 Uhr 15 und 22 Uhr 20 festgesetzt worden, das ergibt sich teils aus der Erklärung des Wachmanns, teils aus der von den Gerichtsmedizinern gemessenen Körpertemperatur.

Dass jemand Ahmad folgte und einen Schalldämpfer bei dem Mord verwendete, deute einerseits auf eine geplante Tat hin, die möglicherweise mit den Kreisen zu tun hat, in denen er sich bewegte. Andererseits konnte niemand wissen, dass er an dem Abend den Gebetsraum der Klinik benutzen würde. Niemand außer uns. War der Mord doch im Affekt geschehen? Es sei zu früh, um sichere Aussagen darüber zu treffen, heißt es.

Ich brauche noch einen Kaffee, fühle mich plötzlich benommen und matt. Gerade will ich aufstehen, um drinnen zu bestellen, da erscheint in der Tür des Cafés im Nebenhaus ein vertrautes Gesicht.

Sabiya.

In den Händen trägt sie ein Tablett mit zwei Kaffee und einer Papiertüte mit der Aufschrift *Pascal*, sie hält die Tür mit dem Ellbogen auf.

Warum ist *sie* nicht bei der Arbeit, jetzt mitten am Tag?

Gerade will ich ihr zuwinken – unter Kollegen kann man das ja tun –, da tritt ein Mann, der offenbar draußen auf sie gewartet hat, auf sie zu.

Er küsst sie, nimmt einen der beiden Kaffeebecher.

Ein Pakistaner, in meinem Alter oder etwas jünger. Schlank, fast schockierend gut aussehend, dunkler Anzug, weißes Hemd. Sabiya trägt enge, anthrazitfarbene Jeans, hohe Absätze, eine weiße Anzugjacke.

Was für ein schönes Paar.

Ich erkenne ihn von dem Familienfoto auf ihrem Schreibtisch. Aber seine Augen sind nicht hart und falsch, wie ich dachte. Im Gegenteil, sie sind lebhaft, warm, humorvoll.

Mir ist, als hätte mich jemand geschlagen. Ich ducke mich

auf der Bank, spüre den rauen Putz durch mein dünnes Hemd.

Sabiya wirft das Papptablett in einen Mülleimer vor dem Café, sie hätte es gar nicht gebraucht. Dann gehen sie schräg über die Straße, jeder seinen Kaffeebecher in der Hand. Der Typ legt ihr den Arm um die Schultern, sie blickt zu ihm auf, sie lachen.

In mir dreht sich alles um. Am liebsten würde ich sie packen, sie fragen, was sie da treibt, warum sie mir ihren Mann als eine Art Monster hingestellt hat, und jetzt sehen sie beide einfach nur rundum glücklich aus?

Aber ich bleibe still sitzen.

Sie setzen sich in einen weißen Tesla, eine fette, glänzende Schildkröte von Auto, es steht auf der Straßenseite, auf der auch der Park liegt. Sie hinters Steuer, er geht um den Wagen zur Beifahrertür. Und dann blinkt sie und rollt los, auf den Ullevålsvei. Sie verschwinden lautlos bergan.

Ich sitze da und muss an eine Situation im Winter denken. An die Pistole, die sie mir damals gezeigt hat; sie bewahrte sie in einer abgeschlossenen Schublade im Büro auf. Und erzählte zur Erklärung etwas über ihren verrückten, wahnsinnig eifersüchtigen Mann. Das hatte mich so mitgenommen, dass ich sogar Clara davon erzählte, als ich nach Hause kam.

Natürlich hatte ich verlangt, dass Sabiya die Glock aus unserem Büro entfernte.

Aber kontrolliert hatte ich es nicht.

Eine Möwe kommt die Straße heruntergeflogen, aus der Richtung, wo sich früher vor einer Art kleinem Teich ein Zeitungslädchen und eine Taxihaltestelle befanden. Die Möwe kreischt wie irre, dreht ein paar Kreise über der Straße bis über den Bürgersteig vor mir, kackt einen langen weißen Spritzer auf meinen Fahrradsattel und fliegt wieder von dannen, immer noch mit schrillen Schreien.

Sabiya verbirgt etwas vor mir. Es gibt einen Teil von ihrem Leben, von dem ich nichts weiß und der nicht mit dem Bild von der um ihr Leben fürchtenden, unterdrückten Hausfrau zusammenpasst, die kaum allein vor die Tür darf.

Wenn sie hier lügt, wo lügt sie dann noch?

Immer noch habe ich über zwei Stunden, bis ich die Jungs abholen muss. Da kann ich genauso gut ins Büro fahren und herauszufinden versuchen, warum Sabiya heute nicht dort ist. Aber als Erstes muss ich mir eine Serviette besorgen und meinen Sattel abwischen.

Das Licht in meinem Büro ist aus. Ich schalte den PC an, rufe Sabiyas Kalender auf. Da steht nur »Besprechung« von 12 Uhr 30 bis 15 Uhr. Ich müsste an meinem Artikel arbeiten oder an der Meldung über Faisals Fall, bin aber innerlich zu unruhig. Mein Arbeitstag ist bald vorbei, ich fange besser morgen mit frischem Kopf neu an.

Vor dem Espresso House treffe ich Bente, fröhlich und energiegeladen wie immer, sie setzt sich gerade hin, einen Cappuccino mit Herz darauf vor sich.

Ich habe eine Idee. Eine schamlose Idee.

»Hallo!« Ich breite die Arme aus. »Bente! Dich habe ich gerade gesucht.«

Sie wird rot.

»Hast du schon eine Verabredung oder hast du Zeit, dass ich mich ein bisschen zu dir setze?«

»Dazu kann ich ja kaum Nein sagen«, meint sie, kokett wie ein junges Mädchen.

Ein romantischer Ort ist das hier nicht unbedingt. Im Gegenteil, das Espresso House auf dem Krankenhausgelände ist ziemlich beklemmend. Hier sitzen Frauen, denen die Haare ausgefallen sind, und genießen einen kurzen Moment der Normalität.

Kaffee. Milchschaum. Musik. Heizpilze und Fleecedecken. Stimmengewirr. Das wirkliche Leben, sozusagen.

Noch mehr Kaffee geht heute nicht, ich bestelle mir einen grünen Smoothie. Bente schlürft vorsichtig den Milchschaum von ihrem Cappuccino. Ihre Augen sind hinter einer großen Ray Ban verborgen, aber darunter lächelt sie verschmitzt flirtend. Als frühere Handballspielerin ist sie immer noch durchtrainiert, schlagfertig, sie hat Sommersprossen und von der Sonne gebleichtes halblanges Haar.

Wirklich hübsch ist sie. Sehr natürlich. Ganz anders als meine beiden Frauen. Es wäre wahrscheinlich ziemlich unkompliziert, mit ihr zusammen zu sein, und sie dürfte Überraschungen zu bieten haben, eine Tigerin im Bett, zupackend wie auf dem Handballfeld.

»Besonders viel Zeit habe ich leider nicht«, sagt Bente. »Ich habe die Kinder zu Hause. Es ist nicht ideal. Ich sollte eher in einer Arztpraxis arbeiten, aber das bringe ich nicht über mich, so was von monoton …«

Ich nicke verständnisvoll.

»Clara ist in Westnorwegen, ich bin ein paar Tage alleine mit meinen Jungs, das reicht mir völlig. Ich kann mir gar nicht vorstellen, wie du das hinkriegst.«

Ein paar Tage allein mit den Kindern, mehr braucht es nicht, um bei den Frauen Eindruck zu schinden.

»Ich weiß es auch nicht.« Sie lacht kurz.

»Hör mal«, fange ich an, »an sich hätte ich etwas mit Sabiya besprechen wollen, aber sie ist nicht im Büro. Hast du sie gesehen?«

»Nope. Die junge Frau geht sowieso gern ihre eigenen

Wege, weißt du«, sagt sie mit einem etwas schiefen Lächeln.

»Wie meinst du das?«

»Wir sind in Grünerløkka zusammen zur Schule gegangen. Habe ich das nicht erzählt?«

Ich schüttele den Kopf.

»Und Sabiya auch nicht?«

»Nicht, dass ich wüsste«, sage ich, obwohl sie beide schon darüber geredet haben. Mehrmals.

»Okay.« Bente wirkt ein wenig enttäuscht. »Ist ja auch egal, wir waren jedenfalls so gut wie Nachbarinnen. Aber nie befreundet. Ehrlich gesagt, hab ich den Mund kaum wieder zugekriegt, als sie hier als Ärztin aufgetaucht ist …«

»Warum? Werden die wohlgeratenen Pakistanerinnen nicht mehr oder weniger alle Ärztinnen?«

»Ja, schon.« Sie lacht, nimmt einen Schluck Kaffee, schabt mit dem Löffel den Rest Schaum vom Rand der Tasse. »Aber damals hat keiner von uns Sabiya als besonders wohlgeraten angesehen. Superschlau, das schon, immer gut in der Schule. Aber sie stand irgendwie auf der anderen Seite, ist immer mit Typen von so einer Gang rumgehangen, verstehst du?«

»Nicht so ganz«, sage ich lächelnd. »Wir hatten zwei Kinder von Immigranten in der Klasse. Den Sohn des portugiesischen Botschafters, der Vater von dem anderen, ein Engländer, war der Chef der Hauptstadtniederlassung von Statoil.«

»Ja, also, in der Mittelschule lief Sabiya immer mit Baggy Pants und Hoodies rum, die so weit waren, als wollte sie darin ertrinken. Hat immer mit den schlimmsten Typen zusammengesteckt. Wir braven Mädchen hatten ziemlich Angst vor ihr.«

»Angst vor einer, die nur 1,55 groß ist?«, lache ich.

»Ja, natürlich. Die sind immer im Zentrum rumgehangen, in der Arkade oder vor Oslo City. An den üblichen Orten eben. Einmal hatte eine gambische Freundin von mir mit einem Marokkaner rumgeknutscht, mit dem Sabiya was laufen hatte. Meine Freundin, Jeannette, war mindestens eins achtzig groß und sah aus, als ob sie direkt vom Olympiafinale über hundert Meter kommen würde. Aber das netteste Mädchen der Welt. Wir waren ja Handballfreundinnen. Übrigens ist sie jetzt bei uns Krankenschwester. Egal, nach der Schule ist Sabiya bei ihr aufgekreuzt. Um sie zur Rede zu stellen, dachte Jeannette.«

»Und?«

»Stattdessen hat Sabiya sie einfach angesprungen und mit einem Kopfstoß zu Boden geschickt.«

»Wahnsinn!«

»Die Frau war schon immer so aufbrausend, wahrscheinlich kann sie es heute nur besser verbergen. Mir gegenüber war sie ziemlich kühl, als sie hier anfing, vielleicht empfand sie es als Bedrohung, dass ich sie von früher her kannte. Eigentlich frage ich mich, ob der Typ, der gestern hier erschossen wurde, nicht aus denselben Kreisen stammte.«

Sie blickt kurz auf ihre Uhr. »Shit, ich muss los, wenn ich pünktlich im Kindergarten sein will, ich muss bis raus nach Oppsal, weißt du.«

»Geht mir ähnlich, ich muss die Jungs bald aus der Aktivitätsschule abholen, sie kommen gern etwas früher nach Hause. Wir können ja bald wieder einen Kaffee zusammen trinken«, schlage ich vor, als sie aufsteht.

»Oh, gern.« Sie strahlt.

Ich stehe ebenfalls auf, als ob ich sie umarmen wollte, halte sie bei beiden Schultern und küsse sie auf die Wange.

»Na, also wirklich.« Sie lächelt kokett, verschwindet dann mit raschen Krankenschwesternschritten die Treppe hinauf.

Nach zwanzig Metern dreht sie sich um, winkt mir zu. Ich winke zurück.

19 – *Clara*

Ich habe die ganze Nacht über gegrübelt. Um fünf Uhr morgens stehe ich auf. Entschlossen.

Zu Agnes sind es eineinhalb Stunden Fahrt.

Zuerst wieder mit der Fähre über den Fjord. Dasselbe Schiff, derselbe Kartenverkäufer. Er grüßt mich freundlich. Ich sage so wenig wie möglich. Überlege, ob ich gleich im Auto sitzen bleiben soll, aber es ist doch ein Ritual, während der Fahrt ins Wasser zu schauen. Also steige ich aus und stelle mich an die Reling.

Beim Pflegeheim angekommen, bleibe ich noch eine Weile im Auto sitzen, mache längere Zeit Atemübungen. Dann steige ich aus und blicke auf den steil aufragenden schwarzen Berg direkt hinter dem Heim. Der Himmel darüber ist knallblau. Ein Flugzeug hinterlässt einen weißen Kondensstreifen, mir fällt ein, wie ich als Kind immer darüber fantasierte, wo die Flugzeuge herkamen, wo sie hinwollten, wer darin saß.

Ich habe wirklich keine Lust reinzugehen.

Mein ganzer Körper ist verspannt, will sich weigern.

Und ich habe Vater versprochen, es nicht zu tun.

Trotzdem, ich muss. Und zwar *jetzt*, ich muss es hinter mich bringen.

»Clara! Du lieber Himmel! Das ist aber lange her«, sagt die Frau am Empfang, ganz offenbar kennt sie mich.

Ich schiele auf das Namensschild an ihrer Brust.

Bodil heißt sie, hat kurzes dunkles Haar, es ist grell und auffällig gefärbt, asymmetrisch geschnitten. An jedem Ohr mehrere goldene Kreolen. Künstliche Bräune aus dem Solarstudio, dreißig, vierzig Kilo Übergewicht. Fette Schenkel in der weißen Hose. Ein paar verblasste graublaue Tattoos auf den braunen Unterarmen.

Sind wir vielleicht zusammen zur Schule gegangen? Aufs Gymnasium?

Sie sieht aus wie eine Oma von bald sechzig Jahren, aber das gilt für viele Frauen um die vierzig hier. Ich habe mich schon oft gefragt, woran es liegen mag, dass die Hiesigen so viel älter wirken als die meisten Gleichaltrigen in Oslo. Aber wenn Haavard das erwähnt, protestiere ich immer.

»Sage mal, ich glaube fast, du bist noch nie hier gewesen, oder?« Sie schaut auf ihren Block.

»Nein.« Ich habe nicht vor, dieser Frau irgendwelche Erklärungen zu liefern.

»Agnes wohnt in einem separaten Gebäude für Langzeitpatienten. Gleich nebenan. Komm, ich bringe dich hin.« Sie geht energisch los, in weißen Joggingschuhen. »Deine Mutter ist nicht unbedingt an Besuch gewöhnt. Sie steht unter ziemlich starken Medikamenten, ist meistens ruhig, um nicht zu sagen apathisch. Wahrscheinlich wird sie nicht besonders viel sagen. Aber immerhin, sie redet wieder, das ist ganz unglaublich, keiner hier hätte gedacht, dass das jemals passiert …«

Ich erwidere nichts, und auch Bodil verstummt.

Der Flur riecht nach Arznei und Putzmitteln, ich sehne mich nach dem Balkon zu Hause, nach den Glocken der Schafe, Vogelzwitschern und dem Rauschen des Flusses.

Aber jetzt muss ich da rein. Ein bisschen bleiben. Wieder fahren.

Bodil zieht ihre Karte durch das Lesegerät an der Tür zum Nebengebäude. Hier riecht es frisch gestrichen, und prompt steigt in mir die Übelkeit hoch.

Als ich klein war, kochte Agnes einmal Lamm mit Kohl und strich gleichzeitig die Küche. Das muss in einer manischen Phase gewesen sein. Der Topf mit dem Gericht stand tagelang da, bis er stank, und der Kohlgeruch mischte sich mit den Ausdünstungen der Ölfarbe. Seitdem ist mir beides unerträglich.

»Wir müssen in den ersten Stock.« Bodil geht die Treppe rauf. Oben öffnet sie eine Tür, an der mein Nachname steht, und geht hinein.

Nichts von dem stimmt, was ich mir vorgestellt hatte.

Die fette Frau gibt es nicht.

Vielleicht habe ich nur versucht, Agnes weniger gefährlich zu machen, sich selber weniger ähnlich, damit ich sie wenigstens ansehen kann.

Aber die Frau, die da von ihrem Stuhl aufsteht, hat sich in diesen dreißig Jahren nicht viel verändert. Ihr Haar ist matter, ein feines Netz aus Fältchen liegt wie eine Art fotografischer Filter über ihrem Gesicht, das trotzdem immer noch verblüffend glatt ist. Die Augen haben ihren Glanz verloren, aber sie ist genauso schlank, fast mager wie früher und genauso aufrecht. Ihr Haar fällt immer noch weit auf dem Rücken hinab. Ein langer geblümter Rock und eine weiße Bluse, heute wie damals.

Ob das noch dieselben Kleidungsstücke sind? Oder haben sie genauso welche für sie nachgekauft?

Wie auch immer, es ist, als hätte sie die letzten dreißig Jahre im Schlaf verbracht wie Dornröschen.

Ich bringe kein Wort heraus. Irgendwann sagt sie etwas.

»Ach, du?« Sie setzt eine Art Lächeln auf, sieht mich zwar direkt an, schaut aber durch mich hindurch.

Mir stellen sich die Härchen an den Unterarmen auf. Ich blicke kurz zu Bodil hin.

»Also, ich gehe dann«, sagt die. »Ruft mich an, wenn etwas ist.«

Und sie schließt die Tür hinter sich.

»Ja«, sage ich. »Sollen wir uns hinsetzen?« Ich nicke zu dem kleinen runden Tisch aus Birkenholz hin, der beim Fenster steht, daneben zwei passende Sessel. Und tatsächlich, sie setzt sich hin, ganz vorn auf die Kante. Jetzt glaube ich, etwas wie Hass in ihren blassen Augen lesen zu können.

»Ja, es ist lange her«, setze ich an, während ich mich hinsetze.

Und dann weiß ich nicht weiter.

Ich hatte genau geplant, was ich sagen wollte. Hatte es immer wieder im Kopf wiederholt, in der Nacht, heute früh, während der Fahrt.

Aber jetzt, da ich ihr nach all den Jahren gegenübersitze, bin ich gelähmt.

»Dreißig Jahre, zwei Wochen und drei Tage«, sagt sie, und vor mir tut sich ein Abgrund auf. Ich falte die Hände im Schoß, beuge mich etwas vor, mir ist schwindelig. »Du bist aus Oslo gekommen?« Sie streicht sich das Haar mit der mageren Hand hinters Ohr.

Ich nicke.

»Deine Zwillinge, wie alt sind die jetzt?«, fährt sie fort. »Acht, glaube ich? Immer noch die reine Unschuld …«

Oslo? Zwillinge? Woher hat sie das alles?

Ich räuspere mich, muss versuchen, sie davon abzubringen. »Ich weiß nicht, woran du dich erinnerst …«

»An alles«, sagt sie mit strahlendem Lächeln. »Ich erinnere mich an alles.«

Es verschlägt mir den Atem. Mir ist, als würde ich durch eine Kellerluke tief auf steinharten Boden stürzen. Ich kann nichts sagen, will aufstehen, auch das bringe ich nicht fertig.

Dann schaut sie mich auf einmal erschrocken an.

»Clara …« Sie fingert an dem Alarmknopf herum, der an einem Band um ihren Hals hängt. »Clara mit C.«

Dann sinkt ihr Kinn auf die Brust. Von einer Sekunde auf die andere ist sie wieder diejenige, die sie in den letzten Jahrzehnten war.

»Agnes? Agnes?«, frage ich. Und dann endlich, zögernd: »Mama?«

Es ist mir noch nie natürlich vorgekommen, sie so zu nennen. Mir ist, als hätte ich eine faule Kartoffel im Mund. Agnes schaut mich mit einem verschleierten Blick an.

Ich sitze zehn Sekunden da, zwanzig Sekunden.

Dann stehe ich auf und gehe, ohne sie noch einmal anzusehen.

Im Flur passiert es. Übelkeit. Zittern. Alles kommt hoch. Ich muss stehen bleiben, ich lehne mich an die Wand.

»Alles in Ordnung?«, fragt eine vorbeikommende Pflegerin.

»Ja, natürlich.« Ich richte mich lächelnd wieder auf, gehe weiter, sie soll mich bloß nicht für eine neue Patientin halten.

Aber jetzt bin ich dort. In dem Auto, das über die Straße hinausrast. Wieder und wieder.

20 – *Leif*

1981

Der Sommer war der schlechteste seit Menschengedenken. Der Schnee blieb fast bis Mitte Mai liegen, und auch danach gab es noch Nachtfrost. Dann kamen Regen und Wind.

Ich konnte nur eine einzige Heuernte einbringen, gegen Ende des Sommers, und besonders ergiebig war sie auch nicht. Zum ersten Mal musste ich Futter für die Tiere zukaufen.

Sonst bauten wir immer unten an der Straße einen Tisch auf Böcken mit einem gestreiften Sonnenschirm auf und verkauften dort oder in den Geschäften der Gegend unsere Erdbeeren, die in diesem Jahr als blasse, wässrige Klumpen unter den Blättern der Erdbeerstauden liegen blieben und in Ruhe verfaulten.

Die Äpfel waren klein und runzlig, ohne jeden rötlichen Schimmer, nicht mal für Most geeignet.

Das war die Kehrseite des freien Kleinbauernlebens. Nicht die viele Arbeit. Nicht die spärlichen Einkünfte. Sondern das Risiko, dass es eines schönen Tages bergab ging, direkt in den Abgrund. Ohne jedes Sicherungsnetz.

Abends saß ich mit der Rechenmaschine am Schreibtisch und versuchte auszutüfteln, wie wir über die Runden kommen könnten. Nichts als rote Zahlen. Das Sparbuch war schon leer geräumt.

Als ich dachte, schlimmer könne es nicht kommen, bekamen die Schafe die Traberkrankheit und mussten notgeschlachtet werden.

Was sollte ich tun? Den Hof hatte ich von meinem Vater geerbt, er war seit über zweihundert Jahren im Familienbesitz – ihn aufzugeben war unvorstellbar. Ich wollte Arbeit suchen, in der Fabrik des Nachbarorts, im Laden, in der Werkstatt, aber andere waren in derselben Situation, und ich kannte ja nichts anderes als die Arbeit auf dem Hof, also gab es nie mehr als halbherzige Versprechungen, man wolle sehen, was sich machen lasse.

Nachts lag ich wach im Bett, starrte auf die Astlöcher in der Schräge über unserem Bett und hörte dem Regen zu, wie er auf die Dachplatten prasselte, und dem Wind, der an den Wänden rüttelte.

Heimelige Geräusche, die mich immer beruhigt und froh gestimmt hatten. Jetzt konnten sie die Sorgen nicht vertreiben.

Mehrere Männer des Dorfes beschlossen, sich der UN-Truppe im Libanon anzuschließen, und redeten auf mich ein, ich solle mitkommen. Alle wussten, dass es ein beschissenes Jahr war. Aber ich war immer ausgewichen, wenn jemand den Libanon erwähnte.

Jetzt aber erwog ich ernsthaft, mich dafür zu bewerben, vor allem, weil ich keine Alternative erkennen konnte.

Wir brauchten Geld. Und es wäre nur für eine bestimmte Zeit.

Agnes versicherte, sie würde sich um die Kinder kümmern.

Fast hätte ich gesagt, das wäre ja mal was Neues, aber das verkniff ich mir.

Zwei Mal hatte ich mitbekommen, wie Agnes Clara ohrfeigte. Es war eine Zeit lang her, und ich hatte ihr klargemacht, dass ich das nie wieder sehen wollte. Sie schien sich jetzt in einer besseren Verfassung zu befinden.

»Gut«, sagte ich am nächsten Morgen nach durchwachter Nacht. »Wenn du auch meinst, dass es klug wäre.«

Den Kindern erzählten wir nichts, bevor alles festgemacht und der Vertrag mit der Armee unterschrieben war, mit der ich seit dem Wehrdienst nichts mehr zu tun gehabt hatte.

Clara wollte auf keinen Fall, dass ich ging.

Ich versuchte, ihr zu erklären, dass Papa nur für ein paar Monate weg wäre, dass er an sie denken und ihr jeden Abend über den Himmel Küsse schicken würde. Er müsse einfach ein paar netten Familien helfen, die das brauchten, um in Sicherheit zu leben, und dann würde er nach Hause kommen und nie wieder weggehen. Und Mama wäre die ganze Zeit da, Mama und Lars und die Tiere.

Sie kletterte auf meinen Schoß, was sie nur noch selten tat, umklammerte meinen Hals, wollte nicht mehr loslassen. Du darfst nicht, schrie sie, immer wieder, hielt mich so fest, schrie so laut, dass es mir in den Ohren wehtat. Ich sah Agnes Hilfe suchend an, aber sie schaute weg. Ich hatte kein gutes Gefühl im Bauch. War das wirklich richtig? Lohnte es das?

Und als ich in der kleinen Maschine Platz nahm, die uns zum Flughafen Fornebu bringen sollte – von dort aus würden wir mit einer Hercules nach Rhodos und dann mit einem letzten Flugzeug zum Beirut International Airport fliegen –, als ich mich dort anschnallte, die Augen schloss und mich zurücklehnte, war es, als würde eine Art Vorhang sich öffnen, und ich empfand mit überwältigender Klarheit, dass ich den schwersten Fehler meines Lebens beging.

Schon jetzt sehnte ich mich nach Hause, nach dem Wind,

dem Regen und der Sonne, nach den knarrenden Bodendielen und dem klickenden Ofen, nach den beiden kleinen warmen Körpern, die zu mir gehörten.

Noch nie hatte ich mich so allein gefühlt, obwohl lauter Bekannte um mich herum saßen, Bier tranken, rauchten und schlechte Witze rissen.

Über das, was uns bevorstand, redeten wir nicht.

21 – *Clara*

Als ich von Agnes zurückkomme, fülle ich einen Putzeimer mit brühheißem Wasser, Salmiak und Schmierseife und mache eine gute Stunde lang intensiv und verbissen sauber. Nehme mir die Fettschicht auf den Küchenschränken und dem Ventilator vor, den Staub unter der Sitzbank im Flur und den Sesseln im Wohnzimmer.

Ihr Anblick geht mir nicht aus dem Sinn. Das welke Gesicht. Die mageren Hände. Der bunte Rock, ebenso verblichen und gealtert wie sie selbst.

Alles viel zu gut wiedererkennbar.

Ich ziehe die kurze schwarze Laufhose an, das ärmellose Shirt, Trainingsjacke und Joggingschuhe, laufe zum Fluss und daran hinauf zum Wasserfall. Es ist steil, ich habe nicht genug trainieren können, während ich an dem Gesetzesvorschlag arbeitete, ich spüre es in den Beinen und an meiner Kondition, aber ich gebe alles, was ich habe, den kurvigen Pfad hinauf, zwischen bemoosten Steinen, Fichtenwald und kleinen Birkenhainen hindurch.

Meine Trainingsuhr loggt mich automatisch bei Strava ein. Aber diese Route hier benutze nur ich allein. Im Dorf sind ein paar Strava-Nutzer, eine Handvoll, und die laufen andere Strecken. Hier laufen nur Haavard und ich mit den Jungs lang, ein paarmal jeden Sommer. Wer zur Sommeralm rauf möchte, muss bei uns über den Hof, und das macht niemand. Außerdem wollen viele lieber mit Quads über die Schotterwege fahren als zu Fuß gehen. Haavard ärgert sich immer darüber, ihm tut es um die unberührte Natur leid, die dadurch zerstört wird. Ich verteidige dann immer die Leute von hier, unter anderem mit dem Argument, Schotterwege seien auch nicht unbedingt unberührte Natur – dabei bin ich eigentlich eher seiner Meinung.

Mir ist alles hier zutiefst vertraut, jeder Meter, jeder Felsspalt und jede dicke Wurzel auf dem Weg, jeder Ameisenhügel und jeder Kletterstein. Die Natur hier ist fast mehr ich als ich selbst. Hier und da muss ich über Baumstämme klettern, die auf den Weg gestürzt sind.

Vater kann dieses Jahr noch nicht hier oben gewesen sein. In den Ferien muss ich mal eine Runde mit der Motorsäge machen und den Weg frei räumen, der wuchert ohnehin von Jahr zu Jahr mehr zu.

Als ich gestern ankam, war es mir sofort aufgefallen.

Die geborstenen Dachplatten, der abplatzende Anstrich am Windfang, die gesprungenen, nur mit Karton notdürftig ersetzten Fensterscheiben, der Eimer oben im Flur, in den es durch das undichte Dach tropft.

Viel zu vieles geht kaputt, der Verfall hat sich im Lauf des letzten Jahres beschleunigt.

Ich muss das anpacken. Aber nicht heute.

Der Wasserfall führt enorm viel Wasser, sein Donnern mischt sich mit dem Pochen meines Blutes, das immer rascher durch meinen Körper strömt. Ich verlange mir alles ab. Ein gutes Stück weiter oben bleibe ich stehen, vornübergebeugt und keuchend. Mir ist, als säße die Milchsäure in jeder einzelnen meiner Zellen.

Nach einer Weile richte ich mich wieder auf und laufe am Almsee entlang zu dem kleinen Strand unterhalb der

Käsereihütte, dem kleinen, grauen Häuschen etwas weiter oben am Hang, von dem nur kleine Fenster zum Wasser hinausgehen.

Ich habe hier einen bestimmten Stein, auf dem ich immer Rast mache. Oft sitze ich stundenlang da und blicke ins Wasser, ohne dass es mir zu lang würde. Ich kann mich nicht genug wundern, wie still das Wasser hier liegt und wie wild es nur ein Stück weiter ist, wo sich der dahingleitende Strom in den schäumenden, donnernden Wasserfall verwandelt.

Dann kommt der Wind, ich spüre, wie er mich durchweht.

Nur hier an diesem Strand kann ich mit Lars reden, hier ist er am nächsten.

»Lars?«, flüstere ich. »Heute bin ich bei Agnes gewesen … ja, bei Mutter, du weißt doch.«

»Ui«, antwortet er. »Ist das wirklich gut, Clara?«

»Nein, ich glaube nicht. Es war wohl eher dumm von mir.«

»Weiß Papa das?«

»Nein … das kann ich ihm auch nicht erzählen.«

Klein und niedlich lag Lars in seiner Wiege, fuchtelte mit den Händchen nach mir und lachte glucksend. Ich saß so gern mit ihm auf dem Arm da und schaukelte ihn sacht hin und her. Als er größer wurde, schleppte ich ihn überallhin mit, nach draußen, und erklärte ihm von allem, was wir sahen, wie es hieß. Blume, Lars. Kuh, Lars. Viehstall. Traktor. Rampe. Gras. Papa. Mama. Hofbaum. Schubkarre. Katze.

Ich brachte ihm fast alle Wörter bei, ich hielt ihn an der Hand, als er laufen lernte, ich brachte ihm das Radfahren bei.

Er ist ein dünnes, blondhaariges Kerlchen, seine großen

blauen Augen schauen immer ein bisschen überrascht drein, als würde er sich wundern, in was für eine Welt er da geraten ist.

Wenn er gute Laune hat, rennt er mit großen Schritten und lustig rudernden Armen voraus, fast genauso sieht es aus, wenn wir in der Schule den Ententanz tanzen. Und nichts auf der Welt fasziniert ihn mehr als Vögel. Er kennt die Namen von fast allen Arten in Vaters Vogelbuch, und viele erkennt er allein am Ruf.

Nachts macht er öfter ins Bett, obwohl Mama dann schimpft und meint, dafür sei er schon lange zu groß. Zu ihr ins Bett darf er nicht, aber bei mir liegen darf er, wenn er nachts angetapst kommt. Hier oben auf der Alm schlafen wir immer in einem Bett. Und immer singe ich ihm zum Einschlafen etwas vor. *Kommt ein Vogel geflogen, setzt sich nieder auf mein'n Fuß, hat 'nen Zettel im Schnabel, von der Mutter ein'n Gruß …*

Dann lacht er fröhlich.

Mama nimmt uns oft mit hierher, vor allem jetzt, wo Papa im Libanon ist. Jedes Mal, wenn das Telefon klingelt, kriege ich einen Schreck, aus Angst, es könnte etwas passiert sein.

Ich wollte nicht, dass er hinfährt. Er hat mir doch jeden Abend aus Jules Verne vorgelesen, hat mich in den Wald mitgenommen, mir die Namen von allen Vögeln und Bäumen beigebracht und dass ich mich, wenn wir uns aus den Augen verlieren sollten, an einem Baum festhalten und nach ihm rufen soll. Er hat mich zur Alm mitgenommen und mich die Berge lieben gelehrt.

Aber dann ist er trotzdem gefahren. Jetzt sind nur noch Mama, Lars und ich hier.

Mama sagt, sie hat Papa wegen der Natur hier geheiratet,

dabei bleibt sie meistens im Haus. Wenn wir auf der Alm sind, steigt sie gern auf einen Berg. Dann steht sie auf dem Gipfel und schreit aus vollem Hals, oder sie liegt im Heidekraut und schaut in den Himmel.

In den Himmel atmen, nennt sie das. Dann müssen wir uns fernhalten, dürfen nicht stören.

Wir sammeln immer ein paar Kiefernzapfen und Steine und spielen damit Bauernhof. Ich bin dafür eigentlich zu groß, aber wegen Lars mache ich mit.

Dieser Morgen ist klar und blank, noch liegt Tau auf dem Gras, aber die Sonne scheint schon golden auf den nächsten Gipfel, den, auf dem Mama immer steht und schreit. Bald wird die ganze Alm im Sonnenlicht liegen.

Lars ist schon draußen, er hat mal gemusst. Hier oben pinkeln wir überallhin, es gibt kein Plumpsklo.

Ich trödele etwas rum. Und als ich rauskomme, ist er nicht zu sehen.

»Lars!«, rufe ich. »Lars? – Lars!«

Ich laufe um die Hütte rum, rufe lauter. Mein Herz schlägt schneller, ich renne zur Tür zurück, reiße sie auf. Drei Schlafplätze sind darin, in jeder Ecke einer, bis auf den Ofenwinkel. In dem breitesten und kürzesten Bett schlafen Lars und ich, das längste, in der dunkelsten Ecke, ist Mutters.

»Mama«, rufe ich, »ich kann Lars nicht finden.«

Sie grunzt irgendwas, ich renne wieder hinaus.

Egal, wohin er gegangen ist, von hier aus müsste ich ihn sehen. Er ist wohl beim See unten, er lässt gern Steine springen, aber ich habe ihm eingeschärft, dass er auf keinen Fall ohne mich gehen darf. Er kann noch nicht schwimmen, und es gibt kräftige Strömungen wegen des Wasserfalls.

Ich laufe zu unserem schmalen Strand hinunter, eigentlich nur ein Sandstreifen zwischen Wasser und Wiese.

Im Sand sind frische Stiefelspuren. Und ist da im Wasser nicht ein Schatten zu erkennen?

Im Fernsehen hat mal ein Froschmann erklärt, die Leute würden sich irren, wenn sie denken, dass Kinder auf dem Wasser treiben und genug Zeit ist, sie zu retten, sondern in aller Regel würden Kinder um Hilfe rufen, dabei Wasser in die Lungen bekommen und dann untergehen wie ein Stein.

Jetzt versuche ich mich zu erinnern, was ich gelernt habe.

Tief atmen. Ein. Aus. Ein. Aus.

Ich zerre mir die Jacke vom Leib, schleudere die Schuhe weg, atme noch einmal tief ein und springe. Schlammige Schlieren steigen vom Grund auf. Da hinten ist dieser Schatten. Meine Augen brennen. Ich muss sie schließen, wieder aufmachen. Ja, das ist Lars, mein kleiner Bruder, am Grund des Sees. Aber er sieht mich nicht, treibt mit der Strömung ab.

Und bald muss ich Luft holen. Ich mache die Augen auf, schwimme zu Lars hin. Jetzt bin ich nah dran, kann ihn fast mit der Hand erreichen. Da wird er von mir weggezogen, aber ich mache ein paar feste Beinschläge, kann den Arm um ihn legen. Er strampelt.

Die Strömung zieht uns zum Wasserfall. Nicht mehr weit, und wir verschwinden in dem weißen Getöse. Da fällt mir etwas ein, das Papa erzählt hat.

Am Boden ist die Strömung schwächer. Ich lege Lars den Arm um den Hals, strampele gleichzeitig nach unten und seitwärts, versuche, mir mit dem freien Arm zu helfen, so gut es geht.

Nach unten und seitwärts.

Der Sog lässt ein bisschen nach. Gleich unter uns ist der Boden des Sees, mit Algen und Schlamm, mit den Zehen berühre ich schon etwas. Aber jetzt *muss* ich Luft holen. Noch ein bisschen weiter, zur Seite, zur Seite, und immer unten bleiben, unten. Wir scheinen uns dem Ufer zu nähern. Breit ist er nicht, der See, nur tief und voller Strömung.

Lars ist schwer in meinem Arm. Aber wir müssen hoch, hoch, hoch.

So, geschafft, ich krieche an Land. Ich huste, räuspere mich, mache die Augen auf. Mir ist schwindlig, alles dreht sich. Ich muss mich kurz hinlegen, setze mich dann wieder auf.

Lars liegt neben mir. Lebt er? Atmet er? Ich knie mich neben ihn, drehe ihn auf den Rücken, blase ihm Luft in den Mund, drücke auf seinen Brustkorb. Ich puste und drücke, puste und drücke. Immer wieder.

»Ich muss gehen.« Jetzt legt er mir die Arme um die Schultern, drückt mich.

»Bleib noch ein bisschen, Lars«, bitte ich ihn.

»Tut mir leid, ich kann nicht.«

Etwas wie ein Windhauch durchzieht den Körper. Dann ist Lars weg. Ich stehe auf, wische mir den Sand ab. Die Milchsäure hat sich abgebaut.

Ich drehe eine Runde um die Käsereihütte, alles scheint in Ordnung zu sein.

Ich komme nicht rein, denn ich habe keinen Schlüssel dabei, kann nur die Hände flach an die Wand legen und mich anlehnen, ein paar Sekunden lang.

Mein Urgroßvater hat die Blockhütte errichtet. Das Holz ist über hundert Jahre alt.

Wind und Wetter, Frost und Hitze, Sommer und Winter all diese Jahre haben das Holz der Verschalungsbretter verwittern lassen, die harte Maserung tritt hervor. Sie drückt sich in meine Handflächen. Das alte Haus und ich, wir werden geradezu eins miteinander.

Kurz stehe ich da, spüre im toten, grauen Holz meinen Puls. All die Jahresringe, sie pochen in meiner Hand.

Dann stehe ich auf und gehe wieder runter.

22 – *Haavard*

Ich klopfe kurz an, dann warte ich ein paar Sekunden, und Sabiya öffnet die Tür zu ihrem Zimmer.

Ich mache einen Schritt hinein, die Tür schließt sich.

Zwei warme Arme um meinen Hals, ein dünn gekleideter Körper an meinem, ihr Mund an meinem.

Den Anblick von Sabiya und ihrem Mann auf dem Ullevålsvei habe ich nach besten Kräften zu verdrängen versucht. Der Workshop hier im Tagungszentrum Lysebu, mitten in der schönsten Jahreszeit, ist wie ein Geschenk für uns beide. Eine ganze Nacht zusammen. Unsere erste. Nichts darf uns das nehmen.

Clara hat mir fast ein bisschen leidgetan, als sie fragte, ob sie noch länger bei ihrem Vater bleiben könnte. Wäre es ein gewöhnlicher Workshop gewesen, ich hätte Ja gesagt und wäre zu Hause geblieben. Aber auf diese vierundzwanzig Stunden kann ich einfach nicht verzichten. Und meine Mutter, die einzig denkbare Babysitterin, ist mit ein paar Freundinnen in Stockholm.

»Eineinhalb Stunden bis zum Abendessen!« Ich werfe mich rücklings auf Sabiyas Bett und strecke die Arme nach ihr aus: »Eine Ewigkeit!«

»Wir müssen aber vorsichtig sein. Guck mal, du kriegst eine eigene Schlüsselkarte.« Sie wedelt damit. »Für heute Nacht. Aber pass bloß auf, dass du im Flur leise bist. Und morgen früh musst du raus, bevor der erste von den anderen aufwacht.«

»Ja, ja«, erwidere ich, »ich bin schon mal in einem Hotel gewesen.«

»Ja, du …« Sie lächelt peinlich berührt.

»Du nicht?«, frage ich, halb im Scherz, halb im Ernst.

»Schon, aber nicht so oft wie ihr anderen, denke ich.«

Ein paar Sekunden Stille.

»Weißt du, ich durfte ja nie mit ins Schullandheim oder auf Klassenfahrt gehen, anders als alle anderen. Und auch jetzt habe ich Glück, dass ich überhaupt hier sein darf …«

Das wäre jetzt der Moment, mich zu erkundigen, wie es in ihrem Leben aussieht, aber ich bin zu ungeduldig, stelle keine weiteren Fragen, sondern lege mich auf sie und greife ihre Handgelenke, küsse sie am Hals.

Lachend schüttelt sie den Kopf, wehrt sich. Aber ich weiß, das gehört zum Spiel.

Als wir hinterher ruhig daliegen, kommt die obligatorische Frage, ich habe schon darauf gewartet.

»Bist du schon mal untreu gewesen?« Sie blickt mich neugierig an.

»Nein«, antworte ich. »Und ich hätte auch nicht gedacht, dass das jemals vorkommen würde. Aber da warst du noch nicht da.«

Als ich auf dem Weg zum Abendessen an der Rezeption vorbeikomme, fällt mir im Lädchen, das Keramik, Honig und wer weiß was noch verkauft, eine Frau auf.

Melika Omid Carter.

Sie dürfte jetzt um die fünfzig sein, sieht aber fast immer noch so aus wie vor zwanzig Jahren, als sie in einem kleinen wendigen Jeep durch Grünerløkka düste und nach ihren Restaurants schaute. Der Zug um den Mund ist etwas härter geworden. Die Fältchen an den Augen deutlicher. Ansonsten ist sie ganz die Alte. Durchtrainiert, sehnig, in teurer Blue Jeans, schwarzem, engem Top, breitem Ledergürtel, das lockige Haar fällt ihr über den Rücken. Stark geschminkte Augen, goldene Kreolen in den Ohren. Ein klein wenig vulgär, aber vor allem sexy. Genau so eine heiße, gut erhaltene MILF, die die meisten von meinen Kumpels gern vögeln würden, wenn sie eine Chance dazu hätten.

Merkwürdig, sie hier zu sehen, als wäre sie aus meiner Liste von verdächtigen Fällen verletzter Kinder herausgesprungen und wirklich geworden. Ein ganz ähnliches Gefühl hatte ich, wenn Vater früher von Leuten aufgesucht wurde, die ich aus der Zeitung oder dem Fernsehen kannte.

Nachdem ich sie auf meine Liste gesetzt hatte, habe ich einen Bericht voller Glitter über sie in *D2* gelesen, der Freitagsbeilage von *Dagens Næringsliv.*

Melika Omid Carter ist US-Iranerin, mit ihrer Familie dorthin eingewandert, als sie noch klein war. Nach Norwegen kam sie als Teenager – und hat sich von einer armen und einsamen jungen Frau, die die Sprache nicht beherrschte, zu einer erfolgreichen, knallharten Business Woman hochgearbeitet.

Gerade hat sie ein neues, bereits angesagtes Café aufgemacht, vor allem aber beschäftigt sie sich mit Yoga und Meditation, hat einen Trainingsblog und eine Marke für Sportbekleidung. Die Frau ist das Idealbild einer Einwanderin, angesichts derer sogar Anton Munchs Parteigenossen anerkennend lächeln, und vielleicht stimmt sie sogar für deren Partei.

Carter ist für ihr Netzwerk bekannt und für ihren außergewöhnlichen Geschäftssinn, ganz unabhängig von

Geschlecht und Herkunft. Und ihr Name befindet sich auf meiner Liste.

Sie steht mit dem Rücken zu mir vor der Auslage, schaut sich ein paar Seifen an, dann verlässt sie den Laden und geht mit einem kleinen Rollkoffer den Gang hinunter.

Im Speisesaal ist sonst noch niemand. Ich setze mich an einen der runden Tische beim Fenster und google »Melika Omid Carter« + Lysebu, Treffer aus dem letzten halben Jahr. Aha, na bitte.

Monatliche Kurse für Yogalehrer, da scheint es ja eine große Nachfrage zu geben.

In ihrem Blog schreibt sie, wie schön es in Lysebu ist, wie großartig das Essen, wie angenehm der Pool, all so Zeug. Ein greller Kontrast zu dem, was in den Zeitungen über sie zu lesen steht.

Die Namen auf meiner Liste haben ihre Wirkung nicht verfehlt. Vielleicht bin ich meinen Kollegen gegenüber nicht ganz ehrlich gewesen, was ich mit diesen Beispielen will, aber sie wirkten jedenfalls erleichtert, dass jetzt etwas passieren sollte.

Zusammen mit Faisal Ahmad sind es jetzt fünf Fälle.

Fünf Familien. Zufällig herausgegriffen. Es müssen mindestens doppelt so viele werden.

In den letzten Tagen habe ich die Namen von ein paar Journalisten recherchiert, die über familiäre Gewalt berichtet haben, zu denen kann ich Kontakt aufnehmen. Mir kommt es vor, als wäre dieses eine Seite lange Dokument das Nützlichste, was ich seit Langem getan habe. Schon ironisch, im Alltag rette ich ja immer wieder Leben. Die vorläufige Liste habe ich zuerst Sabiya gezeigt, sie schien ziemlich beeindruckt.

Jetzt kommt Askildsen, setzt sich zu mir an den Tisch, gefolgt von Bente und Roger.

»Das hier ist also das Hotel, das den Nazis als Frontkämpferheim gedient hat? Gar nicht übel«, sagt Askildsen.

Ich hatte Lysebu anstelle des spießigen Holmenkollen Park Hotels etwas unterhalb vorgeschlagen, das eine bessere Aussicht, aber deutlich weniger gutes Essen zu bieten hat.

Angesichts des knappen Budgets ist es natürlich ziemlich extravagant, dass wir uns einmal im Jahr für vierundzwanzig Stunden in einem Hotel treffen, das zudem noch in derselben Stadt liegt, in der wir wohnen. Aber so wenig kontaktfreudig Askildsen sonst sein mag, ihm liegt an diesen Ausflügen. Vielleicht, weil er als einziger von uns allein lebt; manchmal denke ich, unsere Station ist für ihn Familie und Freundeskreis zugleich.

Sabiya trägt ein blauweiß gemustertes Sommerkleid mit tiefem V-Ausschnitt. Sie sitzt mir direkt gegenüber. Ich versuche, sie nicht allzu oft direkt anzuschauen, nicht zu zeigen, wie viel mir an ihr liegt, sondern mich auf die anderen zu konzentrieren. Alle machen Small Talk, es ist eine gemütliche Mischung von Privatem, Fußball, Urlaubsplänen und Klatsch über Ärzte, die nicht mit dabei sind.

Ich sage nicht viel, bin in Gedanken versunken, schaue mich ständig um, ob ich Melika Omid Carter sehe.

Die anderen kennen sie nicht, wissen nicht, was sie getan hat. Es juckt mich wahnsinnig, es ihnen zu erzählen. Aber meine Liste ist noch nicht veröffentlicht, und dies hier wäre jedenfalls nicht die passende Gelegenheit dazu. Besser, ich schweige darüber und beteilige mich doch am Geplauder, bevor sie denken, ich wäre mir dafür zu gut.

Auf einmal wird es am Tisch still. Alle schauen Askildsen und Sabiya an, die beide mit einem Glas Weißwein dasitzen.

»Das meinst du doch wohl nicht im Ernst?«, fragt Sabiya.
»Wieso?« Askildsen wirkt verstimmt.
»Worum geht es?«, erkundigt sich Roger.
»Um Me too«, sagt Bente, die das Gespräch verfolgt hat, »worum sonst?«
»Findest du Me too nicht gut, Askildsen?«, frage ich.
»Ich möchte nur nicht, dass jede Kleinigkeit wahnsinnig aufgeblasen und zu einer Art Massenhysterie wird«, sagt er, offenbar peinlich berührt und zugleich ganz froh, dass er seine Meinung erklären kann. »Bis alles immer nur aus derselben Perspektive gesehen wird. Und es gefällt mir nicht, wenn Frauen sich generell als Opfer hinstellen, obwohl sie doch absolut mit Männern auf Augenhöhe sind, jedenfalls habe ich das immer so gesehen.«
»Ooooh …« Bente schaut Sabiya gespannt an, als würde sie einen Boxkampf verfolgen.
»Also ehrlich, niemand stellt sich als Opfer hin. Ganz im Gegenteil«, meint Sabiya.
»Aber hört mal«, sagt Bente, »erinnert ihr euch nicht an die ganzen Geschichten um den alten Doktor Skjølberg?«
»Na, der war ja schlicht und einfach verrückt«, sagt Roger.
»Hat er sich an dich auch rangemacht?«, fragt Bente.
»Um Himmels willen, nein.« Roger wird rot. »Aber ich weiß noch genau …«
»Bitte, Leute, der Mann ist nicht hier«, sagt Askildsen. »So ist das nicht in Ordnung.«
Es wird still am Tisch, kurz ist noch ein Kichern zu hören.
»Ja, eigentlich hast du recht. Vergessen wir alte Oberarztgespenster und reden wir vielmehr über den Elefanten im Zimmer«, meint Roger. »Also dass vor Kurzem bei uns ein Mord passiert ist, und jetzt tun alle so, als ob sie das schon vergessen hätten …«

»Du lieber Himmel«, unterbricht ihn Sabiya, »es ist eine Wohltat, endlich mal über etwas anderes zu reden als immer nur über diesen Fall neulich.«

»Ich finde es jedenfalls verkehrt, so zu tun, als ob nichts wäre«, sagt Roger.

»Es sagt doch keiner, dass wir das tun sollen«, sagt Askildsen. »Aber ich habe schon vor einem Jahr Vertretungen für euch besorgt, damit wir uns hier treffen können. Also auch mit euch Pflegern von unserer Station, zum ersten Mal, das dürfte es nicht in vielen anderen Kliniken geben.«

»Ja, natürlich«, sagt Roger. »Wir freuen uns darüber. Darum geht es ja auch gar nicht.«

Ganz offensichtlich hat Askildsen beschlossen, die Situation zu retten:

»Kennt ihr eigentlich die Geschichte dieses schönen Ortes, unseres Tagungshotels?« Ohne eine Antwort abzuwarten, berichtet er von dem Ehepaar Hammerich, das während des Zweiten Weltkriegs die dänische Hilfsarbeit für Norwegen organisierte.

»Also, ein Prost auf Lysebu und auf Haavard, der vorgeschlagen hat, dass wir uns dieses Jahr hier treffen.« Er hebt sein Glas.

Alle tun es ihm gleich, auch Sabiya, obwohl sie ein wenig murrt.

»Ein Prost auf die Hammerichs. Und auf uns!«, ergänze ich.

23 – *Clara*

Der Vorschlag, wir könnten versuchen, ein Kind zu kriegen, kam von Haavard. Ich war mir nicht so sicher, ich hatte Angst zu versagen wie meine Mutter. Und als Haavard mich zum Ultraschall schleppte für eine frühe Untersuchung, ob ich tatsächlich schwanger war, war es nicht viel besser. Ich fühlte mich genauso wie immer, weder war mir übel noch war ich müde.

»Schau dir das mal an«, sagte die Hebamme.

Zwei kleine Dinger in der Form von Hahnenkämmen, zwei kleine pochende Herzen.

»Hoppla«, sagte Haavard. »Das sind doch … *zwei*?«

»Ja, natürlich«, sagte die Hebamme. »Hat es in euren Familien schon mal Zwillinge gegeben?«

»Nein«, seufzte ich.

»Nein«, lachte Haavard.

Das war nicht die letzte Runde Ultraschall, während der Schwangerschaft gab es eine ganze Reihe davon. Ab der 22. Woche war ich krankgeschrieben, obwohl ich am liebsten weitergearbeitet hätte. Mein Bauch zog mich vornüber. Hände und Füße schwollen an. Alles tat mir weh. Und es juckte mich.

Nächtelang lag ich wach und kratzte mich. Es hieß, das sei üblich.

Die Geburt war wenig aufsehenerregend, ich lag da, jede

Menge Elektroden an mir, festgezurrt, eingefangen von all der Elektronik. So hatte ich mir das nicht vorgestellt. Immerhin schrie ich nicht. Die Babys kamen. Das Jucken hörte auf. Und ich stillte sie und wiegte sie in meinen Armen und ließ sie an meiner Brust einschlafen, all so was.

Es ging gut. Ich war nicht meine Mutter. Ich schaffte es.

Als die Jungs sechs Monate alt waren, fing ich wieder an zu arbeiten. Zu der Zeit pflegten sie sich zu hauen. Sie lagen nebeneinander, zwei runde Bündel aus Windeln und Wolle, laufen konnten sie nicht, schlugen einander aber gegen die Köpfe. Sie schrien und schlugen sich und schlugen sich und schrien, ich wusste nicht mehr, was ich mit ihnen machen sollte.

Haavard war da viel geschickter, das reinste Naturtalent. Er hob sie hoch und wiegte sie hin und her, er gurgelte und kitzelte und schnitt Grimassen, sie hörten auf zu schreien und sich zu schlagen, sie lachten und lachten, ohne Ende.

Dann wurden sie größer, das Pummelige verschwand, sie wurden lang und schmal.

Als sie im Kindergartenalter waren, riefen sie, wenn ich sie abholen kam, enttäuscht:

»Nicht Mama! Papa! Wollen zu Papa!« Und obwohl ich auf keinen Fall zwei kleine Muttersöhnchen am Rockzipfel haben wollte, beunruhigte mich das. Vielleicht hatte ich ja doch mehr von Agnes, als mir lieb war.

Mit drei oder vier Jahren wurde der ewige Zank zwischen ihnen von einer Art alles umfassenden Symbiose abgelöst.

Das Wörtchen *ich* kam nicht mehr vor, es gab nur noch ein großes *Wir.*

»Wir und Andreas«, sagte Nikolai, er meinte seinen Bruder und sich.

»Wir und Nikolai«, sagte Andreas.

Weinte der eine, weil ihm etwas nicht passte, dann redete der andere für seinen Bruder. Als sie groß genug waren, um am Wochenende ohne uns aufzustehen, weckte der eine den anderen, dann schlichen sie zusammen die Treppe runter zum Fernseher im Erdgeschoss. Und ich atmete auf. Jetzt brauchten sie mich nicht mehr, jedenfalls nicht mehr ständig. Ich hatte meine Aufgabe erledigt.

Sie hatten ja nicht nur einander, sondern auch einen zärtlichen, verspielten Vater. Nicht nur mit den Kindern, auch im Kontakt zu Außenstehenden ist Haavard meistens warm und umgänglich, wenn es ihn nichts kostet. Je näher du ihm kommst, desto kühler wird er.

Wir zanken uns über alles Mögliche, wegen Kleinkram in den Taschen der Hosen, die in der Wäsche liegen, um Mülltrennung, darüber, wohin wir in den Ferien fahren wollen, wie wir mit den Jungs reden sollten, wer daran schuld ist, dass der Garten so aussieht.

In der letzten Zeit gab es immerhin weniger offenes Feuer, eher einen stummen Stellungskrieg.

An dem ganzen Sexkrempel verlor ich bald das Interesse. Nichts als Wiederholungen, nichts Neues, Aufregendes mehr. Außerdem war ich immer müde. Vielleicht nicht besonders originell, aber so war es eben.

Und dann, nachdem er sich einige Jahre lang über zu wenig Sex beschwert hatte, nachdem er sich nachts an mich gedrängt hatte, zu Zeiten, da ich nur noch an Schlaf denken konnte und mich wegdrehte, er verärgert und beleidigt grunzte – dann war auf einmal Ruhe.

Er versuchte es nicht mehr. An sich war mir das nur recht. Vielleicht hatte er es über, abgewiesen zu werden.

Zugleich aber wirkte er zufriedener als zuvor. Sanfter.

Auch sein Äußeres veränderte sich. Nicht viel, aber spürbar. Die kleine Wölbung über dem Hosenbund verschwand wieder. Seine Haare, immer ein bisschen zu lang, ließ er sich öfter schneiden, er sah wieder charmant und zerstrubbelt aus.

Und mir wurde klar, dass der Fluch, den die alte Edith unwissentlich über uns ausgesprochen hatte, eingetroffen war.

Haavard schien zu glauben, er verberge geschickt alle Spuren.

Davon konnte keine Rede sein. In seiner Aktentasche lagen verdächtige Quittungen, im Futter seines Kulturbeutels waren Kondome versteckt. Und der Code für sein Mobiltelefon war auch nicht gerade schwierig zu erraten, 2205, derselbe, den er sonst auch meistens verwendete. Im Nachrichteneingang entdeckte ich verschiedene intime Mitteilungen von Frauen, von denen ich noch nie gehört hatte.

Ich hasse Untreue, ich kenne nichts Schlimmeres, seit meine Mutter in meiner Kindheit meinen Vater verließ.

Trotzdem fand ich heraus, die einzige Art, der Demütigung zu begegnen, bestand darin, so zu tun, als ob nichts wäre.

24 – *Haavard*

Sabiya geht um halb elf auf ihr Zimmer. Kurz danach verabschiedet sich auch Roger, um Viertel vor elf stehe ich auf, klopfe auf den Tisch und gehe.

Erst in mein Zimmer. Vom Balkon draußen habe ich eine großartige Aussicht in die blaue Ferne, auf zahllose Nuancen von Grün und Grau. Das Info-Material auf dem Schreibtisch zeigt einen verlockenden Pool. Bis Mitternacht geöffnet, steht da.

Sollen wir uns vielleicht mit einer Runde im Pool aufwärmen?

In 10 Minuten im Pool? Bisschen schwimmen vorm Bett?, schreibe ich.

Zehn Sekunden später kommt die Antwort.

Okay, aber halt anständig Abstand. Immerhin mit einem zwinkernden Smiley danach.

Rasch ziehe ich meine Trainingssachen an. Falls ich morgen früh jemandem begegnen sollte, kann ich sagen, ich wäre früh aufgewacht, hätte nicht mehr einschlafen können und wäre eine Runde gelaufen. Ich nehme meine Schlüsselkarte, Badehose, Handtuch und Mobiltelefon, dann ziehe ich leise die Tür meines Zimmers hinter mir zu.

Ein niedriger Laubengang mit Glaswänden verbindet die Gebäude. Als ich durchgehe, ist mir, als würde ich den typischen Duft von Jean Paul Gaultier riechen.

Ich hoffe wirklich, dass Roger nicht im Schwimmbad ist. Dann müssen wir gleich wieder gehen. Es wäre mir zu unangenehm.

Zum Glück ist im Pool nichts von Roger zu sehen.

Sabiya lässt sich auf dem Rücken im Wasser treiben.

Der Raum wird nur von wenigen, in einem Rechteck an der Decke angebrachten Spots beleuchtet, außerdem brennen ein paar dicke Stumpenkerzen in Glasstürzen. Die Lichter lassen das Wasser glitzern.

Wir sind allein. Doch die eine Längsseite ist voll verglast, es ist draußen halbdunkel und drinnen so hell, dass man uns von draußen sehen kann, ohne selbst erkannt zu werden. So besonders diskret ist das hier also doch nicht. Aber ich pfeife drauf. Es ist spät, alle haben was getrunken, da wird man ja wohl zusammen mit einer Kollegin den Pool benutzen dürfen.

Sabiya stellt sich hin, das Wasser geht ihr bis zur Mitte der Brüste, sie steht im Licht da, mit nassem Haar und perlenden Tropfen auf der goldenen Haut. Brigitte Bardot, Ursula Andress, Bo Derek, Halle Berry, die können sich alle miteinander verstecken.

Ich gehe zur Saunakabine, bleibe kurz stehen, als ich die Hand auf den Türgriff lege, den typischen Holzquader.

»Kommst du mit rein für eine Runde?« Ich nicke zur Sauna hin, als Sabiya vorbeischwimmt. Vielleicht stresst mich die Idee, dass wir von draußen zu sehen sind, doch ein bisschen, in der Sauna sieht niemand, wer wir sind und was wir tun.

»Lieber nicht.« Sie hält kurz inne. »Mir ist es da drin zu heiß und zu eng.«

»Ja, stimmt«, sage ich, obwohl ich es nicht so sehe. »Komm lieber hier rein«, sagt sie mit einem Blick, den ich nicht recht deuten kann, dann schwimmt sie rasch auf dem Rücken weiter. Ihre Arme fliegen nach hinten, ihre Füße pflügen durchs Wasser.

Ich steige über die Badeleiter in der Ecke ein und schwimme hinter ihr her.

Jetzt erst wird mir ein eigenartiger Geruch bewusst. Etwas verbrannt, ungefähr wie Weihrauch, ich kann den Geruch nicht recht einordnen, er wirkt störend in dieser warmen, sprudelnden und einladenden Atmosphäre.

Ich hole tief Luft und tauche unter, versuche, ob ich ohne Schwimmbrille etwas sehen kann. Nicht viel. Licht und Schatten wirbeln in einer Art Tanz umher, es dreht sich vor meinen Augen, dabei habe ich gar nicht so viel getrunken.

Kurz scheint mir, ein Schatten würde sich über uns legen, aber als ich wieder hochkomme und zum Beckenrand schaue, ist niemand da.

25 – *Clara*

Es ist Punkt acht Uhr, als ich an ihre offene Tür klopfe.

Mona sieht es gern, wenn wir pünktlich sind. Nicht eine Minute früher oder später, sondern auf den Schlag. Ein Gerücht besagt, sie hätte den Anfang der Abteilungsleiterrunde auf 12 Uhr 05 festgesetzt, damit niemand fünf Minuten zu spät kommt. Jetzt erscheinen alle Schlag 12 Uhr 05.

»Hallo, Clara. Mach ruhig die Tür zu.«

Könntest du um 8.00 bei mir reinschauen, wenn du dann hier bist?, so stand es im Betreff der E-Mail vor einer Stunde.

In der E-Mail selbst nur ihre Signatur.

Mona Falkum, Ministerialdirektorin.

Als ich den Job hier antrat, kam ich direkt von der Universität, hatte aber Konkurrenten mit deutlich mehr Erfahrung aus dem Feld geschlagen. Offenbar war es mir gelungen, persönlich einen guten Eindruck zu machen, womit auch immer.

Anfangs bemühte ich mich, am sozialen Leben des Ministeriums teilzunehmen, mein Abteilungsleiter hatte mir geflüstert, das sei klug. Freitags nahm ich an dem Mittagessen mit Weinlotterie teil oder ging mit auf ein Feierabendbier in der Kneipe *Justisen*, ich meldete mich freiwillig zur Langlaufstaffel am Holmenkollen mit Kollegen in mehr oder minder schlechter Form und mit schwach ausgeprägtem

Wettbewerbsinstinkt, es ging ihnen vor allem um das Bier hinterher auf dem Youngstorg.

Das ließ ich aber bald wieder sein.

Stattdessen bemühte ich mich, als Erste zu kommen und als Letzte zu gehen.

Ich nahm Akten mit nach Hause und las sie im Bett. Die Zusammenhänge und Lösungen, die ich auf diese Weise erkannte, trug ich am nächsten Tag meinem Chef vor.

Er lächelte. »Ja. So kann man es sehen. In der Theorie. In der Praxis gibt es da ein paar Hindernisse.«

Gefolgt von einem fünfzehnminütigen Monolog.

Danach versuchte ich es bei ausgewählten Kollegen. Sie setzten dasselbe Lächeln auf, das besagte: Du kommst schon noch drauf. Ich dachte, wenn ich meinen Argumenten noch mehr Gewicht verleihen, sie besser vortragen würde, dann würden die Leute begreifen. Meine Arbeit erledigte ich derweil zuverlässig und genau.

Referent in einem Ministerium zu sein, das ist, als wolle man sich durch einen undurchdringlichen Wald kämpfen. Man bewegt sich ein wenig nach hier, ein wenig nach dort, versucht hier einen Pfad und da einen, gerät aber immer wieder ins Unterholz, ständig verlieren sich Wege im Nichts.

Bis auf einmal fünfzehn Jahre vergangen sind und einem klar wird, dass man so gut wie nichts bewirkt hat.

Mona sitzt mit rotem Gesicht hinter ihrem Schreibtisch, einen angespannten Zug um den Mund. Ihr raspelkurz geschnittenes silbergraues Haar erinnert mich immer an Q, die Chefin von James Bond. Schwarze Jacke, verziert mit einer kunstvollen Silberbrosche. Broschen sind ihr Markenzeichen.

»Munch war hier und hat mir von seinen Plänen für dich erzählt«, eröffnet sie das Gespräch, als ich mich gesetzt habe.

»Ah …«, erwidere ich abwartend. Bevor ich etwas sage, will ich erst hören, was genau sie weiß, schließlich hat sie mich hierhergerufen.

»Du willst doch hoffentlich nicht im Ernst Staatssekretärin werden?«

Sie betont jede einzelne Silbe des Titels.

»Ich weiß nicht«, antworte ich wahrheitsgemäß.

Als Munch mir sein Angebot machte, klang es mir erst lächerlich, wie ein Scherz in den Ohren. Mittlerweile gefällt mir die Vorstellung aber. Als ich aus Westnorwegen zurückgekommen war, fragte ich ihn, ob sein Angebot noch stehe. Ja, vorläufig.

Das Amt als Staatssekretärin wäre natürlich die Chance auf sehr viel mehr Einfluss, als ich bisher hatte.

Außerdem wäre es etwas Neues. Ich mache gern etwas anderes als andere, etwas, das niemand von mir erwartet.

Zwar ist Munchs Partei eigentlich nicht meine Sache.

Aber vielleicht kann ich sie von innen her verändern. Vielleicht wäre das effektiver als alle Bürokratie der Welt.

Mona lacht versuchsweise entwaffnend.

»Clara, du bist eine meiner besten Mitarbeiterinnen. Falls du aufhörst, um …«

Sie sucht nach dem richtigen Wort.

»… um *to the dark side* überzulaufen?« Ich lächle leicht.

»So was in der Art, ja … Wirklich, ich kann nicht begreifen, dass es da überhaupt etwas zu überlegen gibt für dich. Nach fünfzehn Jahren in der Verwaltung? *Politikerin* werden …?«

In ihrer Stimme liegt eine Verachtung wie nur bei echten

Topbürokraten, wenn es wirklich brennt. Sonst tun immer alle so, als würden sie einander respektieren.

»Ich weiß, du hast hart für diesen Gesetzesvorschlag gearbeitet, aber die Zeit war nicht reif dafür. Da hilft es nichts, wenn du die Seiten wechselst, so läuft das nicht. Ja, stimmt, das hat es schon gegeben. Aber besonders geglückt ist es nie.«

»Nein?« Vor allem will ich zeigen, dass ich zuhöre, aber die Reaktion gießt Öl ins Feuer, scheint sie nur noch anzustacheln.

»Inger Luise Valle, die war auch Juristin und wurde auf einmal Justizministerin. Um dann zur Kommunalministerin degradiert zu werden und ihren Abschied zu nehmen. Anne Holt gab ihr Amt als Justizministerin auf, um Krimis zu schreiben. Staatssekretär Haktor Helland war zuvor Abteilungsleiter im Kinder- und Gleichstellungsministerium gewesen, und dann ging er im Kuddelmuddel um Rød-Larsen mit unter. So ein Wechsel ist auch gesellschaftlich kein besonders sinnvoller Schachzug.«

»Aha?«, meine ich. »Ich lege nicht notwendig so viel Wert darauf …«

»… was die Leute von dir denken?«, ergänzt sie meinen Satz mit einem Seufzen, und dann lächeln wir beide tatsächlich ein wenig. »Worauf legst du denn Wert?«

»Ich will etwas tun. Etwas erreichen, irgendwie«, sage ich.

»Herrgott noch mal«, platzt sie da heraus, jetzt wirklich verärgert, das ist ihr anzusehen. »Denkst du etwa, das wollen nicht alle hier? Und denkst du, als Munchs Handlangerin wird dir das gelingen?«

Sie lehnt sich in ihrem Sessel zurück, als wollte sie mich besser betrachten.

Mona Falkum ist wohl auch nicht nur sympathisch. Und sie hat jedenfalls eine eigene Agenda.

Sie redet weiter, als ob sie meine Gedanken gelesen hätte.

»Sympathische Menschen gelangen nicht unbedingt in Führungspositionen, vergiss das nicht. Anton Munch hat deinen Gesetzesvorschlag gestoppt. Und was, wenn er eines schönen Tages als Minister aufhört? Ja, ich sollte so etwas vielleicht nicht sagen, aber ich weiß, du bist verschwiegen. Munch ist schon effektiv und scheinbar jemand, mit dem man zusammenarbeiten kann. Aber ich kenne ihn besser als du und deine Kollegen, und ich habe da meine eigene Meinung. Du solltest ihm nicht allzu sehr vertrauen. Er hat auch verborgene Seiten. Verstehst du?«

Ich nicke.

Jetzt kommt Mona sogar um ihren Schreibtisch herum und legt mir die Hand auf die Schulter.

»Clara … Wenn du es dir anders überlegst, vergesse ich das Ganze. Man soll den Dingen nicht vorgreifen, aber bei euch wird ja bald die Stellung als Abteilungsleiterin frei. Ich habe da ein Wörtchen mitzureden. Also falls du nicht die Seiten wechselst …« Sie blickt mich vielsagend an.

Ich antworte nicht, weiß nicht, was ich sagen soll.

»Versprich mir, dass du wenigstens darüber nachdenkst, ja?«

»Darüber nachdenken werde ich auf jeden Fall«, sage ich wie ein Echo meiner Antwort an Munch neulich, und ich stehe auf.

26 – *Haavard*

Kurz nach halb neun werde ich von Sirenen und Stimmen und Autos draußen vor meinem Zimmerfenster geweckt. Ich habe gleich eine schlimme Vorahnung.

Ich nehme meine Schlüsselkarte und laufe zur Rezeption. Dort stehen schon ein paar von den anderen mit ratlosen Gesichtern.

»Was ist los? Ich glaub, ich habe verschlafen …« Ich habe das Gefühl, mir steht auf die Stirn geschrieben, was ich heute Nacht getrieben habe.

Eigentlich hatte ich die ganze Nacht über wach bleiben und jede einzelne Sekunde mit Sabiya nutzen wollen, aber gegen halb drei waren wir eingeschlafen. Und schon um sechs wieder aufgewacht. Da gab mir Sabiya zu verstehen, es sei an der Zeit, dass ich ging.

Seitdem hatte ich mich erschöpft auf dem Sofa in meinem Zimmer herumgewälzt, immer noch in dem Trainingszeug von gestern Abend.

»Wir wissen auch nichts Genaues«, antwortet Roger.

Drei Uniformierte kommen herein und gehen an der Rezeption vorbei. Sie scheinen einer Ordnungstruppe oder so anzugehören. Was nur los ist? Mein Puls beschleunigt sich.

»Jedenfalls scheint es sich um was Ernstes zu handeln«, meine ich.

Vorm Fenster stehen mehrere Krankenwagen und Polizeifahrzeuge, sie haben auf dem Hofplatz vor dem alten Vorratsschuppen gehalten.

»Ich hab einen gehört, der hat was von einem Leichenfund gesagt«, sagt Bente. »Völlig krank ist das …«

»Das wird doch niemand von uns sein?«, sagt Roger besorgt.

»Gute Frage«, antworte ich. »Wir sind jedenfalls schon mal hier.«

»Und Sabiya, hat die jemand gesehen?«, fragt Bente.

Ich bekomme Gänsehaut.

»Ich nicht, nein«, sagt Roger.

»Ich auch nicht.« Ich versuche zurückzudenken. Kann etwas passiert sein, nachdem ich ihr Zimmer verlassen habe? Etwas, das schon jetzt entdeckt worden ist? Unmöglich. Obwohl …

»Ich ruf sie mal an«, sage ich.

Ich wähle ihre Nummer. Keine Antwort.

»Ich gehe nachschauen.« Ich gehe hinauf in die Etage von Sabiyas Zimmer. Erst langsam und ruhig, auf der Treppe laufe ich los.

Mein Herz rast, ich habe einen trockenen Mund. Es *kann* nichts passiert sein, versuche ich mir zuzureden. Sie hat meinen Anruf nicht gehört, sie ist in ihrem Zimmer, schminkt sich, föhnt sich die Haare, das dauert seine Zeit, so was nimmt Sabiya genau.

Aber als ich bei ihr anklopfe, macht niemand auf. Ich versuche einen Blick durch den Türspion, sehe aber nichts als Nebel. Ich rufe sie noch einmal an. Keine Antwort. Aber ich höre es drinnen läuten.

Ist sie da drin? Oder nur ihr Telefon?

Auf einmal sehe ich deutlich vor mir, wie Sabiya auf ihrem

Bett liegt, erwürgt, ermordet. Vielleicht ist ihr hübscher Mann doch durchgedreht, ist uns auf die Schliche gekommen, ist hergefahren und auf sie losgegangen.

Um Gottes willen, dann wäre ich schuld.

Mir ist kotzübel. Ich hätte gestern nicht so viel trinken sollen. Hätte nicht in den Pool gehen sollen. Hätte mehr schlafen sollen. Sollte kein untreues Arschloch sein.

Und jetzt schon wieder Polizei und Tod und all das. Und Sabiya ist nicht da. Verdammt, verdammt, verdammt. Ich stütze die Hände gegen die Wand, lasse den Kopf dazwischen hängen. Und jemand kommt um die Ecke.

Sabiya, quicklebendig. Mit gerötetem Gesicht, schwitzend, in Joggingsachen.

»Haavard? Was ist?«

»Sabiya … Du … bist hier?«

»Ja, natürlich.« Sie ist überrascht. »Wo soll ich sonst sein?«

»Oh mein Gott, ich dachte, ich dachte … du bist tot.«

»Tot?« Sie lacht höhnisch auf. »Ja, natürlich, was sonst …«

Ich werde so wütend, dass ich sie fast schlagen möchte.

»Scheiße … Es hat heute Nacht einen Mord gegeben. Und dann hab ich dich nicht erreichen können. Du bist nicht ans Telefon gegangen, und in deinem Zimmer warst du auch nicht …«

»Ich war joggen. Ein Mord?« Sie reißt die Augen auf. »Im Ernst?«

»Ja, der Polizei zufolge. Vielleicht kein Wunder, dass ich mir um dich Sorgen mache? Hast du die Polizeiwagen draußen nicht gesehen?«

Sie schüttelt den Kopf.

»Ich bin hinten raus.«

Roger kommt um die Ecke, bleibt vor der Nachbartür zu Sabiyas Zimmer stehen.

»Na, ärztliches Konsil?«, fragt er vielsagend.

Wir antworten nicht. Sabiya hatte sich gerühmt, dass sie ein Zimmer weit von denen der anderen ergattert hätte. So viel dazu.

»Ich will euch nicht stören.« Er geht in sein Zimmer.

»Was sollte das jetzt heißen?« Sabiya schaut ihm misstrauisch nach.

»Sabiya ...« Ich stütze die Hand neben ihrem Kopf an die Wand, lehne mich zu ihr hinunter. »Ich ...«

Sie schüttelt den Kopf. »Haavard. Nicht. Hier. Und. Jetzt. Okay?«

»Ach, verflucht noch mal!« Die Wut flammt wieder in mir auf, aber bevor ich noch etwas sagen kann, schlüpft sie unter meinem Arm durch und verschwindet um dieselbe Ecke, um die Roger eben gekommen ist.

Unsere gemeinsame Nacht war genauso, wie ich es gehofft hatte. Warm, nah, vertraut. Aber am Morgen hatte sie uninteressiert gewirkt, kühl, nur darauf erpicht, mich möglichst schnell loszuwerden.

Und jetzt, wo ich sie suche und Angst um sie habe, lacht sie mir nur spöttisch ins Gesicht.

Wie kann sie sich so schnell ändern?

Ich bettele wie ein Hündchen, schwanzwedelnd, und werde abgewiesen. Und überall Polizisten.

»Bist du schon vernommen worden?«, frage ich auf dem Weg ins Freie. Ich habe Sabiya nach dem Mittagessen abgefangen und ein Gespräch im Park von ihr verlangt. Beim Stationsworkshop haben wir natürlich über nichts anderes geredet als die Morde. Und jetzt sitzen wir auf Lysebu fest, bis die Polizei uns die Abreise gestattet.

»Nein, noch nicht. Und du?«

»Auch nicht. Aber ich werde sagen, dass ich die ganze Nacht über in meinem Zimmer war. Und du?«

»Dasselbe.« Sie bedenkt mich mit einem schrägen Blick. »Der Wahrheit entsprechend.«

»Also auch, dass ich bei dir war?« Ich schäme mich für meinen eigenen Tonfall.

Sie schüttelt wortlos den Kopf.

»Übrigens hat Bente gehört, dass die Leiche in der Sauna lag«, sagt sie dann.

»Aha.«

»Und es soll sich um Melika Omid Carter *herself* handeln.«

»Was?« Ich bleibe stehen und sehe sie an. »Machst du Witze?«

»Das wäre wohl nicht sehr passend.« Sie klingt feindselig.

Um uns herum summende Bienenstöcke, politisch korrekt und optimistisch. Treibhäuser voller Pflanzen. Da drüben der kleine Pavillon, eigentlich nur ein paar Latten, eine Art exotischer Vogelbauer oder eine Käseglocke über einer Bank aus weißem Marmor zwischen den Bäumen auf weißem Kies. Sicher werden hier die Hochzeitsfotos gemacht. Jetzt aber wirkt die ganze Idylle fast hässlich.

»Und hör mal, dass wir im Pool waren? Das verschweigen wir vielleicht besser?«, sage ich. »Und von unserer Liste erzähle ich auch nichts.«

»*Deiner* Liste …«

»Okay. Von *meiner* Liste. Wir müssen uns absprechen.«

Sie antwortet nicht, sondern sagt mit eigentümlich glühenden Augen: »Die Frau hat es verdient zu sterben. Ich hatte sie und ihr Kind auf Station. Einer der schlimmsten Fälle, die ich je gesehen habe.«

»Könnte das nicht ihr Mann gewesen sein?«

»Der? Der lebt in L.A., ein stinkreicher Geschäftsmann,

sie ist mit den Kindern allein hier. *Sie* war es, glaub mir. Solche Leute gibt es in allen Schichten und Nationalitäten und zu allen Zeiten. Melika war garantiert eine von denen, die selbst als Kind misshandelt worden sind, so schlimme Sachen, die man sich gar nicht vorstellen kann … Und dann tut sie, die das alles scheinbar überwunden hatte, ihren Kindern dasselbe an.«

»Wie eine Art verdammte Erbsünde.«

»Genau«, meint sie finster.

Als wir wieder reinkommen, sitzen die anderen an kleinen Tischen in der Rezeption, blass um die Nase, jeder hinter einem Kaffeebecher.

»Wo ist Askildsen?«, erkundige ich mich.

»Bei der Polizei drin, er bespricht, wann wir fahren können«, sagt Roger.

»Hoffentlich finden sie bald den Mann, der da draußen rumläuft und Leute umbringt«, sage ich trocken.

»Ja … oder die Frau«, ergänzt Roger.

»Was soll das jetzt wieder heißen?« Bente ist den Tränen nah.

»Das soll nur heißen, dass wir nicht wissen, wer es ist«, sagt Roger. »Und auch nicht, ob Mann oder Frau.«

»Ach, hör doch auf«, entgegnet Bente wegwerfend.

»Höchstwahrscheinlich ist es jemand von uns, oder?«, sagt Roger. »Wär doch logisch. Zwei Morde, und wir waren beide Male in der Nähe.«

»Jetzt hör aber mal auf!«, bricht es aus mir hervor. »Wenn es einer von uns wäre, dann hätte der doch wohl andere Orte dafür gewählt. Also wenn ich diese Leute umbringen wollte, dann ganz sicher nicht in Ullevål oder auf Lysebu, viel eher bei ihnen zu Hause. Oder egal wo, wo sie nicht mit uns in Verbindung gebracht werden.«

»Da hast du allerdings recht«, sagt Roger. »Trotzdem … zwei Morde in zwei Wochen, und wir immer in der Nähe? Kein Wunder, dass wir verdächtigt werden. Und das gefällt mir ganz und gar nicht.«

»Mir genauso wenig.« Bente wischt sich die Augen.

Ich spüre zunehmend Angst. Die Halbwahrheiten, die ich der Polizei erzählt habe, fangen an, mich zu quälen. Was für ein verlogener, untreuer Arsch ich doch bin.

Da kommt Askildsen aus dem Zimmer, die Jacke überm Arm, den Rollkoffer hinter sich.

»So, jetzt haben dieselben Beamten von neulich die Ermittlungen übernommen. Elin und Morten. Offenbar sehen sie einen Zusammenhang mit diesem Mord und dem vorigen. Du sollst jetzt reinkommen, Haavard, danach Sabiya und dann Roger. Bente und ich können nach Hause, wir werden später kontaktiert.«

»Stimmt es, dass sie in der Sauna lag?« Roger sieht Sabiya und mich an.

»Ich glaube schon.« Askildsen seufzt. »Offenbar ist der Mord allerdings schon gestern Abend passiert, wenn ich es recht verstanden habe …«

»Was, dann ist sie die ganze Nacht über da drin gebraten worden?« Roger zieht die Nase kraus.

»Verdammte Scheiße«, sage ich.

»Hör bloß auf«, meint Sabiya.

»Das können wir nicht wissen«, sagt Askildsen. »Offenbar schaltet eine Zeituhr die Sauna abends ab, damit sie nicht die ganze Nacht über geheizt wird. Jetzt lasst uns aber nicht zu viel spekulieren. Es ist so schon schlimm genug.«

»Aber wenn sie erschossen wurde, hätten wir das dann nicht hören müssen?«, fragt Bente.

»Schon mal was von Schalldämpfern gehört?«, erkundigt

Roger sich ironisch. »Wie im Gebetsraum im Krankenhaus?«

»Das Opfer ist schon wieder ausländischer Herkunft, vielleicht wieder erschossen, und der Täter löst sich in Luft auf – beide Fälle müssen wirklich irgendwie zusammenhängen«, sage ich, ohne zu erwähnen, dass zwischen beiden Opfern weitere Ähnlichkeiten vorliegen.

»Vergiss nicht, du wirst da drin erwartet«, erinnert mich Askildsen.

»Ja, ja, ich geh ja schon.« Ich stehe auf.

27 – *Roger*

Es GEFÄLLT MIR NICHT, dass ich zu denen gehöre, die da reinmüssen und als Erster vernommen werden. Stehe ich immer noch unter Verdacht?

»Okay, Roger«, fragt die Polizistin, »können Sie uns erzählen, was Sie gemacht haben, nachdem das Abendessen um Viertel vor elf herum beendet war?« Sie steckt sich ein Stück Snus hinter die Lippe. Ich hätte nicht gedacht, dass das während der Arbeitszeit gestattet ist. Gut sieht es nicht aus.

»Ich war nicht besonders müde«, sage ich. »Also bin ich ein bisschen im Hotel rumgelaufen. Und dann auch draußen auf dem Gelände.«

»Allein?«

»Ja.«

»Wie lange?«

»Tja, so eine halbe Stunde, denke ich.«

»Auch in der Nähe des Poolbereichs?«

»Nicht wirklich …«

»Nicht wirklich? Was meinen Sie damit?«

»Nein, also, wie gesagt, ich bin durch die Gebäude gegangen, hab versucht, mich zu orientieren. Und irgendwann bin ich auch die Treppe Richtung Pool runtergegangen, aber nicht weiter, als mir klar wurde, dass sich da nur das Schwimmbecken und so befindet. Danach bin ich ins Freie gegangen.«

»Sie haben die Garderobe und den Bereich weiter drinnen also nicht betreten?«

»Nein. Da war ich nicht.«

»Haben Sie mit jemandem geredet?«

»Nein«, wiederhole ich.

Sie verdächtigen mich, ich kann es spüren.

Ich bin mehrmals zu dicht dran gewesen. Ich muss unbedingt etwas tun, um von mir abzulenken.

»Aber … Ich habe jemanden gesehen.«

»Ja?« Die Polizistin ist neugierig geworden.

»Als ich aus dem Untergeschoss hochkam, habe ich Haavard getroffen, der war auf dem Weg nach unten. Und als ich draußen war, bin ich an der großen schrägen Glasfront des Pools vorbeigekommen. Und da …«

Ich zögere, als ob ich unsicher wäre, ob ich das jetzt sagen soll.

»Ja?«, schaltet Morten sich ein. Auffordernd. Interessiert. Ich mag ihn.

»Na ja, von draußen habe ich Haavard und Sabiya gesehen. Sie war im Wasser, er stand draußen und schaute ihr zu.«

»Sie haben sie beobachtet? Lange?«

»Nein, wohl nur so eine halbe Minute. Aber jetzt im Nachhinein ist das schon merkwürdig, auch wenn ich an den Abend im Krankenhaus neulich denke. Da habe ich sie auch zusammen gesehen.«

»Aha. Könnten Sie das genauer erklären?«, fragt die Beamtin.

Ich lehne mich vor und atme tief ein: »Haavard und Sabiya. Zusammen. Vor der Tür. Zur selben Zeit wie ich, und eigentlich hatten sie keinen nachvollziehbaren Grund dafür. Aber das habe ich Ihnen doch sicher schon erzählt?«

28 – *Haavard*

Die Jungs haben den Rasensprenger unter dem Trampolin aufgebaut. Jetzt springen sie im Sprühregen, der durch die Sprungfläche spritzt, sie hüpfen auf und ab wie fröhliche Delfine, schlagen Salto rückwärts und vorwärts, sie jubeln und lachen. Die Sonne bildet Regenbögen.

Die kleinen Körper in der Sonne, im Wasser, schön wie Skulpturen, so voller Zukunft.

Es kommt mir vor, als würden sie Tag für Tag zusehends in die Länge wachsen. Und zugleich ist es immer noch so, als wären sie gerade eben zur Welt gekommen.

Wider besseres Wissen versuchte ich damals bei der Geburt, Claras Hand zu halten, ihr einen feuchten Lappen auf die Stirn zu legen, mit ihr zu atmen, all das. Aber sie wedelte mich nur einfach weg. Stark wie immer. Wenn sie bei irgendwas *keine* Hilfe brauchte, dann beim Atmen. Das hatte sie seit jeher trainiert.

»Wo liegen die Schmerzen auf einer Skala von eins bis zehn?«, erkundigte sich die Hebamme, als der Muttermund sich binnen einer Stunde von zwei auf acht Zentimeter geweitet hatte.

»Fünf vielleicht?«, meinte Clara.

»Du hast offenbar eine hohe Schmerzschwelle«, sagte die Hebamme.

Clara zuckte bloß mit den Schultern.

»Ja, hat sie, auf jeden Fall«, sagte ich, ich hatte den Eindruck, ich müsste etwas beisteuern. Aber kaum, dass es raus war, bereute ich es, denn mir war, als hätte ich das schlanke, lange Wesen mit diesem Riesenbauch in der Mitte jetzt doch überfordert.

Es wirkte, als wäre es für sie das Schlimmste von allem, nackt dazuliegen, abhängig von Ärzten und Hebammen und mir. Vielleicht gab sie deswegen während der ganzen Geburt keinen Laut von sich, obwohl sie darauf bestand, die Babys ohne Epiduralanästhesie zur Welt zu bringen, im Gegensatz zu sämtlichen Richtlinien für Zwillingsgeburten.

Einmal oder zweimal stöhnen. Sonst nichts. Kein Wort, kein Schrei.

Es erinnerte in nichts an die Geburten, die ich als Student oder während meiner Schichten mitbekommen hatte.

Als ich gestern nach Lysebu hochfuhr, war ich voller frühlingshafter Erwartung und Vorfreude. Zu Hause war alles okay, Clara hielt die Stellung, ich kam mit meinem Projekt voran, und mich erwartete ein ganzer Tag zusammen mit Sabiya – Faisal und Mukhtar Ahmad waren ein wenig in die Ferne gerückt.

Und jetzt war das alles zusammengebrochen.

Ich sehe das Wasser, die Blätter an den Büschen flattern im Sprühregen, die Sonne stiehlt sich zwischen den Zweigen hindurch, doch all das sehe ich wie durch Nebel.

Und das Spritzen, das Lachen, das Knarren des Trampolins, all diese Sommerlaute höre ich wie aus großer Entfernung.

Über all dem Schönen, Harmonischen, Vertrauten liegt etwas Unheilverheißendes. Der Kontrast zu all dem, womit ich mich in den letzten Wochen beschäftigt, was ich im Lauf der letzten Jahre zu sehen bekommen habe, ist einfach zu groß, das Ausmaß all dessen wird mir jetzt erst bewusst.

Und da fällt mir eine Zeile aus einem schwedischen Gedicht ein.

Ich glaube, es ist von Pär Lagerkvist.

Alles ist mein, alles wird mir genommen, schon bald wird mir alles genommen.

Dieses Gefühl, Zusammenhänge einfangen zu müssen, genau wie die winzigen Fische, nach denen die Jungs im Sommer beim Baden keschern und die ihnen immer wieder entwischen.

Es ist so viel Bosheit in der Welt.

Doch wer ist dafür eigentlich verantwortlich? Derjenige, der Kinder halb zu Tode prügelt oder gleich ganz? Oder diejenigen, von denen diese Leute umgebracht werden? Beide? Kann in solchen Fällen der Zweck die Mittel heiligen?

Jemanden zu töten, der getötet oder verletzt hat, ist das zu rechtfertigen?

Jetzt liegt Andreas rücklings auf dem Trampolin, versucht, einen Ball zwischen den Füßen zu jonglieren. Nikolai füllt Wasser in den kleinen aufblasbaren Pool, eigentlich ist das ein Mistding aus Plastik, Großvater Leif hat es ihnen zum Geburtstag geschenkt. Ich habe die Nase darüber gerümpft, aber ihnen gefällt es natürlich.

Und jetzt wetteifern sie darum, wer am längsten die Luft anhalten kann, das machen sie, seit sie drei Jahre alt waren oder so. Unglaublich, wie lange sie unter Wasser bleiben können.

»Hattest du Nachtschicht?« Andreas schaut mich mitleidig an, er sieht wohl, wie müde ich bin. Ich schüttele den Kopf.

»Nein, ich war nur zu einem Workshop mit meiner Station. Und hab im Hotel schlecht geschlafen.«

Heute sitzen wir ausnahmsweise mal alle vier zusammen am Abendessenstisch. Clara ist nach Hause gekommen und hat das Essen vorbereitet. Mein Beitrag bestand im Großen und Ganzen darin, den Tisch zu decken und von dem erneuten Mord zu berichten.

Es gibt Lachs mit Spinat, eines von Claras Standardgerichten.

Clara kocht nicht gern, ich glaube, sie atmet jedes Mal erleichtert auf, wenn sie etwas auf den Tisch gebracht hat und den Punkt auf ihrer inneren To-do-Liste abhaken kann. Auf Lachs ist sie seltsamerweise besonders stolz, als hätte sie nicht längst mitbekommen, dass Zuchtlachs nicht gerade gesund ist.

Wie immer hat sie den Fisch zu stark angebraten, er ist angebrannt und fällt auseinander, innen ist das rosa Fleisch noch glänzend rot. Die Kartoffelstücke schwimmen im Öl. Der Spinat ist schlapp und jämmerlich. Ich muss mir Mühe geben, nichts zu sagen.

»Bäh, ich mag keinen Lachs«, sagt Nikolai.

»Ich auch nicht«, sagt Andreas. »Warum gibt es immer Lachs?«

Clara wirft ihnen nur einen Blick über den Rand ihres Wasserglases zu, stumm, ohne eine Miene zu verziehen, wie immer, wenn die Welt sie enttäuscht. Es ist mein Job, die Jungs auf eine andere Spur zu bringen.

»Ach, habt euch nicht so, ihr Mickerlinge. Wollt ihr groß und stark werden und die anderen beim Fußball kleinkriegen? Wenn ja, dann ist Lachs und Spinat das Beste, was ihr essen könnt, davon kriegt ihr Superduperkräfte.«

Dieses Lied singe ich schon seit Jahren, ich weiß, sie glauben schon lange nicht mehr daran, aber wenigstens bringt es sie dazu, noch eine Gabel Fisch zu essen.

»Kann ich Ketchup haben?«, fragt Andreas.

»Ah, pfui Spinne!« Clara schüttelt seufzend den Kopf. Sie verabscheut Ketchup, sie tut so, als hätte der Teufel selbst es produziert.

»Nein, kein Ketchup zu Lachs und Spinat«, sage ich. »Das macht den ganzen Superdupereffekt kaputt, die Wissenschaft hat jahrelang darüber geforscht …«

»Ach Mann, Papaaaaa …« Auf einmal lacht Nikolai so herzlich, dass sich auch Andreas anschließt. Bald kann selbst Clara ein kleines Lächeln nicht mehr unterdrücken.

»Esst jetzt fertig, dann dürft ihr aufstehen«, sage ich.

»Ja!«, rufen sie im Chor, stopfen sich die letzten Bissen rein, werfen das Besteck hin und springen auf.

»Na bravo.« Clara zieht die Augenbrauen hoch. *»Eat and run …«*

»Bitte, du kannst es nächstes Mal gern selbst versuchen«, sage ich.

Während ich weiteresse, sagt keiner von uns beiden mehr ein Wort. Dann stehe ich auf und räume den Tisch ab. Clara lädt die Spülmaschine.

»Übrigens, ich habe ein Jobangebot bekommen …«, sagt sie.

»Stell dir vor«, sage ich. »Von wem denn? Einer großen Kanzlei?« Die rekrutieren oft aus dem Justizministerium, habe ich gehört. Aber Clara hat jetzt wohl zu lange in der Verwaltung gearbeitet, um dafür infrage zu kommen. »Und? Wo?«

»Im Ministerium …«

Ich muss mir auf die Zunge beißen, um keine spitze Bemerkung zu machen. Sie ist jetzt seit einem halben Menschenleben im Justizministerium beschäftigt. »Ich hoffe, es ist eine Beförderung?«

»Zur Staatssekretärin.« Sie lächelt mädchenhaft. »Woll hört demnächst auf. Und Munch möchte mich als Nachfolgerin.«

Ich stehe mit offenem Mund da, die Bratpfanne in der Hand.

»Aber du kommst doch aus der Verwaltung? Ist so ein Wechsel in die Politik denn üblich?«

»Eigentlich nicht. Aber es ist schon früher geschehen. Und es wird auch wieder geschehen.« Ich frage mich, woher dieser etwas biblische Tonfall kommt.

Ich lege die Pfanne in die Spüle und setze mich auf einen Küchenhocker.

»Aber diesmal ja wohl nicht?«

Sie zuckt mit den Schultern, räumt weiter die Spülmaschine ein.

»Jetzt mal langsam«, sage ich, »heißt es etwa, du denkst ernsthaft darüber nach?«

»Vielleicht.« Wieder die Andeutung eines Lächelns. »Fändest du das so abwegig?«

»Offen gestanden ja. Muss man da nicht irrsinnig viel arbeiten? Und willst du tatsächlich eine feste Stellung für ein Amt aufgeben, aus dem man jederzeit entlassen werden kann?«

»Du hast ja auch keine feste Stelle«, entgegnet sie. An und für sich stimmt das. In unserem Krankenhaus bekommt man erst mit über fünfzig eine. Und auch dann nicht garantiert. Am ehesten noch, wenn man vorher woanders eine feste Stelle hatte, und außerdem gehört noch eine gute Portion Glück dazu.

Ich kümmere mich nicht besonders darum, aber die meisten anderen sind sehr scharf darauf, eine feste Stelle zu kriegen. Das ist schade, denn dadurch entsteht eine ungesunde

Atmosphäre, in der so gut wie niemand sich traut, irgendwelche Kritik zu üben.

»Willst du nicht vielleicht mal das Leben genießen? Ein bisschen entspannen? Reisen, guten Wein trinken? Lange Ferien genießen?«

»Was?« Clara schaut mich an, als hätte ich chinesisch geredet.

Ich bin mir nicht ganz sicher, ob sie meine Ironie mitbekommt, wenn ich sie so aufziehe.

»Nach Hause« fahren, also nach Westnorwegen, das ja. Ferien machen, oh nein.

Clara ist und bleibt eine Streberin vom Dorf, voller Konkurrenz- und Karrieredenken. Zur Lebenskünstlerin hat sie definitiv kein Talent.

»Du hast doch nicht gern jemanden über dir? Außerdem, sind dir diese Leute überhaupt sympathisch? Ich dachte, du kannst Munch nicht leiden.«

»Nein, wirklich nicht besonders. Aber das ist auch nicht nötig. Ich stelle mir irgendwie vor, das von innen her auseinanderzunehmen, verstehst du?«

Jetzt klingt sie tatsächlich mal begeistert.

Ich sollte es nicht sofort von der Hand weisen. Ich sollte ihr zuhören, sie unterstützen, sie selber erkennen lassen, was für ein Wahnsinn das wäre.

Aber so klug bin ich nicht.

»Nein«, sage ich, »das ist unmöglich. Sogar für dich.«

In derselben Sekunde erkenne ich, das war ein Fehler, ein unumkehrbarer.

»Wenn du meinst«, entgegnet sie nur knapp. Der Ton ist unheilverkündend, ihre Miene verschlossen.

29 – *Clara*

Die Tür des Ministerbüros ist GESCHLOSSEN.

»Er ist gleich so weit«, sagt Vigdis, die gerade verschiedene Anfragen für ministerielle Auftritte beantwortet.

1.-Mai-Rede nächstes Jahr? Ja. Teilnahme an einer Jahreshauptversammlung? Ja. Anhörung? Ja.

Das Rezept für das Lieblingsgericht verraten? Nein. Musikstücke für eine Radiosendung aussuchen? Nein.

Ich warte neben dem Eisbären und blättere in verschiedenen Tageszeitungen, die ausliegen. *VG*, *Dagbladet*, *Aftenposten*. Die beiden Morde an Einwanderern stehen überall in fetten Lettern auf der ersten Seite.

Die *VG* scheint eine Quelle bei der Polizei zu haben, eine Art Maulwurf, der über alles Mögliche spekuliert, höchstwahrscheinlich zum großen Frust des Präsidiums.

Zwei Haupttheorien hätten sich herausgebildet, so fasst die Zeitung den Stand der Dinge zusammen und erwähnt auch, dass sich auffälligerweise bei beiden Gelegenheiten eine Gruppe von Ärzten und Pflegern des Krankenhauses Ullevål in der Nähe aufgehalten habe.

Die erste Theorie besagt, dass irgendeine zutiefst rassistische und gestörte Person in bester Lasermann-Tradition durch die Gegend läuft und Einwanderer erschießt.

Es ist Saure-Gurken-Zeit, da erfreut *VG* ihre Leser damit, die alte Geschichte vom Lasermann aufzuwärmen.

Zwischen August 1991 und Januar 1992 schoss der Schwede John Wolfgang Alexander Ausonius in Stockholm und Uppsala auf elf Menschen, mit einer Laserzielvorrichtung, daher der Spitzname in den Medien.

Eines seiner Opfer starb, mehrere behielten bleibende Schäden zurück. Das einzig Verbindende zwischen allen war ihre dunkle Hautfarbe.

Ausonius hatte eine deutsche Mutter und einen Vater aus der Schweiz. Als kleiner Junge war er wegen seines schwarzen Haares und der eher dunklen Hauttönung gemobbt worden.

Die Anschlagsserie löste den zweitgrößten Polizeieinsatz in der schwedischen Geschichte aus. Nach einem halben Jahr wurde Ausonius bei einem versuchten Bankraub auf frischer Tat verhaftet. Gutachter stellten eine dissoziale Identitätsstörung bei ihm fest.

Die Pointe des Artikels ist die Information, dass Ausonius 2018 in Deutschland für einen 1992 in Frankfurt am Main begangenen Mord an einer Frau zu lebenslanger Haft verurteilt wurde.

Wenn nun tatsächlich jemand in Oslo diesem Lasermann nacheifern sollte, so die Zeitung, dann könnte er von den zugespitzten Diskussionen der letzten Zeit dazu animiert worden sein, von den Äußerungen rechtsgerichteter Politiker und den massiven Medienberichten über die islamische Gemeinschaft und Bandenkriminalität.

Theorie Nummer zwei besagt, dass es sich um die Begleichung interner Rechnungen von Banden aus dem Osloer Einwanderermilieu handelt.

Der Mord an Ahmad passt dazu gut.

Sehr viel schlechter hingegen der an der iranisch-amerikanischen Geschäftsfrau Melika Omid Carter. Natürlich kann auch sie möglicherweise Verbindungen zum Milieu gehabt haben, ohne dass das offensichtlich wäre.

Mehr habe die Polizei nicht zu berichten und wolle nicht weiter spekulieren, steht in den Zeitungen.

Die Medien hatten versucht, Askildsen darüber zu befragen, was es damit auf sich habe, dass bei beiden Morden seine Mitarbeiter in der Nähe waren, aber er wollte keinen Kommentar abgeben.

Die Kolumnisten mehrerer Zeitungen berichten über die Sache.

Die Polizei müsse das jetzt rasch aufklären, bevor die ganze Stadt in Aufruhr gerät, meint ein Leitartikler.

»Das ist mein Filzer!«, jault es plötzlich erbost hinter mir. »Der gehört mir! Mir!«

Ich drehe mich um. Zwei etwas anämische kleine Mädchen zwischen vier und sechs, mit Rattenschwänzchen, Ballerinaröckchen und gestreiften Strumpfhosen sitzen da auf zwei Stühlen und malen, während auf dem Bildschirm hinter ihnen Cartoon Network läuft.

Munchs Töchter.

»Alles gut, Mädels?« Die Sekretärin steht auf, um den Streit zu schlichten.

In dem Moment geht die Tür auf.

Heraus kommt Woll, wir blicken uns ein oder zwei Sekunden lang an.

Dann gehe ich rein, schließe die Tür hinter mir und bleibe mitten im Raum vor dem Schreibtisch des Ministers stehen.

»Du lieber Himmel, Clara, diese beiden Morde machen mich völlig fertig«, sagt Munch. »Die Zeitungen schreiben über nichts anderes, und auch noch garniert mit den wildesten Vermutungen. Aber genug davon. Was ist mit dir? Hast du dich entschieden?«

Er lehnt sich in seinem Sessel zurück, blickt mich erwartungsvoll an.

Ich habe geschwankt und gezweifelt.

Mona hat recht mit dem, was sie sagt. Haavard hat recht mit dem, was er sagt.

Alle vernünftigen Erwägungen laufen ganz klar auf ein Nein hinaus. Der wichtigste Gegengrund ist nicht mal unbedingt Rücksicht auf die Familie oder das Amt selbst, sondern dass ich mich weder mit Munch noch mit seinen Positionen oder seiner Partei identifiziere. Und dass der Typ sich manchmal wie ein Irrer aufführt.

»Ja«, sage ich, »ich habe mich entschieden.«

»Und?«

»Ich bin bereit.«

»Ja aber, welche Freude!« Er klingt wie ein um Charme bemühter Kellner, steht auf und reicht mir die Hand. »Ich hab's gewusst! Nicht mal du würdest da widerstehen können.«

In dem Moment klingelt sein Mobiltelefon, es liegt auf dem Besprechungstisch, ich stehe daneben.

Anruf Anna-Karin.

Ich gebe ihm das Telefon. Er schaut darauf, verzieht das Gesicht und meldet sich.

»Hallo! Ja, natürlich. Ja, wir sind jetzt in der Fußgängerzone, die Mädchen haben was anprobiert. Jetzt trinken wir einen Eistee im Café. Ja, es geht uns supergut«, und er bedenkt mich mit einem halb schuldbewussten Blick. Ich studiere meine Fingernägel und tue so, als ob nichts wäre.

»Orgakrempel«, sagt er nach dem Auflegen. »Meine Frau musste zur Arbeit. Und da hab ich die Kinder genommen, zwangsläufig. Und habe hoch und heilig geschworen, sie nicht mit hierherzunehmen …«

»Verstehe«, sage ich.

Natürlich verstehe ich. Ich verstehe, dass er ein Feigling ist und genauso verlogen wie alle anderen.

»Dann werde ich dich schnellstmöglich zur Staatssekretärin ernennen«, sagt er. »Ach ja, Clara, noch eine Sache. Bist du Mitglied? Ich meine, in der Partei?«

Ich schüttele den Kopf.

Ich bin kein Vereinsmensch, nie in einer Partei Mitglied gewesen. Und sollte ich das wollen, dann würde die von Munch nicht besonders weit oben auf der Liste stehen.

»Dachte ich mir«, sagt er. »Dann wäre es gut, du würdest beitreten.«

»Muss ich?«

»Na ja.« Er zögert ein wenig. »Zwingen kann dich niemand. Aber die Partei wünscht es.«

»In Ordnung.«

»Außerdem gibt es auch noch einen gründlichen Sicherheitscheck. Die werden dich fragen, ob es irgendwelche Punkte in deiner Vergangenheit gibt, die für Ärger sorgen könnten, aber das ist reine Formsache. Und dann ernennen wir dich nächsten Freitag zur Staatssekretärin. Willkommen an Bord!«

30 – *Haavard*

»Warum willst du eigentlich Sekretärin werden, Mama?«, will Andreas wissen.

Soeben hat Clara den Jungs erzählt, dass der König sie heute in der Sitzung des Staatsrates zur Staatssekretärin des Justizministeriums ernennen wird, zwei Tage, nachdem ich ihr dringend davon abgeraten habe, das Angebot anzunehmen.

Als sie mir gestern ihre Entscheidung vor den Latz geknallt hat, habe ich nur »Aha« gesagt und innerlich bis zehn gezählt.

Und es dann tatsächlich geschafft, den Schnabel zu halten. Schließlich bin ich ein moderner Mann, der nicht glaubt, er könne oder dürfe bestimmen, was seine Frau tut oder nicht. Einer, der ihr Erfolg im Beruf gönnt und zu Hause Verantwortung übernimmt.

Das Problem ist nur, ich würde auch gern gehört werden.

Und obwohl Clara kaum noch mehr arbeiten kann als während der Vorbereitung ihres Gesetzesvorschlages, war da wenigstens von einer begrenzten Zeit die Rede.

Ich arbeite im Schichtdienst und will daneben auch noch ein eigenes Leben haben, keines als Vollzeitpapa.

»Na ja, ich werde ja keine gewöhnliche Sekretärin«, sagt Clara jetzt, »sondern eine, die dem Justizminister hilft.«

»Wie heißt der?«, fragt Andreas.

»Anton Munch«, antworte ich und betone jede Silbe einzeln.

»Also eine Assistentin?«, fragt Nikolai.

»So in der Art, ja.« Clara nimmt ihre belegten Brote vom Küchentresen.

Sie dürfte als einzige Staatssekretärin belegte Brote mitbringen. Leberpastete mit eingelegter Gurke, Salami mit Salatgurke, immer dasselbe, seit ihrer Schulzeit.

»Willst du nicht lieber Chefin sein?«

»Eine Art Chefin werde ich ja auch«, sagt Clara. »Von jetzt an kann ich viel mehr bestimmen, hoffe ich. Zum Beispiel bestimmen wir über die Feuerwehr. Und über die Polizei …«

»Die Polizei sucht den, der den Mann auf Papas Arbeit umgebracht hat«, sagt Nikolai.

»Ja, und die Frau im Hotel«, sagt Andreas.

Clara sieht mich verärgert an, als ob ich schuld wäre, dass sie die Nachrichten sehen.

»Und Papa wird jetzt hier noch mehr Chef«, sage ich. »Denn jetzt bekommen wir Mama noch weniger zu sehen als bislang schon.«

»Mein Gott!« Clara schaut mich resigniert an. »Wir haben doch darüber geredet!«

»So würde ich das nicht nennen. Ich wurde informiert, das ja.«

»Aber Mama, warum willst du nicht mehr bei uns sein?«, fragt Nikolai.

»Ja, warum willst du lieber mit diesem Anton zusammen sein als mit uns?«, fragt Andreas.

»Danke schön.« Clara bedenkt mich mit einem kühlen Blick. Dann lächelt sie die Jungs an: »Natürlich will ich bei euch sein!« Ich ziehe die Brauen hoch und gebe einen verwunderten Pfiff von mir. Clara wird rot, sagt aber nichts, ignoriert mich einfach, wie immer, wenn sie sich ärgert.

»Mama muss schließlich auch arbeiten«, fügt sie hinzu. »Um Geld zu verdienen, damit ich etwas zu essen und anzuziehen und Spielzeug für euch kaufen kann …«

»Ja, genau, nur darum«, sage ich.

»Und jetzt mache ich bei der Arbeit ein paar andere Sachen als vorher«, fährt Clara fort. »Aber im selben Haus und mit denselben Leuten. Versteht ihr?«

»Kommst du dann auch im Fernsehen und so?«

»Ganz sicher nicht.«

»Im Radio? In der Zeitung?«

»Ich weiß nicht. Vielleicht«, sagt sie, und ich kann heraushören, wie ihre Ungeduld wächst. »Aber jetzt muss ich los. Habt einen schönen Tag.«

Sie beugt sich über Nikolai und umarmt ihn, dasselbe mit Andreas, dann hängt sie sich die Tasche über die Schulter und geht.

»Hab du auch einen schönen Tag!«, rufe ich ihr demonstrativ und zuckersüß nach. »Viel Glück, Liebste.«

Dass sie jetzt Politikerin wird, lässt sie geradezu aufblühen, sie hat eine ganz neue Glut in den Augen.

Zu meiner Überraschung hat sie, die große Skeptikerin in Sachen Social Media, gestern Abend sogar ein Facebook-Profil eingerichtet. Da will sie jetzt Videos, Selfies, Parteipropaganda und andere Scherze posten. Wahrscheinlich ist das einer der Wünsche des Ministers.

Schon jetzt piepst ihr Telefon seit den Radionachrichten früh um sechs bis nach den Spätnachrichten im Fernsehen. Munch erwartet offenbar, dass sie die Medien vierundzwanzig Stunden am Tag verfolgt.

Am meisten überrascht mich der Eifer, ja, die Begeisterung, mit der sie darauf reagiert.

»Wann willst du denn eigentlich schlafen?«, fragte ich sie gestern Abend, als sie auf der Veranda saß, eine Decke auf den Beinen, und Nachrichten beantwortete. Gerade hatte sie eine halbe Stunde mit Munch telefoniert, sie wirkte angeregt, fröhlich.

»Weiß nicht.« Sie zuckte mit den Schultern und zog an ihrem abendlichen Joint. Daran hat sich in all den Jahren nichts geändert, und ich verspüre eine Art jämmerliche Freude darüber, dass wenigstens etwas noch beim Alten ist. Nur, als Staatssekretärin muss sie damit ja wohl aufhören?

In meinem Büro in der Klinik klicke ich meine Liste an. Nach dem Tag in Lysebu habe ich ein bisschen kalte Füße bei dem Ganzen. Ich habe schon viel zu viel Zeit darauf verwendet – wenn ich so weitermache, riskiere ich, gefeuert zu werden. Außerdem hat sich jetzt etwas Finsteres, Besorgniserregendes über mein schönes Projekt gelegt.

Melika stand auf dieser Liste.

Das könnte ganz klar ein Motiv sein.

Außerdem ist die Liste irgendwie zwischen Sabiya und mich geraten. Oder etwas anderes.

Sie hat keine Zeit mehr, mich bei der Stadtbahn-Haltestelle Frognerseteren zu treffen. Auf Strava gibt es so gut wie keinen Kontakt. Wenn ich einen Eintrag von ihr kommentiere, antwortet sie nicht. Wenn ich ins Büro komme, muss sie prompt gehen.

Keine Ahnung, warum sie mir so ausweicht. Aber es beunruhigt mich.

Ja, ich muss diese Liste beiseitelegen, zumindest, bis alles sich etwas beruhigt hat. Vielleicht sollte ich sie ganz einfach löschen. Das Problem ist nur, ich habe sie schon Sabiya gemailt. Die Liste ist im System vorhanden. Sie befindet sich in ihrem Posteingang.

Ich kann mich einfach nicht konzentrieren. Und heute *muss* ich an diesem Artikel arbeiten.

Da kommt auf einmal Askildsen rein, setzt sich unaufgefordert auf Sabiyas Stuhl. Er ist dünn und sehnig, allerdings nicht drahtig wie ein Sportler, eher abgemagert und ziemlich blass. Runde Brille.

»Haavard« – er fährt sich mit der Hand über den blanken Schädel –, »diese verfluchten Morde …«

»Ja?« Ich versuche, ganz natürlich zu klingen, entspannt, unverstellt, aber mein Herz klopft heftig.

»Weißt du irgendwas, was ich nicht weiß?«

»Nein … was denn auch?«

»Keine Ahnung. Es kommt mir einfach so vor, als würde mir irgendwer hier etwas verschweigen.«

Er schaut sich im Büro um, blickt ein paar Sekunden lang aus dem Fenster, dann schaut er mich wieder an.

»Sabiya ist nicht hier, wie ich sehe? Ist hier irgendwie dicke Luft oder so?«

»Nein, warum?« Ich muss schlucken.

»Gut. Also … Dann tu deine Arbeit, Haavard.« Er steht auf.

Das klingt fast wie eine Drohung. Er zieht die Tür hinter sich zu, bevor ich etwas antworten kann.

Ich beuge mich etwas vor und stütze den Kopf in die Hände. Was weiß er? Verdächtigt er Sabiya? Mich? Weiß er etwas von der Liste?

Eine kurze Weile sitze ich da und denke nach.

Dann tue ich genau das, was ich nicht tun wollte.

Ich nehme den Schlüssel ganz oben vom Regal, schließe

die oberste Schublade von Sabiyas Schreibtisch auf. Dann die darunter. Danach die unterste.

In keiner von ihnen befindet sich etwas von Interesse. Auch nicht unter ihrem ganzen Kram.

Vor allem ist dort keine Glock mehr.

Eine Sekunde. Zwei. Noch eine. Ich richte alles wieder so her, wie es vorher war. Schließe die Schubladen, sperre sie ab, lege den Schlüssel an seinen Platz.

Ich sitze da und spüre, wie die Panik über mir zusammenschlägt, eine schwere Welle an den Uferfelsen, nachdem ein zu großes Boot zu nahe vorbeigefahren ist.

Ich habe eine Scheißangst.

Was passiert hier nur? Ist jemand hinter mir her, spielt ein Spiel mit mir? Und was ist mit Sabiya, mit der ich zum Zeitpunkt beider Morde zusammen war? Spielt sie mir etwas vor? Wer ist sie in Wirklichkeit? Was soll ich nur tun? Ich habe keine Ahnung.

Und dann tue ich dasselbe wie immer, wenn es eine Krise gibt. Ich rufe Axel an, *my brother from another mother* oder wie das immer heißt, meinen lebenslangen Freund aus dem Ivar Aasens vei.

»Hör mal«, sage ich. »Ich muss ein bisschen hier raus. Lass uns am Wochenende in die Hütte fahren.«

»Nach Kilsund? Jetzt?« Er ist überrascht, nicht weiter verwunderlich, so was Spontanes habe ich nicht mehr getan, seit ich Clara kennengelernt habe, und jedenfalls nicht seit der Geburt der Jungs.

»Ja«, sage ich. »Und das ist nicht mal eine Frage. Pack deine Sachen!«

31 – *Clara*

KURZ NACH NEUN UHR macht die Mail mit der Mitteilung, dass ich in der heutigen Staatsratssitzung zur Staatssekretärin des Justiz- und Bereitschaftsministeriums ernannt werden soll, intern die Runde.

Zwei Stunden später versammeln sich die Minister und der Ministerpräsident beim König im Schloss zum Staatsrat.

Und seitdem bin ich nicht mehr Referatsleiterin.

»Ja, gratuliere, Clara. Vielleicht kannst du die gebrauchen?«, fragt Vigdis in professionellem Tonfall. Sie steht in der Tür zu meinem alten Büro, ein paar zusammengelegte Kartons in der Hand.

Mit so etwas hat sie jahrelange Erfahrung, schon allein bei all den Ministern, die überstürzt ihre Sachen packen mussten, viele nur mit ein paar Stunden Zeit, um das Büro zu räumen, bevor der Nachfolger in der Tür steht und mit Blumenstrauß und Schlüsselkarte lächelnd auf einem Foto verewigt wird, während sie selbst den Aufzug nach unten nehmen und auf die Straße treten müssen, wo kein Dienstwagen mit Chauffeur sie erwartet und auch sonst niemand mehr. Ich wette, sie graust sich schon davor, eines Tages Munchs Sammlung von Helikoptern und Einsatzfahrzeugen einpacken zu müssen.

»Ja, danke.« Ich nehme die Kartons entgegen.

»Wolls Büro ist heute Nacht geräumt und gereinigt worden, es ist für dich bereit. Ich stelle dir einen Aktenwagen vor die Tür, dann kannst du alles hochbringen. Hier ist im Moment ganz schön was los, der Minister ist ziemlich nervös wegen dieser Morde, du weißt ja. Da können wir den besonnenen Kopf einer Frau gut gebrauchen, Clara. Ich freue mich, dass du kommst.«

»Vielen Dank«, sage ich. Das ist ja wirklich eine Menge Freundlichkeit und Fürsorge.

Mein Büro liegt gegenüber der Teeküche. Als ich die ersten Kartons auf den Aktenwagen stapele, stehen ein paar meiner Kollegen dort, den Hintern gegen die Spüle gelehnt.

Sie sagen nichts. Schauen mich nur an.

Und als ich hinter dem Wagen in den Ministerflur komme, stehen der kleine politische Referent und meine beiden Mit-Staatssekretäre vor dem Eisbären und lachen lauthals über irgendwas.

Ich bekomme mit, dass sie etwas über das Parteibüro sagen. Und dass etwas ganz und gar unglaublich sein soll. Vigdis sitzt direkt daneben hinter ihrem Tisch, sie lächelt milde und überlegen.

Die beiden Staatssekretäre entdecken mich, verstummen, schauen mich an.

In dem Augenblick kommt Mona aus ihrem Büro, sie bleibt stehen und sieht mich mit einem schmalen Lächeln an.

»Schau an, Clara, jetzt stehst du hier mit deiner neuen Gang.«

Der eine von den beiden anderen murmelt etwas. Diesmal verstehe ich kein Wort davon.

Munch kommt aus seinem Büro, es liegt schräg gegenüber von Monas. Zwischen beiden sitzen Vigdis und die anderen Sekretärinnen.

»Ich brauche jemanden, der in den Fernsehnachrichten was zu den fehlenden Löschhubschraubern sagt. Heute Abend. Ich sitze das ganze Wochenende wegen Schwiegermutters 75. in Bodø fest.«

Die anderen schauen auf den Boden, da will niemand ran. Um die Sache gibt es in den letzten Tagen ziemlich viel Wirbel, wir kommen in den Medien jämmerlich schlecht weg.

Munch schaut mich an: »Clara, Lust, ins kalte Wasser zu springen?«

»Warum nicht«, antworte ich. »Ich habe zwar keine Ahnung von diesen Hubschraubern, aber …«

»Das macht nichts, sonst auch niemand«, sagt er mit einem Seitenblick zum übrigen politischen Führungspersonal.

»Heute ist ja Freitag, da gibt es wieder eine Weinlotterie«, zwitschert Vigdis. »Passt es euch um drei? Du bist doch sicher dabei, Clara, als Ehrengast?«

»Natürlich.«

Da piepst es in meiner Tasche.

32 – *Haavard*

VATER HAT ANGERUFEN, *er sagt, ich soll mich um Kilsund kümmern. Nimmst du am Wochenende die Kinder?*, habe ich Clara geschrieben.

Ein kurzes Okay ist die Antwort.

Eigentlich ziemlich großzügig, dass sie mich so ohne Vorankündigung ziehen lässt, schon gar vor dem Hintergrund, dass sie nicht länger in Westnorwegen bleiben konnte.

Axel kann natürlich. Er hat dieses Wochenende frei, die Kinder sind bei Caroline.

Während wir auf der E18 südwärts brausen, gelingt es mir für eine kleine Weile, die Panik zu verdrängen und mich auf die Uferfelsen und die salzige Luft zu freuen, den weiten Horizont mit nichts als ein paar Felseninseln und dann und wann einem Schiff.

Die Hütte war den ganzen langen Herbst und Winter und Frühling abgesperrt, bei Wind und Regen, drinnen riecht es muffig. Nicht richtig schlecht, aber muffig. Ich öffne alle Türen und Fenster weit.

Verschossene blaue Gardinen, an den Wänden alte Fotos von Angeltrophäen und anderen Höhepunkten in Schwarz-Weiß oder Sepia sowie eine große Seekarte, vergilbte Kiefernpaneele, lackierte Kiefernbohlen, der typische Nippes.

Alles genauso, wie es immer war, unverändert, seit Großvater die Hütte 1952 gebaut hat.

Zwei Jahre später kaufte er die 21-Fuß-Jolle, die wir immer noch haben. Mit ihr nehmen wir jeden Sommer an der jährlichen Kilsund-Regatta teil. Edith, meine Großmutter väterlicherseits, hat sie sogar mal gewonnen, 1959 war das wohl, und ich selbst habe zweimal in der 8-12-PS-Klasse den Sieg errungen.

Vater und ich sind vollkommen einer Meinung, dass nichts hier verändert werden soll. Nach Ediths Tod hatte zunächst mein Onkel die Hütte übernommen und sie fast ruiniert. Nein, sie muss so erhalten bleiben.

Ich liebe es hierherzukommen, um zu paddeln, einfach nur dazusitzen und übers Wasser zu schauen, eine Wand anzustreichen, etwas zu reparieren. Die Jungs sind ganz wild darauf, mit dem Boot rauszufahren, vom Steg aus Taschenkrebse zu fangen, vom überhängenden Uferfelsen ins Wasser zu springen. Oft fahre ich allein mit ihnen her, Clara bleibt zu Hause und arbeitet.

Axel ist mit dem Ort ebenso vertraut wie ich.

Unsere Mütter lagen seinerzeit hochschwanger in der alten Frauenklinik nebeneinander und schwätzten sich die Ohren ab. Seitdem waren sie und wir beide unzertrennlich. Jahrelang wohnten Axel und ich in derselben WG. Jetzt leben wir nur wenige Minuten voneinander entfernt, verbringen Silvester und den Nationalfeiertag am 17. Mai und solche Gelegenheiten miteinander.

Auch Christian Ferner-Hansen, Axels Vater, und mein Vater sind seit unserer Geburt die besten Zechgenossen. Unsere Mütter lieben es, über sie herzuziehen.

Manchmal glaube ich, darum sind sie alle noch miteinander verheiratet, Mutter und Vater und Jenny und Christian. Weil Mutter Jenny hat und Vater Christian und umgekehrt.

Es ist ein wunderbares Gefühl, die Welt hinter sich zu lassen, auch wenn ich weiß, dass es nicht mal für zwei Tage ist. Und weder der rote Sonnenuntergang über der Insel noch der Whisky mit Axel auf der Steintreppe vor der Hütte können die nagende Angst vertreiben, die wie Säure in meiner Brust brennt.

Ich trinke ein Glas Whisky, dann noch eins und ein drittes. Wir reden über Fußball und Weltpolitik, darüber, warum niemand mehr richtig geile Rockalben produziert und ob die acht Stunden lange Sendereihe über Dschingis Khan die beste von Dan Carlins *Hardcore-History*-Podcasts ist. Ich kann gar nicht genug von den mongolischen Reitern bekommen, die aus dem Nichts kamen und die Welt eroberten, aber Axel findet die Folgen über den Fall des Römischen Reiches noch besser, die, wie er meint, eigentlich von den USA handeln.

Vier Gläser. Fünf. Irgendwann schaut Axel mich besorgt an.

»Was ist eigentlich mit dir los, Haavard?«

»Mit mir? Nichts.«

»Du betrinkst dich sonst nie. Ist was mit Clara?«

Sonst reden wir nicht über Beziehungen. Umso dringender ist so eine Frage, wenn sie mal gestellt wird.

»Na ja, sie ist ja seit Neustem Staatssekretärin. Ansonsten ist alles wie üblich.«

Axel blickt übers Wasser und lächelt. »Tough cookie, die Frau. Ein Raubtier zwischen Pflanzenfressern. Eine Art weiblicher Clint Eastwood.«

Er hat Clara immer gemocht.

»Am besten aus einigem Abstand zu genießen«, sage ich.

Jetzt reckt Axel den Rücken und schaut mich eindringlich an. »Tu, was du willst, aber lass dich nicht scheiden.«

Er ist von seiner eigenen Scheidung immer noch desillusioniert. Immer neue Wellen von Enttäuschung und Verbitterung spülen über ihn hinweg. Im Augenblick scheint Carolines neuer Mann das Hauptproblem zu sein.

»Dann kriegst du es unweigerlich mit irgendeinem Idioten zu tun, der sich in die Erziehung deiner Kinder einmischt. Kürzlich haben meine eigenen Kinder mich getadelt, weil ich den Kaffeebecher nicht auf einen Untersetzer gestellt habe. Stell dir das bitte mal vor!«

Er fuchtelt mit den Händen: »Einen Untersetzer? Für wen halten die mich eigentlich? Das haben sie von diesem Spießbürger aus Tønsberg. Der reinste Emporkömmling. Und der Beweis dafür, dass Hipster genauso wenig selbstständig sind wie Teenagermädchen. Ich hab mir sein Facebook-Profil angeschaut. Nichts als Elektroräder, Interrail und Naturwein!«

»Da hab ich schon Schlimmeres gehört.«

»Erst danach hab ich rausgefunden, dass Caro und ihre Freundinnen denselben Scheidungsanwalt haben. Der Kerl ist dafür bekannt, dass er besonders viele Vorteile für die Frauen rausschlägt. Verflucht noch mal, ist das teuer! Sich eine Freundin zulegen, das ist viel besser als eine Scheidung. Aber vergiss nicht: Sie *muss* verheiratet sein, muss genauso viel zu verlieren haben wie du. Das ist genau der Punkt, wo ich mich vertan habe.«

»Sie *ist* verheiratet«, sage ich plötzlich.

»Ach?« Axel schaut mich überrascht an. »Interessant …«

Ich googele Sabiya, finde ein Bild. Da ist sie, dunkel, lächelnd, strahlend.

Sabiya Rana. Resident, Department of Pediatrics at Ullevål Sykehus. MD 2008. Ph. D. 2012. Das halblange schwarze Haar gewellt. Roter Lippenstift. Intelligenter, dunkler Blick.

»Hier.« Ich gebe Axel das Telefon, schaue in die Ferne.

Der Mond steht dicht über dem Meereshorizont, über ihm ist der Himmel rosa behaucht. Ein paar hundert Meter weiter hat irgendein Idiot auf einer Landzunge Feuer gemacht, dabei gilt das vorübergehende Verbot für offenes Feuer auch hier.

Er betrachtet das Bild lange. »*Die* Richtung also …«

»Mehr hast du nicht zu sagen?« Ich bin etwas gekränkt.

»Ja, schon hübsch …« Er zögert.

»Aber?«

»Aber nicht mein Fall.«

»Was?«

»Ich kenne einen, der hat sich eine kurdische Freundin angelacht. Und mit der Zeit ziemlich viel Trouble bekommen, milde gesagt. Die können so weltlich sein, wie sie wollen, die haben jedenfalls ganz schön viel Extragepäck.«

»Jetzt verallgemeinerst du aber wirklich gewaltig«, sage ich verärgert.

»Das wirft mir Caro auch immer vor. Natürlich verallgemeinere ich. Alle tun das. Wann geht der Puls hoch? Wenn wir eine Gruppe Einwanderer in der U-Bahn treffen, nicht eine alte Dame. Das Bauchgefühl hat oft recht.«

»Ich habe auch so ein Bauchgefühl«, sage ich.

»Ja?«, fragt er abwartend.

»In den Medien ist von einem rassistischen Lasermann oder einem Bandenkrieg die Rede wegen dieser Morde. Aber das ist Unsinn.«

»Warum?«

»Weil keiner weiß, was die beiden Opfer außer ihrem Migrationshintergrund verbindet, nämlich dass beide Kindesmisshandler waren. Nur von dem Pakistaner war das im Krankenhaus bekannt, die Carter war eine ganz andere Klasse. Schlimme Geschichten, sage ich dir.«

»Migranten sind von so was überproportional betroffen«, sagt Axel. »Ob es uns gefällt oder nicht, das ist eine Tatsache.«

»Sabiya war jedenfalls wahnsinnig wütend. Als würde sie sich dafür schämen, dass der Täter ihr Landsmann war. Danach habe ich rausgefunden, dass sie in ihrer Jugend Mitglied einer dieser Mädchenbanden war, die in den Einkaufspassagen andere Mädchen beraubten. Natürlich lange, bevor sie ihren Doktor in Kinderheilkunde machte. Was sagst du dazu?«

»Dasselbe wie vorhin: viel Gepäck.«

Ich hole tief Luft.

»Wir teilen uns ein Büro. Als sie mir mal klarmachen wollte, wie wichtig es ist, dass unser Verhältnis nicht auffliegt, hat sie mir die Pistole gezeigt, eine Glock, die sie in einer Schublade aufbewahrte, angeblich für den Fall, dass ihr misstrauischer Ehemann uns auf die Schliche kommen sollte. Jetzt ist die Waffe nicht mehr da. Und die Ermittlungen ergeben offenbar, dass beide Opfer möglicherweise mit einer …«

Ich mache eine Kunstpause.

»… mit einer Glock erschossen wurden«, sage ich abschließend.

»Oh mein Gott!« Axel schnappt nach Luft, darauf hat er keine Antwort parat.

Als ich aufstehe, um den Ameisenpfad zum Plumpsklo runterzugehen, fühle ich mich fast nüchtern.

Sonntagnachmittag setzt Axel mich zu Hause ab, ich steige aus, die Reisetasche über der Schulter.

Meine Jungs wuseln im Garten rum. Ich hebe Andreas hoch, schwinge ihn einmal im Kreis, drücke ihn fest. Er duftet nach Sonnencreme, Sommerjunge, er jauchzt und lacht, ein glückliches Lachen.

Dasselbe mit Nikolai. Dann gehen wir rein.

Und während wir dasitzen, Andreas mit der Stirn an meiner Wange, Nikolai mit dem Zeigefinger auf meiner Brust, klingelt es plötzlich.

Wir schrecken zusammen, alle drei.

»Ich mache auf, ich mache auf«, ruft Andreas und läuft zur Tür, gefolgt von seinem Bruder.

»Nein, ich«, ruft Nikolai.

So geht es immer, alles ist ein Wettkampf. Wer am meisten Würstchen essen kann, wer am schnellsten Ski läuft, wer am besten rechnen kann, wem als Nächstem ein Zahn ausfällt, wer als Letzter einschläft und als Erster aufwacht.

Ich will nichts davon verpassen. Und vor allem deswegen halte ich durch, nicht wegen Axels Rat.

Nikolai ist als Erster an der Tür, aber Andreas wirft sich an ihm vorbei auf die Klinke und öffnet.

Draußen stehen drei Polizeibeamte. Uniform, hellblaue Hemden, Krawatten und alles, was dazugehört, und es sind zu viele, als dass sie eine Todesnachricht überbringen würden. Außerdem kenne ich sie.

Ein paar Sekunden lang ist alles ganz still. Wie ein Stummfilm.

Ihre gesamte Kindheit über haben Andreas und Nikolai, kaum dass sie einen Polizeiwagen oder einen uniformierten Beamten sahen, in wilder Freude *Polizei, Polizei, Polizei* geschrien, beide haben sie zeitweise felsenfest behauptet, sie wollten Polizist werden, wenn sie mal groß sind, jetzt aber kommen sie pfeilschnell und ohne ein Wort zu mir gelaufen.

Sie wittern Gefahr, instinktiv.

Ich stehe auf, lege beiden einen Arm um die Schulter, drücke sie an mich. Jetzt erscheint auch Clara im Flur.

»Können wir kurz reinkommen?«, fragt einer der Beamten.

Ohne auf eine Antwort zu warten, betreten alle drei das Haus, die Stiefel immer noch an den Füßen. Schon in Ordnung, besser so, als dass sie für die Nachbarn sichtbar auf der Außentreppe stehen.

»Was gibt es?«, erkundigt sich Clara hinter mir mit ihrer kühlsten Stimme.

»Haavard«, sagt die Polizistin, ohne Clara eines Blickes zu würdigen. »Wir möchten Sie bitten mitzukommen, um ein paar Fragen zu klären.«

Nikolai ächzt kurz auf.

Die Beamtin schaut ihn an: »Geht ihr beiden mal zu Mama, Papa kommt kurz mit uns.«

»Ja, macht das«, sage ich zu den Jungs, ich wage nicht, weitere Fragen zu stellen, während Clara zuhört. »Geht zu Mama. Ich möchte der Polizei nur kurz helfen.«

Andreas flitzt zu Clara und klammert sich an ihr Bein wie als kleiner Junge. Erschrocken steht er da und starrt steif und reglos vor sich hin.

Nikolai hingegen weint laut los.

»Papa, Papa, Papa«, jammert er und zieht an mir. Ich hebe ihn hoch, trage ihn zu Clara. Er ist groß geworden. Und schwer.

»Sie fahren bei uns mit, Haavard«, sagt die Beamtin, und ich nicke, möchte keine weiteren Diskussionen im Hausflur riskieren. Ich küsse die Jungs auf die Wange, will ihnen sagen, dass ich sie lieb habe, aber das geht in Nikolais Geheul unter.

»Ich melde mich«, sage ich zu Clara, die nicht gerade zu einem ehelichen Kuss vor Publikum aufgelegt zu sein scheint.

Dann trotte ich den Beamten hinterher, versuche, mich so ruhig und natürlich zu bewegen wie nur möglich.

33 – *Clara*

Ich rufe ihn sonst nie vormittags an. Heute schon kurz vor acht.

»Hey, wie geht es dir?«, frage ich ihn.

»Es geht, wie's geht. Hab gestern mal im Laden vorbeigeschaut. Neue Wischerblätter gekauft. Und Lecksteine für die Schafe. Das Geld ist so gut wie weg, ja. Aber von Bella habe ich seit zwei Tagen nichts gesehen. Das gefällt mir überhaupt nicht.«

»Die kommt sicher bald wieder«, sage ich, dann nehme ich innerlich Anlauf. »Hör mal, Papa … Haavard ist bei der Polizei zu einer Vernehmung, und wie es aussieht, bleibt er noch dort.«

»Ach du lieber Himmel … Was sagst du da? Wegen diesem Mord im Krankenhaus?«

»Ja. Und dem in Lysebu. Das kann nur ein Missverständnis sein oder Routine. Es klärt sich sicher schnell auf. Aber könntest du so lange herkommen? Ich zahle natürlich die Fahrkarten.«

Kurz ist es still.

Mein Vater hat sich zu Hause immer am wohlsten gefühlt.

Bevor seine Eltern starben und er den Hof übernehmen musste, ist er ein paar Jahre zur See gefahren. Kaum hatte er den Hof, war die Abenteuerlust ebenso verschwunden wie jede Chance, überhaupt noch irgendwohin zu fahren. Was vielleicht noch übrig war, hat sich mit dem halben Jahr im Libanon erledigt.

Abgesehen von fünf oder sechs Übernachtungen bei uns im Laufe der Jahre wegen Taufe und so hat er seitdem nie mehr woanders geschlafen als zu Hause auf seinem Hof.

»Ja«, sagt er. »Geht klar.«

34 – *Haavard*

Sie geben sich jetzt ganz anders, Elin und Morten. Als ob der bisherige kameradschaftliche, joviale Kooperationston nur ein Spiel gewesen wäre, eine Maske, hinter der jetzt ihr eigentliches Wesen hervorkommt. Vielleicht spielen sie aber auch jetzt.

Ich weiß es nicht, und eigentlich bedeutet es auch nichts. Sie sind ja nicht meine Freunde. Von Bedeutung ist jetzt nur, hier so schnell wie möglich wieder rauszukommen.

»Uns liegt ein interessanter Mailwechsel vor«, sagt Elin, nachdem wir die ewigen Formalien endlich hinter uns haben und ich der Vernehmung zugestimmt und auf einen Anwalt verzichtet habe, auch wenn ich mich allmählich frage, ob ich nicht jetzt doch einen bräuchte. »Er zeigt, dass Sie ohne Wissen Ihrer Vorgesetzten Daten von verschiedenen Patienten gesammelt haben, die familiäre Gewalt erlitten haben. Trifft das zu?«

»Ja, das trifft zu.« Ich bemühe mich darum, offen und ehrlich zu klingen.

»In einer Mail an Sabiya Rana vom 23. Mai schreiben Sie, Zitat: ›Hier ist die Liste der Misshandler: Der Abschaum der Menschheit, man müsste sie waterboarden und kreuzigen, IMHO.‹«

Oh mein Gott. Wenn man sie so hört, klingt meine Bemerkung Sabiya gegenüber absolut durchgeknallt.

Ich räuspere mich: »Ja, das Gefühl hatte ich in dem Moment. Sie haben keine Ahnung, was diese Leute ihren Kindern antun. Ja, es macht mich wahnsinnig wütend. Ja, das war bescheuert ausgedrückt. Aber nein, das macht mich nicht zum Mörder!«

Sie blättert in ihren Unterlagen.

»Und trifft es zu, dass Melika Omid Carter auf dieser Liste stand?«

Ich nicke. Die Karten auf den Tisch jetzt.

»Ja, es trifft zu«, sage ich, immer noch ruhig.

»Gut. Dann gehen wir zurück ins Krankenhaus Ullevål am 10. Mai«, fährt Elin fort. »Mukhtar Ahmad wurde mit einer Pistole erschossen und um 22 Uhr 27 aufgefunden. Der Todeszeitpunkt muss zwischen 22 Uhr 15 und 22 Uhr 20 liegen. Wir wurden um 22 Uhr 35 informiert und waren um 22 Uhr 45 vor Ort. So viel wissen wir. Was wir nicht wissen: Wo waren Sie zwischen 22 Uhr 15 und 22 Uhr 20?«

»Auf Station«, sage ich. »Das habe ich bereits so ausgesagt.«

»Die ganze Zeit? Im Gebäude?«

Ich nicke. Das kann ich jetzt wohl nicht mehr ändern.

»Nun«, sagt Elin, »mich überrascht, dass Sie das so aufrechterhalten, obwohl wir Ihnen die Gelegenheit geben, es zu korrigieren. Sie wurden ungefähr um 22 Uhr 20 zusammen mit Sabiya vor dem Gebäude gesehen. Dem Zeugen zufolge standen Sie dicht beieinander und wirkten beide aufgewühlt.«

Wer hat uns gesehen? Uns denunziert? Und warum hatten wir nicht gleich die Wahrheit gesagt?

»Ja, das stimmt wohl. Sabiya war aufgewühlt, sie musste mal kurz an die frische Luft, und ich bin mitgegangen. Das hatte ich vergessen.«

»Ist es üblich, dass Sie zusammen mitten in einer Schicht rausgehen?«

»Nein. Es war aber auch nicht gerade eine gewöhnliche Schicht nach dem Tod des kleinen Jungen. Wie auch immer, Sabiya war aufgewühlt, geradezu außer sich. Ich hatte sie noch nie so gesehen. Also ja, ich habe versucht, sie zu beruhigen.«

»Der Zeuge berichtet, Sie seien, ich zitiere ›außer sich gewesen‹ und hätten zugleich gewirkt, als wären Sie ›sehr vertraut miteinander‹?«

»Ja, natürlich. Der Tod des Jungen hat uns erschüttert. Und ich war besonders besorgt, weil Sabiya so aus dem Gleichgewicht geraten schien …«

Es ist mir nicht wohl damit. Aber was soll's, ich lasse das jetzt so stehen, ich rette meine eigene Haut, wie ich es mir auf dem Heimweg von der Hütte vorgenommen hatte.

»Sie wollen Ihre frühere Aussage also dahingehend verändern, dass Sie nicht die gesamte Zeit im Gebäude waren, sondern mit Ihrer Kollegin draußen?«

Sie treibt mich in die Enge.

»Ja, aber nur kurz.« Ich finde selbst, das klingt jämmerlich. »Höchstens fünf Minuten. Dann sind wir wieder reingegangen.«

»Das stimmt nicht ganz mit unseren Informationen überein«, sagt Elin.

»Ja?« Ich bin schon völlig erschöpft.

»Wie sind Sie nach Ihrem Gespräch wieder in die Station gekommen?«

»Mit Sabiyas Karte. Wir sind zusammen reingegangen.«

»Das stimmt so weit, sie hat ihre Karte um 22 Uhr 23 benutzt.«

»Genau.« Ich lehne mich zurück. »Wir sind beide reingegangen.«

»Die Sache ist nur die: Sie haben Ihre Karte um 22 Uhr 32

benutzt. Neun Minuten später. Was die Frage aufwirft: Was haben Sie in diesen neun Minuten getan, nachdem Sabiya reinging, *ohne* Sie? Und warum bestehen Sie darauf, Sie wären zusammen reingegangen? Obwohl dem nicht so ist?«

Um mich herum und in mir geht eine Lawine zu Tal, sie donnert los, ich kann sie nicht aufhalten.

Das stimmt nicht.

»Theoretisch würden neun Minuten genügen, um zum Gebetsraum zu gehen, Mukhtar Ahmad zu erschießen und rechtzeitig zurück zu sein, um die Karte um 22 Uhr 32 zu benutzen«, sagt Morten.

»Theoretisch, ja«, murmele ich, falte die Hände, presse sie zusammen, versuche, weiter ruhig zu wirken. Die Klimaanlage scheint nicht zu funktionieren, mir rinnt etwas von den Schläfen herab über die Wangen.

35 – *Clara*

Die Morgenrunde beginnt jovial.

»Clara! Die Siegerin des Wochenendes!«, ruft Munch. »Was für ein Start!«

»Danke«, sage ich. »Jetzt habe ich immerhin einen Crashkurs in Sachen Waldbrandbekämpfungshelikopter hinter mir …«

»Schade, dass du das nicht selbst übernehmen konntest, Anton«, sagt der politische Referent. »Klassische Win-win-Situation.«

»Aber erst, nachdem Clara sich der Sache angenommen hat«, sagt der Pressesprecher. Das muss man ihm lassen.

Mein Auftritt in den Abendnachrichten vom Freitag hat einiges nach sich gezogen. Vorbericht um 18 Uhr, dann Auftritt in der Hauptsendung. Und das Wochenende über war ich Gast in einer ganzen Reihe von Formaten.

Erst hatte ich nur gesagt, uns sei bewusst, dass es Bedarf für eine größere Flotte von Löschhelikoptern gebe und wir würden dem zügig nachgehen – nicht besonders befriedigend, zumal wenn es zeitgleich an mehreren Stellen in Ostnorwegen brennt.

Ich rief Munch an.

Ich rief den zuständigen Sachbearbeiter an, den Referatsleiter, den Abteilungsleiter.

Ich telefonierte mit der Obersten Behörde für öffentliche Sicherheit und Bereitschaft.

Und dann wieder mit Munch.

Samstagnachmittag konnte ich die Nachricht präsentieren, wir würden fünfzehn neue Löschhelikopter für die Regionen bereitstellen, und die Regierung trage die Kosten.

»Ja, guter Job, Clara«, sagt Mona. »Dann können wir uns jetzt wieder mit diesen beiden Morden beschäftigen. In Oslo gibt es viel weniger Morde, als die Leute denken, einen oder zwei pro Jahr. Und jetzt zwei so kurz nacheinander. Falls diese Lasermann-Theorie sich festsetzen sollte, erwartet die Bevölkerung, dass wir handeln und die Einwanderercommunity schützen.«

»Ich kümmere mich darum«, sagt Munch.

»Soll ich ein paar Redebausteine zusammenstellen?«, fragt der Pressesprecher.

»Nein, nicht nötig«, dankt Munch. »Diese Lasermann-Idee ist reiner Unsinn, von den Medien aufgebracht. Ich habe mich persönlich vom Chefermittler briefen lassen, die Polizei ist jetzt sicher, dass die Mordwaffe aus dem Bandenmilieu stammt.«

Alle Blicke sind auf ihn gerichtet. Und dann ist es, als würde er sich mit Anlauf in einen erregten Monolog stürzen, der ihm ganz offenbar schon auf der Zunge gebrannt hat. Dabei dreht er ständig sein Mobiltelefon in der Hand, rechts, links, vor, zurück.

Schnell und hart, als ob das Telefon ein Kartenspiel wäre.

»Die Bandenkriminalität eskaliert immer mehr. Man braucht nur nach Schweden rüberzuschauen, um zu sehen, wohin es führt, wenn man dem keinen Riegel vorschiebt. Dort sind Bandenmorde die Regel. Und kein Ethikunterricht kann das stoppen, keine Angebote im Freizeitclub! Bei uns sieht es doch so aus, als hätte die Polizei den Kampf gegen die organisierte Kriminalität schon aufgegeben! Dabei verstehen diese Leute nur eine einzige Sprache: rohe physische Gewalt. Sie müssen überwacht werden, rund um die Uhr. Beschlagnahmt ihre Autos. Durchsucht sie. Lasst ihnen keine Kleinigkeit durchgehen. Zeigt ihnen deutlich, dass wir das alles nicht mehr hinnehmen.«

»Ja, genau«, meint der politische Referent.

Munch atmet tief ein und predigt weiter, klopft jetzt immer fester mit dem Telefon auf den Tisch.

»Die anderen Parteien glauben, das ließe sich im Dialog regeln, dabei schert sich die Gegenseite keinen Deut um westliche Werte. Wir weisen schon seit Jahren darauf hin und wurden dafür immer angegriffen. Jetzt zeigt sich, wie recht wir die ganze Zeit hatten. Wenn diese Leute partout nicht dazu zu bringen sind, norwegisches Recht und Gesetz zu respektieren, dann sollen sie ihre Sachen packen und verschwinden. Kriminelle gehören ins Gefängnis, die Polizei muss besser ausgestattet werden, und straffällige Ausländer gehören ausgewiesen, und zwar schnell.«

»Ja, genau!«, wiederholt sein politischer Referent begeistert.

Neben mir seufzt Mona schwer.

»Es ist unglaublich, dass die anderen Parteien uns in diesen Dingen nicht unterstützen! Würden Youngbloods mit Plastikpistolen rumlaufen, gleich wären die Presse und die anderen Parteien zur Stelle und würden jammern, wir sollten etwas gegen diesen Missbrauch von umweltschädlichem Plastikspielzeug unternehmen. Aber wenn es um echte Pistolen geht, sind wir die Einzigen, die was tun.«

Es ist still. Keiner weiß, wie er reagieren soll.

Etliches von dem, was Munch sagt, ist ja ganz vernünftig.

Aber dieser Ton, als würde er auf seiner eigenen Morgenrunde eine lange eingeübte Performance aufführen, das ist schon eigenartig, und auch, dass er aus diesen beiden nicht aufgeklärten Morden so grundsätzliche Schlüsse ziehen will.

Und er ist noch nicht fertig.

»Ich möchte diese Sache gern als Beispiel für die verrotteten Zustände in diesem Milieu verwenden. Jetzt gehen die auch noch aufeinander los wie ...« Er unterbricht sich und starrt auf sein Telefon. »Oh, verdammte Scheiße ...«

Das Display ist zersprungen, sieht aus wie ein gläsernes, zwanzigfach geschichtetes Spinnennetz.

»Ach jemineh«, sagt Vigdis. »Ich rufe gleich bei den IT-Leuten an und bestelle dir Ersatz. Ich kümmere mich darum.«

»Danke ...« Bestürzt schaut Munch immer noch auf das Display seines Telefons, als könnte er nicht fassen, was ihm da passiert ist.

»Ich mache das, Anton«, sagt Vigdis mütterlich, und endlich gibt er es ihr, wie ein ratloser kleiner Junge, der sein Spielzeug kaputt gemacht hat.

»Trotzdem, du solltest dich in der Sache mit Bedacht äußern«, wendet Mona ein. »Es ist unklug, wenn der Justizminister zur Unzeit Schlüsse aus einem nicht aufgeklärten Doppelmord zieht. Wenn wir unbedingt was dazu sagen sollen, dann besser ziemlich allgemein.«

»Ach, findest du«, meint Munch spöttisch.

»Berate dich wenigstens vorher mit Polizeipräsidentin Monrad. Natürlich bist du politisch verantwortlich, aber in der Praxis ist das erst mal eine Sache der Polizei.«

»Ja, das ist dir wohl zu populistisch ... Die Frau brauchen wir nicht. Wir haben unsere eigenen Kontakte bei der Polizei«, sagt der politische Referent.

»Da irrst du dich jedenfalls.« Resigniert streicht sich Mona mit der Hand durch ihr kurzes Haar. Das tut sie immer, wenn sie verärgert ist, also relativ häufig bei diesen Morgenrunden mit politischer Führung, Behördenleitung und Pressesprecher. »Monrad ist ein kluger Kopf, und sie hat den Überblick. Du solltest jedenfalls darauf achten, dass du sie mit im Boot hast.«

»Übrigens«, sage ich, »mein Mann und seine Kollegen von der Kinderklinik in Ullevål, die waren zufällig bei beiden Morden in der Nähe und helfen jetzt der Polizei nach bestem Vermögen. Ich glaube, Haavard hat gerade jetzt eine Besprechung dort.«

»Tja, die Welt ist klein.« Munch scheint mäßig interessiert.

»Gut, dass sie sich einbringen«, sagt Mona.

Ich atme stumm aus. Habe absichtlich einen Begriff wie »Verhör« vermieden. Und auch zu erwähnen, dass Haavard schon seit gestern im Präsidium ist.

Mehrere Male während der Besprechung habe ich verstohlen auf mein Mobiltelefon geschaut.

Hat Haavard angerufen? Haben sich die Medien gemeldet?

Aber nichts. Stündlich wirkt es auf mich immer mehr wie eine tickende Zeitbombe.

»Da wäre noch was«, sagt Munch ungeduldig. »Mittwochabend ist ein Essen im Schloss. Ich weiß, ich müsste daran teilnehmen. Aber ich fliege heute Abend nach Brüssel und bin erst Donnerstag wieder da. Tut mir leid, Mona, ich habe erst jetzt festgestellt, dass die Termine kollidieren …«

Er legt sich den Finger auf die Lippen und schaut seine Sekretärin an, die augenrollend die Schultern zuckt und dazu verständnisvoll lächelt.

Die anderen lachen leise. Alle wissen, dass Munch solche Essen hasst, es Mona aber durchaus nicht recht ist, wenn er so was nicht ganz ernst nimmt.

»Nun denn.« Sie seufzt.

»Ja … Clara« – Munch sieht mich an – »falls mein Büro dich noch akkreditieren kann, würdest du hingehen? Gern mit deinem Mann, dem Arzt. Dann ist das Ministerium vertreten.«

Ich zucke mit den Schultern. Nicke.

Aus dem Augenwinkel sehe ich Mona den Kopf schütteln.

»Eine Staatssekretärin zu schicken ist absolut gegen das Protokoll.«

»Sonst noch was?«, erkundigt sich Munch. »Zum Ersten – zum Zweiten – nein. Dann ab mit euch.«

Die Versammlung löst sich auf.

Ich schaue wieder auf das Telefon. Eine mir unbekannte Nummer mit der Vorwahl von Oslo. Eine Sprachnachricht. Ich höre sie auf dem Weg ins Büro rüber.

Haavard. Er bittet mich, ihn unter dieser Nummer zurückzurufen.

»Clara«, sagt er, als ich ihn erreiche, in meinem Büro hinter verschlossener Tür. »Es ist verflucht noch mal nicht zu glauben. Die lassen mich so schnell nicht wieder gehen, jetzt ist nur gerade Verhörpause. Ich glaube, länger als achtundvierzig Stunden dürfen sie mich ohne förmlichen Haftbefehl nicht festhalten. Könntest du bei Askildsen anrufen und mich entschuldigen? Er soll den anderen sagen, ich sei krank oder so, ich will nicht, dass alle wissen, wo ich bin. Sag, es sei ein Missverständnis. Und rufst du bitte auch Vater an? Er muss mir helfen. Sag, er soll mich anrufen. Okay? Ich muss auflegen …«

Er klingt hektisch, beinahe panisch.
»Ja, ich rufe sofort an. Und Haavard?«
»Ja?«
»Das kommt in Ordnung.«
»Glaubst du?«
Er klingt den Tränen nahe.
»Natürlich. Halt noch ein bisschen durch.«

36 – *Haavard*

Wir sitzen in einem kleinen, sterilen Raum, sogar für Claras Geschmack wäre er minimalistisch genug.

Ich habe gelesen, heutzutage würden Verhöre etwas entspannter vor sich gehen, in normalen Wohnzimmersesseln mit einem niedrigen Tisch dazwischen. Ohne direktes Gegenüber, die Forschung habe ergeben, dass man da nur verkrampft ist und nicht viel erzählt.

Nun, dieses Verhör scheint jedenfalls nach alter Sitte abzulaufen.

Ein Tisch mit Wasserglas, Tassen und Kaffeekanne, den Stühlen, auf denen wir sitzen, ein Fenster mit Blick auf eine Birke, die wie alles andere nach einem regenlosen Hitzesommer in diesem Monat allmählich welk wird. Gelbbraune Blätter segeln am Fenster vorbei.

Eines immerhin habe ich von Vater und Christian und meinem einen Jahr Jura mitgenommen: Nicht anders als in allen anderen Berufen läuft auch hier nicht alles so, wie man es denken würde.

Häufig geht es der Polizei mehr darum, irgendjemanden zu verhaften, als darum, wen genau.

Ich sehe die beiden an, versuche, ihre Blicke aufzufangen. Elin hat sich geschminkt, wirkt strenger und älter dadurch.

»Ich bin mit Sabiya reingegangen!«, sage ich laut. »Ehrenwort, Sie können sie fragen! Ich war nicht so lange draußen, warum auch?«

»Ich erinnere daran, dass Sie erst jüngst Ihre Aussage dahingehend geändert haben, dass Sie überhaupt draußen waren. Und Ihre Karte wurde jedenfalls um 22 Uhr 32 benutzt, um die Tür zu öffnen«, entgegnet Elin ruhig.

Stille. Geräuschvoll dreht sich der Ventilator im Kreis, mein Hirn wirbelt genauso. Es wird mir schwindlig, meine Finger werden taub, ich fühle mich, als könnte ich jederzeit zu Boden gehen.

»Lassen Sie uns noch einmal Ihre Erklärung aus Lysebu durchgehen«, fährt Elin angesichts meines Schweigens tonlos fort und liest aus einem Papier vor: »›Ich saß bis gegen elf Uhr draußen, ging dann in mein Zimmer und schlief wie ein Stein, bis ich heute Morgen von dem Lärm geweckt wurde und in die Rezeption runterging.‹ Das Zimmermädchen hat allerdings im Verhör ausgesagt, Ihr Bett sei morgens unberührt gewesen. Wie kann das sein?«

»Ich habe auf dem Sofa geschlafen«, sage ich verzweifelt.

»Aha, Sie haben auf dem Sofa geschlafen, dann halten wir das fest«, sagt Elin.

»Nein«, platze ich heraus, »ich war bei Sabiya. In ihrem Zimmer.«

Elin und Morten wechseln einen Blick.

»Sabiya Rana hat im Verhör berichtet, dass Sie seit einem Jahr ein Verhältnis haben.«

Hat sie es also verraten. Ohne mir ein Wort davon zu sagen.

»Ja«, sage ich hektisch. »Und das stimmt auch. Aber ich hatte ihr versprochen, es niemals jemandem zu erzählen. Dieses Versprechen wollte ich halten. Ich hatte Angst, meine Frau würde uns entdecken, aber vor allem fürchtete ich

Sabiyas Mann, um sich vor ihm zu schützen, brauchte sie ja auch die Pistole.«

Morten hat schon länger nichts gesagt. Jetzt räuspert er sich und lehnt sich vor:

»Die Untersuchung von Kugeln und Kaliber hat gezeigt, dass Melika Omid Carter und Mukhtar Ahmad mit derselben Pistole erschossen wurden. Höchstwahrscheinlich mit einer Glock 17 9 mm.«

»Aha«, sage ich.

»Die Glock 17 ist eine ziemlich verbreitete Waffe«, doziert er. »Unter anderem beim Militär gebräuchlich. Und dort kommt auch schon mal eine weg. Nach dem ersten Mord haben wir in dem kriminellen Milieu recherchiert, mit dem Ahmad und seine Leute Auseinandersetzungen hatten. Dabei konnten wir feststellen, dass in den Kreisen seit ein paar Jahren eine gestohlene Glock 17 mit Schalldämpfer zirkuliert.«

Die Übelkeit legt sich ein wenig.

»Der illegale ›Besitzer‹ der Schusswaffe wurde verhört. Es stellte sich heraus, dass er Sabiya Rana kennt, und er hat zugegeben, ihr die Waffe im letzten November ausgehändigt zu haben.«

Sie denken also, Sabiya ist in die Sache verwickelt, darum wollen sie mit mir reden, sie verdächtigen sie. Gott sei Dank.

»Hat Sabiya Ihnen die Waffe gezeigt?«

Und jetzt hoffen sie, dass ich leugne, damit sie mich festnageln können.

Laut und deutlich antworte ich: »Ja, das hat sie.«

»Haben Sie ihr klargemacht, was Sie davon halten, eine Schusswaffe im Büro zu verwahren?«

»Das hätte ich wohl tun sollen. Ich habe es versucht. Aber

ich hatte auch Angst davor, auf was für Ideen ihr Mann kommen könnte.«

»Sabiya hat im Verhör eingeräumt, eine Schusswaffe im Büro gehabt zu haben. Von sich aus hat sie unsere Information darüber bestätigt, auf welche Weise sie in ihre Hände gelangt ist. Es ist nicht unsere Sache festzustellen, welche Konsequenzen ein solcher klarer Bruch der Gesetze über Waffenbesitz nach sich zieht, wir ermitteln in der Mordsache. Uns interessiert aber, dass der Mann, der Sabiya die Waffe gegeben hat, zwar wusste, dass sie diese hatte, aber nicht, wo sie aufbewahrt wurde. Im Gegensatz zu Ihnen.«

»Ja.« Ich erwäge, ihnen von der Begegnung mit Sabiya und ihrem Mann im Ullevålsvei zu berichten und dass ich mich allmählich frage, ob sie auch sonst die Wahrheit sagt. Nur wie soll ich das so formulieren, dass sie es mir glauben?

»Sabiya sagt außerdem, als sie nach dem Mord an dem pakistanischen Vater nach der Waffe schauen wollte, sei diese weg gewesen.«

Hier ist nicht genug Luft drin.

Ich würde jetzt am liebsten den Kopf auf die Hände legen. Elin steht auf, geht ein paar Schritte, zieht sich am Gürtel die Hose hoch, als ob sie sich für eine neue Runde im Ring bereit machen würde. Morten lehnt sich vor, bereit, solange zu übernehmen.

Ich mache die Augen zu, presse den Daumennagel in die Wunde am Finger der anderen Hand, um mich auf etwas anderes konzentrieren zu können.

»Ja, und was jetzt Lysebu angeht«, sagt Morten. »Derselbe Zeuge, der Sie am Abend des Mordes an Mukhtar Ahmad vor dem Krankenhaus gesehen hat, hat Sie auch im Schwimmbad von Lysebu gesehen, um 23 Uhr 00, als Melika Omid Carter erschossen wurde. Trifft das zu?«

»Ja«, sage ich.

»Waren Sie auch in der Sauna?«

»Nein.«

»Aber am Türgriff zur Sauna befinden sich Ihre Fingerabdrücke. Wie erklären Sie das?«

Ich kann es nicht erklären. Nicht jetzt. Ich kann nur den Kopf auf die Hände legen.

»Die Situation ist also, dass Sie für keinen der beiden Morde ein Alibi haben. In beiden Fällen haben Sie Ihre Aussage verändert. Der Aufbewahrungsort der Waffe war Ihnen bekannt. Sie haben den Wunsch zum Ausdruck gebracht, dass die Menschen auf der Liste sterben sollten. Sie hatten also ein Motiv.«

Elin legt mir die Hand auf die Schulter.

»Ich verstehe gut, dass Sie aufgewühlt sind, Haavard, ich sehe selbst viel Schreckliches in meinem Job. Aber Sie sind ein gesetzestreuer Mann, der strafbare Handlungen begangen hat. Tief drinnen wissen Sie das auch. Wollen Sie Ihr Gewissen nicht erleichtern?«

»Ich habe sie nicht umgebracht«, flüstere ich.

37 – *Clara*

»Diese beiden Morde sind Indizien für eine Entwicklung, die wir unterbinden müssen«, sagt Munch pathetisch. Sein etwas aufgeschwemmtes Gesicht füllt den gesamten Bildschirm.

Mona, Vigdis, der Pressesprecher und ich stehen vor dem Fernseher an der Wand von Monas Büro.

»Oslo, vor allem der Osten der Stadt, wird allmählich zu einem rechtsfreien Raum, ähnlich wie Orte auf der Welt, mit denen wir uns nicht vergleichen möchten, schon gar nicht unsere Hauptstadt. Normale Menschen fühlen sich von diesen Banden bedroht. Die Morde an Mukhtar Ahmad, Vater kleiner Kinder, und an der Unternehmerin Melika Omid Carter, auch sie Mutter, sind nur die Spitze des Eisbergs. Wir müssen dem ein Ende bereiten, bevor es sich noch weiter ausbreitet und unser Land zerstört. In den letzten Jahren haben wir das Strafmaß erhöht, die Polizei besser bewaffnet und sichtbarer gemacht, wir haben die Zahl aufgelaufener Prozesse gesenkt. Diese Arbeit genießt weiterhin Priorität. Außerdem habe ich im Kabinett um eine Krisenmaßnahme für die Polizei ersucht, um die Banden zu zerschlagen, die in unserer Hauptstadt ihr Unwesen treiben.«

»Was sagen Sie zu den beiden erschütternden Morden?«, will der Interviewer wissen.

»Eine Mutter und ein Vater sind aus dem Leben gerissen

worden. Mehrere Kinder haben das Liebste verloren, das sie hatten. So etwas darf nicht sein. Ich werde dafür sorgen, dass die Polizei ab jetzt sämtliche nötigen Ressourcen und Kräfte für ihr Vorgehen gegen die organisierte Kriminalität erhält.«

»›So etwas darf nicht sein‹«, äfft Mona ihn nach. »Ist das denn möglich? Ich habe dringend gebeten, diese Formulierung zu unterlassen.«

»Du bist zu streng, Mona«, sagt der Pressechef.

»Ich muss es sein. Solche hohlen Sprüche sind vom selben Niveau wie ›das reichste Land der Welt‹.«

»Anton ist zur Zeit nicht ganz er selbst«, erläutert Vigdis, seine mütterliche Beschützerin. »Er schläft auch so schlecht.«

»Wo ist er eigentlich gerade?«, will ich wissen.

»Im Parlament.« Vigdis hat als Einzige zu jeder Zeit die Übersicht.

Alle Blicke sind immer noch auf den Fernseher gerichtet. Jetzt wird zu Cathrine Monrad umgeschaltet. Üppiges blondes Haar, kräftiges Make-up, dicke Ohrringe, wieder denke ich, dass sie nicht unbedingt wie eine Polizeipräsidentin aussieht.

»Die nun wieder«, seufzt Vigdis. »Ist die nicht ein bisschen … fehl am Platze irgendwie?«

»Pssst«, macht der Pressesprecher.

»Frau Polizeipräsidentin, wie stehen Sie zu den Äußerungen, die wir gerade vom Justizminister gehört haben?«, fragt der Journalist mit bohrender Stimme.

Cathrine Monrad schaut unverwandt in die Kamera, ihr Blick weicht um keinen Millimeter aus.

»Ich halte es für recht unglücklich, dass der Herr Minister sich während laufender Ermittlungen in diesem ernsten Fall so felsenfest sicher zu sein scheint. Vor allem, da mehrere

Alternativen im Spiel sind. Ich muss mich von dem, was er eben gesagt hat, deutlich distanzieren.«

»Oh, oh«, macht der Pressesprecher.

»Ja, jetzt gibt es Krach.« Mona verschränkt die Arme und tritt unruhig von einem Fuß auf den anderen.

»Moment!« Vigdis schaut auf ihr Telefon. »Eine SMS vom Minister.«

»Hat er ein neues Telefon? Oder zieht er sich Splitter ein, wenn er jetzt Nachrichten schreibt?« Ich kann mich nicht beherrschen.

»Also bitte, Clara.« Vigdis schaut mich tadelnd an. »Natürlich hat er ein neues. Ich habe mich sofort darum gekümmert.«

»Was will er?«, fragt Mona.

»Ich soll Cathrine Monrad anrufen und sie herbestellen.«

»Jetzt?« Mona ist überrascht.

»Ja, heute Nachmittag, bevor er nach Brüssel fliegt.«

»Gut, ich versuche, das hinzubekommen, auch wenn es nicht wirklich passt …«

Mona pflegt bei solchen heiklen Besprechungen mit den Behördenleitern zugegen zu sein, immerhin liegt die Personalverantwortung bei ihr.

»Na ja«, Vigdis lächelt bedauernd, »er schreibt eigentlich, Clara soll dabei sein, und nur sie. Ich sehe, er hat hier um fünfzehn Uhr noch eine Lücke. Kannst du da, Clara?«

»Ja«, sage ich so neutral ich kann, »ich denke schon.«

»Eijeijei.« Der Pressesprecher zieht eine Grimasse.

»Aha«, sagt Mona mühsam würdevoll. »Wenn er das so will, dann bitte …«

»Ich rufe Monrad sofort an«, verkündet Vigdis und setzt das Lächeln auf, das sie sich für ganz besonders peinliche Telefonate vorbehält.

38 – *Haavard*

Äusserlich gesehen ist es hier gar nicht übel. Andererseits wäre es nicht verkehrt, wenn es das doch wäre. Da norwegische Gefängnisse einen ganz guten Standard haben, denken die Leute gerne, es wäre nicht so schlimm, hier zu sitzen.

Aber da irren sie sich.

Zelle und Einrichtung erinnern eigentlich ans Militär. Vor allem das blaue Bettzeug, abgesehen davon, dass *Strafvollzug* darauf steht, nicht *Heereseigentum*.

Ansonsten hat die Zelle dicke graue Wände, eine Metalltür, Spiegel, Waschbecken und Kleiderschrank, ein vergittertes Fenster, Deckenlampe und Leselampe, Heizkörper, Lüftungsluke, eine Kühltasche zur Aufbewahrung von Nahrungsmitteln. Und ein einfaches Klosettbecken aus Stahl.

Das größte Problem sind die fehlenden Ablenkungsmöglichkeiten. Mein Telefon haben sie natürlich kassiert. Dafür habe ich Stift und Papier bekommen, sodass ich anfangs versuchte, mir Stichworte zu notieren, um mir einen Überblick über die Lage zu verschaffen. Aber dann wurde ich ein bisschen paranoid, bekam Angst, meine Notizen könnten abgefangen und gegen mich verwendet werden. Am Ende habe ich alles zerrissen und weggespült.

Etwas entfernt höre ich jemanden Tischtennis spielen.

Da ich nichts zu sehen habe, wirken die Geräusche wie verstärkt.

Seit meinem ersten missglückten Semester Jura, als ich freiwillig im Gefangenentransporter arbeitete, bin ich in keiner Zelle mehr gewesen. Und selbst in einer zu sitzen ist noch mal ganz was anderes, als nur als eine Art vorbeifliegender Held kurz reinzuschauen.

Es gibt so vieles, das ich nicht begreife.

Wer hat mich vor dem Krankenhaus und am Pool gesehen? Was könnte der Betreffende noch gesehen haben? Wie um alles in der Welt wurde registriert, dass ich das Krankenhaus zehn Minuten später betrat, als ich wirklich mit Sabiya reinging? Was ist aus Sabiyas Glock geworden? Und genügen die Indizien, die sie haben, um mich hier festzuhalten? Das kann doch wohl nicht sein? Oder?

Was, wenn ich auf unbestimmte Zeit hierbleiben muss?

Dieser Gedanke ist fast unerträglich.

Eine kurze Unterbrechung des Alltags. Niemand will was von mir, weder Chefs noch Patienten, weder Kinder noch Frauen noch Nachbarn, wie schön das doch für eine kleine Weile sein könnte, dachte ich manchmal, wenn ich von Leuten hörte, die wegen irgendwas einsaßen. Nichts, was du tun *musst.* Einfach nur entspannen, schlafen, lesen. Eine Art Auszeit vom Alltagsleben.

Du lieber Himmel, was für ein idiotischer Gedanke.

Wie soll man auch entspannen, eingesperrt in so einen kleinen Raum ohne andere Gesellschaft als tausend Gedanken, die sich ständig zu einem großen Klumpen zusammenballen?

Wie konnte ich bislang nur übersehen, dass die Freiheit, die ich dreiundvierzig Jahre für selbstverständlich hielt, das allerwichtigste Gut ist?

Was die Jungs wohl denken? Hat man ihnen erzählt, wo ich bin? Wenn sie nun glauben, ich hätte sie verlassen, verraten? Haben sie Angst, was mir passieren wird? Nikolai mit seinen Albträumen, was wird das mit ihm machen?

Und Sabiya, was sie wohl eigentlich denkt? Hat sie einen Verdacht? Was hat sie begriffen? Hat sie mir eine Falle gestellt?

Was, wenn sie Clara anruft und ihr alles erzählt?

Und Claras neuer Job, muss sie den jetzt vergessen?

Ich hätte von Anfang an alles anders machen müssen. Oder mich erst überhaupt nicht darauf einlassen sollen.

Da wird die Tür aufgesperrt, und der Wärter, ein Bodybuilder-Typ, steckt den Kopf rein.

»Anruf für dich«, sagt er.

»Aha.« Ich stehe auf.

Hoffentlich ist es Clara, ich will mit sonst niemandem reden.

Sie ist es nicht.

»Haavard?«, fragt jemand am anderen Ende. Die Tränen schießen mir in die Augen, ich muss mir mit dem Pulloverärmel übers Gesicht wischen, halb aus Enttäuschung, dass es nicht Clara ist, halb vor Erleichterung, denn es ist Vater.

William Fougner findet immer eine Lösung. Sobald er in der Nähe ist, kommt immer alles in Ordnung. Jetzt schluchze ich los wie der letzte dumme Junge.

Mit dünnem Stimmchen höre ich mich »Papa« sagen. Es klingt eigenartig, ich habe ihn wahrscheinlich seit hundert Jahren nicht mehr so genannt. »Du musst mir helfen.«

Stille.

»Ich werde ein paar Anrufe machen«, sagt er schließlich. »Überprüfen, ob etwas zu den Medien durchgesickert ist, und wenn ja, versuchen, sie dazu zu bringen, das noch ein wenig zurückzuhalten. Und ich frage Christian, ob er uns zur Seite stehen kann.«

Christian, der beste Freund meines Vaters und Vater meines besten Freundes, ist als der schärfste Verteidiger der Stadt bekannt.

»Danke …«

Wenn mich jemand hier rausholen kann, dann er.

»Clara würde dich gern besuchen, aber das gestatten sie momentan niemandem. Und wenn wir es durchsetzten, dann ginge diese ganze Sache wahrscheinlich hoch, also wäre das auch keine gute Idee. Aber wenn wir beide uns treffen, musst du mir alles erzählen. Von Anfang bis Ende. Verstehst du?«

»Selbstverständlich«, sage ich.

39 – *Clara*

Cathrine Monrad ist ziemlich groß gewachsen, noch größer als ich. Heute trägt sie Zivil. Schlank, in einem engen Kostüm mit Leopardenmuster, das lange blonde Haar fällt ihr über den Rücken. Teurer heller Schal um den Hals. Sie erinnert eher an eine glamouröse schwedische Krimiautorin als an eine norwegische Behördenleiterin.

»Cathrine Monrad, freut mich«, begrüßt sie mich, mit Bergenser Akzent.

»Clara Lofthus.« Ich ergreife ihre Hand. »Freut mich auch sehr, Sie kennenzulernen.« Ein wenig Höflichkeit vorab kann ganz sicher nicht schaden.

»Gratuliere zum neuen Amt.« Sie blickt mich forschend an, als frage sie sich, ob ich mich wohl selbst immer noch dazu beglückwünsche. Dann schaut sie sich um: »Kommt sonst niemand mehr?«

»Nein, wir bleiben heute im kleinen Kreis«, sagt Munch. Er zieht einen Stuhl für sie vom Tisch, geht dann zu seinem Stuhl auf der anderen Seite.

Im Besprechungsraum ist Platz für zwanzig Personen, für drei ist er eigentlich zu groß. Das Gespräch dennoch hier stattfinden zu lassen ist eine Art Herrschaftsgebaren.

Ich wechsle mit ihm auf seine Seite, jetzt sitzen wir Monrad gegenüber.

Eigentlich müsste Mona Falkum jetzt hier sein. Zumindest irgendwer aus der Verwaltung. Ich hatte versucht, das anzubringen, aber Munch stellte sich taub.

Einer unserer früheren Minister hatte bei sämtlichen Terminen Verwaltungsleute dabei. Als er aufhörte, sagte er, das habe ihm immer genutzt. Je mehr Vertrauen er gezeigt habe, mit desto mehr Loyalität sei es ihm gelohnt worden.

Munch hingegen behandelt die Verwaltungsebene immer mehr wie seine Feinde.

»So, Sie machen sich also einen Spaß daraus, meine Äußerungen in den Medien zu kommentieren?«, beginnt Munch. »Während ich noch in dem Glauben lebe, Sie wären mir untergeordnet und Loyalität schuldig?«

»An sich schon, ja«, antwortet sie.

»An sich?«, wiederholt Munch giftig.

Monrad lässt sich Zeit mit ihrer Erwiderung. Gießt sich Wasser ein, mit Kohlensäure. Nimmt einen Schluck aus der Kaffeetasse, stellt sie zurück auf den Tisch.

»Also«, sie seufzt. »Es ist wirklich sehr unglücklich, dass Sie auf diesem Zusammenhang zwischen Bandenkriminalität und den beiden Morden beharren. Es könnte sogar gefährlich sein. Und was Loyalität betrifft: Meine gehört zuallererst der Öffentlichkeit und dem besten Nutzen unseres Landes.«

»Dem besten Nutzen unseres Landes, pfff«, äfft Munch sie nach.

»Ja«, sagt sie. »Wenn Sie sich so in der Öffentlichkeit äußern, dann wirkt es, wie Öl ins Feuer zu gießen. Es schafft unnötig Angst und riskante Situationen, und es ermangelt jeglicher faktischen Grundlage. Die Situation bezüglich der organisierten Kriminalität ist schlimm genug, wir sollten nicht noch dazu beitragen, sie ohne Not zu verschärfen. Ich habe dem Journalisten nach bestem Wissen und Gewissen geantwortet. Es ist meine Pflicht, mich streng an das zu halten, was fachlich korrekt ist. Hätten Sie vorher mit mir Kontakt aufgenommen, hätte ich Sie warnen können.«

»Hätten Sie mich nicht einfach anrufen können?«, fragt Munch.

Jetzt stellt er sich dumm, uns allen dreien ist gleichermaßen klar, dass er sich in derselben Weise geäußert hätte, egal, was sie zuvor gesagt oder getan hätte.

Anton Munch liegt nur an dem, was ihm selbst am meisten Nutzen bringt, er sagt nur, was die Leute hören wollen, oder genauer, was er glaubt, dass *seine Wähler* hören wollen. Die übrige Bevölkerung ist ihm wurst.

So sind sie alle, wenn auch Munch wahrscheinlich noch etwas schlimmer ist als der Durchschnitt.

Es ist ja allgemein akzeptiert, dass Politiker strategische Kommunikation betreiben, also nicht sagen, was sie meinen, sondern das, von dem sie glauben, es zu sagen wäre opportun. Ab einem bestimmten Punkt schlägt strategische Kommunikation aber leider in Lüge um.

All das habe ich all die Jahre lang beobachtet und verachtet. Und jetzt bin ich selbst ein Teil davon, habe mich freiwillig auf diese Seite begeben.

Was habe ich mir nur eingebildet? Dass ich das verändern kann?

»Mein lieber Herr Minister«, sagt Monrad. »Es muss doch unser Ziel sein, keine unnötige Unruhe zu stiften. Da hilft es auch nichts, zum Telefon zu greifen, wenn das Interview bereits gelaufen ist. Da muss die Polizeipräsidentin sich klar äußern. Öffentlich. Und möglichst schnell.«

Typisch für solche selbstbewussten Behördenleiter, über sich selbst in der dritten Person zu sprechen.

»Und da wir schon von Loyalität reden«, fährt sie fort,

»ist es ebenso unglücklich, wenn Sie öffentlich über unsere Behörde herfallen, ohne vorher die geringste Rücksprache mit uns zu halten.«

»Wie auch immer«, meint Munch, »ich verlange jedenfalls absolut, dass meine sämtlichen Untergebenen, ganz egal, was ihnen aus irgendwelchen Gründen ansonsten wichtig sein mag …«

Als er das Wort *Untergebenen* sagt, wende ich mich unauffällig von ihm ab, greife nach meinem Mobiltelefon, das ich auf dem Stuhl neben mir abgelegt habe, und hebe es so an, dass es noch unter der Tischplatte bleibt.

Munch und Monrad starren einander durchdringend an, sie bekommen nicht mit, wie ich das Telefon entsperre und ein paar Tasten drücke.

So. Ich lege es wieder hin.

»… in den Medien Loyalität beweisen. Jederzeit. Bedingungslos.«

Sie messen einander mit Blicken.

»Und es ist ja auch nicht das erste Mal, dass Sie sich so verhalten. Erst jüngst in den Abendnachrichten zum Beispiel.«

Cathrine Monrad schüttelt ihre üppige blonde Mähne und lacht kurz resigniert auf.

»Bei allem Respekt, es kommen zurzeit so viele widersprüchliche Führungssignale, Zielsetzungen und Aufgaben von Ihnen bei uns an, dass kein Mensch mehr sich auf die eigentlichen Aufgaben konzentrieren kann. Das ist ein echtes Problem.«

»Was hat das mit …«

»Was diesen konkreten Fall hier angeht, muss ich Ihren Theorien wie gesagt aus guten Gründen und auch der öffentlichen Sicherheit wegen widersprechen. Wenn der norwegische Staat in Gestalt seines Justizministers behauptet,

Bandenmitglieder stünden hinter diesen Morden, obwohl das nicht stimmt, kann das Folgen haben, die niemand wünscht. Da kann ich nicht einfach den Mund halten, nur um Sie zu decken. Das tun schon genügend andere.«

Stille.

Monrad hat recht. Abgesehen von Mona, der leuchtenden Ausnahme, wagt es ja niemand, dem Minister zu widersprechen. Die Leute fürchten Repressalien. Vor lauter Eifer, den Minister vor Widerstand zu bewahren, versäumen sie es, ihn vor sich selbst zu schützen.

»Cathrine«, sagt Munch leise und deutlich, »wenn Sie so weitermachen, untergraben Sie mein Vertrauen zu Ihnen. Verstehen Sie, was ich sage?«

»Nun …« Monrad wird rot. Zum ersten Mal schaut sie mich an. »Was sagt wohl Ihre neue Staatssekretärin zu dieser Drohung?«, fragt sie, nicht ohne eine gewisse Verachtung in der Stimme.

»Lassen Sie mich zusammenfassen« – Munch ist an einer Antwort von mir nicht interessiert –, »Sie müssen den Stil Ihrer Auftritte in den Medien dringend verändern. Am besten, Sie haben gar keinen eigenen Stil.«

»Meinen Sie das im Ernst?«, fragt Monrad.

»Ja, es ist wirklich nicht Ihr Job, die politisch korrekte Medienhure zu geben.«

Stille. Das Geräusch eines unsichtbaren Glases, das am Boden zerschellt.

»Okay.« Cathrine Monrad steht auf. »Dann ist diese Besprechung beendet.«

Sie nimmt ihren hellen Mantel von der Stuhllehne und legt ihn sich über den Arm, hängt sich die Handtasche über die Schulter und geht, ohne uns noch einmal anzusehen oder uns die Hand zu geben, obwohl wir aufgestanden sind.

In der Tür dreht sie sich noch einmal um.
»Wenn Sie Verbindung zu mir aufgenommen hätten, hätte ich Ihnen berichten können, dass sich ein ethnischer Norweger in Haft befindet und wegen dieser Morde angeklagt werden wird.«
Für eine Sekunde schaut sie mich an. Ich richte mich auf, begegne ihrem Blick, widerstehe dem plötzlichen Wunsch, mich kleinzumachen.
Ich kann ihr ansehen, sie weiß es. Sie könnte es sagen.
Das tut sie aber nicht.
Das Hämmern ihrer Absätze hallt durch den Flur.
»Was sollte das jetzt, verflucht noch mal«, murmelt Munch, während er Stift, Papier und Telefon einsammelt. »Ich muss mal meinen Kontakt anrufen und hören, was da eigentlich läuft.«

Eine halbe Stunde später werde ich zu ihm gerufen.
Starr und verärgert sitzt er hinter seinem Schreibtisch.
»Du lieber Himmel, Clara … stimmt das etwa? Dein Mann soll angeklagt werden? Wegen Doppelmordes?«
»Ja. Aber er ist unschuldig.«
»Da scheinst du dir ja ziemlich sicher zu sein.«
»Glaub mir, das ist ein Irrtum. Er ist bald wieder draußen.«
Er blickt mich forschend an, seufzt.
»Alle haben mich davor gewarnt, dich zur Staatssekretärin zu ernennen, wohl doch nicht ohne Grund. Und viele würden an meiner Stelle jetzt kurzen Prozess machen.«
»Du musst tun, was du tun musst.«
»Das Problem ist nur, auch das würde nicht gut aussehen …«, redet er weiter, wie mit sich selbst. »Vierundzwanzig Stunden, Clara! Wenn er bis dahin wieder auf freiem Fuß ist, vergessen wir das Ganze. Und auch dieses

Gespräch. Wenn aber an der Anklage was dran ist, habe ich keine andere Wahl, das verstehst du wohl.«

Als ich an diesem Nachmittag endlich wieder zu Hause bin, öffne ich die Strava-App.

Ich habe von ihr gewusst, natürlich, die ganze Zeit. Von den anderen auch. Aber ich habe nichts gesagt, und Haavard denkt, ich hätte keine Ahnung. Er hält sich für wahnsinnig schlau, weil er mit ihr weder chattet noch textet, und er weiß nicht, dass ich sein Strava-Konto entdeckt habe. Dabei brauchte ich nur die Listen der Runden zu checken, die er am häufigsten läuft, schon hatte ich ihn. DoctorH.

Und als ich ihn hatte, hatte ich natürlich auch MrsSplendid. Wohl so ziemlich der lächerlichste Profilname, den man sich einfallen lassen kann.

Hat Haavard tatsächlich gedacht, es genügt, wenn sie einander nicht folgen? Wo sie einander ständig Daumen hoch geben und ihre Posts und Fotos kommentieren? Wenn ihre Runden doch ständig übereinstimmen? Und die Herzfrequenzdiagramme zeigen, dass sie gleichzeitig zwanzig bis dreißig Minuten Pause machen?

Aber ich habe die App nicht geöffnet, um weitere Beweise für seine Untreue zu finden, sondern um nachzusehen, was diese verfluchte scheinheilige MrsSplendid abends so treibt.

Ich öffne ihre Laufrouten. Sabiya scheint mehrmals pro Woche genau um 20 Uhr dieselbe Strecke zu laufen.

Jetzt ist es 19 Uhr 35. Zu dem Viertel, wo Sabiya wohnt, brauche ich mit dem Fahrrad eine Viertelstunde.

»Kannst du nach den Jungs schauen?«, frage ich Vater. »Ich mache eine kleine Fahrradtour.«

Wie gut, ihn hier zu haben, ich merke jetzt erst, wie sehr

ich es vermisse, ihn im Alltag um mich zu haben, auch wegen der Jungs.

»Ja, klar«, antwortet er, ich verabschiede mich von den Jungs, die mit ihren iPads daddeln, und springe aufs Fahrrad.

Haavard kann nicht getan haben, was sie ihm vorwerfen.

Und Sabiya hatte eine Pistole in ihrer Schublade. Eine Glock, das hat Haavard erzählt.

Die Opfer sind mit einer Glock erschossen worden, das hat sogar in der Zeitung gestanden.

Sabiya war im Krankenhaus und in Lysebu. Jedes Mal, wenn Haavard in der Nähe der Opfer war, war sie mit ihm zusammen.

Wenn ich Beweise dafür finde, dass Sabiya irgendwas Schmutziges treibt, dann kann ich ihn auf diese Weise vielleicht aus der Haft rausholen.

Nach Cathrine Monrads letzter Bemerkung heute ist mir klar geworden, dass ich schon ziemlich spät dran bin. Möglicherweise erzählt sie auch anderen von Haavard, um Munch zu schaden.

Ich muss mich beeilen.

Keine zwanzig Minuten später stehe ich in dem Wäldchen, das an ihren Garten grenzt. Ein gepflegter Rasen, er sieht aus wie gerade eben ausgerollt. Ganz anders als unsere anarchische Wiese. Grau gebeizte Holzterrasse, weiße und rosa Margeriten in großen Töpfen. Das weiße Haus ebenfalls frisch gebeizt oder gestrichen. Große Fenster.

Ich kann ins Wohnzimmer reinschauen. Hell, luftig, aufgeräumt.

Erfolgreiche, gut integrierte Einwanderer von Sabiyas Schlag wollen nicht mehr in den Vierteln im Osten der Stadt wohnen, wo sie aufgewachsen sind, die erinnern sie zu sehr an die überfüllten, nach Garam Masala stinkenden Behausungen ihrer Kindheit.

Nein, so Typen wie sie wohnen in modernen, geräumigen Einfamilienhäusern oder Reihenhäusern am Stadtrand.

Sabiya selbstverständlich auch.

Da kommt sie ins Wohnzimmer. Enge schwarze Jeans, ein weißes Seidentop. Sie nimmt eine Decke vom Sofa, faltet sie zusammen. Sammelt Spielzeug vom Boden auf. Geht raus, kommt wieder rein, setzt sich hin, das Telefon in der Hand, steht wieder auf.

Ihr Mann kommt rein, sie stehen mitten im Zimmer und reden miteinander. Weiß er von Haavard und ihrem Liebesnest oben im Wald? Oder von der Pistole in ihrer Schublade? Wohl kaum.

Einen kleinen Moment lang würde ich am liebsten reingehen und ihm alles erzählen. Aber jetzt ist es nicht so wichtig, Sabiya zu Hause Ärger zu machen, sondern sie mit den Morden in Verbindung zu bringen.

Wieder geht sie raus. Als sie zurückkommt, trägt sie eng anliegendes schwarzes Sportzeug, eine dünne Kapuzenjacke. Sie nickt ihrem Mann zu, verschwindet.

Ich ziehe mich zwischen den Bäumen zurück.

Kurz darauf kommt sie hinter dem Haus hervor, ihre Schuhe knirschen auf dem weißen Kies, wo auch die beiden Wagen der Familie stehen. Ein weißer Tesla, frisch gewaschen, blitzend. Und ein kleiner E-BMW, ebenso weiß. Schicke Autos, schickes Haus, die müssen beide gut verdienen.

Alles wirkt perfekt.

40 – *Susanne*

Mama, Mama, Mama, heult er, er denkt wohl, dass ich dann aufhöre, aber ich schlage seinen Kopf nur umso fester auf den Boden. Vielleicht hören das die unten drunter, ich scheiß drauf, obwohl ich ziemlich sicher bin, dass sie die Leute vom Jugendamt alarmiert haben, die danach hier rumgeschnüffelt haben.

Wenn sie mich auf Droge antreffen oder beweisen können, dass ich die Kinder schlage, müssen sie sie mir wegnehmen, das habe ich bis jetzt vermeiden können, denn ich bin schlauer als sie, schlauer, als die Leute es mir zutrauen. Die Leute halten mich für dumm, weil ich so aussehe, mit der ganzen Schminke und dem Botox, mit den Haaren und Kleidern. Bin ich aber nicht.

Ich bin nur nicht so wie sie.

»Mama, hör auf!«, ruft seine Schwester, zerrt an mir. »Das darfst du nicht, hör auf! Nein! Nein!«

Ich drehe mich um und wische ihr eine, dass sie auf den Boden fällt. Verfluchte Scheißgören, ich klemme mir eins unter jeden Arm, trage sie die Treppe hoch.

Die Schritte hallen auf den Stufen, sie heulen beide, aber ich mache den Verschlag auf und schleudere sie rein, mache wieder zu, hänge den Haken vor. Da drin sind Matratzen, da können sie spielen oder schlafen, Kekse sind auch da, die können sie essen. Und die Kammer ist schallisoliert. Der

Vormieter hat sie wohl als Kino benutzt, Pornos geschaut und so.

Der Typ, der grade da ist, ist unruhig, es gibt keinen Schnaps mehr im Haus, er will in die Stadt, noch Koks besorgen. Ich sage, ja, ich fahre ihn, so viel getrunken habe ich noch nicht, und auf die Weise werd ich ihn wenigstens los.

Als ich wieder nach Hause komme, höre ich Schläge. Verdammte Scheiße, was machen die denn. Ich trampel die Treppe hoch, in meinem Kopf kocht es schon wieder. Ich mache die Tür auf, und grässlicher Gestank schlägt mir entgegen.

Der Junge hat sich in die Windeln geschissen und reingefasst, alles ist voller Kacke, seine Hand und die Wand, die Matratze und seine Schwester.

»Verfluchte Scheißgören!« Ich schmeiße die Tür wieder zu, gehe ins Bad, lasse Wasser in die Wanne, ziehe mich aus und hänge die Kleider an den Haken an der Tür.

Dann hole ich das weiße Pulver aus meinem Versteck, schütte es auf den kleinen Spiegel.

Ich hab ihm gesagt, ich hätte nichts mehr. Wollte es nicht mit ihm teilen, mit niemandem. Den Spiegel lege ich vorsichtig auf den Rand der Badewanne.

Ich gehe noch mal runter, hole mir ein Glas Rosé aus dem Kühlschrank, er ist teuer, den wollte ich auch nicht teilen.

Wieder oben im Bad, stelle ich das Glas neben den kleinen Spiegel und lege mich vorsichtig ins Wasser. Wahrscheinlich schlafe ich ein, ich werde in der Wanne immer so dösig.

Etwas knarrt im Haus, das muss der Wind sein.

Ich lehne mich zurück, mache ein Selfie, schicke es ein paar Friends, aber jedenfalls nicht dem Typen, der vorhin hier war. Eigentlich hoffe ich, der kommt nie wieder. Zu kleiner Schwanz, zu wenig Geld, zu wenig Grips. Nur sein Selbstvertrauen, das ist riesig.

Langsam breitet sich die Wärme in meinem Körper aus, aber auf der Haut, die nicht im Wasser ist, spüre ich einen Luftzug von der Tür her. Wahrscheinlich hab ich sie nicht richtig zugemacht. Sollte aufstehen und das nachholen, aber ich will jetzt nicht aus dem warmen Wasser raus.

Ich drehe mich zur Tür, will nachschauen, wie weit sie auf ist.

Da sehe ich sie.

Eine fremde Frau, schwarze Jogginghose und schwarze Kapuzenjacke, sie steht ganz still in meiner Badezimmertür.

Wie ist sie hier reingekommen? Was will sie?

Ich will schreien, aber sie legt den Zeigefinger auf die Lippen, nickt nach hinten in den Flur.

»Pssst«, sagt sie. »Dich kann sowieso niemand hören.«

Ich sage nichts. Versuche, mich hinzusetzen. Das Wasser schwappt. Ich habe die Badewanne zu voll gemacht. Es läuft was auf den Boden. Die Frau kommt auf mich zu.

Jetzt müsste ich aufstehen, auf sie losgehen, sie zu Boden werfen, was auch immer, aber ich schaffe es nicht. Kann nicht mal klar denken.

»Wer bist du?«, frage ich, ich flüstere, als ob ich sie nicht reizen wollte. »Was willst du hier?«

»Ich bin hier, um dich kaltzumachen.« Sie spricht leise, mit heiserer Stimme, sie klingt fremd, ist nicht von hier.

Jetzt spüre ich etwas Kaltes an der Schläfe. Metall.

Eine Pistole.

»Du, hör mal«, sage ich, schiebe mich ein paar Zentimeter hoch, sie stoppt mich, presst mir den Lauf der Pistole fester an die Schläfe. Ich schiele schräg zu ihr hoch, halte den Kopf still. »Ich hab keine Ahnung, wer du bist. Was willst du? Lass uns einfach über alles reden …«

»Das ist für die beiden«, wieder nickt sie in Richtung des Verschlags.

»Für die Kinder?« Ich habe eine Fistelstimme. »Warum denn?«

»Damit ihnen das hier in Zukunft erspart bleibt. Es ist Zeit, dass sie dich loswerden.« Jetzt beugt sie sich zu mir vor.

Sie ist schön. Ihre Augen sind elegant geschminkt.

Und sie sind sehr blau. So blaue Augen habe ich noch nie gesehen.

»Und für Lars«, sagt sie.

Teil 3

41 – *Haavard*

»Willigt der Verhaftete in vierwöchige Untersuchungshaft ein, wie beantragt, oder ersucht er um Entlassung?«

»Ich bitte um Entlassung.« Ich muss mich räuspern, meine Stimme ist belegt.

»Möchte der Verhaftete eine Erklärung abgeben?«

»Ja.«

Bei einem Haftprüfungstermin liegen dem Ermittlungsrichter sämtliche Unterlagen des Falls vor, hat Christian erklärt.

Der Verhaftete, jetzt also ich, gibt keine neue eingehende Erklärung ab, sondern bestätigt üblicherweise seine bisherigen gegenüber der Polizei abgegebenen Aussagen. Danach verliest der Richter das polizeiliche Protokoll und fragt, ob der Verhaftete dieses als seine rechtliche Erklärung anerkennt.

Der Staatsanwalt erhält das Wort, um seinen Antrag zu begründen, danach kann die Verteidigung ihren Antrag auf Entlassung erläutern, falls der Verhaftete das wünscht.

Schließlich zieht sich der Richter zur Entscheidungsfindung zurück, deren Ergebnis dann verlesen wird.

Der Verhaftete kann dieses Ergebnis annehmen, dagegen Einspruch einlegen oder um Bedenkzeit bitten.

All das weiß ich noch aus dem sinnlosen ersten Jahr an der juristischen Fakultät, bevor ich dort abbrach. Bei Gerichtsbesuchen verfolgten wir tagelang solche Haftprüfungstermine.

Christian hat beantragt, dass der Termin aus Rücksicht auf die Privatsphäre des Verhafteten als geschlossene Sitzung abgehalten wird, allerdings ohne Erfolg, so etwas scheint selten zu sein. Ich sehe mich nervös um. Zum Glück sind weder Presseleute noch Bekannte zu sehen, Christian hat mit Vater und Clara abgesprochen, dass sie nicht teilnehmen, um nicht weitere Aufmerksamkeit zu erregen.

Das passt beiden sicher gut.

Wie ich sehe, sind Elin und Morten anwesend. Die Ermittler nehmen üblicherweise nicht am Gerichtstermin teil, nur bei größeren Fällen, hat Christian erklärt.

Allmählich geht mir auf, dass das hier ein größerer Fall ist.

»Mit Hinblick auf die Schwere der angeklagten Verbrechen, auf die Gefahr von Beweisvernichtung und Wiederholungsgefahr ist es aus polizeilicher Sicht notwendig, eine vierwöchige Haft mit Brief- und Besuchsverbot zu verlangen«, referiert der Richter den Antrag der Staatsanwaltschaft.

Vor eineinhalb Stunden wurde ich mit dem Polizeiwagen zum Gerichtsgebäude gebracht und dort in eine der Zellen im Keller geführt, wo ich Christian nur kurz sprechen konnte. Er hatte gerade erst die Unterlagen erhalten, offenbar ist das so üblich. Nach dem Gespräch wurde ich in den Verhandlungssaal gebracht.

Den guten alten Christian Ferner-Hansen zu sehen, ist eine solche Erleichterung, dass ich einen dicken Kloß im Hals runterschlucken muss.

Sicherlich ist er vom Ivar Aasens Vei hierhergeradelt. Ein paar Mal habe ich ihn auf dem Rad durch die Stadt fahren sehen, ohne dass er mich bemerkte. Jedes Mal ein rührender

Anblick. Christian wirkt wie eine Urkraft, wenn er so mit wehenden Mantelschößen auf dem alten Fahrrad daherschießt, den Fahrtwind in seiner dicken grauen Mähne.

Vor einem Jahr hatte er sich mehr oder weniger zurückgezogen, macht seitdem wohl noch längere Wanderungen durch die Wälder um die Stadt herum, das Puttedal hinauf oder vom Fyllingen-Hof hinaus, zum Kikuttoppen mit seiner Aussicht südwärts über den Bjørnsjø, Apelsinhaugen, das Tryvann und an klaren Tagen auch auf ein Stückchen vom Oslofjord.

Jetzt hat er seine Waffen entrostet und ist zurückgekehrt, um mich zu retten. Und ich sollte hier nicht sitzen und von Wandertouren tagträumen.

Der Staatsanwalt hat eine Zusammenfassung des Falls und den Haftantrag dabei, der Richter verliest das alles.

All diese leeren Formeln, die ich mir vor zwanzig Jahren an der Uni zu Gemüte geführt und schon als Kind unter Vaters Schreibtisch gehört hatte, haben jetzt, da sie mir gelten, meinem Leben, meiner Zukunft, einen ganz anderen Klang.

Der Richter weist auf den Ernst des Falls hin, darauf, dass die Ermittlungen sich noch in einem frühen Stadium befinden und Untersuchungshaft daher notwendig erscheine, vor allem wegen der Gefahr von Beweisvernichtung. Werde der Verhaftete entlassen, könnte er Kontakt zu Zeugen aufnehmen und versuchen, sie zu beeinflussen.

Ich werde auf meinem Sitz immer kleiner.

Das Gefühl von Unwirklichkeit wächst dafür immer mehr. Meine Schläfen hämmern, ich trinke einen Schluck Wasser aus dem Glas, das sie vor mich hingestellt haben. Ich habe nichts gegessen, zu wenig getrunken, allmählich fühle ich mich dehydriert und kraftlos. Jede Bewegung eine Anstrengung.

Die geballten Indizien gegen mich wirken insgesamt ziemlich beeindruckend.

Meine dummen kleinen Lügen bilden einen harten Knoten, den ich nicht aufzulösen vermag.

Und das Schlimmste: Ich weiß nicht mal mehr, was wahr ist und was nicht, alles hat sich zu einem großen Knäuel zusammengeballt.

42 – *Clara*

Drei Wochen zuvor

Es ist erst der 10. Mai, trotzdem haben wir schon den ersten Sommertag.

Als es abends endlich etwas kühler ist, sitze ich zu Hause im mittleren Zimmer auf dem Sofa, den Laptop im Schoß, lese Mails, versuche, Listen zu machen, was ich weiter unternehmen will. Es geht zäh.

Munch hat meinen Gesetzesvorschlag eingefroren.

Vater hatte einen Schlaganfall.

Alles geht zum Teufel.

Das Mobiltelefon neben mir blinkt.

Haavard mobil, steht da, sogar mit zwei Herzen daneben, einer der Jungs hat das eingerichtet, ich muss zusehen, dass ich die mal lösche.

Ich melde mich: »Ja?«

Erst ist es ein paar Sekunden still.

»Haavard?«

Er räuspert sich:

»Clara, könntest du mal nachschauen, ob die Jungs gut schlafen?«

»Also wirklich, Haavard«, sage ich.

Dann erzählt er von dem toten kleinen Jungen und dem Typ im blauen Chelsea-Sweatshirt, der gerade zum Gebetsraum geht.

Ich schaue nach den Jungs.

Nikolai liegt auf dem Bauch, heute hat er nichts an als seine Unterhose, ein grünes Ding mit Dinosauriern drauf. Auf einer am Boden liegenden Matratze schläft Andreas. Er hat ein eigenes Zimmer, schläft aber lieber bei seinem Bruder, eigentlich könnten wir sein Bett hier rüberstellen. Er schläft immer noch im Schlafanzug, einem grauen, verwaschenen Kapitän Säbelzahn-Teil, das mit Totenköpfen verziert ist.

Sie schlafen jetzt tief, nichts könnte sie wecken.

Ich sage es Haavard. Wir legen auf.

Vier Jahre.

Nur ein klein wenig jünger, als Lars damals war. So klein und so groß. Einer, der schon so viel versteht und doch erst so wenig.

Was solche Verletzungen angeht, da habe ich zahlreiche Berichte und Darstellungen gelesen, dass ich den kleinen Körper vor mir sehe, gar nicht viel anders als die beiden, die oben schlafen, nicht anders als Lars damals, nur etwas dunkler und kleiner.

Ein kleiner Körper, der immer nur erduldet, erleidet, aushält, der glaubt, so sei das Leben eben.

Ein kleiner Körper, der seine Eltern liebt, der glaubt, es sei seine Schuld, wenn jemand ihm etwas Derartiges antut.

Bilder rasen vor meinen Augen vorbei. Dinge, die ich nicht sehen will. Vater blickt auf Lars in der rosa Wanne, er ruft nach mir.

Ich gehe hin. Und sehe. Und begreife.

Es ist nicht auszuhalten.

Da entscheide ich mich.

Das Zeitfenster ist nur klein. Bei den Jungs war ich grade drin, sinnlos, gleich noch mal reinzuschauen.

Schnell gehe ich in Haavards affiges Arbeitszimmer und

hole die Ersatzschlüsselkarte, die er dort aufbewahrt. Ihr Code ist derselbe, den er überall verwendet, das Geburtsdatum unserer Jungs. 2205. Unten im Flur schalte ich die Alarmanlage an, schließe ab, gehe zu meinem Fahrrad.

Nur vier Minuten, nachdem ich den Hörer aufgelegt habe, rollen meine Reifen knirschend über den Kies unserer Ausfahrt.

In mir arbeitet jetzt eine Wut, die wie eine Feuerkugel glüht, eigentlich habe ich sie schon immer in mir, aber sie hat geruht.

Jetzt ist sie wieder voll erglüht.

Jetzt, etwas später am Abend, ist die Luft kühl, gesättigt mit dem Duft von Traubenkirschen, Spieren und dem ersten Flieder, so früh im Jahr.

Richtig dunkel ist es noch nicht, das wird es jetzt auch fast nicht mehr.

Ich fahre, so schnell ich kann. Es herrscht wenig Verkehr, nicht viele Leute sind unterwegs. Ich versuche, inwieweit ich beim Radfahren meine Atemübungen machen kann. Optimal ist es nicht, aber zu mehr habe ich keine Zeit.

Beim Krankenhaus angelangt, fahre ich ins Parkhaus, stelle das Fahrrad dort ab.

In einem Flur steht ein großer Rollwagen mit Dienstkleidung, die offensichtlich aus der Wäscherei kommt. Ich schlüpfe in einen Kittel und eine Hose, so falle ich weniger auf, jetzt ist ja nirgends mehr Besuchszeit. In allen Fluren stehen Körbe, die schmutzige Wäsche wandert da rein, ich habe es schon oft gesehen, wenn die Kinder und ich hier bei Haavard waren. Das wird dann alles gekocht.

Über die Hintertreppe komme ich in den dritten Stock, wo sein Büro liegt, ohne dass ich bei der Rezeption vorbeimuss. Haavard hat schon darüber geklagt, dass es im Krankenhaus keine Videoüberwachung gibt, die Mitarbeiter vermissen das, wenn aggressive Patienten oder Angehörige auftauchen. Falls sie aber mittlerweile eine installiert haben sollten, dann zuallererst an der Rezeption.

Der Bürotrakt ist unbeleuchtet. Jetzt, um diese Zeit, arbeitet hier nie jemand, auch wenn in den Etagen darunter lebhaftes Treiben herrscht. Ich streife mir Einmalhandschuhe über, ziehe an der dritten Tür von links die Karte durch das Lesegerät, gebe den Code ein, öffne die Tür, lasse das Licht aber aus, sondern benutze die Taschenlampe des Handys.

Haavards Büro ist nichts weiter als eine schmale Zelle, ganz ähnlich denen im Ministerium. Ein Schreibtisch mit zwei Arbeitsplätzen, PC, Keyboard, Papier. Ich erkenne sofort Haavards Chaos. Der Schreibtisch von Sabiya, der Ehebrecherin, ist aufgeräumt. Ein Foto steht darauf, Sabiya, ihr Mann und drei dunkelhaarige Kinder, ich erkenne sie von der Startseite ihres Facebook-Profils wieder.

Zwischen den beiden Plätzen beginnt dann schon Haavards Unordnung, unter anderem liegt da ein Skalpell mit mintgrünem Griff, so eins, wie sie auch bei uns zu Hause rumliegen. Ich stecke es in die Tasche, wer weiß, wofür ich es brauchen kann. Außerdem nehme ich noch eine kleine rosa Haarbürste an mich, beinahe Kindergröße, zwischen den Borsten hängt eine dicke Schicht dunkler Haare.

Jetzt stehe ich vor dem Schubladencontainer unter Sabiyas Teil des Schreibtischs.

Es heißt ja, wes das Herz voll ist, des geht der Mund über, und eine etwas perverse Form davon hatten wir letzten Winter, als Haavard mir eines Abends von der armen Sabiya erzählen musste, der klügsten und hellsten von allen, die so furchtbar von ihrem schrecklichen Mann unterdrückt wird.

»Und weißt du was?«, fragte er nach einem langen Monolog.

»Nein, was denn?«

Wie erwartet, langte das schon, damit es weiter aus ihm raussprudelte.

»Aber du musst mir versprechen, dass du niemandem davon erzählst …«

»Du lieber Himmel, bitte erspare mir …«

»Also, nach dem Leukämiekurs, als wir noch zusammensaßen und besprachen, wie das alles gelaufen war, wir wollten eigentlich nach Hause, mussten aber erst ein bisschen runterkommen nach den Eltern und den vielen Fragen und …«

»Komm zur Sache.«

Er schaute mich verletzt an, wie immer, wenn ich das sage.

»Ja, auf einmal zieht sie eine Pistole mit Schalldämpfer aus der Schublade, und …«

»Eine Pistole?«, unterbrach ich ihn, wirklich überrascht.

»Ja, eine Pistole. Ich glaube, eine Glock. Und zielt auf mich.«

»Hat sie keine Angst, dass die jemand findet?«

»Die Schublade ist natürlich abgeschlossen. Aber der Schlüssel liegt ganz oben im Bücherregal.«

Warum hatte er mir das alles seinerzeit erzählt? War er sich derart sicher, dass ich nichts von seiner Geliebten wusste? Dachte er, so was würden treue Männer ihren Frauen von ihren Kolleginnen erzählen?

Dann hatte er das noch mit dem eifersüchtigen Ehemann erklärt und betont, er habe Sabiya aufgefordert, die Waffe aus dem Büro zu entfernen, und dass sie untereinander darüber mit dem Begriff »das Tier« sprächen.

Später habe ich nicht mehr nachgefragt, und er hat es nicht

mehr erwähnt. Aber ich glaube, er hat sich nicht getraut, irgendwas von seiner ach so tollen Freundin zu verlangen.

Ich denke, die Pistole ist noch immer dort, falls die Frau sie nicht von sich aus woandershin getan hat.

Ich fasse an die Schubladen. Alle abgesperrt.

Dann greife ich auf das oberste Brett des Bücherregals, wer weiß, ob der Schlüssel immer noch dort liegt. Doch, ja, da ist er, ein wenig nach hinten verschoben.

Dann schließe ich die Schubladen unter dem aufgeräumten Schreibtisch mit dem Foto der glücklichen kleinen Familie auf.

Nichts in der obersten. Auch in der zweiten nichts.

Aber da, in der dritten, unter dem Ausdruck einer Powerpoint-Präsentation, zwischen Zahnstochern und Büroklammern, Quittungen und Perlenketten, die sicher ihre Kinder gebastelt haben – sie hat ihre ganze Unordnung in die Schubladen verbannt –, da liegt sie. Eine Pistole mit Schalldämpfer.

Ich nehme sie, checke das Magazin, schiebe sie mir hinter den Hosenbund, ziehe den Pullover darüber, knalle die Schubladen zu und sperre sie ab, lege den Schlüssel wieder an seinen Platz.

Dann gehe ich in den Flur.

Seit Haavards Anruf sind erst dreiundzwanzig Minuten vergangen, neunzehn, seit ich zu Hause losgefahren bin. Aber der Mann mit dem Chelsea-Sweatshirt ist mit seinem Gebet vielleicht längst fertig.

Alles steht und fällt damit, dass ich den Gebetsraum rechtzeitig erreiche.

Ich habe mal gehört, wie ein Musiker erzählte, er müsse sich gewissermaßen auf null stellen, zu einem Nichts werden, um sein Instrument zu spielen. Erst dann könne die

Musik durch ihn hindurchströmen, erst dann sei er nur noch etwas, durch das die Musik sich verwirklicht.

Manchmal, wenn beim Laufen draußen alles stimmt und ich in den richtigen Fluss komme, dann vergesse ich tatsächlich, dass ich ein laufender Körper bin.

Ich mach einfach weiter.

Und jetzt bin ich es, ein bebendes Nichts, in dessen Mitte eine Feuerkugel glüht und es vorantreibt, auf sein Ziel zu. In den Keller. Durch das Parkhaus. Nach rechts. Zurück über das schäbige Krankenhausgelände mit dem Raucherverschlag, der aussieht wie das Wartehäuschen an einer Busstation. Zu der blauen Tür, die Haavard mir einmal gezeigt hat, dem Eingang zum muslimischen Gebetsraum.

Das Skalpell in meiner Tasche wäre geräuschlos. Ein Vorteil. Aber dann riskiere ich ein Handgemenge mit dem Typen. Besser die Pistole. Ich nehme sie, halte sie mit beiden Händen dicht am Körper, drücke die Türklinke mit dem Ellbogen runter und schiebe die Tür mit der Schulter auf.

Jetzt muss ich schnell sein. Und muss hoffen, dass der Schalldämpfer funktioniert.

Der Raum ist nicht mehr als zehn Quadratmeter groß.

Auf einem Gebetsteppich kniet ein Typ in blauem Chelsea-Sweatshirt, mit dem Rücken zu mir. Ich höre ihn murmeln.

Astaghfirullah.

Astaghfirullah.

Astaghfirullah.

Ich lasse die Tür hinter mir ins Schloss gleiten.

Er dreht sich um, will nachschauen, wer da kommt.

Sein Blick. Zuerst gestört. Dann verblüfft. Und dann voller Angst.

Ich mache drei Schritte auf ihn zu, die Glock im Anschlag.

»Was zum Teufel …«, fragt er.

»Das ist für deinen kleinen Sohn«, sage ich. »Und für deine anderen Kinder. Und für Lars.«

Dann drücke ich ab.

Aus der Mündung der Pistole schießt eine orange Flamme, ich höre einen halblauten Knall. Offenbar habe ich ihn in die Seite getroffen. Er will von mir wegkriechen.

Noch einmal drücke ich ab.

Ein Treffer im Rücken. Aber er bewegt sich immer noch. Ich gehe hin, greife seinen Arm, drehe ihn auf den Rücken und schieße ihn aus geringer Entfernung in die Herzgegend.

Sein Blick erlischt.

Für ein paar Sekunden weichen alle Wut und Erregung einer Art kleiner, sprudelnder Freude, wie Bläschen in einem Champagnerglas, einer Freude, wie ich sie noch nie empfunden habe, jedenfalls seit dreißig Jahren nicht mehr.

Eine glasklare, stumme Sekunde, dann setzt meine Alarmbereitschaft ein.

Hier darf ich nicht bleiben.

Zwei von den Patronenhülsen sammle ich auf, die dritte ist nicht zu sehen, zum Suchen habe ich keine Zeit.

Der dritte Schuss hat ein dunkles Loch in seinem Shirt hinterlassen. Insgesamt ist aber erstaunlich wenig Blut geflossen. Ich bücke mich, hebe das Shirt an. Dicker Bauch, schwarze Behaarung. Und wo die Kugel eingetreten ist, eine Art Kuhle wie in einem Donut, gefüllt mit blauroter Flüssigkeit.

Was das wohl für Patronen sind?

Ich stecke mir die Pistole wieder in den Hosenbund, mir ist fast, als hätte sie einen Herzschlag, als würde sie pochen und brennen. Dann gehe ich durch die blaue Tür zurück in Richtung Kinderstation.

Wie alle anderen Gefühle ist auch Angst vor allem eine Illusion.

Ich war dumm, das Fahrrad ins Parkhaus zu stellen, ich laufe nicht gerne schon wieder über das Gelände, aber das Fahrrad muss ich mitnehmen.

Mit der Karte verschaffe ich mir wieder Einlass ins Haus, ziehe Kittel und Hose aus, werfe sie in einen der Wäschekörbe, gehe zur Tiefgarage.

Als ich das Fahrrad in aller Ruhe rausschiebe, liegt alles noch genauso still und ungestört da.

Zehn Minuten später rolle ich zu Hause durch die Einfahrt. Erst im Haus ziehe ich die Einmalhandschuhe aus, schneide sie klein und spüle sie im Klo weg.

Die Jungs schlafen noch in derselben Position wie vor einer Stunde. Ich mache das Fenster weit auf, lasse frische Luft rein, beuge mich über sie und küsse sie beide.

In der Tür drehe ich mich um.

»Gute Nacht«, flüstere ich.

Dann suche ich ein Versteck für Sabiyas Glock 17.

43 – *Haavard*

Jetzt ist der Staatsanwalt an der Reihe. Noch einmal legt er die Indizienkette dar, die mich mit den Morden und Tatorten in Verbindung bringt. Mir ist übel, so unwohl, als hätte ich einen Kater und würde mit verbundenen Augen sehr schnell über eine Straße voller Serpentinen gefahren.

Auf mich wirkt der Richter bei jedem Punkt, der vorgetragen wird, überzeugter.

Ich bin erledigt. Ich bin Per Liland und Fredrik Fasting Torgersen, die beiden berühmten zu Unrecht zu lebenslänglich Verurteilten, ich bin Harrison Ford in *Auf der Flucht*.

Dann ist endlich Christian an der Reihe. Er ist das ganze Jahr über braun gebrannt. Sehnig und schlank. Er lebt gesund, abgesehen von dem abendlichen Glas Wein mit Jenny auf der Terrasse oder im Wintergarten.

Er lässt sich alle Zeit der Welt.

»Wir Menschen sind so gemacht, dass unser Gehirn, sobald wir einen Schluss gezogen haben, nur noch nach Ursachen sucht, die diesen Schluss unterstützen, unabhängig davon, ob dieser eigentlich zutrifft oder nicht«, beginnt er.

»Der Begriff *Bestätigungsfalle* ist bei den Verteidigern unseres Landes bekannt. Normalerweise würde ich ihn nicht zu einem derart frühen Zeitpunkt eines Prozesses anführen, doch in diesem Fall ist es schon auffällig, dass dieses Phänomen bereits während der Ermittlungsarbeit gegriffen und zu einer sehr einseitigen Ausrichtung geführt hat. Es wurde nur noch nach Bestätigungen für die einmal gefasste Meinung gesucht. Während der Ermittlungsarbeit hat es einige gravierende Fehler gegeben. Unter anderem forderte die Polizei meinen Mandanten auf, den Gebetsraum zu betreten und das Opfer zu identifizieren, bevor der Tatort von den Kriminaltechnikern freigegeben war, ein eklatanter fachlicher Fehler. Aber damit wollen wir uns nicht aufhalten. Es gibt noch genügend andere Punkte.«

Die Anwesenden atmen fast unhörbar überrascht ein.

»Die Polizei hält den Verhafteten also für schuldig. Sie hat eine Indizienkette vorgelegt. Was eigentlich sagt diese aus? Zunächst, dass der Verhaftete gegenüber Kindesmisshandlern Hass und Verachtung empfindet, das ist nachgewiesen durch eine Mail vom 16. Mai 2018. Wollten wir sämtliche Norweger verhaften, die diese Meinung teilen, so würde in unseren Gefängnissen rasch einiges Gedränge herrschen …«

»Bitte bleiben Sie bei der Sache«, mahnt der Richter.

»Verzeihen Sie, Herr Richter. Des Weiteren führt die Anklage aus, Haavard Fougner habe seine Aussage bezüglich seines Aufenthaltsortes zu beiden Tatzeitpunkten korrigiert. Das wirkt in der Tat scheinbar auffällig, jedoch nur, solange man nicht bedenkt, dass private Umstände der Grund dafür waren. Zu außerehelichen Beziehungen kann man stehen, wie man will, aber Gott bewahre, ich will doch meinen, dass ich nicht nur für mich spreche, wenn ich sage, dass diese Meinungen rechtlich nicht relevant sind.«

Christian dreht eine Runde im Gerichtssaal. Sein Talar weht.

»Nun zur Waffe. Von Sabiya Rana erfährt Fougner, dass sie eine Schusswaffe besitzt und im gemeinsamen Büro verwahrt. Hätte er das melden sollen? Ja! Im Lichte der heutigen Kenntnisse jedenfalls. Er tat es aber nicht, und zwar aus demselben Grund, aus dem er von seinem Verhältnis mit der Rana nichts berichtete – wegen seiner ausgeprägten Loyalität. Macht das Wissen um diese Schusswaffe ihn zum Mörder? Nein und nochmals nein. Es liegt nicht der geringste technische Beweis vor. Seine DNS ist an keinem der beiden Tatorte nachgewiesen worden, ebenso wenig an der Tatwaffe, die schließlich nicht vorliegt. Es bleibt nur der Schluss, dass er mit großer Wahrscheinlichkeit nicht für diese Taten verurteilt werden wird. Ich erinnere daran, dass die Vorschriften für Untersuchungshaft explizit verlangen, die Wahrscheinlichkeit, dass der Betreffende am Ende verurteilt wird, müsse deutlich größer sein als das Gegenteil.«

Der alte Fuchs atmet tief durch.

Ich fühle mich erleichtert, bin aber alles andere als sicher, dass das schon genügt hat.

44 – *Clara*

Seitdem hat die Glock hinter einem Tragbalken auf dem alten Kriechboden in unserem Haus gelegen, neben Vogelskeletten und Zeitungen aus der Zeit von 1912.

Jetzt kommt das zweite Mal. Und alles ist anders, viel besser geplant.

Mir gefällt der Gedanke, dass auch ich Sabiya etwas weggenommen habe.

Ich habe nachgelesen und herausgefunden, dass die Glock 17 einerseits beim Militär verwendet wird, aber auch bei zivilen Schützen beliebt ist als zuverlässige und relativ preiswerte Waffe.

Gar nicht wenige Exemplare sind im Laufe der Jahre auf Abwege geraten, durch Diebstahl aus dem Lager des Heeres, von Privatleuten oder aus Waffenläden. Im Hinblick auf meine weiteren Pläne hoffe ich allerdings, dass diese Pistole nach allen Regeln der Kunst registriert ist, am besten auf Sabiya selbst.

Die Munition ist neun Millimeter, wie auch die Polizei sie verwendet. Ohne Waffenschein kann man keine Munition kaufen. Ich habe keinen. Auf dem Schwarzmarkt gibt es natürlich auch welche, illegal. Das ist mir aber beides zu riskant. Ich muss mit den Patronen auskommen, die noch im Magazin stecken, das sollte für einige Zeit reichen, es war voll, als ich die Glock aus der Schublade nahm.

Im Gebetsraum habe ich drei Schuss abgefeuert. Jetzt sind noch vierzehn übrig.

Federal Hydra-Shok, so heißt diese Munition. Sie ist teuer.

All das habe ich in einem zufällig gewählten Internetcafé im Hauptbahnhof von Oslo im Netz recherchiert. Das zu Hause oder bei der Arbeit zu tun, kam nicht infrage.

Melika Omid Carter ist eine denkbare nächste Kandidatin auf Haavards Liste, die ich fand, als ich mich am Morgen vor der Fahrt nach Westnorwegen in seinen PC zu Hause einloggte; ich hatte bemerkt, dass er irgendwas laufen hatte, wollte wissen, was das war.

Die Liste lernte ich auswendig, so gut ich konnte, schrieb die Namen auf ein Post-it und versteckte es bei der Waffe auf dem Dachboden.

Da Carter auch Einwanderin ist, werden die Leute glauben, es gehe darum, und das sollen sie vorerst gerne denken. Wegen ihrer Abstammung ist sie schließlich ähnlich wie Ahmad auch näher an Sabiya dran.

Als ich vor einer Weile in *Dagens Næringsliv* etwas über Carter las, fand ich sie in mehrerlei Hinsicht sehr imponierend. Tough. Knallhart. Aber Haavards Aufzeichnungen zeigen auch, dass die Frau eine Verbrecherin ist.

Laut Krankenbericht wiesen ihre Kinder zahllose Spuren von Peitschenhieben auf, außerdem soll sie ihre Körper und Zungen mit glühenden Löffeln verbrannt haben. Es ist unglaublich, dass sie immer noch mit ihr zusammenleben.

Dass Haavard solche Listen anlegt, bringt überhaupt nichts.

Das Einzige, was etwas bringt, das ist etwas zu *tun*, und das habe ich in Ullevål getan, jetzt werde ich es wieder machen.

Melika gibt jeden Monat einen Kurs in Lysebu. In ihrem Blog lobt sie die Qualität von Zimmern und Essen und schildert, dass sie immer schon am Abend zuvor dort einzieht, ein dreigängiges Menü aus ausgesuchten Zutaten mit Blick auf Baumwipfel und die Stadt weit unten genießt, um dann gegen 23 Uhr in dem schönen Pool, wo sie meist allein ist, ihre zweitausend Meter zu schwimmen.

Und das Beste von allem: Den nächsten Kurs gibt sie ausgerechnet dann, wenn Haavard und Sabiya auch in Lysebu sind.

Im Juni wird Minister Munch Lysebu zu einer Konferenz besuchen. Seine Security-Leute haben die Infrastruktur dort überprüft und gemeldet, es gebe nur gleich neben dem Eingang eine einzige Kamera. Die werde ich umgehen können. Wenn Munch kommt, werden verschiedene Hintertüren, eine zum Beispiel direkt neben dem Pool, abgesperrt sein, sonst sind sie meist unverschlossen.

In dem Internetcafé habe ich auch einen alten Lageplan des Hotels gefunden, die Anlage zu einem Bauantrag für einen Anbau, die schön säuberlich im elektronischen Posteingang der Gemeinde archiviert ist. So habe ich einen guten Überblick über die Gebäude bekommen.

Um genau 22 Uhr 40 betrete ich das Gebäude durch eine Seitentür. Haavard und seine Leute sitzen sicher noch oben im Speisesaal beim Cognac.

Nur eine kurze Treppe runter. Dann bin ich im Keller.

Die Räume hier sind niedrig, ich komme fast an die Decke. Der Gang ist schmal und weiß, eine Art Miniaturausgabe der Katakomben im Krankenhaus.

Auch die Tür zur Garderobe ist unverschlossen. Wie praktisch und entspannt, im besten dänisch-norwegischen Geist. Keine Türwachen, keine Schlüsselkarten, nichts als offene Türen. Die Garderobe ist leer. Zehn Schränke mit Schlüsseln, keiner davon verschlossen. Ich ziehe die Einmalhandschuhe und die Überschuhe aus Plastik an, dazu eine Art Putzkittel, den man über der Kleidung trägt. Die Kopfhaube hatte ich noch zu Hause. Eine aufwendige, aber effektive Verkleidung. Im Spiegel kann ich feststellen, dass ich wie beabsichtigt wie eine Reinigungskraft aussehe. Dann betrete ich die Schwimmhalle. Mittlerweile ist es 22 Uhr 45.

Ich mache mich daran zu schaffen, ich *bin* die Servicekraft Clara bei der Arbeit.

Die eine Längswand besteht aus großen Glasfenstern. An der anderen befinden sich die Garderobe, aus der ich gerade gekommen bin, und eine Ecke mit einer Regenwalddusche. Die Sauna liegt im Dunkeln, nur ganz innen leuchtet ein kleines grünes Lichtlein.

Das Auffälligste ist die Querwand neben der Tür zur Damengarderobe. Dort ist eine ovale, lebensgroße Skulptur angebracht, Mutter und Kinder. Die Anspielung auf Maria ist deutlich. Ein Kind auf jedem Arm, sie blicken anbetungsvoll zu ihr auf, der guten Mutter.

Wenn ich an so was glauben würde, ich würde es als Zeichen deuten.

Der Beckenrand vor der Wand mit der Skulptur ist mit Birkenstämmen eingefasst. Ich berühre einen davon, ein Stückchen sehr dünner Rinde löst sich, eine Art Birkenhaut. Bei dem Anblick muss ich an die jungen Birken denken, die jetzt zu Hause auf der Alm überall sprießen.

Es ist leise, nichts als das Rauschen der Belüftung, ferne Laute von Stimmen oben im Hotel, vielleicht auch von Haavard und seinen Kollegen.

Und dann kommt endlich Melika Omid Carter.

Auch mit Badekappe und Schwimmbrille ist sie leicht wiederzuerkennen. Sie schaut mich an, deutlich überrascht und irritiert, hier jemanden zu sehen. Dann scheint sie ihren

Plan zu ändern, setzt die Schwimmbrille ab, verschwindet in der Sauna, schließt die Tür hinter sich. Über der Schulter hat sie ein Tragnetz.

In dem grünen Schimmer kann ich ihre Umrisse erkennen, sie legt das Netz hin, breitet ihr Handtuch aus, legt sich auf die unterste Bank.

Die Wanduhr über dem Schwimmbecken zeigt 22 Uhr 50.

Ich hole meine Tragetasche, betrete die Sauna, schließe die Tür hinter mir, stelle mich neben die Bank, auf der Melika liegt, hebe die Pistole, ziele.

Sie blickt auf, schaut mich an, überrascht.

»Das ist für deine Kinder«, sage ich. »Und für Lars.«

Der Rückstoß wirkt heftiger als beim letzten Mal, obwohl ich jetzt darauf vorbereitet bin.

Ich schieße ihr direkt ins Herz, aus kurzem Abstand. Auch diesmal kommt nicht viel Blut, dafür spritzt ein Muster kleiner roter Flecken über den Boden, ich trete hinein.

Dank der Überschuhe gibt es keine Sohlenabdrücke. Allerdings wird die Schuhgröße mehr oder weniger identifizierbar sein, und daran werden sie erkennen, dass ich eine Frau bin. Obwohl ich größere Füße habe als Sabiya, sind sie recht klein für meine Körpergröße, nur 38. Vielleicht kann das ein wenig Verwirrung stiften.

Blau und unberührt liegt das Wasser da, als ich aus der Sauna komme.

Ein neuer Blick auf die Uhr. Ich war eine Minute lang drin.

In der Garderobe ziehe ich die Haube ab, stecke sie in meine Tragetasche. Da Melika all ihre Dinge mit in die Sauna genommen hatte, gibt es von ihr in der ganzen Anlage keine Spuren. Mit ein wenig Glück wird sie erst morgen früh entdeckt.

Dann gehe ich so ruhig raus, als ob ich hier wohnen würde. Die Hände in den Hosentaschen, sodass niemand die dünnen Einmalhandschuhe bemerken kann, gehe ich den Korridor entlang, dann eine Treppe hinauf zum Erdgeschoss mit den Seminarräumen, der Sitzgruppe und dem Kaffeeautomaten, wo es immer noch so still ist wie vorher.

Jetzt ist die Tür allerdings von innen verschlossen. Ich mache sie auf und gehe hinaus, lehne mich an die Wand neben der Tür, ziehe die Handschuhe aus und stecke sie in die Tasche.

In aller Ruhe laufe ich zwischen den Gebäuden hindurch in das Wäldchen dahinter, wo mein Fahrrad steht.

45 – *Haavard*

CHRISTIAN IST NOCH NICHT FERTIG. Er hebt den Zeigefinger, als wolle er um besondere Aufmerksamkeit bitten.

»Abschließend möchte ich auf ein nicht ganz unbedeutendes Detail hinweisen. Gestern Abend wurde Oslo von einem weiteren Mord heimgesucht, den der Staatsanwalt in seinem Vortrag wohlweislich nicht erwähnt hat. Eine Frau in den Dreißigern wurde ermordet in ihrer Wohnung aufgefunden.«

»Das tut nichts zur Sache«, protestiert der Staatsanwalt.

Christian lächelt: »In der Tat, es tut nichts zur Sache meines Mandanten, hierin bin ich ganz und gar Ihrer Meinung. Tatsache aber ist, dass das Opfer, Susanne Stenersen, auf der sogenannten Liste von ihre Kinder misshandelnden Eltern stand, welche die ermittelnden Beamten als Hauptmotiv für die angeblichen Taten des Verhafteten angeführt haben.«

Aus dem Augenwinkel kann ich sehen, dass Elin sich konzentriert lauschend nach vorne lehnt.

»Auch wenn es nicht gerade wahrscheinlich ist, könnte es sich hier natürlich um Zufall handeln. Haavard Fougner könnte dennoch die ersten beiden Morde begangen haben. Erste kriminaltechnische Untersuchungen zeigen allerdings, dass die Frau mit Munition vom Typus Federal Hydro-Shok erschossen wurde, die gar nicht so häufig ist und auch bei den beiden anderen Morden ermittelt wurde. Offenbar ist außerdem bei allen drei Morden dieselbe Tatwaffe verwendet worden. Bekanntlich hat die Polizei viel Sorgfalt darauf verwendet, das Alibi meines Mandanten zu widerlegen. Nun kann ich mir kaum ein wasserdichteres Alibi vorstellen, als sich in Polizeigewahrsam zu befinden. Daher beantrage ich die sofortige Entlassung des Verhafteten.«

»Hat die Staatsanwaltschaft dem noch etwas hinzuzufügen?«, fragt der Richter.

»Nein.« Der Staatsanwalt sieht müde aus.

Christian hingegen kann sich ein leises Lächeln kaum verkneifen.

Ich schaue kurz zu Elin und Morten hinüber, sie scheinen das absolut nicht erwartet zu haben. Ich würde aber wetten, sie wussten von dem dritten Mord, nur haben sie nicht im Traum daran gedacht, Christian könnte darüber informiert sein.

Die Medien berichten noch nichts darüber.

Der alte Fuchs hat mit Sicherheit im Polizeipräsidium herumtelefoniert, um sich ein wenig umzuhören.

Und irgendeiner seiner Kontakte dort hat ihm etwas gesteckt, ihm erzählt, dass gerade ein deckungsgleicher dritter Fall bekannt geworden ist.

»Gut, danke«, sagt der Richter. »Das Gericht zieht sich zurück und gibt in fünfzehn Minuten seine Entscheidung bekannt.«

46 – *Clara*

KEINE DREIVIERTELSTUNDE, und ich bin wieder zu Hause.

Jetzt, beim dritten Mal, war es schon fast Routine.

Ich gebe den Code am Türgriff ein, drücke ihn runter, öffne die Tür, die sich hinter mir automatisch wieder verriegelt. Im Haus herrscht Stille. Jetzt nur schnell die Treppe hoch ins Bad, duschen.

Aber auf der Treppe sitzt Vater. Mucksmäuschenstill im Dunkeln.

»Wo bist du gewesen?« Er blickt mich forschend an.

»Radfahren. Hab ich doch gesagt? Oder?«

»Ja, hast du gesagt«, sagt er in einem merkwürdigen Ton, als ob er ganz genau wüsste, wo ich war und was ich getan habe.

»Komm, lass uns runtergehen, dass wir die Jungs nicht aufwecken.«

»Die schlafen wie die Murmeltiere.« Er steht mühsam auf. Wir gehen in die Küche runter, setzen uns auf zwei von Wegeners Y-Stühlen. Ich habe sie gekauft, Haavard findet sie zu sehr Mainstream.

»Sind sie gut eingeschlafen?«, will ich wissen.

»Ja, klar. Aber ich hab trotzdem noch ein bisschen dagesessen«, sagt er lächelnd.

Er ist im letzten Jahr gealtert, sieht aber immer noch gut aus für sein Alter. Kurze dichte Haare, er stutzt sie sich selbst mit der Maschine, hat den militärischen Haarschnitt beibehalten. Und die Bräune das ganze Jahr über im Gesicht. Dadurch wirkt er gesund und stark und frisch, auch wenn er es nicht ist.

»Möchtest du eine Tasse Tee? Und ein Käsebrot?«, frage ich, während ich Teewasser aufsetze.

»Ja, bitte«, sagt er und geht ins Wohnzimmer hinüber.

Mir ist aufgefallen, dass er abends schlechter geht, vielleicht weil er müde ist. Ich hole Brot, Butter und Käse raus. Von drüben höre ich die Abendnachrichten.

Mit diesem Mord bin ich besonders zufrieden. Unter anderem, weil Haavard hinter Schloss und Riegel sitzt und auf diese Weise das beste Alibi der Welt hat.

Und weil ich damit Sabiya ins Spiel bringe.

Bei meinen Nachforschungen nach den Leuten auf Haavards Liste, auf der sich jetzt nur noch ethnische Norweger befinden, hatte ich entdeckt, dass Susanne und Sabiya so gut wie Nachbarn sind. Das fügte sich sehr gut.

Ich musste Susanne erschießen, während Sabiya joggen war, sodass sie bei späteren Vernehmungen kein Alibi hat.

Ich habe vorher ein Prepaid-Mobiltelefon gekauft, um die Polizei zu Susanne zu rufen, damit die Kinder sie nicht finden mussten. So ein Prepaid-Telefon ist ein alter, wohlbekannter Trick, aber sehr effektiv.

Als ich die Treppe vom Erdgeschoss in den ersten Stock hochschlich, hörte ich die schwachen, dumpfen Geräusche aus dem fast schalldichten Verschlag.

Ich schoss Susanne in die Schläfe, das war am praktischsten, so, wie sie dalag.

Ein dünner Streifen Blut lief von der Wunde runter und färbte das Wasser in der Farbe des Roséweins im Glas auf dem Badewannenrand. Dann holte ich das Tütchen aus der Hosentasche und nahm drei von Sabiyas Haaren raus.

Die Haare in dem Tütchen hatte ich sorgfältig ausgewählt, an ihrem Ende sitzt noch der Haarbalg. Er enthält die DNS.

Eigentlich war ich sicher gewesen, dass Sabiyas Waffe genügen würde, um schon nach dem zweiten Mord die Ermittler auf sie zu lenken.

Das war nicht der Fall. Und da Haavard jetzt im Gefängnis sitzt, wurde mir klar, dass stärkere Beweise her mussten.

Ein Haar legte ich auf Susannes Hand, die über den Badewannenrand hing, und eins auf ihre Schulter. Das dritte trieb jetzt auf dem hellen roten Wasser. Genügend Haare, dass die Kriminaltechniker sie entdecken würden, zugleich aber nicht so viele, dass es auffällig wirkte. Mit Susannes rotblonden Haaren waren sie nicht zu verwechseln.

Jetzt konnte die Bitch mal sehen, wie sie sich da rausredete.

Von unterwegs rief ich die Polizei an, gab mich als Nachbarin aus, die von oben Kinder schreien gehört hatte, es klinge, als wären die Kinder eingesperrt und allein zu Hause.

Dann zertrat ich das Telefon und warf die Reste sicherheitshalber in den Gulli.

So habe ich auch die Kinder davor bewahrt, noch länger in dem Verschlag zu sitzen. Das macht das Ganze noch sinnvoller.

Ein dritter Name der Liste kann abgehakt werden, und wenn auch nur im Geiste.

Auch diesmal wieder habe ich es geschafft. Ich sollte mich freuen.

Aber da sind noch weitere Namen. Sieben an der Zahl. Und es gibt so viele Namen darüber hinaus, Namen und Kinder. Wie viele Kinder werden in solchen Verschlägen weggesperrt?

Was halbwegs spontan in Ullevål begonnen hat, ist immer ernster geworden. Jetzt kann ich nicht mehr aufhören.

So wie damals, als ich klein war und auf Skiern einen langen Abhang runtersauste, alles war weiß und hart und glänzend, es ging immer schneller, ich war ein Pfeil, der abwärts schoss, ich wusste, ich müsste bald mal bremsen, mein Puls raste, mein Herz klopfte, aber ich bremste nicht, blieb nicht stehen, ich raste einfach weiter.

Vielleicht hat all das in mir gesteckt, seit Vater in den Libanon gegangen ist. Aus der Zeit davor kann ich mich noch erinnern, wie Freude sich anfühlt.

Eine Art sprudelnde Empfindung im Körper, wie von Seifenblasen.

Seit Vater damals weggefahren war, war ich nie mehr wirklich froh. Als er nach Hause kam, war ich erleichtert. Froh nicht, damals nicht und auch seither nie wieder.

47 – *Leif*

1982

Am Tag meiner Rückkehr lag der Nebel dicht über dem Boden, das Gras war nass und niedergedrückt, der Garten verwahrlost. Als ich klingelte, machte niemand auf, ich musste zur Hintertür und dort ans Fenster klopfen.

Irgendwann tauchte Claras Gesicht auf. Ich gab ihr zu verstehen, dass sie mir vorne aufmachen sollte.

»Hallo, meine Süße!« Ich ging auf die Knie, als die Tür sich öffnete. Sie stand einfach nur da und schaute mich an. Im Flur war es kalt, es roch nach Fäkalien.

»Kriegt dein Papa keine Umarmung?«, fragte ich, und sie lehnte sich vorsichtig an mich. Als ich sie umarmte, gab sie einen leisen Klagelaut von sich. Aber noch kein Wort.

»Wo ist Mama, Clara?«

»Oben.«

»Und Lars?«

»Drinnen.« Sie nickte Richtung Wohnstube. Ich stand auf, nahm sie an der Hand und ging dorthin, der Fernseher war zu hören, mitten am Tage. Wir kamen durch die Küche, alles stand voller Abwasch, in den Schränken waren keine sauberen Teller und Gläser mehr. Überall flogen Abfall und alte Zeitungen herum, saubere und schmutzige Wäsche mischte sich am Boden, alles war voller Staub und Krümel. Hier konnte seit meiner Abreise kein einziges Mal geputzt oder gestaubsaugt worden sein.

»Was ist bloß mit dir los, verdammt noch mal?«, schrie ich Agnes später am Tag an. Sie lag immer noch im Bett, bleich und verschlossen.

Keine Antwort. Ich drehte mich um, um die große Aufräumaktion in Angriff zu nehmen.

Die Kinder waren stumm und blass, die Schafe mager und verschreckt, sie wirkten nicht gesund. Schweine waren gar keine da, die hatte Agnes vom Schlachter abholen lassen.

Mehrere Monate lang hatte ich damit zu tun, alles wieder in Gang zu bringen, zu retten, was zu retten war, Kontakt zu den Kindern zu bekommen und mir einen Überblick über die wirtschaftliche Lage zu verschaffen.

Vom Heer war mir eingeschärft worden, niemandem vom Aufenthalt im Libanon zu berichten, vor allem nicht von dem Schusswechsel in Rachaya, das könne die norwegische Operation gefährden. Abgesehen davon hörte ich von dieser Seite nichts.

Anfangs hatte ich noch dann und wann etwas Kontakt mit meinen Kameraden, aber die Begegnungen und Gespräche mit ihnen stressten mich, ich hatte genügend anderes zu tun, also war das rasch vorbei.

Ich machte mir viele Gedanken, wie es den Kindern während meiner Abwesenheit ergangen war. Vor allem Clara hatte sich so verändert. Sie zeigte keinerlei Gefühle mehr, weinte auch nie. Wenn sie sich wehtat oder sonst etwas war, wollte sie sich nicht trösten lassen, wollte nie sagen, was sie dachte, fühlte, wünschte. Ich versuchte herauszufinden, was während meiner Abwesenheit passiert war, wie es ihnen zu Hause gegangen war, aber darüber wollte sie nicht reden.

»Ich hab auf Lars aufgepasst, Papa«, mehr sagte sie nicht. Und auf Lars passte sie auch jetzt auf. Er schmiegte sich in ihren Arm, wenn sie zusammen Fernsehen guckten, sie erzählte ihm Märchen, half ihn mit den Schuhen, die er sich immer noch nicht allein binden konnte.

Wenn er irgendetwas hatte, streichelte sie ihm über die Haare und beruhigte ihn. Seine kleine Mutter. Eine Mini-erwachsene.

Nach einer Weile setzte sie sich wieder auf meinen Schoß, legte mir die Arme um den Hals.

Doch dann saß sie da, ohne etwas zu sagen. Nur ich allein redete.

»Ich weiß, ich hätte nicht weggehen dürfen«, sagte ich. »Aber jetzt werde ich dich nie wieder allein lassen, das verspreche ich dir. Alles wird gut.«

Sie antwortete nichts, aber ich sah, sie hörte aufmerksam zu.

Ich sprach genauso sehr mit mir selbst.

Nachts schlief ich schlecht, wachte ständig auf, verschwitzt und elend. Oft zitterte ich anfallartig. Und immer wieder raste mein Herz einfach nur so. Beim ersten Mal dachte ich, ich müsste sterben, ich hätte einen Herzinfarkt. Dann wurde mir klar, es ging vorbei, wenn ich mich aufs Sofa legte und ein paar Stunden ruhte.

Die Schießerei beim Olivenbaum. Die zu Boden fallenden Männer.

Das grüne Käppi mit den Einschusslöchern, das hinterher dalag, es war mein erstes Erinnerungsstück.

Und dann der Vorfall ein paar Wochen später. Auf Lauschposten bei dem Ziegenpferch. Stille. Nichts zu hören als die Grillen und dann und wann Hundegebell. Die Ziegen, ich kraulte sie immer zwischen den Hörnern.

Das dumpfe Geknalle, das Maschinengewehrfeuer. Die Granate, die ganz in der Nähe einschlug.

Danach stellte ich fest, dass meine Hüfte klebrig war von Blut.

Der Splitter steckte direkt unterhalb der Schutzweste im Fleisch.

Er war das zweite Stück.

Diese beiden Teile, das Käppi und den Granatsplitter, nahm ich mit nach Hause.

Dass ich mehrere Menschen erschossen hatte, quälte mich als solches nicht so sehr. Ich wusste, sie hätten sonst mich getötet. Hätte ich nicht geschossen, Clara und Lars hätten keinen Vater mehr.

Ich war froh, wieder zu Hause zu sein. Natürlich war ich das.

Zugleich aber sehnte ich mich zurück, dorthin, wo es um Tod oder Leben ging, wo es niemals Zweifel gab, was zu tun war, wo wir gemeinsam an etwas Großem, Wichtigem teilnahmen.

Alles hier zu Hause wirkte plötzlich so fremd, als wäre ich auf dem falschen Planeten gelandet. Das erschreckte mich. Auch die Leute erschreckten mich.

Abends saß ich oft am Fenster und starrte hinaus. In der ersten Zeit hing das Gewehr im Verschlag an der Wand. Nach einer Weile aber hatte ich es unterm Bett, wenn ich schlief.

Ungefähr zu der Zeit wurde Agnes wieder munterer, so, wie die winterstarren Fliegen unterm Dach auf der Alm zu neuem Leben erwachen, wenn jemand im Winter dort einheizt. Sie stand auf, duschte, bürstete sich das Haar, fuhr ins neue Einkaufszentrum runter und kaufte sich etwas anzuziehen, schminkte sich, sah auf einmal überraschend gesund aus, als hätte sie sich nicht monatelang stumm und elend unter der Bettdecke hin- und hergewälzt.

Es ging wieder mit ihr aufwärts, das konnte ich sehen.

Nicht lange danach, da erzählte sie, dass sie als Assistentin in der Schule anfangen wolle. Wir brauchten mehr Geld. Und so hätte sie einen Grund zum Aufstehen. Ich war erleichtert, dass sie wieder arbeiten ging, die Tasche über der Schulter, die Haare zu einem schönen Zopf geflochten.

Gut, dass sie aufstand, jetzt, wo ich darniederlag, dachte ich.

48 – *Haavard*

»Es gefällt mir gar nicht, dass du darin verwickelt bist«, sagt Vater. »Jetzt müssen wir vor allem aufpassen, dass die Presse die Finger davonlässt, allerdings bezweifle ich, dass das zu schaffen ist. Außerdem mache ich mir ein wenig Sorgen um Clara und ihren neuen Job.«

Das ist ziemlich typisch. Vater hat immer eine Schwäche für Clara gehabt, sie als seine eigene Tochter angesehen. Immer tönt er herum, wie klug sie ist, auch wenn er findet, sie habe schon zu viele Jahre im Ministerium zugebracht.

»Deine Mutter ist übrigens außer sich. Du solltest mit ihr reden«, fügt er hinzu.

»In Ordnung«, sage ich. »Darf ich bis morgen damit warten?«

»Ich kann mich so lange um sie kümmern. Aber, Haavard. Das Wichtigste jetzt … Du bist gut verheiratet. Sehr gut verheiratet.«

»Vater«, sage ich. »Sei so gut.«

Eine Predigt wegen Untreue ist das Letzte, was ich jetzt brauchen kann. Und schon gar nicht von ihm.

Ich glaube, dass Vater Mutter eigentlich liebt und sich ein Leben ohne sie nicht vorstellen kann. Aber er hat wirklich eine seltsame Art, das zu zeigen.

Was war das für ein Theater all die Jahre. Anrufe spät am Abend. Mutter weinte und zeterte, Vater schwieg. Oder wie ich einmal früher aus der Schule kam, Mutter war gerade in Paris, und dann Vaters weißen Hintern zwischen Ninni Jessens Beinen auf- und abpumpen sah. Stöhnen und Kichern und Flüstern.

Ich schlich weg, bevor er mich entdecken konnte, und erwähnte es ihm gegenüber nie. Aber mir schwor ich, nie so zu werden.

Doch genau so bin ich geworden.

Das Ganze fing an, nachdem Clara und ich ins Haus meiner Eltern gezogen waren. Ich wurde irgendwie wie mein Vater, als er noch jung und rege war. Jetzt scheinen ihm Wanderungen, teure Weine und seine Kumpel wichtiger zu sein als Frauen.

»Wie auch immer, Haavard, schau zu, dass du dein Leben in Ordnung bringst.« Er hält den Wagen vor unserer Einfahrt.

49 – *Clara*

Alle ausser Munch, der in Brüssel ist, sitzen vor ihren iPads und starren auf den Pressespiegel. Die Titelseite von der *VG* zeigt Cathrine Monrads Gesicht in Großaufnahme, Munchs passbildgroßes Porträt in einer Ecke.

Überschrift: »Medienhure!«

Und darunter: *Muss der Justizminister gehen?*

»Oh mein Gott«, sagt der Pressesprecher. »Ist das möglich?«

»Da hat sie ja gründlich zurückgeschlagen«, sagt der politische Referent.

»Aber wenn er nur die Hälfte von dem gesagt hat, was sie zitiert, dann ist nicht Monrad das Problem.« Mona wirft ihm einen strengen Blick zu.

»Aber wie sollen wir damit umgehen? *That is the question*«, sagt der Pressesprecher besorgt.

»Hat denn jemand mit dem Minister direkt gesprochen?«, fragt Mona.

»Noch nicht«, sagt der Pressesprecher. »Ich wollte ihn anrufen, kein Glück, ich versuche es weiter. Aber Clara, du warst doch bei dem Gespräch dabei, oder? Hat er das wirklich gesagt?«

Ich spüre Monas kühlen Blick auf mir.

»Er hat sich tatsächlich im Ton vergriffen. Ich weiß nicht mehr, ob er genau das gesagt hat, aber …«

»Ich rufe ihn gleich noch mal an«, sagt der Pressesprecher. »Ihr könnt ja so lange weiter den Pressespiegel durchsehen. Das bleibt ja Thema des Tages.«

»Des Monats«, sagt Mona. »Oder des Jahres. Außerdem gibt es noch einen Mord, über den sie schreiben können. Ich fasse nicht, was gerade passiert.«

»Ja du lieber Himmel«, sagt der Referent, »sind jetzt alle völlig durchgedreht? Zu Hause erschossen? Und keinerlei Zeugen. Wie geht das an?«

Mona liest aus einem Artikel vor: »Die Bewohner der Etage darunter sagten dieser Zeitung, sie hätten früher an dem Abend Lärm aus Susanne Stenersens Wohnung gehört. Das sei nichts Ungewöhnliches, sagten sie, sie hätten schon mehrmals die Polizei und das Jugendamt benachrichtigt, weil sie fürchteten, dass es Susannes Kindern nicht gut geht, aber nichts sei passiert …«

»Tja, das ist das Problem …«

»An dem Tag hätten die Nachbarn einen männlichen Besucher bei Susanne bemerkt«, liest Mona weiter. »Beide, Susanne und ihr Besucher, seien gegen zwanzig Uhr weggefahren, die Nachbarn wunderten sich, was mit den Kindern war, sie hatten gehört, dass die zu Hause waren, außerdem staunten sie, dass Susanne noch fahrtüchtig war, denn den Geräuschen nach hatte man in der Etage über ihnen zuvor kräftig gefeiert. Aber Susanne sei nach zehn Minuten zurückgekommen. Seitdem hätten sie nichts mehr gesehen oder gehört, bevor kurz nach elf die Polizei kam und sie furchtbar erschreckte.«

»Hoppala …«

»Die Polizei hat sämtliche Nachbarn befragt, doch ist niemandem etwas Besonderes aufgefallen außer einem Mann, der, als er seinen Hund ausführte, eine blonde Frau auf dem

Fahrrad davonfahren sah. Die Polizei bittet die Bevölkerung um Mithilfe, die geringste Beobachtung, bla bla bla und so weiter. Die Anruferin, die sie zu Susanne rief, habe sich übrigens als Hausnachbarin ausgegeben, die Nachbarn hätten allerdings bestritten, angerufen zu haben, und der Anruf lasse sich nicht zurückverfolgen. Merkwürdige Sache.«

Wir lesen stumm weiter, bis der Pressesprecher wieder reinkommt:

»Das Neuste: Munch hat zwanzig Minuten Zeit für eine Äußerung bekommen, gegenüber der *VG* hat er schon direkt einen neuen Kommentar abgegeben. Er bestreitet schlankweg, gesagt zu haben, was Monrad behauptet. Sie würde das alles erfinden, um sich aufzuspielen und ihn zu demontieren.«

»Herrgott noch mal«, platze ich heraus.

Das ist doch idiotisch von ihm. Aber es ist auch ein Unding von den Journalisten zu sagen, selbstverständlich hast du das Recht, dich zu äußern, aber dann sofort, sonst bringen wir die Sache, egal, ob du schon geantwortet hast oder nicht. Ziemlich dreiste Erpressung.

»Ich möchte wirklich hoffen, dass Munch nicht lügt«, fährt Mona fort, einen leichten Anflug Schadenfreude in der Stimme. Sie steht auf und packt ihre Papiere zusammen. »Ich rufe mal Cathrine Monrad an, vielleicht ist noch etwas zu retten. Und ich schlage vor, solange der Minister nicht erreichbar ist, legst du sämtliche Medienanfragen in der Sache Clara vor«, sagt sie mit einem Blick auf den Pressesprecher.

»Gut. Dann kümmere ich mich mal um meine fünfundzwanzig unbeantworteten Anrufe«, sagt er.

»Was haben die denn mit dem vor?«, frage ich Vigdis, als wir rauskommen, und nicke in Richtung von Oddbjørn, dem Eisbären. Zwei Typen im Overall vom IDS, dem Interministeriellen Dienstleistungs-Service, wickeln ihn in so eine Plastikfolie ein, in die, fürchte ich, auch Leichen gehüllt werden.

»Mit dem? Der kommt in die Reinigung«, sagt sie, und wir schauen den beiden Männern hinterher, die jetzt abziehen, den Bären zwischen sich. »Offenbar hat er die Motten oder so.«

»Ach du Schreck.« Ich gehe in mein Büro, mache die Tür zu und setze mich in den superergonomischen schwarzen Ledersessel, den ich von Woll geerbt habe.

Ich lehne mich etwas zurück und denke ein paar Minuten nach.

Dann rufe ich auf dem Bildschirm die Seite *telefonkatalogen.no* auf und schlage Cathrine Monrads Nummer nach.

Ich feile ein wenig an den Formulierungen, bis es passt. Mit einem leisen *Wusch* des Telefons geht meine Nachricht an Monrad ab.

Gleich darauf meldet sich Haavard und erzählt, dass er ein freier Mann und auf dem Heimweg ist.

50 – *Haavard*

»Da bist du ja endlich«, sagt Clara, als ich zur Tür reinkomme, sie kommt mir entgegen. Ich war etwas spazieren, wollte nicht mehr allein zu Hause sitzen und auf die anderen warten. »Bist du okay?«

»Nein, eigentlich nicht.« Ich spüre, dass mir gleich die Tränen kommen. Es ist gut, wieder zu Hause zu sein, aber ich fühle mich seelisch ausgelaugt, matt, außerstande, mich zu freuen. »Was für ein Albtraum …«

»Und wie geht es jetzt weiter?«

»Keine Ahnung.«

»Was ist passiert, dass sie dich jetzt rausgelassen haben?«

»Christian ist passiert.« Ich setze mich auf einen Küchenhocker. »Den hättest du mal erleben sollen. *Fucking* fantastisch. Ganz am Schluss hat er ihnen den neuen Mord serviert, den es gegeben hat, während ich in Haft war. Wenn ich recht verstanden habe, liegen außerdem noch ein paar technische Beweise vor, die mich als Täter ausschließen. Wo sind denn die Jungs?«

»In ihren Zimmern.«

»Gut, ich geh rauf.«

»Mach das. Aber, Haavard … sie sind ein bisschen daneben.«

»Wegen der ganzen Sache?«

Sie nickt. »Erwarte dir nicht zu viel von ihnen.«

»Hallo, Haavard!« Leif kommt aus dem Garten herein, eine Tasse Kaffee in der Hand.

»Oh, hallo! Du hier? Jetzt hab ich mich fast erschrocken.«

»Gut, dich zu sehen, Haavard.« Leif streckt mir die Hand entgegen.

»Ja, gleichfalls. Aber sorry«, sage ich, indem ich ihm die Hand schüttele, »ich will nur kurz …«

»Ja, klar, sag den Jungs Guten Tag.« Leif lächelt mich an.

Wieder ertappe ich mich bei der Frage, wie es hier wohl zugegangen ist, während ich fort war. So souverän Clara sonst in allem sein mag, aber immer muss ich mich darum kümmern, wenn einer von den Jungs durchdreht, wie rasend auf sie einschlägt, im Blutzuckernebel herumbrüllt. Sie ist völlig hilflos, weiß nicht, was sie mit ihnen anfangen soll. Meist schließt sie sich dann im Schlafzimmer ein oder geht eine Runde laufen. Mittlerweile sind die Jungs größer, diese Ausbrüche sind selten geworden. Aber immer noch kann ich am besten damit umgehen.

»Hallo!« Ich klopfe an Andreas' Tür.

Da sind sie beide. Andreas sitzt mit seinem iPad da, Nikolai beugt sich über ein Seeräuberschiff aus Legos, an dem er seit einiger Zeit baut.

»Hallo Papa«, sagt Nikolai. Andreas sagt nichts.

»Krieg ich eine Umarmung?«

Nikolai steht auf, kommt etwas zögernd zu mir, umarmt mich vorsichtig, auf Zehenspitzen und mit einigem Abstand, als befürchtete er, sich anzustecken.

»Na hallo, jetzt kommt aber!« Ich hebe ihn hoch und wirbele ihn herum.

»Heeeh, Papa!« Er lacht, macht sich aber los. »Warst du im Gefängnis?«

Ich brauche einen Moment, um mich zu fassen.

»Und? Warst du?«

»Nein, woher denn«, antworte ich. »Ich hab nur der Polizei geholfen.«

»Du bist so lange weg gewesen.«

Endlich blickt Andreas von seinem iPad auf und schaut mich kurz an.

»Hei, Andreas!« Ich bücke mich, um ihn zu umarmen.

»Nein!« Er schiebt mich weg. »Du riechst nicht gut.«

Als ich wieder runterkomme, kippelt Leif auf einem Barhocker in der Küche hin und her. Mir fällt auf, wie dünn er geworden ist, nur noch ein Schatten seiner selbst.

»Heute Abend muss ich zu einem Essen im Schloss«, sagt Clara. »Es wäre gut, wenn du mitkönntest. Vater passt auf die Kinder auf.«

Die Idee macht mich wütend. Als ob ich zwei Tage nach einer Festnahme wegen Mordes bereit wäre, Clara als Dekoration zu begleiten. »Komm mal mit raus.« Ich fasse sie am Arm, führe sie in den Flur, mache die Tür hinter uns zu und drücke sie an die Wand.

Das mag ein bisschen heftig sein, zumal ihr Vater auf der anderen Seite derselben Wand sitzt, aber das ist mir schnuppe.

»Lass mich los«, sagt sie.

»Gut, ich lasse dich los.«

»So, kann ich jetzt gehen?«

»Nein«, sage ich. »Schön, dass dein Vater hier ist. Aber es geht doch nicht, dass er gleich nach seiner Ankunft zwei Jungs hüten muss, die neben der Spur sind, und wir beide gehen zu einem Essen ins Schloss, ich direkt aus dem Gefängnis … Nur damit du dein neues Netzwerk pflegen kannst!«

»Fertig?«

»Nein. Ich habe gerade erst angefangen.«

»Es dreht sich nicht alles auf der Welt um dich, das solltest du nicht vergessen.«

»Nein, jetzt soll es sich ja um Ihre Hoheit drehen, die Königliche Staatssekretärin.«

»Während du deinen Schwanz reinsteckst, wo er nicht hingehört …«

»Wie meinst du das?«

»Genauso, wie ich es gesagt habe«, antwortet sie, immer noch ganz leise. Clara hebt *nie* die Stimme, egal, was passiert, das verleiht ihr zusätzliche Autorität. Jetzt kann ich aber trotzdem merken, wie wütend sie ist. »Ich habe hier die Stellung gehalten, während du in Lysebu warst, und dann mit Axel auf Sauftour und im Gefängnis. Heute muss ich zu diesem Essen, und ich hatte gehofft, du würdest mitkommen, wo du jetzt wieder raus bist. Aber keine Sorge, ich habe durchaus nicht die Absicht, dich zu zwingen.«

»Wow«, mache ich. Es kommt nicht oft vor, dass sie so viele Sätze nacheinander sagt, es sei denn anderen gegenüber am Telefon, und dann geht es ums Ministerium. Fast stimmt es mich etwas weich. Fast.

»Gut. Aber ich bleibe hier, ich gehe zu keinem Ball im Schloss.«

»Abendessen«, korrigiert sie mich mit harter Stimme.

»Wie?«

»*Abendessen* im Schloss, kein Ball.«

»Egal was, ich komme nicht mit«, sage ich mit Nachdruck auf jedem Wort.

»Gut«, sagt sie und geht in die Küche, wo sie sich leise mit ihrem Vater unterhält. Ich bleibe mit dem unangenehmen Gefühl zurück, dass sie das nicht vergessen wird und dass ich es noch bereuen werde. Aber verflucht noch mal, ich komme direkt aus dem Knast. Kein Gedanke daran, mit irgendwelchen Ministern und Ministergattinnen Small Talk zu machen.

Ich gehe in den Garten und setze mich auf einen Stuhl. Erst als ich höre, dass sie aufbricht, stehe ich wieder auf.

»Ich hab gedacht, wir könnten was grillen«, sage ich zu Leif.

»Schön. Eigentlich hätte ich erwartet, dass du mit Clara zu diesem Ball im Schloss gehst …«

»Abendessen, nicht Ball«, sage ich grinsend.

»Abendessen, na gut … Wie auch immer, Clara hat gesagt, wir sollen Pizza bestellen. Aber was Gegrilltes ist natürlich auch nicht zu verachten.«

»War mir klar«, sage ich.

Leif ist zwar keiner, der selbst gern grillt. Auf seinem Hof habe ich nie weder Grill noch Feuerschale oder auch nur einen Einweggrill gesehen. Aber er isst sehr gern Gegrilltes, das weiß ich. Gib ihm ein Kotelett oder ein Würstchen und dazu ein Bier, schon ist er glücklich, und jetzt will ich ihn so glücklich machen, wie es nur geht. Dann werde ich mal Feuer anzünden und Koteletts würzen, Würstchen rausholen und Salat anmachen.

Ich decke den langen Tisch im Garten. Gläser, Servietten, Besteck und Teller. Stelle Blumen auf den Tisch. Leif kommt aus dem Haus. Die Kinder toben um den Rasensprenger rum.

Es ist schwülwarm, aus der Ferne ist Donnergrollen zu hören.

»Wie sieht es eigentlich gesundheitlich bei dir aus, Leif?«, frage ich, nachdem wir gegessen haben und die Jungs wieder abgezischt sind. Seit ich ihn zum letzten Mal gesehen habe, muss er mindestens zehn Kilo abgenommen haben, dabei war er nie dick. Erschreckend blass ist er auch, und er hat dunkle Augenringe.

»Gar nicht so schlecht, könnte schlimmer sein, wenn man bedenkt, was passiert ist.«

»Ja, du meinst …?«

»Den Schlaganfall, ja …«

»Ja, wie lange ist der jetzt genau her?« Hoffentlich fällt ihm nicht auf, dass ich nicht die geringste Ahnung habe, innerlich verfluche ich Clara, die absolut nichts gesagt hat.

Doch, da war was mit ihrem Vater, als sie nach Westnorwegen fuhr, aber was genau, hat sie nicht gesagt. Gefragt hab ich allerdings auch nicht weiter.

»Zwei, drei Wochen? Ich weiß gar nicht mehr so genau.«

»Und wie fühlst du dich?«

»Tja, meistens eher … schlapp.«

»Das geht vorbei«, sage ich. »Das verspreche ich dir. Und danke, dass du gekommen bist, das ist Clara und uns allen eine große Hilfe.«

Eine Weile ist es still. Wir schauen in den Fliederstrauch. Üppige lila Kerzen. Eine Hummel fliegt summend hin und her. Flieder macht mich immer nostalgisch, er erinnert mich an Großmutter Edith, an ihr altes, verwinkeltes Haus, das jetzt verfällt. Und vor allem erinnert er mich an den ersten Sommer mit Clara, als noch alles möglich schien.

»So, du hattest also einen Gastauftritt im Knast …?«, fragt Leif behutsam.

»Ja.« Ich versuche, mir vorzustellen, wie mein Vater sich in dieser Situation verhalten würde. Ich fühle mich immer noch wackelig, obwohl es vorhin beim Kochen besser ging. Aber jetzt mit einem Glas Champagner im Schloss herumzustehen und Small Talk zu führen, das wäre noch viel schlimmer. »Das war unglaublich. Eine Riesenschlamperei von der Polizei. Möchtest du auch ein Bier?«

Leif nickt, und ich hole zwei Carlsberg, mache beide auf, gebe ihm eines.

»Das waren jetzt nur ein paar Tage, aber mehr als genug. Fast ein Trauma«, füge ich hinzu und bereue die Bemerkung sofort gegenüber einem Libanonveteranen. Rasch sage ich: »Jetzt glauben sie, derselbe Täter hat alle drei Morde verübt.«

»Und was soll das Motiv sein? Interner Streit unter Pakistanern?«

»Das war jedenfalls die Ursprungshypothese bei den ersten beiden Morden. Dass beide Einwanderer waren, war aber nicht die einzige Gemeinsamkeit, auch Carter hat ihre Kinder misshandelt ...«

»Oh Gott. Ist das so verbreitet?«

»Tja«, sage ich. »Verbreiteter, als wir es gerne glauben würden. Auch in den besten Familien. Du würdest dich wundern. Allerdings sind Einwanderer statistisch gesehen leider stark überrepräsentiert ...«

Wieder schweigen wir einen Moment.

»Wie reagieren die Jungs?«

Ich zucke mit den Schultern.

»Sie halten etwas Abstand ...«

»Gib ihnen ein bisschen Zeit.«

»Muss ich wohl.« Ich nehme einen Schluck von meinem Bier. »Clara war zum Glück kühl und ruhig, als die Polizei hier war.«

»Ja.« Leif trinkt ebenfalls. »Das ist typisch für sie. Wie es ihr wohl im Schloss ergeht, bei diesem Ball ... Entschuldigung, Abendessen?«

Das sagt er mit einem kleinen Lächeln, ich würde ihn am liebsten umarmen.

»Die fühlt sich bestimmt so wohl wie ein Fisch im Wasser. Prost auf sie!« Ich hebe mein Glas. »Deine Tochter schafft alles, was sie will.«

51 – *Clara*

Vor dem Eingang auf der Rückseite des Schlosses hält eine lange Schlange schwarzer Wagen von Regierung oder diplomatischem Corps und Taxis.

Auf der Einladung mit dem Monogramm des Königspaares werden die Gäste gebeten, zwischen 19 Uhr 20 und 19 Uhr 40 am Haupteingang zu erscheinen. Das soll wahrscheinlich bedeuten, am besten kommt man genau um 19 Uhr 30, so wie ich jetzt.

Eine Traube Fotografen und Journalisten hat sich versammelt, um die prominentesten Gäste abzupassen. Während ich mich nähere, knipsen sie wie wild, manche liegen geradezu auf dem roten Teppich vor mir. Seit dem Wochenende mit den Löschhubschraubern bin ich offensichtlich eine bekannte Person.

»Tolles Kleid, Clara!«, ruft einer.

Das Kleid ist so lang, dass der Saum hinter mir auf dem Boden schleift. Früher am Tag hat Vigdis mir das Teil in aller Eile in der Stadt besorgt, selbst hätte ich keine Zeit dazu gehabt. Faszinierend, wie schnell man sich daran gewöhnt, jemanden zu haben, der sich um so was kümmert. Obwohl die Sekretärinnen vor allem für Munch da sind, profitieren wir anderen auch davon.

Auf einmal gibt es jemanden, der große Teile meiner E-Mails für mich beantwortet. Der Besprechungen für mich verabredet, meine Zahnarzttermine verlegt, mir ein Kleid kauft und sich mit allem Möglichen auskennt.

So hat Vigdis mir unter anderem erklärt, der Begriff »Kleidung: Gala« auf der Einladungskarte bedeute langes Kleid für Frauen, weder schwarz noch weiß.

Ich gehe an der Garderobe vorbei zur Toilette.

Punkt 19.40, Toiletten im Erdgeschoss, hatte Monrad auf meine SMS geantwortet. *Viel Spielraum ist nicht.*

Jetzt ist es 19 Uhr 38. Kühl ist es hier unten. Ich halte die Hände unter den kalten Wasserstrahl am Waschbecken.

Kurz betrachte ich mein Gesicht im Spiegel. Das Make-up ist gelungen, meine Haare haben genau die richtige Länge. Ich sehe gut aus.

Trotzdem fröstele ich ein wenig, als ich mich sehe, ich beuge mich vor, blinzele.

Mein Gesicht. So vertraut. Ich kann Vaters darin erkennen. Und das von seiner Mutter, Großmutter Klara, der ich nie begegnet bin, die ich aber von vielen Bildern kenne.

Und doch ist es so fremd.

Wer ist das da? Wer bin ich? Was tue ich hier?

Eine Sekunde lang verharre ich. Zwei. Drei. Versuche zu atmen.

Dann öffnet sich die hohe Tür, und Cathrine kommt herein. Sie wirkt erschöpft, abgespannt, ist aber elegant geschminkt, trägt Hochfrisur, ist ganz in Rosa gekleidet.

Ich hole den USB-Stick aus meiner kleinen Handtasche.

»Hier bitte.« Ich gebe ihn ihr. Er ist weiß und neutral, anders als die glänzenden, mit Logo versehenen des Ministeriums.

Sie schaut mich an und berührt meine rechte Schulter. »Wirklich, wie kann ich Ihnen danken?«

»Tja.« Ich versuche ein kleines Lächeln. »Indem Sie sagen, Sie haben die Aufnahme selbst gemacht?«

Sie lacht kurz.

»Sowieso. Aber eins verstehe ich nicht … Warum tun Sie das?«

Ich zucke mit den Schultern.

»Ich war da, ich habe gehört, was er gesagt hat. Es macht mich wütend, dass Munch Sie als Lügnerin bezeichnet und alles einfach leugnet. Sollen Sie sich wegstehlen wie ein geprügelter Hund, den Schwanz zwischen den Beinen, entehrt, und er macht einfach weiter wie zuvor? Nein.«

»Hauptsache, Ihnen ist klar, dass es auch auf Sie zurückfallen kann«, sagt sie, während sie den Stick in ihre Handtasche steckt. »Wenn Munch stürzt, stürzen Sie schnell mit.«

»Wenn das sein muss, nehme ich es in Kauf.«

Ich könnte mich bei ihr bedanken, dass sie Munch nichts von Haavard erzählt hat, aber das Ganze hier soll nicht zu sehr wie ein Handel von Geben und Nehmen aussehen.

Kurz darauf gehen wir miteinander die breite Treppe in den ersten Stock hoch. Hier ist es zu warm. Die Türen zum Balkon sind weit geöffnet, aber wir dürfen nicht hinausgehen, das gehört zu den Dingen, die mir eingeschärft wurden.

Ich schaue mich um, versuche, nicht allzu einsam zu wirken. Minister, die Ministerpräsidentin, es kommt mir so vor, als würde sie mich forschend anblicken. Bekannte Schauspieler und Wirtschaftsleute, Gäste aus Island, alle in dem breiten Flur vor den Türen zu den Sälen.

Ich erinnere mich. Zu König und Königin sagt man »Guten Abend, Majestät«, zu Kronprinz, Kronprinzessin und der Schwester des Königs »Guten Abend, Königliche Hoheit«.

Und zu den anderen Gästen ganz einfach »Guten Abend«.

Jetzt setzen wir uns in Bewegung wie eine Prozession. Ich gehe neben einem korpulenten, verschwitzten Kahlkopf, der ebenfalls allein ist. Gemeinsam schreiten wir in Richtung Thronsaal.

Zu beiden Seiten stehen die Fotografen, sie machen wohl diese kleinen Bilder, die nachher in den Zeitschriften erscheinen.

Schließlich erreichen wir die königliche Familie und dürfen sie begrüßen.

Ich verneige mich und finde mich damit zurecht, wer hier Majestät ist und wer nicht. Doch als ich die Hand hebe, um die alternde Prinzessin zu begrüßen, die Schwester des Königs, tritt mein korpulenter Kavalier mir auf den Rocksaum, und ich stolpere ihr entgegen.

Die alte Dame sieht mich erschrocken an.

»Er ist mir auf die Schleppe getreten, Guten Abend, Königliche Hoheit«, sage ich, und da muss sie lachen.

Als wir uns zu Tisch setzen, lande ich neben einem Schriftsteller voller Weltschmerz zu meiner Linken. Der Mann auf der anderen Seite hat helle Haare und blaue Augen. Er sieht gut aus, hat aber eine seltsam aufgesetzte Mimik, als würde er unablässig eine Rolle im Theater spielen. Dazu passt, dass er sich mir nicht vorstellt, offensichtlich meint er, ich müsste wissen, wer er ist.

Ich habe ihn auch tatsächlich schon gesehen. Ich habe nur keine Ahnung, wo.

Livrierte Kellner bedienen uns mit militärischer Präzision. Der König erhebt sich, heißt uns willkommen, besonders den isländischen Gast, der nun seinerseits aufsteht und die Rede auf den Gastgeber hält. Danach erheben sich alle miteinander und singen die Nationalhymnen.

Der Kerl zu meiner Rechten erweist sich als unkomplizierter Tischgenosse, der leichthin plaudert, vor allem über sich selbst.

»Warum ist eigentlich Munch nicht hier?«, fragt er zuletzt. »Traut er sich wegen dieser Sache mit Monrad nicht her?«

»Nein. Er musste zu einem Termin nach Brüssel.«

König und Königin erheben sich, folglich stehen auch alle anderen auf, das Gespräch verstummt, und da stehen wir, bis die Majestäten aus dem Raum sind. Jetzt gibt es Kaffee und Likör. Die Anweisung lautete, man solle sein Netzwerk im Nachbarsaal pflegen. Wenn man denn ein Netzwerk hat.

Ich gehe zur Treppe, wo ich von einem der Livrierten aufgehalten werde.

»Entschuldigung, wohin gehen Sie?«

Höfliches, aber steifes Lächeln.

»Nach Hause.«

»Ich fürchte, das wäre unpassend.«

Kurz starren wir einander an.

Dann drehe ich mich um und begebe mich wieder in die Menge, entschlossen, als die neue Clara aufzutreten. Eine, von der die Leute Fotos machen wollen, von der sie denken, sie würde gern mit ihnen reden und ihre neue Arbeit lieben. Umgehend begebe ich mich wieder in das summende, klatschende, dicht gedrängte Menschenmeer, gehe von Hand zu Hand, grüße, lächle, nicke. Ja, ein paar Leute umarme ich sogar, obwohl ich das verabscheue.

Auf einmal steht die Ministerpräsidentin vor mir.

»Clara Lofthus, oder?« Sie streckt mir ihre kleine Hand entgegen.

»Ja, natürlich«, sage ich, fast hätte ich mich verbeugt.

»Sie sind also Munchs Neuerwerbung? Ich muss schon sagen, da hat er mich überrascht, bislang hatte ich nicht den Eindruck, Anton hätte begriffen, wie wichtig es ist, Frauen zu beschäftigen. Aber Ausnahmen bestätigen die Regel.«

»Ja«, sage ich.

Sie blickt mich forschend und kritisch an.

Ein Mann versucht, ihre Aufmerksamkeit zu erlangen, er legt ihr die Hand auf den Oberarm. Wahrscheinlich ein Berater.

Sie nickt mir kurz zu.

»Jetzt muss ich wieder.« Sie dreht sich zu dem Typ um, schon ist sie verschwunden.

Und nach einer Weile verstummen alle Gespräche endlich erneut, Stille senkt sich über den Saal, während die Königsfamilie ihn verlässt. In der Garderobe werde ich eingeladen, noch mit in eine Bar zu kommen.

Ich lehne dankend ab, ich müsse nach Hause, den Babysitter ablösen.

Als ich durch den Schlosspark gehe, fällt mir ein, wer Herr Blondschopf ist.

Erik Heier heißt er, Moderator einer Politiksendung auf TV2. Ich muss was gegen meine Gesichtsblindheit unternehmen.

Schlimmer allerdings ist, dass Cathrine Monrad recht hat. Ein eventueller neuer Minister dürfte wohl kaum eine unerfahrene, aber schon angeschlagene Staatssekretärin behalten wollen. Ich dachte, ich bekäme genügend Zeit, etwas zu bewirken, aber jetzt könnte es vorbei sein, nachdem es noch gar nicht richtig angefangen hat, obwohl Haavard wieder freigelassen ist.

Aber Vater ist hier. Das hilft schon mal.

52 – *Leif*

Mir war schon klar, sie war zu klein, andererseits ist sie ja nie wirklich klein gewesen.

Anfangs erzählte ich nur davon, wie blau der Himmel war, wie heiß es war, dass es überall so gut roch und der Kaffee himmlisch schmeckte, dass die Leute so freundlich und schön waren.

Aber irgendwann erzählte ich auch von den Schüssen in Rachaya. Von dem Geräusch, wie die Projektile erst den einen Körper, dann den anderen trafen.

Von dem Geräusch, wie ein Mensch zu Boden stürzt.

Davon, dass es sich nicht anfühlte, als würde ich ein Menschenleben nehmen, mehr wie auf eine Zielscheibe zu schießen, die ich unbedingt treffen musste.

Vielleicht könnte ich ihr ja klarmachen, wie dicht davor ich stand, nie wieder nach Hause zu kommen. Sie wirkte nicht besonders froh, dass ich wieder da war. Aber wenn ich vom Libanon erzählte, schien sie aufzuwachen, sie setzte sich näher zu mir, bekam lebhaftere Augen.

Oft schlief ich leicht ein. Doch nach einer Stunde wachte ich auf.

Morgens war ich todmüde, kam nicht immer aus dem Bett, es kam vor, dass ich trank. Ich ging in den Stall, ich schlief noch etwas auf dem Sofa, redete mit den Kindern, ging wieder in den Stall, brachte die Kinder ins Bett.

Aber es war, als ob nichts jemals wieder leicht oder gut werden könnte.

Der Arzt verschrieb mir Schlaftabletten, so konnte ich schlafen, aber die Tabletten bekamen mir nicht, ich wanderte den ganzen Tag wie durch Nebel.

Mit Agnes sprach ich nicht, dafür zu viel mit Clara.

Und dann stand eines Tages Magne in der Tür, ein Kollege von Agnes. Ein aufgeblasener Knilch, der im Gemeinderat saß. Ich mochte ihn nie leiden.

»Agnes hat Angst vor dir, Leif«, sagte er. »Das macht mir Sorgen. Sie hat ja auch zu kämpfen gehabt, so ganz allein, während du weg warst.«

Seine Stimme klang warm und fürsorglich, sein Blick aber war kalt, höhnisch. Als ob jemand zuhören würde.

Ich schaute zur Küchentür hinüber, konnte Agnes dort drinnen sitzen sehen wie ein Gespenst.

»Hat Agnes gesagt, du sollst kommen?«, fragte ich, bekam aber keine Antwort.

»Du bist zu schwach für das Ganze, Leif«, sagte er stattdessen. »Du brauchst Hilfe.«

Ich erinnere mich genau, wie meine Beine zitterten. Wie er kopfschüttelnd Agnes anschaute.

Armer Teufel, sagte er damit.

Als Nächstes erzählte sie mir, dass sie umziehen wolle. Hier sei es ja nicht auszuhalten, sagte ausgerechnet sie zu mir, nachdem ich es all die Jahre mit ihr ausgehalten hatte, während sie im Bett lag und nichts tat, und ich arbeitete und schuftete und Haare kämmte und Zähne bürstete, kochte und Wäsche wusch und das Klo putzte und Gott weiß was.

Die Kinder würde sie mitnehmen, sagte sie. Aber Clara wollte nicht.

»Du kannst gehen, ich bleibe hier«, sagte sie zu ihrer Mutter.

»Aber Clara, das geht doch nicht«, sagte die Mutter halbherzig, aber ich glaube, tief drinnen war sie erleichtert.

Agnes zog aus, Lars nahm sie mit.

Clara heulte und schrie und versuchte, ihren Bruder zurückzuhalten.

53 – *Clara*

Wie immer höre ich Vater vor meinem inneren Ohr, als ich mir den täglichen Morgenkaffee kaufe, einen doppelten Latte mit fettarmer Milch.

Ein Milchkaffee pro Tag, das macht nach zwei Jahren ein Auto, sagt Vater. Er ist einer, der seine Hemden, Pullover und Socken selbst stopft. Der seinen alten Regenmantel mit Fahrradreparaturzeug flickt. Der die Tageszeitungen in der öffentlichen Bibliothek liest, wenn er einmal pro Woche unten im Dorf zum Einkaufen ist. Der den billigsten Kaffee kauft und die billigsten Eier. Der seine Rechnungen sofort nach Eingang begleicht, lange vor Fälligkeit, aus Angst, Mahngebühren bezahlen zu müssen.

Ich versuche auch, Verschwendung zu vermeiden, bleibe aber doch weit hinter seinem Standard zurück.

All diese Idioten, die behaupten, Geld mache nicht glücklich.

Jedenfalls vermindert es die Daseinsangst. Und streng genommen geht es für die meisten von uns ja doch ums Dasein.

Nicht darum, alles kaufen zu können, was man will. Oder jemanden anzustellen, der das Haus putzt, den Wagen wäscht und den Rasen mäht. Sondern darum, sich keine Sorgen machen zu müssen, wie man seine Rechnungen zahlen oder sein Haus behalten kann.

Niemand, der dieses Privileg schon immer genossen hat, kann sich vorstellen, was das bedeutet.

Den Kaffee in der Hand, gehe ich auf dem Weg vom Youngstorg zur Akersgata über den Platz, an der Stelle vorbei, wo eine junge Frau, Referentin wie ich, ums Leben kam, als am 22. Juli 2011 die Bombe explodierte.

Genau dort, um 15 Uhr 25 an einem grauen Tag während der Sommerferien, endete ihr Leben. Und mein Arbeitsplatz, so wie ich ihn kannte, wurde zerstört.

Ich war bei der Arbeit, ich überlebte, es gelang mir, die Treppe runter und durch die zertrümmerte Rezeption ins Freie zu kommen. Ohne eine Schramme.

Etliche meiner Kollegen haben Spuren der Verletzungen von jenem Tag davongetragen. Eine Narbe im Gesicht, ein fehlendes Bein, ein behinderter Arm.

Und dann gibt es noch viele andere Schäden, unsichtbare.

Wenn ich aus dieser Richtung komme, gehe ich aber so wie immer an der Stelle vorbei, wo die Eingangshalle des Regierungshochhauses lag. Viele andere machen große Umwege, um den Ort zu vermeiden, für mich ist es zu einer Art Ritual geworden.

Das war mehrere Jahre lang mein Arbeitsplatz. Hunderte Male habe ich hier meine Karte in die Stempeluhr gesteckt.

Ich mochte dieses Hochhaus, die Kombination von Steinmauern, Sechzigerjahre-Teakverkleidung und dem Wandteppich von Hannah Ryggen, *Wir leben auf einem Stern*, der mich immer an Nikolai Astrups Gemälde erinnerte.

All das gehörte mir. All das wurde weggebombt. All das ist jetzt nicht mehr.

Pulverisiert, in Rauch und Staub aufgegangen. Und dann abgeräumt, weggeschafft.

Das Justizministerium wurde besonders stark getroffen.

Wir verloren Mitarbeiter, Büros, Selbstvertrauen. Und das Haus war für zahlreiche Abläufe zuständig, die nicht gut klappten. Allerdings liegt die Schuld nicht nur bei uns. Die Verantwortung für die Einsatzbereitschaft geht quer durch verschiedene Ministerien, Institutionen, Regierungsbezirke und Kommunen. Deren Leiter voll verantwortlich sind.

Hannah Ryggens Wandteppich hatte einen bösen Riss davongetragen, jetzt ist er restauriert, von Glassplittern und Betonstaub gereinigt, fachkundig wieder zusammengenäht und an einem anderen Ort aufgehängt worden.

Aber das Gebäude steht noch leer da, seit jetzt sieben Jahren. Nach wie vor gibt es keine neue Lösung. Der Eingangsbereich, zuvor ein so pulsierender, lebensvoller Ort, ist nichts als eine leere, unheimliche Hülle.

Nur die elegante Wasserfläche zwischen dem Hochhaus und dem Gebäude R5, in dem unser Ministerium jetzt untergebracht ist, ist noch dieselbe.

Früher habe ich mich häufig dort hingesetzt und auf das stille, glatte Wasser geblickt. Jetzt habe ich dazu keine Zeit mehr.

»Die *VG* will Clara einen Tag lang begleiten«, sagt der Pressesprecher, als wir uns zur Presseschau treffen. »Möglichst an einem Tag, an dem ein bisschen was los ist, wo sie interessante Fotos machen können, in coolen Locations …«

»Nein«, sage ich, bevor ich überhaupt nachdenke. Sowohl Munch, der schon aus Brüssel zurück ist, als auch der Pressesprecher schauen mich überrascht an.

»Es geht vor allem darum, dich durch einen Arbeitstag zu begleiten. Und hier gibt es übrigens gleich noch eine ähnliche Anfrage, von Erik Dammann-Heier von TV2. Er möchte ein Porträt von dir machen.«

»Heier? Der alte Frauenheld?«, murmelt Mona.

»TV2? Über Clara?« Munchs politischer Berater blickt den Minister kopfschüttelnd an. »Eigentlich solltest ja wohl du im Mittelpunkt stehen, ob Clara jetzt eine Frau ist oder nicht.«

Mona räuspert sich warnend.

»Für mich ist das schon in Ordnung, danke. Was meinst du?« Munch schaut den Pressesprecher an. Der zuckt mit den Schultern.

»Ich glaube, da können wir schlecht Nein sagen. Wenn die den Eindruck haben, wir drücken uns, kriegen wir das hinterher zu spüren.«

»Mona?«, fragt Munch mit Blick auf die Ministerialdirektorin.

»Nein, in eure Pressearbeit mische ich mich nicht ein«, sagt sie seufzend.

Eine gewisse Skepsis klingt da mit, obwohl sie mir in der jüngsten Zeit nicht mehr so kritisch gegenüberzustehen scheint. Ich glaube, ihr gefällt, dass ich ordentlich arbeite, rasch und verständlich antworte und die Abteilungen des Hauses nicht mit zu vielen sinnlosen und zeitraubenden Aufträgen behellige.

»Außerdem wollen dich beide, Zeitung und Fernsehen, zu Hause besuchen«, sagt der Pressesprecher. »Es geht ihnen um den Kontrast zwischen der berufstätigen Frau und der Hausfrau und Mutter. Sie wollen zeigen, wie du das alles hinkriegst …«

»Mein Gott, warum soll ausgerechnet sie so viel Aufmerksamkeit bekommen? Sie ist schließlich nicht Ministerin«, seufzt der Berater. So jung er ist, er hat schon drei Kinder zu Hause in Südnorwegen. Seine Frau kümmert sich um Haushalt und Familie, wenn er am Wochenende zu Hause ist, postet er Fotos von den Kindern und sich auf Instagram und Facebook. Jetzt bin ich ausnahmsweise mal fast geneigt, ihm zuzustimmen.

»Gut aussehende Frau, geheimnisvolle Ausstrahlung, du weißt schon«, sagt der Pressesprecher. »Viel mehr braucht es oft gar nicht. Und dann natürlich noch, dass sie uns über Nacht fünfzehn Löschhubschrauber beschafft hat.«

»Bei mir zu Hause will ich sie trotzdem nicht haben«, sage ich.

Als wir nach der Besprechung auseinandergehen, klingelt das Telefon des Pressesprechers.

»Ja? Wie? Da muss ich dich zurückrufen. Bis später.« Er legt auf.

»*Oh my God* … Das war die *VG*«, sagt er zu mir und schaut sich um. Munch ist nicht mehr zu sehen. »Rat mal, was die haben.«

»Keine Ahnung.«

Er seufzt schwer.

»Was für ein Albtraum. Sie wollen eine Stellungnahme von Munch. Cathrine Monrad hat eine Audiodatei vorgelegt, mit der sie beweist, dass er all das, was er nicht geäußert haben will, eben doch gesagt hat.«

»Wie zum Beispiel?«, fragt Mona mit einer besorgten Falte zwischen den Augenbrauen.

»Wie zum Beispiel, dass es nicht ihr Job ist, die Medienhure zu geben.«

»Du lieber Himmel … Das hat er wirklich gesagt?«, fragt Mona. »Dann steht er als Lügner da. Das ist mit das Schlimmste. Denk bloß daran, wie viele schon wegen Lappalien zurücktreten mussten, weil sie dachten, sie könnten sich irgendwie rausreden. Und einer untergeordneten Behördenleiterin mit Vertrauensverlust zu drohen, wenn sie sich den Mund nicht verbieten lässt, das …« Da läutet ihr Telefon.

»Staatskanzlei, Vorzimmer der Ministerpräsidentin«, sagt sie, nachdem sie auf den Bildschirm geschaut hat, und rückt sich die Brosche des Tages zurecht, die einen Pelikan darstellt. »Das habe ich schon erwartet.«

»Was wollen die?«, fragt der Pressesprecher.

»Was wohl, die Wahrheit, die ganze Wahrheit, natürlich. Und zwar pronto«, sagt Mona mit einer Grimasse und geht schnell zu ihrem Büro.

54 – *Leif*

1982

IRGENDWIE WURDE ALLES ETWAS LEICHTER, nachdem Agnes ausgezogen war.

Ich atmete etwas freier, schlief besser, saß weniger mit dem Gewehr auf dem Balkon, ich sprach mit Clara, erzählte ihr auch von dem Olivenbaum und der Höhle in den Bergen, von den Ziegen und Grillen, davon, wie die Granaten die große Stille zerbrachen, und von dem Splitter, den ich mir aus der Hüfte zog und mit nach Hause nahm.

»Wo ist der jetzt?«, wollte sie wissen, und ich holte die Streichholzschachtel aus der Kommodenschublade im Schlafzimmer und zeigte ihn ihr.

»Kann ich ihn anfassen?«, fragte sie.

Und dann saß sie da und wog ihn in der Hand.

»Das ist mein Erinnerungsstück«, sagte ich, »eines von beiden.«

»Kann ich mir da Schmuck draus machen?«

»Schmuck?«, fragte ich erstaunt. »Warum nicht, wenn du willst.«

»Hast du noch mehr? Kann ich das sehen?«, fragte sie mit schräg gelegtem Kopf.

»Ja, Moment.« Ich ging wieder zu der Kommode und holte das blaue Käppi mit den Einschusslöchern.

Sie hielt es im Schoß, drehte und wendete es hin und her.

»Hast du das von jemandem weggenommen?«

»Nein, es lag hinterher auf dem Boden.«

»Und hast du die ganzen Löcher da reingemacht?«

»Ich weiß nicht genau, aber ja, wahrscheinlich. Weißt du … das Seltsame ist, mitten in all dem Grauen habe ich mich trotzdem lebendiger gefühlt als jemals sonst.«

»Weil du jemanden erschossen hast?«

»Nein, nicht nur darum, um Himmels willen.«

»Warum dann?«

»Das kann man jemandem, der nicht dabei war, schwer erklären. Irgendwie kam mir alles so sinnvoll vor.«

55 – *Clara*

In einem hellblauen Leinenkleid sitze ich an dem kleinen Kaffeetisch in unserem Garten und posiere für die *VG*, eine Espressotasse in der Hand. Dann lehne ich mich an den Birnbaum, knie danach an einem Beet und gucke auch noch aus einem Fenster.

Wie alle anderen habe auch ich mich darüber mokiert, dass der Minister landauf, landab herumreist, um den Pressefotografen gute Bilder zu bieten, statt im Büro zu sitzen und seinen Job zu machen. Aber jetzt produziere ich mich selbst, grinse so breit, dass es sich bald anfühlt, als würde es mein Gesicht zerreißen.

Sie haben ihren Make-up-Künstler oder Stylisten dabei oder wie das heißt. Erst habe ich gesagt, kein Make-up, nur etwas Mascara und Puder, aber mir wurde Lippenstift verpasst und das Haar im besten Betty-Draper-Stil frisiert.

Als es endlich ans Fotografieren geht, bekomme ich genaue Anweisungen. Halt die Hand so. Schau nach rechts, jetzt schau mich an, danke. Bisschen vor. Bisschen zurück. Danke, danke, danke, knips, knips, knips.

Und die ganze Zeit feuert mich unser Pressesprecher aus dem Hintergrund an und reckt die Daumen hoch, als wäre ich ein Dressurhund.

Ich hatte gesagt, er brauche nicht dabei zu sein, aber er ist trotzdem mitgekommen.

In Wirklichkeit habe ich Leute nie leiden können. Leute stressen mich. Sie machen Lärm, sie schnattern herum, sie saugen Kraft und Konzentration ab.

Mit Vater bin ich gern zusammen. Mit meinen Jungs auch, in einem bestimmten Ausmaß. Früher auch gern mit Haavard, in kleiner Dosierung. Und mit Großmutter Edith. Und sonst? Eigentlich mit niemandem. Es ist Zeitverschwendung.

Ich habe mich immer darum bemüht, möglichst normal zu wirken. Eine Zeit lang habe ich sogar überlegt, ob ich mir einen anderen Namen zulege, Anne oder Anita oder Marie oder sonst einen ganz gewöhnlichen. Clara kam mir zu ausgefallen vor.

Aber dazu ist es nie gekommen. Aber ich habe genau darauf geachtet, dass niemand mich wirklich kennenlernt, nicht einmal Haavard. So wollte ich es. Ein Leben als unsichtbare Bürokratin, als angepasste Westendfrau. Ein Soldat in Tarnkleidung.

Und jetzt das hier. Ein verfluchtes Team in meinem Garten, bereit, mich vor der ganzen Welt auszustellen. Alle, die eigentlich nicht viel über mich wissen, Kollegen und Nachbarn, Kunden in den Geschäften und Eltern aus der Klasse von den Jungs, sie rücken alle ein Stück näher.

Jetzt ist es zu spät, ich muss weiter lächeln und in die Kamera schauen.

Vielleicht liest meine Mutter diesen Artikel. Vielleicht bringt Bodil oder sonst eine Kuh im Heim ihr die Zeitung oder den säuberlich ausgeschnittenen Artikel.

»Schau mal, Agnes, hier ist Clara, deine Tochter, du weißt doch, in Oslo.«

War es vielleicht doch dumm von mir, im Heim aufzukreuzen?

Ich hatte gedacht, es müsse sein, weil ich nach dem, was an jenem Abend im Krankenhaus Ullevål passiert war, genauer wissen musste, wie weit es meiner Mutter wirklich besser ging, an wie viel sie sich erinnerte, in welchem Maße sie sich artikulieren konnte.

All die Jahre habe ich mir eingebildet, es würde sie gar nicht geben. Sie wäre eigentlich tot, so, wie ich es allen erzählt habe.

Aber jetzt auf einmal ist sie höchst lebendig. Und aus der Begegnung mit ihr bin ich nicht im Geringsten klug geworden.

Die meisten Leute zu Hause im Dorf haben Agnes Lofthus wahrscheinlich mehr oder weniger vergessen. Aber alle im Heim, Bodil zum Beispiel, würden zusammenzucken bei der Lektüre eines tränenseligen Interviews, in dem meine leider verstorbene Mutter vorkommt. Und natürlich würden sie die *VG* anrufen und erzählen, dass das eine Lüge ist.

»Schwer erkrankt«, sage ich jetzt stattdessen zu der langhaarigen *VG*-Journalistin. »Aber vielleicht sollten Sie sie besser nicht erwähnen. Das würde es für die Familie noch schwerer machen.«

»Okay.« Sie wickelt sich eine Haarsträhne um den Zeigefinger. »Aber zu Ihrem Vater haben Sie eine enge Beziehung?«

Ich seufze und wedele eine Wespe weg, die ebenso aufdringlich um meinen Eistee kreist wie diese Journalistin um mich.

»Ich dachte, es sollte nicht so sehr um mein Privatleben gehen?«

Sie blickt auf und schaut mich erstaunt an.

»Besonders privat ist das doch nicht, nur ein bisschen persönlich. Und das gehört ja eigentlich dazu …«

»Ach ja?«

»Ja«, antwortet sie.

Ein stummer Machtkampf. Sie lächelt zuckersüß und ein wenig demonstrativ zurück, und ich beschließe, es einfach mit der Wahrheit zu versuchen.

»Mein Vater hat mir immer Sicherheit gegeben«, sage ich, und das entspricht ja der Wahrheit. Und zugleich nicht. »Alle Kinder brauchen so etwas im Leben. Viele haben es nicht.«

»Nein, stimmt«, antwortet sie und kaut etwas abwesend an ihrem Bleistift. Seit meiner Schulzeit habe ich niemanden mehr so intensiv an einem Bleistift kauen sehen. »Stimmt es eigentlich, dass Sie als Kind einen Autounfall miterlebt haben?«, fragt sie dann, bevor ich noch mehr sagen kann.

Verflucht noch mal, die lässt wirklich nicht locker, die hat das ganz offensichtlich gelernt. Und ich habe ja auch darüber gelesen beziehungsweise es in all solchen dämlichen Porträts gesehen, dass die Interviewer immer auf der Jagd nach irgendeinem Trauma sind, einem Schmerz, den sie dann zum Mittelpunkt des Artikels machen. Darmverschlingung als Baby, was auch immer.

»Ja, aber das ist zu traumatisch, lassen Sie das weg«, sage ich und schlage nach der Wespe.

Sie nickt wieder, und mir wird klar, dass die Liste der Themen, die sie auslassen soll, allmählich zu lang wird.

Das ist der Hauptgrund, warum ich keine Interviews mag.

»Es gibt einfach unendlich viele Kinder, die zu Hause grober Gewalt und Misshandlungen ausgesetzt sind, ich habe viel darüber gelesen und davon gesehen, daher rührt mein Engagement. Wenn die Kinder versuchen, davon zu erzählen, zum Beispiel in der Schule, passiert nichts, höchstens wird mit den Eltern gesprochen, und das macht alles nur noch schlimmer. Viel zu viele wissen davon, aber sie tun nichts. Weil es einfacher ist, es sein zu lassen. Und ich finde, daran müssen wir etwas ändern.«

»Danke«, murmelt die Tussi nicht besonders begeistert, und da gelingt es mir endlich, die Wespe zu treffen. Jetzt liegt sie neben meinem Glas in letzten Zuckungen.

Der Mord an Susanne Stenersen hat Munchs Bandenmord-Hypothese null und nichtig gemacht, jetzt kriegt er die Quittung. Er muss in den verschiedenen Nachrichtensendungen Rede und Antwort stehen, sowohl, was den erneuten Mord angeht, als auch die Sache mit Monrad.

Wird es lebensgefährlich, in Oslo zu leben? Und warum hat er sich derart auf das Bandenmilieu konzentriert, obwohl diese Morde überhaupt nichts damit zu tun haben? Nur um die Stimmung anzuheizen und tatkräftig zu wirken? Oder will er damit das Thema Bewaffnung der Polizei, an dem ihm so liegt, am Kochen halten?

Die Medien spekulieren über familiäre Gewalt als gemeinsamen Nenner der drei Tötungsdelikte und schreiben jetzt darüber, dass Kinder weiter in Familien leben, bei denen Verdacht auf Misshandlung besteht. Warum sei das so? Warum fange das System sie nicht auf?

All so etwas soll Munch beantworten.

Und das gelingt ihm gar nicht gut. Er murmelt irgendwas über einen Gesetzesvorschlag, der sozusagen spruchreif sein soll, ansonsten weiß er nur wenig zu sagen.

Ein paar Tage später greift die *VG* in einem erneuten Artikel das Ganze wieder auf und berichtet, dass der Kontroll- und Verfassungsausschuss Munch wegen seiner Äußerungen

Monrad gegenüber vorgeladen hat. Auch der Rechnungshof beschäftigt sich angeblich mit der Sache.

Mein Porträt bringen sie am nächsten Samstag in der Wochenendbeilage, es hat die Überschrift »Kometenhafter Aufstieg im Justizministerium«.

Auf der Arbeit dreht sich alles nur um Schadensbegrenzung, darum, Munch zu retten, und da stößt dieser lobhudelnde Artikel nicht unbedingt auf Gegenliebe.

Der politische Berater steckt den Kopf zu meiner Tür rein, wir sind beide am Samstag im Büro, um vor den Ferien noch etwas wegzuarbeiten: »Super Eigenwerbung, Clara. Tolle Arbeit. Genau, was der Chef jetzt brauchen kann …«

»Dass die mich interviewen, war ja nicht meine Erfindung. Die *VG* hat sich beim Pressereferat gemeldet. Das weißt du auch.«

»Ja, das war die Version, die sie uns erzählt haben.« Er zieht eine Grimasse. »Aber vielleicht hat die Zeitung ja einen Tipp bekommen? Etwa dass es für so was gute Chancen gäbe?«

»Ach, denk, was du willst.«

Ich kann sehen, dass er jetzt unsicher wird.

»Aha, du gibst also zu …«

»Nichts gebe ich zu«, unterbreche ich ihn. »Ich habe nur gesagt, denk, was du willst.«

Jetzt schüttelt er nur noch den Kopf und zieht ab, die geballten Fäuste tief in seine Hosentaschen gestemmt, sodass der Anzugstoff sich über den Hinterbacken spannt.

Er ist ganz schön mollig, genau wie Munchs andere Jungs. Zu viel Fast Food während der Überstunden, zu viel Schokoriegel vom Automaten im Flur, zu wenig Schlaf.

Ich muss aufpassen, dass ich nicht auch so werde.

Wenn ich heute nach Hause komme, mache ich einen langen Waldlauf, über Wurzeln und Moore, nur noch rennen und atmen, bis ich das Interview und den Minister und den Berater und sämtliche Journalisten der Welt ausgeschwitzt habe.

Danach sind Sommerferien. Und wir fahren nach Hause.

56 – *Leif*

1986

Lars sollte jedes zweite Wochenende zu mir kommen. Das war zwar zu wenig, aber so geht es anderen geschiedenen Vätern auch. Und es würde sicher deutlich mehr werden, dachte ich, wenn Agnes wieder in ihrer Dunkelheit verschwand und morgens nicht mehr aus dem Bett kam.

Nach einer Weile nahm sie das Telefon nicht mehr ab, wenn ich anrief. Ich klingelte an der Tür der Kellerwohnung, die sie gemietet hatte. Niemand da. Dasselbe am Tag danach. Dann fand ich Agnes oben auf dem Lia-Hof, bei Magne. Als ich mit dem Auto ankam, stand sie auf dem Hofplatz. Von Lars war nichts zu sehen.

»Ich will meinen Sohn sehen«, sagte ich.

»Und wenn er dich nicht sehen will?« Sie zog die rosa Angorastrickjacke enger um sich, hob den Kopf, strich sich das lange helle Haar auf eine Seite und blickte mich auf eine Weise provozierend an, die mir früher einmal gefallen hatte. »Ich glaube, es tut ihm nicht gut, bei dir zu sein. Clara auch nicht. Seit dem Libanon nicht.«

»Aber bei dir zu sein, das ja …« Ich hörte selbst, wie meine Stimme während dieses kurzen Satzes lauter wurde. »Du bist also die Mutter des Jahrhunderts, du …«

»Herrgott noch mal!« Sie trat ein paar Schritte zurück, ging ins Haus und warf die Tür hinter sich zu.

Ab da holte ich ihn an der Schule ab, das funktionierte

besser. Lars freute sich offenbar, mich zu sehen, er schmiegte sich beim Kinderfernsehen in meinen Arm, ich betrachtete die kleine Nase, die feinen Härchen in seinem Gesicht, das schiefe kleine Lächeln. Lars war so sanft, fast schwach, fast mädchenhafter als Clara. Und still. Er lutschte wieder am Daumen. Manchmal machte er nachts auch wieder ins Bett, ich wusch die Laken, seine Schlafanzüge und die Matratzenauflage, das war einige Jahre nicht mehr passiert.

Clara meinte, ich sollte das alleinige Sorgerecht beantragen. Was für ein Unsinn, dass er bei Agnes und Magne wohnte, das sei nicht gut für ihn, sagte sie, schau doch bloß, wie scheu er geworden ist. Dass ich nach dem Libanon krank gewesen sei, solle ich einfach vergessen. Sie würde als Zeugin für mich auftreten, sagte sie, erzählen, ich sei der beste Vater auf der Welt.

Ich dachte, ja, das schaffe ich, das kriege ich hin. Ich wollte das alles anpacken, musste mich nur erst noch ein wenig erholen, Kräfte sammeln, um gegen Magne und Agnes anzutreten.

Dann konnte ich endlich Lars für ein ganzes Wochenende zu uns holen.

Am Samstag sollte er in der rosa Wanne baden, die war viel zu teuer gewesen, aber Agnes hatte mich gezwungen, sie einzubauen.

Erst wollte er nicht, aber ich bestand darauf, er war schmutzig.

Als ich ihm beim Ausziehen zusah, musste ich schlucken und wegschauen.

Nein, kein Kind konnte sich so stoßen. Kein Kind bekam auf normale Weise blaue Flecken unter den Armen, über der Hüfte, auf dem Bauch.

»Was ist da passiert?«, fragte ich ihn.

»Hab mich gestoßen.« Er schniefte ein bisschen.
Ich rief Clara. Das sollte sie sich ansehen.

Am nächsten Tag stand ich vor dem Schreibtisch der Frau, die in der Gemeindeverwaltung unter anderem für Jugendschutz zuständig war.

»Du willst also sagen, die Mutter …«

»… oder der Stiefvater«, sagte ich.

»… schlägt den Jungen? Das glaubst du, weil er nicht viel redet und sich den Arm gebrochen hat?«

»Nicht nur deswegen«, seufzte ich. »Es gibt viele Anzeichen. Allein die vielen blauen Flecken, wie gesagt.«

»Ach, meine Kinder sind auch voller blauer Flecken, und ich schlage sie nicht, um es mal so zu sagen. Das ist ein ziemlich vager Verdacht«, sagte die Sozialtante und trommelte mit den Fingern auf der Tischplatte.

Wir waren zusammen zur Schule gegangen. Schon da hatte ich sie nicht leiden können. Sie mich wohl auch nicht.

»Wir werden uns natürlich darum kümmern. Aber Magne Lia ist grundsolide. Du selbst hattest in der letzten Zeit ein wenig zu kämpfen, oder?« Sie blickte mich herausfordernd an. »Es mag ja sein, dir gefällt es nicht, dass deine Frau ausgezogen ist, du fühlst dich verlassen und betrogen, aber trotzdem kannst du nicht einfach solche Beschuldigungen in die Welt setzen, das müsste dir auch klar sein …«

»Heißt das, du glaubst mir nicht?« Am liebsten hätte ich der Alten ein paar gelangt.

»Das habe ich nicht gesagt«, erwiderte sie.

Ihre Augen sagten das Gegenteil.

Beim Verlassen des Verwaltungsgebäudes fühlte ich mich, als hätte ich die gesamte Kraft meines Lebens verbraucht. Ich hatte keinen Kampfesmut mehr, hatte ihn bei dem

Olivenbaum in Rachaya und oben bei der Ziegenhöhle verbraucht.

In der Zeit danach saß ich tatenlos zu Hause rum und wartete, dass sich alles von selbst regelte, dass Agnes zur Vernunft kam und wieder nach Hause zog oder jedenfalls weg von diesem Magne, dass jemand fand, so gehe es nicht weiter, dass ein Lehrer sich meldete und etwas unternahm, oder am allerliebsten, dass es stimmte, was Agnes behauptete, dass alles in Ordnung sei. Denn vor Magne und Agnes hatte ich eine Scheißangst. Ich wusste, sie würden den Libanon gegen mich verwenden, würden behaupten, ich sei als Vater ungeeignet. Wenn ich sie provozierte, würde alles vielleicht noch schlimmer werden.

Und dann rief Agnes an und sagte, Lars werde nicht mehr zu mir kommen.

»Das tut ihm nicht gut. Er braucht Ruhe. Stabilität.«

Und damit legte sie auf. Durch meine Adern floss eiskaltes Wasser. Jetzt musste ich etwas tun, Klage einreichen, handeln, was auch immer.

Aber erst noch ein bisschen hier liegen und Kraft sammeln.

Später würde ich etwas tun. Morgen. Jetzt nicht.

57 – *Haavard*

MORGEN FAHREN WIR IN DIE FERIEN. Ich habe schon frei. Clara hatte ein Fotoshooting hier zu Hause, gegen meinen Willen, jetzt ist sie im Büro.

Auf unserer Eingangstreppe steht ein Blumenbote.

»Hier bitte.« Er überreicht mir einen riesigen, in braunes Papier gehüllten Strauß.

Ich bedanke mich und packe ihn aus, so wie die drei anderen Sträuße zuvor. Vor allem Organisationen schicken Blumen, sie wollen eine Beziehung zu der neuen Staatssekretärin aufbauen, fangen sofort mit der Lobbyarbeit an, im Büro stehen sicher noch mehr Sträuße.

Dieser hier ist von der traditionellen, pompösen Sorte, weiße Lilien und rote Rosen und irgendwelches blau-lila Kleinzeug, es fehlt nur noch Schleierkraut. Keinen dieser vier Strauße hätte ich selbst gekauft. Und morgen fahren wir nach Westnorwegen. Trotzdem hole ich eine Vase, fülle sie mit Wasser, stelle den neuen Strauß rein, ohne die Stiele frisch anzuschneiden.

Dann lese ich die Karte.

Herzlichen Glückwunsch zu dem tollen neuen Job. Wir sind so stolz auf dich, Clara. Super, dass du hier vorbeigeschaut hast, ich hoffe, wir sehen dich bald wieder. Liebe Grüße vom ganzen Team in Kleivhøgda – Bodil.

Kleivhøgda? Was soll das sein? Und wer schickt ihr so

überschwängliche Glückwünsche? Abgesehen von ihrem Vater hat Clara mit niemandem in Westnorwegen engeren Kontakt. Wir gehen nie jemanden besuchen, treffen nie jemanden, kaum, dass sie im Laden irgendwem zunickt.

Eine kurze Suche bei Google ergibt, dass es sich um eine ein paar Dutzend Kilometer von Claras Heimatdorf entfernte psychiatrische Klinik handelt. Ohne groß nachzudenken, wähle ich die Nummer auf meinem Mobiltelefon und drücke die grüne Taste.

Es läutet dreimal, dann meldet sich jemand.

»Kleivhøgda, ja bitte, Bodil am Apparat.«

»Ja, hallo, hier ist Haavard Fougner, der Mann von Clara Lofthus …«

»Oh, ja, hallo …«

»Ich wollte mich für die Blumen bedanken, die sind gerade gekommen. Clara ist nicht zu Hause, ich habe sie gerade ausgepackt, die sind ja wunderbar.«

»Wie schön! Ja, wir wollten ihr unbedingt gratulieren. Bist du öfter hier bei uns?«

»Zufällig kommen wir tatsächlich morgen«, sage ich und nehme innerlich Anlauf. »Vielleicht können wir ja mal vorbeischauen? Wenn es passt?«

»Ach, das wäre aber nett.« Und jetzt kommt sie richtig in Fahrt. »Ich glaube, es wäre auch gut für Agnes, wenn sie sich bald wiedersehen würden. Weißt du, dreißig Jahre lang ohne Kontakt zur Tochter, und dann taucht die auf einmal auf, da will man sie ja bald wiedersehen. Und jetzt geht es Agnes ja endlich etwas besser, da ist regelmäßiger Kontakt besonders wichtig.«

»Natürlich«, sage ich. »Falls Clara gerade sehr viel zu tun hat, könnte es sein, dass ich allein komme, abwarten.«

Noch ein paar Phrasen zum Abschied, dann legen wir auf.

Da sitze ich jetzt, mit gerunzelter Stirn, das Telefon in den Händen, und versuche, krampfhaft nachzudenken.

Es hat immer geheißen, Claras Mutter, ihr Bruder und ihr Stiefvater seien bei dem Unfall ums Leben gekommen, als Clara zwölf Jahre alt war. Sie habe selbst mit im Auto gesessen und versucht, die anderen zu retten, aber ohne Erfolg. Nur ein Mal hat sie mit mir darüber geredet, bei einem einzigen Gespräch, an das ich mich nach all diesen Jahren haargenau erinnere.

Wir lagen in dem schmalen Bett bei meiner Großmutter Edith, hatten gegessen und getrunken. Lagen auf der Seite, einander zugewandt, unsere Gesichter dicht beieinander. Ich spürte ihre Stirn an meiner, ihren Atem in meinem, so, wie es am Anfang ganz wunderbar ist und später ein bisschen viel.

Ihre Augen waren mir so nah, dass ich sie nicht ganz scharf sehen konnte, die blaue Iris schien zu verlaufen, war wie ein Himmel, wie ein Lavendelfeld.

Da erzählte sie mir von ihrer Mutter und Lars und Magne, atmete es flüsternd aus ihrem Mund in meinen.

Ich musste ihr versprechen, dass wir nie wieder darüber reden würden, kein einziges Mal.

Das Versprechen habe ich gehalten.

Damals glaubte ich natürlich, es würden noch viele solche Abende kommen, das hier wäre nur der Anfang, wir würden immer wieder darauf zurückkommen, intensiver darüber reden.

Damals hatte ich keine Ahnung, dass ich ihr nie näherkommen würde als bei diesem einen kurzen Gespräch.

Die Jungs haben manchmal gefragt, ob sie zu den Gräbern von ihrer Großmutter und Onkel Lars mitkommen dürften, aber das hat sie ihnen ausgeredet, und jetzt ist es seit Langem in Vergessenheit geraten. Ich war nie mit auf dem Friedhof. Auch Leif will nicht über seine Frau und seinen Sohn reden, ich weiß nichts von ihnen, habe nicht mal Fotos gesehen.

Das ist nicht unnatürlich, viele Familien reagieren so auf einen traumatischen Verlust. Ich habe das mir selbst gegenüber als Erklärung verwendet, warum Clara so verschlossen ist.

Und jetzt heißt es, meine Schwiegermutter, die angeblich seit dreißig Jahren tot ist – lebt?

Was für eine unglaubliche Lüge hat Clara mir aufgetischt?

Teil 4

58 – *Clara*

1987

Jeden Tag sagte Vater, er werde etwas unternehmen. Jetzt. Bald.

So vergingen die Tage, bis zu jenem Mittwoch.

Wie an jedem Schultag ging ich von der Haltestelle des Schulbusses die ganze Strecke steil bergauf nach Hause. Ich saß mit den Mathehausaufgaben am Küchentisch, hatte mir zwei große Löffel O'boy-Kakao in ein Glas Milch gerührt. Da klingelte das graue Telefon auf dem Tischchen draußen im Flur.

Ich nahm ab: »Ja?«

»Clara?«

Ich konnte ihn kaum hören, so leise sprach er.

»Lars?«

»Du musst bitte kommen. Ich will hier weg.«

»Gut, wir holen dich ab. Was ist denn?«

»Ich glaube, die hauen mich, ganz doll, ich … ich muss auflegen. Entschuldigung.«

»Lars, warte …«

Freizeichen.

Ich warf mir die Jacke über und schlüpfte in die Schuhe. Rief nach Vater.

Suchte ihn im Schuppen. Im Stall. Überall.

Dann zurück ins Haus. Er war nirgends zu finden, wahrscheinlich war er irgendwo draußen im Gelände. Ich rannte hoch zum Obstgarten, rief die ganze Zeit nach ihm, im ersten und zweiten und dritten Apfelfeld.

Papa, Papa, Papa!

Kein Papa zu finden.

Als ich wieder unten auf den Hofplatz kam, setzte ich mich und wartete ein bisschen.

Mit dem Rad runterzufahren würde lange dauern, wahrscheinlich länger, als auf Vater zu warten. Aber ich hielt es kaum noch aus.

Irgendwann setzte ich mich dann doch auf mein Rad, ich hatte es seit dem Frühling, hatte jahrelang darauf gespart. Jetzt raste ich bergab, so schnell es ging. Musste aufpassen, dass ich das Gleichgewicht hielt, durfte nicht stürzen.

Ich strampelte am Fjord entlang, kilometerweit hart am Rande des Straßengrabens, dicht neben mir sausten die Autos vorbei, der Luftzug warf mich fast um, bis ich zu der Kreuzung kam, wo es zu Magnes Hof abging. Bergauf fuhr ich im Stehen, trat, was ich nur konnte, auch als mir die Beine wehtaten.

Als ich endlich den Hof erreichte, stand dort der Krankenwagen.

Magnes Elchhund, der sonst an den Fahnenmast gebunden war und fürchterlich herumbellte, wenn jemand kam, war nicht zu sehen. Kein Vogel sang im Baum auf dem Hofplatz.

Nichts zu hören.

Ich ging die Eingangstreppe hoch und drückte den Türgriff runter, ging in den breiten Eingangsflur. Am Boden lag Lars.

Zwei kräftige Männer in zu engen Jacken und Hosen beugten sich über ihn und drückten auf seine Brust, genauso wie ich, als er fast im Almsee ertrunken war.

Magne stand daneben und sah zu, die Hand vorm Mund, ganz der besorgte Lehrer. Mama war nicht zu sehen.

»Oh, Clara«, sagte Magne, als er mich sah. »Du?«

Ich sah nur Lars.

Sein Gesicht sah nicht so aus wie damals am See, als ich drückte und blies und das Wasser irgendwann aus seinem Mund spritzte wie aus einem Springbrunnen.

Es sah völlig anders aus.

Im Krankenhaus wachte ich an seinem Bett. Mama und Magne saßen im Flur, dieses eine Mal hatten sie begriffen, dass sie sich abseitshalten mussten.

»Lars, Lars, wach doch auf«, sagte ich immer wieder.

Ich sang ihm *Alle Vögel sind schon da* vor.

Irgendwann kam Vater den Flur runtergerannt.

»Wo sind sie? Wo sind meine Kinder?«, rief er.

Mama und Magne versuchten, ihm den Weg ins Zimmer zu versperren.

»Lars braucht jetzt Ruhe«, sagte Mama, als ob es irgendwas auf der Welt geben würde, was für Lars jetzt noch von Bedeutung sein konnte.

»Ja, Leif, setz dich hier zu uns«, sagte Magne, sehr kleinlaut für seine Verhältnisse.

»Aus dem Weg!« Vater drängelte sich zwischen ihnen durch ins Zimmer und kam zum Bett.

Und damit fing alles von vorn an.

Denn jetzt musste Vater es begreifen, so wie ich es hatte begreifen müssen.

Lars lag still da, seine beiden kleinen Händchen auf dem Bauch, seine Nägel waren ganz kurz, abgebissen. Er hatte mit dem Nägelkauen angefangen und zupfte an den Nagelhäutchen rum, ich sagte, er solle das lassen, da hörte er für eine Weile damit auf, aber bald machte er weiter, zupfte ständig. Das hatte mich geärgert.

Wie konnte mich das ärgern?

Wie konnte irgendwas, was mit Lars zu tun hatte, mich ärgern?

Jetzt atmete er nicht und rührte sich nicht und seine Haut war sehr blass und kalt und Vater weinte. Aber ich weinte nicht.

Ich hatte das Gefühl, als wäre ich genauso kalt und blau wie er und könnte nie wieder richtig atmen.

Ich hätte ihn am liebsten hochgenommen und weggetragen, tat es aber nicht. Es war zu spät.

Für alles war es zu spät. Und ich war dafür verantwortlich.

Als Vater nicht in der Lage gewesen war, etwas zu tun, da hätte ich etwas unternehmen müssen. Ich hätte zusammen mit Lars weglaufen können, wir hätten in einer Hütte in den Bergen gewohnt, ich hätte ihn retten können, aber ich hatte es nicht getan, ich verdiente nicht weiterzuleben.

Aber nichts davon sagte ich. Ich bückte mich nur und küsste ihn auf die kalte Stirn. Dann richtete ich mich wieder auf und stand da, neben Vater, der schluchzend über Lars' Körper lag.

Oh mein Gott, oh mein Gott, sagte er immer wieder. Lars' Sachen wurden nass, ich wusste, er konnte es nicht mehr spüren, trotzdem war mir das nicht recht, ich wollte Vater sagen, dass er das nicht tun sollte, aber ich sagte nichts, streichelte ihm stattdessen den Rücken.

Lars war ganz still. Und ich war ganz still.

Wir waren beide tot, aber ich anders als er.

Ich musste weiteratmen, einatmen, ausatmen.

Immer wieder und wieder.

Ich war sicher, dass Magne bestraft werden würde.

Aber sofort war da eine Erklärung zur Hand, mögliche epileptische Anfälle und andere herbeifantasierte Diagnosen, die Vater und ich nie gesagt bekommen hatten, denn Mutter behielt sie für sich.

Und das tat auch der Arzt, ein guter Freund von Magne.

Wegen eines epileptischen Anfalls war Lars die Treppe runtergestürzt, und dann hatte er eine Hirnblutung erlitten, das sagten Mutter und Magne.

Wie furchtbar tragisch, sagten sie.

Die Leute schluckten diese Erklärung und spuckten sie wieder aus.

Vater versuchte, mit der Frau vom Jugendamt zu reden, sie war nicht interessiert und abweisend.

Ich versuchte, mit niemandem zu reden, mir war klar, es war nutzlos, ich dachte schon in anderen Bahnen. Im Gegenteil, ich achtete sorgfältig darauf, niemandem gegenüber etwas Schlechtes über Mutter und Magne zu sagen.

An der Beerdigung nahmen außer dem Kirchendiener und dem Glöckner nur Vater, ich, meine Tante und ihr Mann teil.

Zwei Tage davor hatte ich meine Mutter angerufen.

»Du *darfst* nicht zur Beerdigung kommen«, sagte ich. »Du nicht, und Magne auch nicht. Wenn ihr kommt, bring ich euch um.«

Ich hatte darauf bestanden, beim Tragen des Sarges zu helfen, auch wenn Vater sagte, ich sei dafür nicht groß genug.

Obwohl Lars noch klein gewesen war, war der Sarg entsetzlich schwer, aber ich wollte es die anderen nicht merken lassen, fasste mit beiden Händen besonders fest zu.

Die anderen weinten. Ich hatte immer noch keine Tränen.

Wir setzten den Sarg auf Planken, die über das Grab gelegt waren. Dann wurden sie weggezogen, und wir senkten ihn hinunter. Ich hörte ein Geräusch, das war sicher Lars, der verrutschte. Als der Sarg auf den Boden traf, schabte er mit einem grässlichen Scharren über einen Stein, und besonders grässlich klang es, als der Pfarrer Erde darauf warf.

Ansonsten war nichts zu hören als der Regen auf unseren Jacken, auf dem Boden und dem Sarg.

Da unten im Dunkeln musste Lars jetzt bleiben, wo Würmer und Käfer auf der schwarzen Außenseite des Sarges rumkrabbelten und irgendwann zu ihm reinkamen.

59 – *Haavard*

Der Eingang zu Leifs und Claras Welt ist erreicht, wenn man von der Bezirksstraße auf die kurvige, schlecht instand gehaltene Gemeindestraße abbiegt, die sich das Tal hinaufschlängelt. Vorbei an ein paar verlassenen Höfen, und ganz hinten, wo die Straße aufhört, liegt Leifs Hof.

Ganz hinten in einem Tal, das mag dunkel und eng klingen, aber der Hof liegt auf einem Vorsprung, man hat von dort eine grandiose Aussicht.

Ich hatte meinen Eltern Fotos gezeigt, sie waren überwältigt; Westnorwegen ist so majestätisch, und die Gedichte von Olav H. Hauge sind so schön, sagte Mutter. Sie wollten zu Besuch kommen, aber weder Leif noch Clara haben sie je eingeladen. Im Grunde glaube ich, Leif würde sowieso einen Herzinfarkt erleiden, wenn meine Mutter mit ihrem Adlerblick hier über den Hof streifte, ganz zu schweigen vom Inneren des Hauses. Jetzt haben sie schon lange nicht mehr den Wunsch nach einer Reise westwärts geäußert, Mutter blickt mich nur sorgenschwer und milde jedes Mal an, wenn Westnorwegen erwähnt wird.

Den Schnee auf den Bergen würden sie lieben und die weidenden Schafe und den grünen Fjord, all das.

Kurz, sehr kurz würde Mutter die bescheidene Auswahl im Genossenschaftsladen charmant finden, aber keinesfalls gefiele ihr, dass aus der Dusche in dem winzigen Badezimmer selten Wasser kommt, nur zum Beispiel. Im Sommer lösen wir das Problem immer, indem wir im Flüsschen baden, so kalt das auch sein mag. Mir macht das nicht viel aus, ich bin ja von der Hütte in Kilsund her an Morgenbäder bei jeder Temperatur gewöhnt. Aber Clara übertrifft mich noch bei Weitem, es ist, als spürte sie überhaupt nicht, wie kalt das Wasser wirklich ist.

Diesmal ist es seltsam, hier zu sein.

Ich war immer gern hier, trotz der Fliegen und so, für mich ist es ein geschützter Ort auf der Welt, eine grüne Oase aus Frieden und vergangener Zeit, und ich sehe gern, wie sich Clara aus einer feinen Westend-Dame in eine Art Motorensägewerk-Besitzerin verwandelt.

Aber diesmal ist alles anders.

Am Tag vor unserer Abreise, nach dem Gespräch mit Bodil im psychiatrischen Pflegeheim, war ich fest entschlossen, Clara mit der Wahrheit zu konfrontieren, sobald sie nach Hause kam, spätestens, wenn sie mit ihrem Abendjoint dasaß.

Es war nur schwierig, einen Anfang und dann die richtigen Worte zu finden.

Am Ende wagte ich es schlicht und einfach nicht und verschob es.

Dann fuhren wir in Urlaub.

Und jetzt liegt trotz des Idylls für mich über allem eine Art unwirklicher Schleier.

Rings um das Wohnhaus ist das Gelände relativ gut gepflegt, das Gras steht ein wenig hoch, aber überall sind Blumen und Sträucher. Der Schuppen ist rot gestrichen, das Haus weiß, die Fahnenstange steht noch. An den Hängen weiden die Schafe.

Im Schuppen türmt sich der Krempel, der sich über Generationen angesammelt hat, alte Auto- und Traktorenreifen, Fahrräder, Kunstdünger, Heu, Sägemehl, alles bunt durcheinander in einem seligen Chaos, bedeckt von einer dicken Staubschicht. Der dunkle Schafstall, eng und mit niedriger Decke, in dem es durchdringend nach Schafspisse und Silofutter riecht, muss irgendwie unter dem Radar sämtlicher Veterinärkontrollen mit ihren Auflagen und Vorschriften durchgekommen sein.

Und dann das Haus. Gerümpel, vom Boden bis zur Decke. Bücher und Zeitschriften aus hundert Jahren. Alte Kleidungsstücke, die wohl Leifs Eltern gehört haben. Er muss einfach aufgegeben haben. Kein Wunder, dass er sich nie etwas kauft, es ist schlicht und einfach kein Platz mehr für Neues.

Zwischen dem Hof und den Almgebäuden liegt ein Höhenunterschied von dreihundert oder vierhundert Metern. Hier braust der Wasserfall, der Huldrefoss. Über keine besondere Höhe, aber er ist kräftig und führt viel Wasser, vor allem in regnerischen Zeiten. Vom Hofplatz aus ist er nur als fernes, ebenmäßiges Rauschen zu hören, aber wenn man sich auf der Alm aufhält, schäumt und donnert er heftig, obwohl man ihn auch von dort aus nicht sehen kann.

Clara hat viel Zeit darauf verwendet, uns beizubringen, dass wir die Alm und die Käserei nicht als »Hütten« bezeichnen wie irgendwelche Ferienhäuser.

Das ist eine Alm, sagt sie. Das Haus, in dem wir schlafen, ist die Käserei.

Alm und Käserei. Die Jungs verwenden jetzt die richtigen Begriffe.

Ich sage immer noch Hütte.

Als wir diesmal die schwere Tür aufstoßen, sehe ich sofort

auf dem Boden des grünen Wassereimers hinter der Tür die kleinen, eingetrockneten Leichen einer Maus und ihrer sieben Jungen. Wahrscheinlich ist sie da reingekrabbelt, hat die Kleinen dort zur Welt gebracht und ist dann nicht wieder rausgekommen, so starb sie mit ihren neugeborenen Jungen.

»Oh, pfui Spinne!« Ich muss wegsehen.

Clara steht vor dem Eimer und blickt nachdenklich hinein.

»Keine vorsätzliche Vernachlässigung der Fürsorgepflicht«, sagt sie, nimmt den Eimer und leert ihn irgendwo draußen ins Heidekraut. Normalerweise hätte ich sie jetzt tough gefunden, heute ist es nur wie ein weiterer Beweis dafür, wie gefühlskalt sie ist.

In der einen Ecke steht ein alter Ofen, so einer mit herausnehmbaren Ringen, in die dann die Töpfe gesetzt werden. Die hängen darüber an der Wand, rußig an der Außenseite, innen blank gescheuert.

In den drei anderen Ecken befinden sich eine Art Einbaubetten, die so kurz sind, dass ich immer auf einer Matratze auf dem Boden schlafe. Ein paar Wolldecken, die aussehen, als stammten sie aus Heeresbeständen, und etwas altes Bettzeug hängen über den Deckenbalken.

Zum ersten Mal war ich mit Clara im Herbst hier, ein paar Monate, nachdem wir uns kennengelernt hatten.

Um den Hof herum war alles wunderschön weiß mit Schnee überpudert. Hier oben war kein Pfad mehr zu sehen, der Schnee lag dreißig, vierzig Zentimeter hoch, wir wateten fast bis zu den Knien darin. Wir setzten uns vor den alten Ofen und heizten ihn den restlichen Abend über an, was das Zeug hielt. So hielten wir uns auf der einen Körperseite warm, die andere war eiskalt.

Nach ungefähr zwei Stunden regte sich etwas unter dem

Dach. Eine halbtote Fliege fiel runter, dann noch eine. Ich blickte hoch und sah undeutlich einen großen dunklen Fleck unter der Decke. Offenbar hatten sich sämtliche Fliegen des Dorfes hier in der Käsereihütte versammelt, um Winterruhe zu halten. Jetzt stieg die warme Luft zu ihnen auf, ihnen wurde unter den Flügeln heiß, sie wachten auf und rieselten auf uns runter, auf den mit Käse und Crackern gedeckten Tisch, in die Stearinkerzen, in denen sie zappelnd kleben blieben.

Überall lagen halb tote Fliegen hilflos auf der Seite oder dem Rücken. Es war wie im Film *Magnolia*, in dem es Frösche regnet.

Ich hätte es als Vorzeichen erkennen müssen.

Als ich diesmal morgens aufwache, habe ich meine Entscheidung getroffen.

»Ich muss runter in die Zivilisation, was erledigen«, sage ich. »Fragt nicht. Möglicherweise auch dies und das für die Arbeit.«

»Können wir mit?«, fragen die Jungs im Chor.

»Nein, heute nicht.«

Ich renne neben dem Wasserfall runter, schaffe es bis zum Hof in weniger als einer halben Stunde, gehe daran vorbei, setze mich ins Auto, fahre zur Hauptstraße, zum Fjord.

Dort biege ich in Richtung Nachbarort ab und gebe *Kleivhøgda* im Navi ein.

60 – *Clara*

1988

Ich versuchte, Vater zu trösten, setzte mich neben seinen Füßen auf den Boden, umarmte seine Knie und legte ihm das Kinn auf den Oberschenkel, schaute zu ihm hoch.

Da schluchzte er wieder los, also ließ ich es sein.

Lieber Gott im Himmel, ich halte das nicht aus, sagte er.

Es wird besser mit der Zeit, kleiner Papa, sagte ich, wie in schwedischen Filmen.

Er weinte nur noch mehr, also nannte ich ihn nicht mehr kleiner Papa, obwohl er genau das war.

Ich kochte morgens Kaffee, deckte den Frühstückstisch, legte ihm Sachen zum Anziehen raus, ich erinnerte ihn daran zu duschen, wenn er streng und verschwitzt roch, ich machte Abendessen und wusch die Wäsche, sorgte für Haus und Stall, holte die Post, nahm die Rechnungen aus den Umschlägen und legte sie aufgefaltet auf den Tisch, zeigte darauf und sagte, wir müssen zur Bank gehen und sie bezahlen, ich erinnerte ihn daran, meine Tante anzurufen und das Jugendamt, denn *jetzt* war man dort aktiv geworden und kontrollierte, wie es mir ging.

Ich machte nur vernünftige Sachen, versuchte, alles andere zu verdrängen, so gut es ging.

Vor allem bemühte ich mich, nicht an Lars zu denken.

Er war weg und würde nie mehr wiederkommen.

Eine Mutter hatte ich auch nicht mehr.

Ich hatte nur Vater, ich musste ihn wieder auf die Beine bringen, musste verhindern, dass er völlig zusammenbrach.

Nach einer Weile gab es einzelne Lichtblicke. Langsam, aber sicher. Aber dann erzählte Vater von diesem Traum.

»Ich träume immer wieder dasselbe, immer wieder. Ich fahre am Fjord entlang. Du sitzt neben mir. Dann verliere ich die Kontrolle über den Wagen, wir rasen über den Straßenrand hinaus ins Wasser, ich sitze nur einfach da, kann keinen Finger rühren, während das Auto untergeht … Ich kann nicht begreifen, was das bedeuten soll. Werde ich dich auch noch verlieren?«

Wir saßen in den roten Ohrensesseln von Vaters Großeltern vor dem Ofen.

»Nicht doch, Vater. Ich werde nicht ertrinken.«

»Aber warum träume ich das dann? Es ist wie eine Warnung.«

»Weil du Lars verloren hast. Und jetzt hast du Angst, dass du mich auch noch verlierst.«

»Aber wenn der Unfall nun wirklich passiert?«

»Dann rette ich mich aus dem Auto, versprochen.«

Nach dem, was passiert war, hatte Vater sein Selbstvertrauen verloren. Ich versuchte, ihn an all das zu erinnern, was ihm gelungen war, zum Beispiel der Einsatz im Libanon. Aber auch das war schwierig, ein wenig, wie durch Moor zu wandern oder über sehr dünnes Eis.

»In Rachaya hast du doch für Ordnung gesorgt, Papa.«

Er räusperte sich. »Ja, schon, aber das war etwas anderes.«

»Wie anders?«

»In solchen Situationen musst du einfach kämpfen oder fliehen. Darfst auf keinen Fall gelähmt sein.«

»Glaubst du, ich kann so was? Soldatin werden?«

Ich stocherte mit einem Holzscheit im Ofen herum, legte es auf die Glut.

»O ja, sicher, du machst alles, was du anfängst, sehr gut, du kannst werden, was du willst.« Er lächelte mich an, aber ich konnte sehen, dass er nicht an mich glaubte.

Als Vater endlich wieder von sich aus zu den Schafen und unter die Dusche ging, hatte ich vor allem Lars im Kopf.

Jeden Tag auf dem Heimweg von der Schule radelte ich zum Friedhof. Dort setzte ich mich neben den unbehauenen ovalen Stein, den wir für ihn in unserem Fluss gefunden hatten, und lehnte mich daran. Zwei Singvogelfiguren hatten wir daraufgesetzt.

Die konnten wir uns zwar eigentlich nicht leisten, aber wir wollten sie unbedingt haben.

Manchmal sang ich ihm was vor, da am Grab. Aber meistens saß ich nur da und unterhielt mich mit ihm.

»Hallo Lars«, sagte ich. »Ich muss die ganze Zeit an dich denken.«

In der ersten Zeit kam nie eine Antwort, aber irgendwann konnte ich ihn hören. Er sagte immer dasselbe, immer wieder. Einen Satz, den er zu Lebzeiten weder gesagt noch verstanden hätte.

Trotzdem hörte ich ihn klar und deutlich.

Räche mich, sagte er.

61 – *Haavard*

»Sie sind also Claras Mann.« Die Frau am Empfang, die sich gerade als Bodil vorgestellt hat, mustert mich.

»Ja, Haavard Fougner.« Ich halte ihr die Hand hin.

»Ehrlich gesagt, wir dachten eigentlich, dass Clara nie heiraten würde. Hat sich nie für Jungs interessiert und so. Und auch nicht für Mädchen«, fügt sie mit einem Kichern hinzu. »Sie war irgendwie anders.«

»Das ist sie auch heute noch«, sage ich.

»Ja, ich habe sie ja gerade kürzlich getroffen. Und seitdem habe ich sie ein paarmal im Fernsehen gesehen. Sie wollen also Agnes besuchen? Das ist nicht ganz nach Vorschrift, aber ich denke, ich kann das zulassen.«

»Danke, das ist nett von Ihnen.«

»Na ja, Clara hat ein paar Jahrzehnte lang nicht zu Agnes' Leben gehört. Und jetzt, wo es Agnes wieder ein bisschen besser geht, da gönne ich ihr, ihre Familie kennenzulernen. Wenn Clara nicht kann, ist es gut, wenn Sie Agnes besuchen. Irgendwann können Sie auch die Jungs mitbringen, wenn Sie wollen.«

»Danke, das weiß ich sehr zu schätzen.«

»Clara hat gar nichts zu dem Blumenstrauß gesagt, den ich ihr geschickt habe.«

Mein Gott, wie viele Dankesbekundungen muss ein Mensch haben?

»Nein, Sie haben es ja selbst gesagt, sie ist etwas eigen«, sage ich. »Machen Sie sich nichts draus.«

»Tu ich ja gar nicht«, sagt sie in einem Tonfall, der das Gegenteil verrät. »Bereit, Ihre Schwiegermutter kennenzulernen? Sie haben Glück, sie ist heute gut drauf. Es wechselt sehr von Tag zu Tag, aber es geht ihr stetig besser.«

Ich folge ihr durch das Gebäude und den Garten zu einem anderen Haus, eine Treppe rauf und durch eine Tür.

Dort sitzt eine Frau auf einem Stuhl und starrt mich an.

Sie ähnelt Clara, abgesehen davon, dass sie ein braunes und ein blaues Auge hat, es ist nicht ganz leicht, ihrem Blick zu begegnen.

»Agnes, das ist Haavard«, sagt Bodil. »Claras Mann. Er möchte dir Guten Tag sagen. Das ist doch nett, nicht wahr?«

So was wie ein kurzes Nicken.

Sie ist überraschend attraktiv und mädchenhaft. Sollte sie wirklich Mitte sechzig sein? Sie wirkt, als hätte sie die letzten dreißig Jahre in Formalin gelegen. Lange Haare, fast keine Falten im Gesicht, schlank, und ihre Kleidung sieht aus, als wäre sie gerade eben für einen Film über die Siebzigerjahre aus dem Kostümfundus geholt worden, ein langes, geblümtes Hemd und eine Tunika.

»Gut, ich geh dann mal. Viel Spaß«, sagt Bodil und verschwindet.

»Agnes«, sage ich. »Weißt du, wer ich bin?«

»Der Mann, der Clara geheiratet hat.«

»Clara war neulich hier bei dir, oder?«

Ein Nicken, mehr nicht. Ich spüre, dass sie immer noch dabei ist, mich einzuschätzen.

»Du hattest sie lange nicht mehr gesehen?«

»Über dreißig Jahre.«

»Warum so lange?«

Sie zuckt mit den Schultern.

»Nein ... Die wollen nichts von mir wissen.«

»Die?«, frage ich.

»Clara. Leif«, sagt sie in einem Tonfall, als müsste sie etwas Ekliges in den Mund nehmen.

»Ehrlich gesagt, ich habe immer gedacht, du wärst tot, du wärst zusammen mit Lars und Magne bei dem Autounfall ums Leben gekommen.«

»Autounfall, zusammen mit Lars und Magne?«

Ihr entschlüpft ein kleines verächtliches Schnauben. Dann schüttelt sie langsam den Kopf.

»Oh nein, ich lebe, wie du siehst. Mehr oder weniger.« Sie schaut mich höhnisch an. »Ich bin schon bald mein halbes Leben hier, ohne alle Kontakte. Meine einzige Tochter sehe ich nur im Fernsehen. Na gut ... wenigstens habe ich ein Dach über dem Kopf und etwas zu essen.«

»Und jetzt erinnerst du dich an immer mehr, nicht wahr? Das sagt jedenfalls Bodil ...«

»Bodil, ja. Die dumme Pute«, sagt Agnes verächtlich, und ich muss lächeln.

Das ist auf jeden Fall Claras Mutter. Und jetzt wirkt sie ausgesprochen wach.

»Was willst du eigentlich von mir?«

»Na, meine Schwiegermutter kennenlernen, die ich noch nie getroffen habe.«

»Okay«, sagt sie skeptisch. »Das hast du ja jetzt.«

»Möchtest du irgendwann auch deine Enkelkinder kennenlernen?« Keine Ahnung, ob das Clara recht wäre. Und auch nicht, ob ich die Jungs überhaupt mit dieser Frau zusammenbringen will. »Und dann würde ich auch gern noch etwas mehr erfahren ...«

»Worüber?«, fragt sie unmutig.

»Vor allem über diesen Unfall. Du bist also nicht ertrunken. Was ist da passiert?«

Wieder dieses kurze, unfrohe Lachen.

»Mein Guter, du weißt offenbar gar nichts, was?« Sie schüttelt den Kopf. »Bist du sicher, dass du das überhaupt hören willst?«

Ein Teil von mir würde jetzt gern Nein sagen, aufstehen, weggehen und nie wiederkommen. Doch der Rest von mir muss es hören. Jetzt. Sofort.

»Ja«, sage ich, »ich bin sicher.«

»Gut. Die beiden waren ein Herz und eine Seele, Clara und Leif, vielleicht sind sie das ja immer noch, soweit ich weiß … So war es von Anfang an. Seit der Geburt dieses Kindes war sie das Einzige, was ihm noch etwas bedeutete. Dafür, wie es mir gehen musste, nachdem ich auf diesem blöden Felsabsatz gestrandet war, dafür interessierte er sich kein bisschen. Für Leif war dieser Hof der schönste Ort auf der Welt, und ich musste meinem Schöpfer dankbar sein, dass ich hier wohnen durfte. Wenn du ihn fragen solltest, würdest du sicher zu hören bekommen, dass ich faul war. Aber er hatte ja keine Ahnung, was es bedeutete, in meinem Körper zu stecken.«

»Was denn?«, hake ich nach, nachdem sie eine Weile nichts mehr gesagt hat.

»Während der Schwangerschaft habe ich mich gefühlt, als ob ich vergiftet worden wäre. Alles fühlte sich an wie verwelkt, Arme und Beine, Hände und Füße, alles war kraftlos, wie gelähmt. Allein schon aufs Klo zu gehen überstieg meine Kräfte. Das Tageslicht machte mich schwach. Alles machte mich schwach. Ich konnte es überhaupt nicht erklären. Wenn ich versuchte, etwas zu machen, kam dieser Schmerz, wie Lichtblitze im ganzen Körper.«

»Ich verstehe«, sagte ich, obwohl ich es nicht verstand.

Was war mit ihr geschehen?

Leidet sie am Chronischen Erschöpfungssyndrom? An einer von den schlimmeren rheumatischen Erkrankungen? Hat sie etwas anderes? Borreliose? Oder war das alles psychisch? Postnatale Depression?

»Jetzt fragst du dich sicher, welche Diagnose ich habe. Keine«, sagt Agnes. »Offen gesagt, erinnere ich mich auch nicht an die Reihenfolge der Dinge. Nur daran, dass alles ganz dunkel wurde. Als ob ich schon weg wäre, und niemand könnte mich sehen. Clara und Lars gegenüber fühlte ich mich wie eine leere Hülle. Nicht wie eine Mutter. Als wären sie beide die Kinder einer anderen Frau und nur zufällig im selben Haus wie ich. Sie machten mich wütend. Leif machte mich wütend. Der ganze verfluchte Hof machte mich wütend.«

»Das muss sehr schwierig gewesen sein«, sage ich, so neutral wie ich kann, aber innerlich erschaudere ich.

»So richtig geht die Geschichte eigentlich erst ein paar Jahre später los«, sagt sie. »Bist du sicher, dass du es erträgst, das zu hören? Damals sind ein paar ganz furchtbar schreckliche Sachen passiert ...«

Ihr hinterhältiges kleines Lächeln quält mich.

»Ja, erzähl«, sage ich, obwohl mir schwant, dass ich es bereuen werde.

62 – *Clara*

1988

Meine Mutter hatte viele schlechte Eigenschaften. Sie war ein feiges, verantwortungsloses, dummes Weib. Manchmal schlug sie uns. Und wie sich herausstellte, war sie zu Hause, als das mit Lars passierte, sie behauptete, sie sei nur kurz draußen gewesen, um Wäsche aufzuhängen.

Aber sie war seine Mutter, sie konnte ihn einfach nicht die Treppe runtergestoßen haben.

Außerdem hatte sich Lars sofort verändert, nachdem sie bei Magne eingezogen waren. Den fröhlichen, lieben Jungen, den ich kannte, gab es auf einmal nicht mehr. An seiner Stelle war da nun ein schreckhafter, stiller kleiner Kerl, der hin und wieder ganz überraschende Wutausbrüche hatte, nach der Katze trat und nicht mehr spielte.

Dass das alles typisch war, las ich erst später.

Um Zeit für die Hofarbeit zu haben – dabei hatte er den Hof verpachtet – und für alles Mögliche andere, hatte Magne jeden Mittwoch von der Schule frei. Irgendwann war meine Mutter wegen eines kleineren Eingriffs für ein paar Tage im Krankenhaus. Sie hatte mich vorher angerufen und mir das erzählt. Als ob mich das interessierte. Ich sollte sie besuchen. Wie sie denn darauf käme, sagte ich und legte auf. Ich hatte sie nicht mehr gesehen, seit sie im Krankenhaus draußen vor Lars' Zimmer gesessen hatte. Und ich hatte auch nicht vor, sie wiederzusehen.

Aber die Daten schrieb ich mir auf.

Und jetzt war ich bereit.

Ich ging die lange Straße zu Magnes Hof rauf. Unterwegs machte ich eine Pause, legte mich zwischen ein paar Birken ins Gras, atmete bewusst.

Oben angekommen, ging ich zur Haustür und drückte den Klingelknopf.

»Die Schule war heute früher aus, weil der Heimatkundelehrer krank geworden ist«, sagte ich, als er aufmachte. »Und weil danach kein Unterricht mehr war, durften wir heimgehen.«

»Aha?« Magne schaute mich abwartend an.

»Da hab ich gedacht, ich komm mal her«, sagte ich.

Ich wusste, dass er mittwochs allein zu Hause saß und trank, das hatte Lars mir erzählt. Mittwochs hatte Lars noch mehr Angst als sonst, er blieb in seinem Zimmer und versuchte, möglichst kein Geräusch zu machen.

Auch jetzt konnte ich erkennen, dass Magne getrunken hatte. Seine Augen waren etwas trüber und verschleiert. Gut so. Bislang lief alles nach Plan.

Vaters Albtraum, dass ich mit dem Auto untergehen könnte, hatte mich auf die Idee gebracht. Ich fuhr mit dem Fahrrad zur Bibliothek, durchblätterte Erste-Hilfe-Anleitungen und Führerscheinlehrbücher, machte mir Notizen, zeichnete Illustrationen ab.

Der wichtigste Punkt war, dass die Leute in der Regel zu lange warten, wenn ein Auto ins Wasser stürzt. Darum ertrinken sie. Man muss schnell handeln. Sofort. Fast niemand stirbt durch den Aufprall auf dem Wasser. Sondern durch Ertrinken, im Auto.

Außerdem war ich letzte Nacht zu Magnes Hof geradelt.

Wie immer war die Haustür nicht abgesperrt, wie immer hing der Autoschlüssel im Schlüsselschrank im Flur. Magne schlief tief und fest.

»Aha«, sagte er jetzt wieder und runzelte die Augenbrauen. »Aber Agnes ist nicht hier. Sie ist im Krankenhaus.«

»Ja, ich weiß, ich möchte sie gern besuchen. Kannst du mich hinfahren? Bitte?«

»Tja, das passt eigentlich nicht so gut«, sagte er zögernd, er wollte ganz sicher nicht zugeben, dass er an einem Werktag getrunken hatte.

»Ich möchte auch gern mit dir über Papa reden«, sagte ich. »Es geht ihm irgendwie zurzeit nicht gut … Eigentlich mache ich mir richtig Sorgen.«

Und da, da funkelte es in seinen Augen, das Funkeln des Raubtieres. Jetzt hatte ich ihn.

»Na gut. Ich hole nur schnell mein Portemonnaie«, sagte er und ging rein.

Von der Tür aus konnte ich sehen, dass er zum Eckschrank im Wohnzimmer ging.

Da bewahrte er den Schnaps auf. Es klirrte so, wie wenn jemand jedes Klirren vermeiden will. Hauptsache, er konnte den Wagen auf der Straße halten.

Der Wagen war ein ziemlich neuer, sauber gewaschener und polierter Opel in einem seltsamen Gold. Drinnen hing ein sauberer, etwas chemischer Geruch. Magnes Schnapsfahne war in dieser sterilen Umgebung noch auffälliger.

Magne ertrug keinerlei Unordnung. Lars durfte sein Spielzeug ausschließlich in seinem Zimmer haben, irgendwann nicht einmal mehr dort. Zum Schluss hatte Magne alles weggeworfen, auch die Legosteine und die Autos, die Lars so geliebt hatte.

Wir rollten den schmalen Kiesweg runter. Magne blickte

starr vor sich hin, offenbar hatte er mehr getrunken, als ich dachte. Unten auf der Hauptstraße fuhren wir nach rechts. Zum Krankenhaus waren es zwanzig Kilometer. Die ersten zehn Kilometer war die Straße am Fjord entlang kurvig, schmal und riskant. Jederzeit konnte es Gegenverkehr geben. Schon jetzt im Frühsommer waren überall deutsche und holländische Autos zu sehen, etliche davon mit Wohnwagen. Die fuhren sich an den schmalen Stellen öfter fest, mussten rangieren, bekamen es nicht hin, die Einheimischen rauften sich die Haare.

Es war einer von diesen glänzenden, schimmernden Sommertagen mit knallblauem Himmel, die grünen Hänge waren besonders grün, wie immer im Frühsommer. Der Fjord blinkte und glitzerte, sah aus wie Gold, wie warmes Gold, aber ich wusste, das Wasser war eiskalt.

Immer noch waren die Gipfel weiß, die Bäche wanden sich wie fette weiße Schlangen an den Bergen runter.

Schmelzwasser. Darum war der Fjord noch fast smaragdgrün.

Mein Herz schlug schneller.

Aber jetzt durfte ich nicht zögern. Ich musste es durchziehen.

Wir befanden uns auf dem schmalen einspurigen Teil, mussten auf einen entgegenkommenden Wagen warten. Magne rangierte, fluchte. Dann waren wir dran, fuhren vorsichtig durch die Engstelle, wo auf jeder Seite nur knapp zehn Zentimeter Platz sind. Wenigstens fuhr er hier langsamer.

Dann kam die einzige Strecke, auf der die Straße breit ist, er trat aufs Gaspedal.

Noch zehn Kilometer bis zum Krankenhaus.

Zwei Kilometer bis zu der Stelle, die ich ausgewählt hatte.

Gleich waren wir da.

Magne fuhr zu schnell, das war gut, das machte alles leichter.

Jetzt kam die Kurve, eine scharfe Kurve ohne Leitplanken oder Bäume, es ging neben der Straße direkt in den Fjord. Wer sein Auto loswerden wollte, um die Versicherungssumme zu kassieren, ließ es im Schutze der Nacht hier in den Fjord rollen. Die Behörden sollten die Kurve besser sichern, bevor noch ein ernster Unfall geschah, sagten die Leute.

Auf meiner Seite ging es steil bergab.

Ich hatte es mir Mal ums Mal ausgemalt, es immer wieder durchdacht, ich wusste, es gab nur eine einzige Gelegenheit.

Also griff ich mit der Linken ans Lenkrad, zog es mit einem harten Ruck zu mir. Hart und schnell.

Wir schossen über den Straßenrand raus.

Ich hielt mich an der Tür fest und stemmte die Füße auf, kniff den Mund zusammen, einen Schrei sollte er von mir jedenfalls nicht zu hören bekommen.

Den Aufprall auf dem Wasser hatte ich ebenfalls Mal ums Mal vor mir gesehen.

Aber das ungeheure Krachen hatte ich mir nicht vorstellen können, den dumpfen Aufprall, die gewaltige Kraft, die sich zwischen dem fliegenden Auto und dem Wasser entfaltete. Den Knall, als wir auftrafen.

Mein Kopf wurde erst nach vorn, dann nach hinten geschleudert, und schon gingen wir unter. Magne brüllte irgendwas mit Scheiße, ich hielt mich an der Tür fest.

Ich hatte alles über diese Situation gelesen, ich wusste, das Wasser würde sehr rasch in alle möglichen Hohlräume eindringen, das Auto würde sofort versinken.

Fast alle Beteiligten reagieren mit Panik darauf, vergessen, rationell und vernünftig zu handeln. Ich hatte den großen

Vorteil, dass ich wusste, was gleich passieren würde, und mich darauf vorbereiten konnte. Ich hatte mich darauf eingestellt, einen kühlen Kopf zu behalten, sofort das Fenster runterzudrehen und zugleich den Sicherheitsgurt zu lösen.

Schon nach kurzer Zeit wäre beides schwierig, das wusste ich. Und selbst wenn man es schaffte, den Sicherheitsgurt zu öffnen, musste man dann die Scheibe einschlagen, um rauszukommen. Die Tür aufzumachen war wegen des Wasserdrucks unmöglich.

In den USA kommen pro Jahr rund vierhundert Menschen in versinkenden Wagen um, weil sie warten, dass irgendein Wunder geschieht, und dabei die entscheidenden dreißig bis sechzig Sekunden verstreichen lassen.

Die Leute sind wirklich ganz schön dumm.

Jetzt kurbelte ich mit der rechten Hand das Fenster runter und öffnete mit der linken den Gurt.

Und genau, wie ich gelesen hatte, drang das Wasser sehr viel schneller ein, als man es sich vorstellte.

Es blubberte und gluckerte. Und ich bekam Panik.

Das Auto sank auf den Grund eines tiefen Fjords, und ich saß darin.

Ich schaute kurz zu Magne rüber, er wirkte völlig gelähmt.

»Mach deine Tür auf, Magne«, sagte ich, dann stieß ich mich mit den Füßen von meinem Sitz ab und schob mich aus dem Fenster.

Magne rüttelte verzweifelt an seiner Tür, die nicht mehr zu öffnen war. Und wenn er auf die Idee kommen sollte, das Fenster runterzukurbeln, wäre es auch dafür zu spät.

Ich schwamm zum Ufer.

Als ich mich unterwegs umdrehte, war nur noch ein Teil vom Kofferraum des goldfarbenen Wagens zu sehen.

Unter mir konnte ich keinen Grund erkennen, nur gähnendes Dunkel.

Das Ufer war zwar steil, aber man konnte leicht auf die Steine klettern, das hatte ich auf meiner Fahrradtour vor ein paar Tagen gesehen.

Ich kam oben an, setzte mich, lehnte mich an einen großen Stein, blickte über das Wasser.

Er tauchte nicht auf.

Ich war meinem Plan gefolgt, ich hatte es geschafft.

Bald musste ich die nächste Phase meines Plans beginnen, die Böschung raufklettern, ein Auto anhalten, Panik zeigen, weinen, all das, mich ins Städtchen bringen lassen und mit der Polizei reden. Das eine und das andere Detail auslassen, alles so erklären, dass es glaubwürdig wirkte.

Aber erst wollte ich noch ein bisschen hier sitzen, über den Fjord schauen, zu Atem kommen.

63 – *Leif*

1988

Als wir langsam an der Stelle vorüberfuhren, wo Magne und Clara früher am Tag von der Straße abgekommen waren – es wurde hier ganz erstaunlich schnell unglaublich tief, im Winter schossen oft Lawinen über die Straße hinweg in den Fjord, jetzt war die Stelle mit Flatterband markiert –, da sah ich Claras Augen so merkwürdig glänzen, wie früher, als sie klein war und fieberte.

Im selben Moment schaute die Polizistin, die uns fuhr, im Rückspiegel nach uns. Sie lächelte mitfühlend. Clara bemerkte es und setzte einen traurigen Kleinmädchenblick auf.

Ich legte den Arm um sie und zog ihren Kopf an meine Schulter.

Nur noch wir beide übrig. Nur noch Clara und ich von jetzt an.

Aber nicht lange, nachdem wir nach Hause gekommen waren, donnerte es an der Tür.

Während ich zum Krankenhaus gefahren war, hatte es sich bewölkt, und auf dem Heimweg begann es zu regnen.

Das nasse Haar an den Kopf geklatscht und die durchnässten Sachen eng am Körper klebend, stand draußen Agnes. Sie klapperte mit den Zähnen, zitterte. Ich zog sie rasch in den Hausflur, obwohl ich ihr am liebsten die Tür vor der Nase zugeknallt hätte.

»Hier kannst du nicht bleiben.« Ich versperrte ihr den Weg ins Wohnzimmer. »Clara muss sich ausruhen.«

Agnes schüttelte den Kopf. »Das Mädchen ist böse. Wo ist sie? Ich muss mit ihr reden.«

»Oh nein, nein«, sagte ich und hörte selbst, wie schneidend höhnisch meine Stimme klang. All der Hass auf Agnes, der sich in den letzten Jahren in mir angesammelt hatte, vor allem seit Lars' Tod, jetzt brach er sich Bahn, wie wenn der Wasserfall hinter dem Hof im Frühjahr taute.

»Du redest weder mit Clara noch über Clara. Du verschwindest jetzt hier, und zwar ein für alle Mal. Hörst du? Ich werde dir nie verzeihen, dass du Magne an meine Kinder rangelassen hast.«

Jetzt brüllte ich beinahe. Sie sah mich aus weit aufgesperrten Augen an, ihr Gesicht war bläulich blass.

»Es ist nicht so, wie du denkst, Leif«, sagte sie müde. »Nichts ist so, wie du denkst.«

»Ach nein? Wie denn dann? Was? Ich habe dir nichts mehr zu sagen, nur eins: Halt dich von meiner Tochter fern.«

»Sie ist auch meine Tochter …«

»Ja, das sollte man kaum für möglich halten. Ein einziges Mal solltest du dich um die Kinder kümmern, als ich im Libanon war. Als ich zurückkam, waren sie völlig runtergekommen. Du hattest die ganze Zeit im Bett gelegen und dir selber leidgetan. Und dann bist du weggegangen, hast Lars mitgenommen, gegen meinen Willen, und hast zugelassen, dass er umgebracht wird. Dass du es überhaupt wagst, hier aufzutauchen. Dass du es wagst!«

Ich stand brüllend vor ihr, den Zeigefinger dicht vor ihrem Gesicht.

Dabei war sie mitleiderregend, so dünn und nass. Aber jetzt war ich knochenhart. Clara hatte mich mutig gemacht.

»Leif, Clara ist nicht ganz normal, sie ist gefährlich …«, begann sie.

Ich antwortete ganz leise, aber überdeutlich:

»Ich sage es dir noch ein einziges Mal: Ich weiß, was mit Lars passiert ist. Clara weiß, was mit Lars passiert ist. Du weißt es auch. Und du bist verdammt noch mal schuld daran. Also hör mit deinen beschissenen Märchen auf, sofort. Verstanden? Jetzt rufe ich die Polizei und lasse dich abholen.«

»Das brauchst du nicht«, schniefte sie. »Ich gehe ja schon.«

»Aha, dann mach das, aber sofort.« Ich erhob drohend die Hand.

Als sie gegangen war, kam Clara die Treppe runter. »Keine Angst«, sagte ich, »die lässt uns von jetzt an in Ruhe.«

Und tatsächlich war es das letzte Mal, dass wir Agnes sahen.

Drei Tage später wurden wir benachrichtigt, dass sie versucht hätte, sich das Leben zu nehmen, und in die psychiatrische Klinik eingewiesen worden sei. Die Ärzte sagten, sie litte an einer posttraumatischen Belastungsstörung oder Persönlichkeitsstörung oder so was in der Art, und sie wollten mich treffen.

Ich sagte, Agnes und ich hätten keinen Kontakt mehr, ich wolle nichts mit ihr zu schaffen haben, und mit den Ärzten auch nicht. Sie sollten tun, was sie wollten. Für Clara und mich sei Agnes gestorben.

Sie riefen noch mehrmals an. Meine Antwort war immer dieselbe.

Dann hörten sie auf.

Ich besuchte Agnes nicht.

Clara besuchte sie nicht.

Bei uns kehrte eine neue Ruhe ein. Ich schlief besser. Clara ging in die Schule, kam heim, machte ihre Hausaufgaben. Manchmal ging sie zu Klassenkameradinnen nach Hause, manchmal brachte sie jemanden mit zu uns, es schien ihr aber nie besonders wichtig zu sein.

Sie wanderte allein durch die Berge. Manchmal las sie mir etwas vor. Manchmal ich ihr. Sie half mir bei der Arbeit im Stall, auf den Wiesen, im Wald, sie war tüchtig und fleißig, kein Erbsohn hätte es besser machen können.

Vielleicht hätte ich mit ihr über das Vorgefallene reden sollen. Ich konnte es einfach nicht.

Ich versorgte die Kühe und molk sie, ich mähte und pflügte und eggte, machte Abendessen und putzte das Haus, wusch Kleider, hörte Clara mit englischen und deutschen Vokabeln ab.

Manchmal kam es noch vor, dass ich von meinen eigenen Schreien aufwachte, aber es wurde seltener. Und ich hörte auf zu trinken.

Von Zeit zu Zeit fuhren wir zusammen zum Friedhof, am liebsten dann, wenn sonst niemand dort war. Im Herbst pflanzten wir Heidekraut, im Sommer Begonien, Geranien und Männertreu. Im Winter nahmen wir Tannenzweige und Kerzen mit.

Wenn es warm genug und trocken war und außer uns niemand auf dem Friedhof, setzten wir uns zu beiden Seiten des Steins hin und legten jeder einen Arm darum, als würden wir ihn umarmen.

64 – *Haavard*

Clara rodet junge Birken. Gerade gönnt sie sich eine kleine Pause, geht zu dem schmalen, steinigen Strand hinunter, wo sie gern meditiert. Zurzeit sitzt sie ständig da unten.

Verschwunden ist die elegante, diskret geschminkte Staatssekretärin mit gewelltem blondem Haar, teurer Kleidung und hochhackigen Schuhen.

An ihrer Stelle ist da jetzt eine Bäuerin, eine Soldatin, stark und zäh.

Clara, das Chamäleon.

Was für ein Idiot bin ich bloß. Die Frau, mit der ich verheiratet bin und Kinder habe, kenne ich überhaupt nicht, offenbar habe ich sie nie gekannt.

Was soll ich tun? Versuchen, mit ihr zu reden? So tun, als ob nichts wäre? Das Ganze vergessen?

»Wie kannst du so sicher sein?«, hatte ich Agnes gefragt. »Woher willst du wissen, dass es so war?«

»Unter anderem, weil Magne ein ganz ausgezeichneter Fahrer war, auch, wenn er getrunken hatte, da fuhr er sogar besonders vorsichtig«, hatte sie geantwortet. »Es ist vollkommen unmöglich, dass es ihn aus der Kurve getragen hat. Außerdem hat er in der Nordsee gearbeitet und war für solche Situationen ausgebildet, er wäre nie im Wagen sitzen geblieben, ohne etwas zu tun. Er wäre rausgekommen.«

Ich nickte.

»Und weißt du was? Ich hatte sogar schon erwartet, dass etwas Furchtbares passieren würde. Ich konnte es Clara an den Augen ansehen. Das Kind ist nie normal gewesen. Und seit der Sache mit Lars war sie wie besessen. Nach dem Unfall bin ich nach Hause auf den Hof gegangen und wollte mit ihnen reden. Leif wollte mich nicht reinlassen. Mir wurde klar, dass ich Clara nicht wiedersehen würde. Und ehrlich gesagt, weiß ich nicht mal, ob mir das etwas ausmachte.«

Agnes meint, bei Clara müsse eine dissoziative Persönlichkeitsstörung vorliegen. Höchstwahrscheinlich ist es ihre eigene Diagnose, möglicherweise auch von ihr auf die Tochter übertragen, denn Clara ist ja nie psychiatrisch behandelt worden.

Irgendwann mal hatte ich mich in eine Diskussion darum verwickeln lassen, was man lieber wäre, wenn man wählen müsste, das Opfer oder der Mörder. Meine Ansicht war gewesen, in uns allen liege die Anlage für beide. Hier haben wir den Beweis.

Jetzt sitze ich auf der Treppe an der Rückseite des Almhauses und starre ratlos in die mit hohen Farnen bewachsene Böschung hinter der Käsereihütte. Der Farn steht so hoch, dass er mir an die Brust reicht, den Jungs bis über den Kopf. Irgendwann kommt Andreas gelaufen, er blutet aus einem Schnitt am Zeigefinger, er hat sich mit der Axt oder der Säge verletzt. Genaueres ist von ihm nicht zu erfahren. Wenn ihm etwas wehtut, verstummt er vollständig, da ist er wie Clara.

»Schau mal, Andreas, das ist ja genau wie neulich, als ich mich beim Frühstück geschnitten habe. Das war gar nicht schlimm, weißt du noch?«

Er nickt.

»Kannst du den Finger krumm machen?«

Er beugt den Finger.

»Sehr gut. Die Sehne hat nichts abbekommen. Das ist gut. Jetzt hole ich das Erste-Hilfe-Päckchen, dann versorge ich das. Okay?«

Er nickt.

Aber das Erste-Hilfe-Päckchen ist nicht in meinem Rucksack, mir fällt ein, dass ich es vor der Reise rausgenommen hatte. Verflucht noch mal.

Wir müssen doch wenigstens ein paar Pflaster hier haben. Oder eine sterile Binde.

Ich schaue in meinem Kulturbeutel nach. Nichts.

Danach in Claras. Zahnbürste, Zahncreme, Deodorant, Shampoo, verschiedene Cremes. Kein Pflaster. Keine Binde. Gerade will ich den Reißverschluss wieder zuziehen, da sehe ich es.

Ein Skalpell. Ein Skalpell mit dem Logo vom Krankenhaus Ullevål.

So ein Skalpell hat in unserem Büro gelegen.

So ein Skalpell, wie mehrere bei uns zu Hause herumliegen. So gesehen ist nichts Besonderes daran, dass Clara eins in ihrem Kulturbeutel hat.

An und für sich nicht.

Letzten Herbst war Sabiya im Wald gestürzt und hatte sich einen kleinen Riss an der Schläfe zugezogen. Sie meinte, man müsse nichts tun, ich sah das anders, und am Ende nähte ich die Wunde. Eine Woche später zog ich die drei Fäden.

Und danach blieb das Skalpell zwischen unseren beiden Bereichen des Schreibtisches liegen, ein merkwürdiges romantisches Souvenir.

Bis es auf einmal weg war, in der Nacht nach dem ersten Mord.

Und dieses Skalpell hatte auf der Rückseite, der ohne Logo, eine deutliche Scharte im Griff. Sabiya und ich hatten darüber Witze gemacht, sie behauptete, ich hätte es markiert, um es nicht zu verwechseln.

Ich nehme das Skalpell aus Claras Kulturbeutel, vorsichtig, als wäre es eine tote Ratte. Kein Zweifel.

Eine Scharte im Griff.

Clara muss in meinem Büro gewesen sein. Vor Kurzem. Ohne mich.

Sie muss Sabiyas Skalpell mitgenommen haben.

Und auf einmal fügt sich alles zusammen. Klick, klick, klick.

Clara war an dem Abend zu Hause gewesen, als Faisal Ahmad ins Ullevål-Krankenhaus gebracht wurde. Die Jungs schliefen tief und fest. Sie konnte ohne Weiteres für eine Stunde weggehen.

Ich hatte ihr von den Misshandlungen erzählt.

Ihr den Vater beschrieben.

Ihr erzählt, dass er den Gebetsraum aufsuchen wollte.

Ihr gesagt, dass im Schreibtisch im Büro eine Pistole lag.

Ich hatte meine Ersatzschlüsselkarte zu Hause rumliegen lassen.

Ich hatte für sie denselben dämlichen Code verwendet wie für alles Mögliche.

Ich hatte Clara Motiv und Gelegenheit frei Haus geliefert.

Und Clara ergriff die Gelegenheit.

Sie machte nur einen Fehler: Sie nahm Sabiyas Skalpell.

65 – *Clara*

Ich sitze am Ufer, denke nach.

Nach dem Tag, an dem ich Lars gerächt hatte, schien mir alles viel schärfer und klarer vor Augen zu stehen. Ich fühlte mich anders als alle anderen Menschen, hochgestimmt. Alle Gegenstände hatten einen ganz neuen Schimmer.

Mir wurde klar, dass von nun an nichts mehr so sein würde wie zuvor.

Und so kam es auch.

Doch mit den Jahren brannte das Feuer in mir immer schwächer. Langsam verlor sich die Freude darüber, dass ich die Welt von Magne, diesem Abschaum, befreit hatte.

Es war mittlerweile wirklich lange her.

Seit damals trieben so viele andere wie er ihr Unwesen. Vielleicht wäre er selbst auch mittlerweile an natürlichen Ursachen gestorben. So gesehen wirkte meine Tat immer schwächer.

Der Drang, wieder zu spüren, dass ich etwas Konkretes getan habe, etwas, das wirklich hilft, womit ich wirklich jemanden rette, wurde immer stärker.

Aber dreißig Jahre lang, zwischen Magne und Mukhtar, saß ich untätig da und schaute nur zu, beschäftigte mich mit Paragrafen und schrieb Vermerke fürs Parlament.

Dreißig Jahre lang tat ich nichts, genauso, wie Vater und ich nichts getan hatten.

Viele Jahre lang verbot ich mir selbst, an Lars zu denken, daran, wie alt er jetzt wäre, wie er wohl aussähe, womit er sich beschäftigte und worüber er redete. Doch als Andreas und Nikolai sich dem Alter näherten, in dem er gestorben war, flammte alles wieder auf.

Ich sah zu, was sie so trieben und sich einfallen ließen, hörte all ihre Fragen nach Zahlen und Buchstaben, ihre lustigen Sprüche, und ich dachte, auf genau so was hätte Lars auch kommen können. Ich sah ihre schmalen Rücken und dünnen Beine und ihre Hände, die immer noch etwas Kleinkindhaftes hatten.

Die Hände sind häufig der letzte Körperteil, der nicht mehr so ausschaut wie bei einem Kleinkind, sondern wie bei einem größeren.

Und auf einmal waren meine Jungs älter, als er geworden ist, sie überholten ihn, zeigten mir alles, was er nie werden durfte.

Vielleicht würde er heute zu Hause auf dem Hof leben, mit einer kleinen pummeligen Frau, mit einem neuen Traktor und drei rotznasigen Kindern. Sie würden im Haus wohnen und für Vater ein Altenteil bauen, würden zu den Schafen noch Ziegen oder ein Schwein oder auch drei anschaffen. Hühner, einen Hund. Ein Hof voller Leben und Umtriebigkeit, bunte Spielzeugtraktoren, Trampolin, Klettergerüst. Eine neue Zeit, eine neue Generation auf dem Hof.

Höchstwahrscheinlich aber nicht. Vielleicht würde Lars in der Stadt wohnen und hätte einen Job auf einer Ölplattform, viel Geld und wenig Verstand, seine Haare würden dünner und sein Bauch ein bisschen dicker werden, ein paarmal im Jahr würde er zu Hause in seinem alten Zimmer wohnen und sonst in der freien Zeit nach Dubai oder Bangkok fliegen oder Gott weiß wohin.

Vielleicht wäre er auch schwul, glücklich mit irgendeinem

Erling oder Raymond verbandelt, einem Marius, Bjørn-Fredrik oder Hans-Petter. Oder er würde abends unglücklich vor *gaysir.no* am Computer sitzen, auf der Jagd nach irgendwem oder irgendwas.

Vielleicht wäre er nicht mal mehr Lars, vielleicht wäre er eine Lina oder Lena oder Lore geworden, eine, die sich kaum mehr in ihr Heimatdorf traut, oder wenn, am besten die meiste Zeit auf dem Hof bleibt. Oder wieder umgekehrt, vielleicht würde sie stolz und aufrecht mit langem Haar und grell geschminkt am Straßenrand entlangparadieren, das Tagesgespräch in der Kneipe.

Vielleicht würde er im Fast-Food-Lokal sitzen und abends und an den Wochenenden Fußball gucken, als Unterbrechung nur ein Becher Pommes mit geschmolzenem Käse und rotem Grillgewürz, dann und wann auch mal eine Partie Billard.

Aber ganz egal, was oder wer er wäre, darauf kommt es eigentlich nicht an. Denn er wäre mein Bruder. Und die Leere wäre nicht so verdammt groß.

Immer öfter spüre ich, wie ein Windhauch durch meinen Körper zieht, oder höre, wie Lars redet.

Am nächsten ist er mir hier am Ufer. Wo ich ihn einst ins Leben zurückgeholt habe. Pusten und Drücken, Pusten und Drücken. Darum ist es so wichtig, dass das Ufer und die Umgebung der Almgebäude so bleiben, wie sie immer waren. Dass sich nichts hier ändert.

Nur so kann er weiter am Leben bleiben.

Ich erinnere mich an seine Brust unter meinen Händen, wie ich Angst hatte, zu stark zu drücken, etwas zu zerbrechen, trotzdem machte ich weiter, immer wieder und wieder.

Ich erinnere mich, wie ich meinen Atem in seinen Mund blies, immer und immer wieder.

Ich erinnere mich, wie er plötzlich die Augen aufschlug, erinnere mich, wie er endlich krampfhaft hustete, an das Wasser, das er mir ins Gesicht spuckte.

Ich erinnere mich daran, wie verwirrt er sich umsah.

Ich erinnere mich, wie gleichgültig es mir war, als unsere untaugliche Mutter endlich angerannt kam, wie immer zu spät, um noch zu helfen.

Ich konnte einfach nur noch lachen, fühlte mich unbesiegbar, dachte, jetzt könne uns nichts Schlimmes mehr passieren.

»Du verstehst doch, dass ich das tun muss, oder?«, frage ich Lars, er sitzt jetzt neben mir. »Dass es nicht anders geht? Fast wie damals?«

Heute hat mich Bodil aus Kleivhøgda angerufen und erzählt, dass sie, ohne mich vorher zu fragen, Haavard gestattet hat, Agnes zu besuchen.

Danach hatte sie ihm angemerkt, dass ich nichts davon wusste, und wollte jetzt ihr schlechtes Gewissen erleichtern.

»Das macht überhaupt nichts. Wirklich. Vergiss es einfach«, sagte ich.

Da war er also hingefahren. Es hatte mich schon gewundert, dass er so lange brauchte. Er sagte, er hätte in einem Café gesessen und gearbeitet, aber das sah ihm gar nicht ähnlich. Und seit seiner Rückkehr benimmt er sich völlig anders.

»Ich weiß nicht«, sagt Lars endlich. »Ich verstehe dich nicht immer, Clara. Entschuldige bitte.«

»Jetzt hast du es schon wieder getan. Du sollst dich doch nicht entschuldigen«, sage ich lächelnd. »Ich tu das nie.«

»Mach's gut, Clara«, sagt er. Dann ist er weg. Ich stehe auf, gehe hoch zu den anderen.

66 – *Haavard*

»Du«, sagt Clara, »ich hatte Vater ein bisschen Zeit mit den Jungs allein versprochen, ohne uns. Was hältst du davon, du bringst sie zu ihm runter, und wir haben eine Nacht oder zwei für uns, gehen ein bisschen in die Berge?«

»Ja«, sage ich.

So machen wir es sonst auch, Leif passt auf die Jungs auf, wir gehen wandern.

Oberhalb des Almsees beginnt eine wilde, verzauberte Bergwelt, die so gut wie kein Mensch betritt und auch kein Schaf, aber die Natur ist nirgends schöner als dort.

Vom Gipfel des Trollskavlen hat man, so weit das Auge reicht, einen freien Blick.

Ich muss mitspielen, darf ihr keinen Anlass für den Verdacht geben, dass ich bei Agnes war.

Clara ist der aufgehende Stern im Justizministerium. Ein Mensch, der Vertrauen und Ernsthaftigkeit ausstrahlt. Außerdem der schlaueste Mensch, den ich kenne.

Und jemand, der keine Spuren hinterlässt.

Ich selber habe die Polizei belogen, bin verdächtigt, sogar verhaftet worden.

Es wird nicht genügen, ein Skalpell vorzulegen, das ich in Claras Kulturbeutel gefunden habe, auch nicht, wenn es eine ominöse Scharte aufweist. Niemand würde mir glauben, und es würde mir nicht gelingen, sie zu stoppen. Wahrscheinlich würde es sogar eher auf mich zurückfallen, und ich würde wieder hinter Schloss und Riegel landen. Oder in Lebensgefahr.

Ein Alibi hat sie auch, sie war zu Hause mit den Kindern. Vielleicht ist das nicht restlos wasserdicht, aber gut genug. Wer würde seine Kinder allein zu Hause lassen, um zum Morden loszuziehen?

Letztes Mal war ja sogar Leif da, der würde sie sicher decken, falls nötig. Selbst wenn er alles wüsste, würde er nie gegen sie aussagen. Ihr Zusammenhalt wirkt grenzenlos.

Außerdem habe ich in all den Misshandlungsfällen, die ich studiert habe, eine Art Erbkrankheit festgestellt. Misshandelte Kinder werden oft selbst schlechte Eltern.

Clara war kein misshandeltes Kind. Aber ein vernachlässigtes, vernachlässigt von der untauglichen Mutter, von dem Vater, der in den Libanon ging, wahrscheinlich auch später, als sie mit ihm alleine wohnte.

Und sie hat das genetische Material in sich.

Alles hatte so gut ausgesehen.

Clara, das arme Mädchen aus schwierigen Verhältnissen, das sich gegen alle Wahrscheinlichkeit so gut behauptet hatte.

Ich hatte sie immer als eine ganz ordentliche, wenn auch etwas abwesende und distanzierte Mutter gesehen. Aber was soll aus den Jungs werden, wenn sie weiter zusammen mit ihr aufwachsen? Wozu würde sie sie benutzen? Was würde sie ihnen beibringen?

»Ja! Hurra!« Die Jungs sind begeistert, als ich sie frage, ob sie ein bisschen zu Großvater wollen. Da können sie so viel fernsehen, wie sie wollen, und lange aufbleiben, und Eis kriegen sie auch noch, bis sie platzen.

Sie laufen vor mir den Weg runter, hüpfend und tanzend,

wissen aber auch, wo sie aufpassen oder stehen bleiben müssen.

Kurz vor unserer Ankunft hat es ein paar Tage lang geschüttet wie aus Eimern. Der Wasserfall donnert höllisch, aber nach einer Zeit höre ich es gar nicht mehr.

»Geht es euch gut da oben?«, fragt Leif, als wir einen Kaffee trinken, bevor ich wieder aufbreche. Es gibt sogar ein paar Hefeteilchen, die er wohl früher am Tage im Joker-Supermarkt gekauft und in vier Teile zerschnitten hat, wie Clara es immer macht. Sie selber mag die Teilchen nicht, kauft sie aber immer für die Jungs und ihren Vater.

»Ja, klar.« Ich lege die Hände auf die Tischplatte. »Clara kämpft mit den jungen Birken.«

»Gut so«, sagt Leif. »Schau mal, Haavard, da kommt jetzt Meerdunst über den Fjord oder Meernebel, wie es im Wetterbericht heißt.«

»Ach, schade«, sage ich. Denn das habe ich von Leif gelernt, Meerdunst oder Meernebel wollen wir nicht, egal, wie man ihn nennt. »Dann wollen wir mal hoffen, der hält sich morgen vom Trollskavlen fern.«

Zwei Mal früher, einmal vor vielen Jahren und einmal vor der Geburt der Jungen, sind Clara und ich auf dem Weg zum Gipfel vom Meerdunst überrascht worden und mussten umkehren, mit dem Kompass den Rückweg suchen, bei gerade mal einem halben Meter Sicht.

»Also, macht's gut, Jungs.« Zwanzig Minuten später umarme ich erst Nikolai, dann Andreas. »Seid lieb zu Großvater.«

»Geh nicht weg, Papa.« Andreas schaut mich ganz ernst an. Seit meiner Verhaftung ist er nicht ganz er selbst.

»Aber Andreas, warum denn?« Ich bin verlegen, denn Leif steht neben uns, er soll nicht denken, sie wollten nicht mit ihm allein sein.

»Geh nicht weg!« Er sieht ängstlich aus, aber ich strubbele ihm nur durchs Haar.

»Macht's euch gemütlich!« Leif schlägt mir auf die Schulter, von Mann zu Mann.

67 – *Leif*

»Kommt, Jungs«, sage ich. »Wir gehen mal gucken, ob schon ein paar Kirschen reif sind. Und danach wird kontrolliert, ob noch genug Eis im Tiefkühler ist.«

Sie springen los, während Haavard zum Wasserfall hochsteigt.

Morgen wollen Clara und er zum Trollskavlen.

In der letzten Zeit habe ich meine Tochter öfter im Fernsehen gesehen. In den Abend- und Spätnachrichten. Elegant gekleidet. Ohrringe und sorgfältig frisiertes Haar, das ihr nicht ins Gesicht hängt. Ja, wirklich gut aussehend. Das sagen die Männer im Café unten im Ort auch, wenn ich vorbeikomme. Dass sie Clara im Fernsehen gesehen haben, die sieht ja toll aus, deine Tochter. Das sehe ich auch. Die blauen Augen. Ein vertrauenerweckender Blick. Kühl und klar wie das Wasser im Almsee.

Clara hat diese Ruhe. Ein Gesicht, das keine Regung verrät. Die tiefe, etwas heisere Stimme.

Aber in der letzten Zeit war da noch etwas anderes. Etwas, weswegen ich mich vorgebeugt habe, die Fernbedienung in der Hand. Natürlich drücke ich jedes Mal, wenn sie auf dem Bildschirm erscheint, sofort auf den roten Aufnahmeknopf.

Sie ist *wirklich* hübsch. Elegant.

Aber da ist auch ein etwas fiebriger rötlicher Schimmer

auf den Wangen, der keine Schminke sein kann. Und der macht mir Angst.

Ich habe das schon einmal gesehen, den Glanz in den Augen, den Schimmer auf den Wangen.

Clara ist eine gute Soldatin geworden, sie hat alle Qualitäten, die ich einst wohl auch hatte.

Aber außerdem hat sie etwas Wildes an sich, einen Mut, von dem ich immer weit entfernt war.

68 – *Haavard*

Clara ist heute Abend anders.

Sie tischt ein Schmorgericht auf, das sie zu Hause vorbereitet und hier nur aufgewärmt hat. Eine teure Flasche Wein zaubert sie auch hervor. Nach dem Essen machen wir auf dem großen Stein zwischen der Käsereihütte und dem See ein Feuer, das tun wir manchmal, meistens, um Würstchen zu grillen. Wir liegen auf dem Rücken, jeder sein Weinglas auf der Brust, sie dazu mit ihrem Joint, blicken in den Himmel zu den so rasch dahinziehenden Wolken.

Seltsamerweise fühle ich mich ihr besonders nah, vielleicht, weil ich jetzt endlich weiß, wer sie wirklich ist, vielleicht, weil das hier wahrscheinlich das letzte Mal ist, dass wir zu zweit sind.

Sie setzt sich auf, stochert mit einem Holzscheit im Feuer herum, blickt zur Kante des Felsens, hinter dem sich der Wasserfall verbirgt. Dort ist gerade die Sonne untergegangen.

»Die Gnitzen bringen mich um«, sagt sie. »Sollen wir reingehen?«

Drinnen trinken wir den restlichen Rotwein, spielen drei Runden Mau Mau. Clara gewinnt zwei, ich eine.

Und danach haben wir zum ersten Mal seit Jahr und Tag wieder Sex.

Ich kann kaum fassen, dass sie die Initiative dazu ergreift. Hier. Jetzt.

Aber es ist besser, als ich mich erinnern kann. Es ist sogar richtig gut, vertraut und intensiv. Es fühlt sich fast an wie ein erstes Mal, vielleicht, weil das letzte Mal so lange her ist. Vielleicht, weil ich weiß, ich habe Sex mit einer Verrückten. Oder vielleicht einfach nur, weil ich so melancholisch bin.

Durch das winzige Fensterchen sehe ich die Berge auf der anderen Seite des Tales, grauschwarz stehen sie vor dem Abendlicht. Über ihnen ist der Himmel hellgolden, weiter oben mitternachtsblau.

»Ganz schön zugewuchert ist hier alles, noch schlimmer als auf der Alm«, sagt Clara, als wir am nächsten Tag bergauf gehen. Alles ist voller knorriger Zwergbirken und trockenem Wacholder. Und wo keine Bäumchen stehen, wuchern Disteln und dürres Gras.

»Weil hier kein Mensch mehr langgeht«, sage ich.

»Nur Schafe«, sagt Clara. »Aber die bahnen sich ihren eigenen Weg.«

Ich greife nach einer verkrüppelten kleinen Birke, um mich daran hochzuziehen. Hier führt der Weg wie eine Art Treppe einen Steilhang hinauf. Das nachwachsende Niederholz überwuchert ihn beinahe, er ist so schmal, dass man gerade nur einen Fuß vor den anderen setzen kann.

Links geht es fünfzig Meter steil bergab.

Wer hier abstürzt, hat keine Chance.

Und es stürzt ja auch immer wieder jemand ab. Jeden Sommer passiert so etwas, meistens sind es ausländische Touristen, aber durchaus auch erfahrene Einheimische. Letztes Jahr ist auf der anderen Seite des Tales ein Bauer in den Bergen umgekommen. Ich muss mich konzentrieren, dass ich nicht fehltrete und ausrutsche.

Das Problem ist nur, *sie* geht hinter mir.

»Geh ruhig vor«, hatte sie beim Aufbruch gesagt.

Clara, die sonst immer vorausgeht, die weiß, wo der Weg verläuft, die gerne anführt.

Da stimmt was nicht.

Ich weiß nicht, ob ich das Zeug dazu habe, so wie sie es ganz offenbar hat. Aber ich weiß, ich muss es haben, um meinetwillen und für die Jungs.

Nach zwei Stunden erreichen wir den Fuß des Trollskavlen, der so aussieht wie ein gewaltiger Steinhaufen in der Form einer Kuppel.

Am Fuß dieser Kuppel mussten wir damals wegen Meerdunst umkehren. Aber jetzt ist klare Sicht, der Himmel ist tiefblau, kein Windhauch regt sich. Heute kommen wir hoch. Und auf dem Weg hinauf muss man über große Felsen klettern, um zu dem Gletscher zu gelangen, den man überqueren muss, um schließlich das Steinmännchen auf dem Gipfel zu erreichen.

Zwischen den großen Felsen befinden sich Spalten, die mancherorts so tief sind, dass man nicht einmal sieht, wo sie enden.

Noch gestern, als wir über den Trollskavlen und Meerdunst sprachen, hatte Leif mich daran erinnert, dass es gefährlich sein kann, diesen Berg zu besteigen.

Hier muss es passieren. Hier muss ich sie hinunterstoßen.

Ich muss dafür sorgen, dass sie vorgeht. »Ich muss mal pinkeln, geh ruhig schon weiter«, sage ich.

Sie nickt, geht an mir vorbei, bergauf.

Ich presse ein paar Tropfen heraus, warte etwas, fummele mit dem Reißverschluss herum. Als ich mich umdrehe, ist sie etwa zwanzig Meter weiter oben. Ich beeile mich, um sie einzuholen.

Zehn Meter oberhalb der Stelle, wo sie jetzt ist, ist eine tiefe Spalte. Perfekt.

Ich hole rasch auf. Gleich bin ich nur noch fünf Meter hinter ihr.

Drei Meter.

Zwei.

Sie hat sich immer noch nicht nach mir umgedreht.

Der Spalt neben uns ist schwarz und bodenlos, ich spüre ein Ziehen im Bauch, darf jetzt auf keinen Fall stolpern und selber abstürzen.

Jetzt bin ich so nah, dass ich sie reinstoßen kann.

Darf nicht vergessen, sie ist schuld daran, dass es so weit gekommen ist.

Sie oder ich. Und ich weiß, dass sie das weiß.

Im Kopf zähle ich bis drei.

Als ich bei drei angekommen bin, dreht sie sich um und legt mir die Arme um den Hals, drückt mich an sich, wie sie es früher manchmal tat. Ich schrecke zusammen, stolpere beinahe.

Sie hat geschwitzt. Aber ihre Haut fühlt sich kühl an.

»Schau mal, Haavard.« Sie deutet auf den Fjord, von dem wir weit, weit hinten ein Stückchen sehen können. Jetzt kommt sogar ein Pünktchen in Sicht. Die Fähre. »Ist das nicht wahnsinnig schön?«

Sie hat diesen glücklichen, kindlichen Tonfall, wie immer hier oben. Eine Art vom Ort ausgelöste Naivität, die ich immer gemocht habe.

»Oh ja«, antworte ich. Innerlich fluche ich. »Wahnsinnig schön.«

»Morgen ist sicher wieder gutes Wetter«, sagt sie, als wir uns durch das Unterholz oberhalb der Alm bergab kämpfen.

»Vielleicht können wir noch einen Abstecher aufs Heksefjell machen, bevor wir wieder zum Hof runtergehen?«

Grellgrüne kleine Insekten setzen sich auf meine Arme und mein T-Shirt, auf Ohren und Nacken und überallhin. Sie stechen mich nicht, treiben mich aber zum Wahnsinn.

Ich schaue zum Heksefjell hinauf. Das Profil des Berges erinnert an das zerfurchte Gesicht einer alten Hexe mit einer langen, spitzen Nase. Die Jungs finden es großartig, dass sogar eine Warze auf ihrer Nase sitzt.

Zum Gipfel des Heksefjell ist es nicht so weit wie zum Trollskavlen. Wir gehen immer bis nach vorn zum letzten Vorsprung. Natürlich liebt Clara es, dort zu stehen und runterzuschauen, auf allen Gipfeln geht sie immer bis ganz nach vorn. Andreas geht mit, Nikolai weigert sich, er hat ein wenig Höhenangst.

»Ja klar«, sage ich. »Warum nicht?«

Ein Sturz vom Heksefjell, wie passend.

Morgen *muss* ich es schaffen, darf mich nicht überlisten oder ausmanövrieren lassen, bewusst oder unbewusst.

»Und davor vielleicht ein Morgenbad?«, sagt Clara neckend.

Sie hat mich schon immer damit aufgezogen, dass ihr das kalte Wasser noch weniger ausmacht als mir.

Ich habe eine Idee.

Okay, sie kennt den See, das spricht dagegen.

Aber ich bin schließlich ein Mann. Und stärker als sie.

Dann brauche ich sie nicht mit eigenen Händen ins Leere zu stoßen.

»Ja, ein Morgenbad«, sage ich. »Warum nicht?«

69 – *Clara*

Am einen Ende des Sees kommt der Fluss vom Berg runter, eiskalt und grün zu jeder Jahreszeit und bei jeder Lufttemperatur.

Am anderen Ende wird der See schmal, das Wasser sammelt sich glatt und fließend, verschwindet in einem gewaltigen weißen Inferno.

Dazwischen liegt ein klassischer Bergsee. Und am Hang auf einer der Längsseiten unsere Sommeralm.

Das Morgenlicht ist frisch und zart, die Luft kühl und klar. Haavard und ich stehen nebeneinander am Ufer wie zwei Wettschwimmer am Beckenrand, die bereit sind zum Kampf. Heute Morgen habe ich lange wach gelegen, während Haavard noch schlief, habe Atemübungen gemacht. Heute muss ich in Höchstform sein.

»Na, skeptisch?«, frage ich.

»Sehr.« Er friert ganz deutlich, hat Gänsehaut, er schlingt sich die Arme um den Leib.

Trotzdem wirkt er irgendwie angriffslustig.

Aber jetzt heißt es er oder ich. Durch seinen Besuch bei Agnes hat er sein Schicksal besiegelt.

Auf der Wanderung gestern habe ich darauf geachtet, hinter ihm zu gehen, den Rücken frei zu haben. Es hat funktioniert. Ich werde wohl weiter Glück haben.

Er ist mit mir hierhergefahren, hat mich nicht angezeigt,

hat nicht mal etwas zu mir gesagt. Aber so wird es nicht mehr lange weitergehen. Dann meldet er mich bei der Polizei, oder er bringt mich um. Ich tippe auf Letzteres.

Nur so kann ich mich retten, nur so kann ich mein Projekt fortführen, meiner Bestimmung folgen.

Ich stelle mich neben ihn, gehe auf die Zehenspitzen, küsse ihn. In seinen Augen zeichnet sich eine Art verwirrte, furchtsame Freude über den Kuss ab, die Fortsetzung der Nähe von neulich Abend.

Unsere Telefone haben wir im Haus gelassen. Eben bin ich noch mal rein, um meine Uhr abzulegen, und habe von seinem Telefon aus eine SMS an Sabiya geschickt.

Habe wie versprochen das Tier im Wald vergraben. Ich fürchte nur, es könnte stinken. Vielleicht woanders hinbringen? Lieben Gruß aus Westnorwegen.

Die beiden haben die Glock ja selbst »das Tier« genannt.

Ich streichle ihm die Wange. »Bereit?«

»So bereit, wie ich nur sein kann.«

Hier ist das Wasser längere Zeit flach. Haavard watet zielbewusst hinein.

Ich nur so weit, bis mir das Wasser an die Oberschenkel reicht. Die Sonne, der helle Sand am Boden des Sees und die leicht gekräuselte Oberfläche, alles glänzt golden.

Ich schwimme los.

Es ist eiskalt. Doch wie immer kommt es mir nach einigen Sekunden geradezu warm vor. Es brennt, reinigt.

Ich drehe mich zu Haavard um: »Komm schon!«

»Ich geh ein bisschen weiter rechts rein«, sagt er. Er will wohl dafür sorgen, dass ich näher am Wasserfall bin.

Weil die Strömung dort scheinbar stärker ist.

»Besser, wir bleiben hier in der Mitte«, sage ich. »Ist sicherer.«

Hinter mir höre ich Haavard nach Luft schnappen, sicher wegen der Kälte.

Ich schwimme rasch, nach links, vom Wasserfall weg.

Gleich erreichen wir den Teil, wo es plötzlich sehr tief wird, dort herrscht die stärkste Strömung.

»Clara? Alles unter Kontrolle?«, fragt er. »Ist es weiter rechts nicht besser?«

Ich drehe mich um, er ist direkt hinter mir, hat einen merkwürdigen Ausdruck im Gesicht.

»Na, wer von uns beiden kennt sich hier besser aus? Komm schon.« Ich zwinge mich zu lächeln.

Ich bin die bessere Schwimmerin von uns beiden, ich kenne diesen See genau, bin hier zu Hause. Trotzdem fühle ich mich nicht ganz sicher.

Er ist ein Mann. Ist gut in Form. Und stärker als ich.

So weit draußen war ich nicht mehr, seit ich Lars aus dem Wasser geholt habe. Damals war der See wärmer, führte weniger Schmelzwasser, und die Strömung war schwächer.

In diesem Frühling und Sommer war es hier lange ebenso trocken wie im Osten des Landes, aber in den letzten Wochen hat es viel geregnet. Flüsse und Seen sind in Rekordzeit angeschwollen und führen jetzt mehr Wasser als jemals.

Ich habe keine Garantie, dass das gut geht.

Schlimmstenfalls sind die Jungs heute Abend Vollwaisen.

Jetzt nähern wir uns der Mitte des Sees. Erst war Haavard nach rechts geschwommen, ich nach links. Aber jetzt schwimmt er direkt auf mich zu. Will er mich unter Wasser ziehen? Mich Richtung Wasserfall locken?

Egal, ich habe ihn genau dorthin bringen können, wo ich

ihn haben wollte. Mitten auf dem See, wo das Wasser trügerisch still und harmlos wirkt.

Ich drehe mich noch einmal um, sehe sein konzentriertes Gesicht, es ist hart und verschlossen.

Jetzt muss es geschehen. Das ist der Moment.

Ich zähle innerlich bis drei, während ich tief einatme, mache eine Rolle und tauche ab.

Tiefer, immer tiefer.

Zum Grund des Sees.

Jetzt bin ich unten. Aber auch hier noch spüre ich den Sog nach rechts. Die Strömung ist viel stärker, als ich sie in Erinnerung habe.

Verdammt noch mal. Ich habe keine Kontrolle mehr.

Muss noch weiter runter. Endlich liege ich fast flach am Boden, spüre ihn an Zehenspitzen und Ellbogen. Hier zerrt der Wasserfall weniger an mir.

Aber jetzt muss ich wieder hoch, Luft holen, ich bin kältestarr, es fällt mir schwer, mich zu bewegen.

Hoch jetzt. Für die Jungs. Hoch, weiter, atmen, atmen.

Schon bin ich oben. Da ist das Ufer. Aber wo ist Haavard?

Ich drehe mich auf den Rücken, sehe, dass er immer noch dort draußen ist. Aber jetzt schon ein Stück weiter als in dem Moment, wo ich abgetaucht bin. Er kämpft gegen die Strömung.

»Clara!«, ruft er. »Clara! Was machst du denn? Komm her!«

Für einen kleinen Moment erwäge ich, hinzuschwimmen und ihm an Land zu helfen.

Aber das geht nicht. Jetzt ist es unmöglich, in jeder Hinsicht.

Trotzdem muss ich die Augen zumachen, als er von einer Art Spirale ohne Anfang oder Ende eingefangen wird, einem Strudel, der ihn langsam, aber sicher zu dem donnernden weißen Inferno davonträgt.

Er wird immer kleiner, kommt immer näher zu der Stelle, wo das Wasser hinabstürzt.

Wenn stimmt, was man sich erzählt, dann sind früher häufig Leute im Wasserfall umgekommen. Oder Kühe. Ich weiß nicht, ob das stimmt. Haavard ist jedenfalls der erste in moderner Zeit.

Ich hoffe, dass sein Körper gefunden wird.

Ein Grab, das sie aufsuchen können, das wäre gut für die Jungs.

Kurz sehe ich ihn bei unserem ersten Besuch hier vor mir, es war fast ein Schock für ihn, den Ärmsten, alles war so anders als die Hütten in Ustaoset und Kilsund, wo er aufgewachsen ist.

Und dann sein Gesicht, als er die Jungs zum ersten Mal im Arm hielt, jeden auf einer Seite. Müde, verschwitzt, glücklich. Sein Gesicht, als er mit ihnen spielt, auf dem Trampolin herumtollt, sie kitzelt, so tut, als wollte er sie auffressen. Sie finden das immer noch toll.

Magnes Leiche wurde nicht geborgen. Ich erzählte der Polizei, wie ich versucht hatte, ihn zu retten, so, wie ich jetzt erklären werde, wie ich Haavard retten wollte.

Sie werden mir glauben. Die Leute glauben mir immer. Das ist eine meiner Stärken.

»Leb wohl«, flüstere ich, als ich seinen Kopf verschwinden sehe.

Als ich wieder in knietiefem Wasser bin, setze ich mich an den Boden, grabe die Finger in den Sand, der so hell ist wie in der Wüste. Ich hebe die Hände, lasse mir den Sand durch die Finger rinnen, mehrere Male.

Will mich im Sand vergraben, ganz tief.

Ringsum kräuselt sich das glitzernde und leuchtende Wasser in den Sonnenstrahlen, die zwischen den dicken, dunkelgrauen Wolken durchdringen.

Und dann, ungewöhnlich so früh am Tag, entlädt sich die seit Langem anhaltende Schwüle in ein paar heftigen Donnerschlägen weiter oben, hinter dem Heksefjell, in Richtung Trollskavlen.

Gleich darauf prasselt der Regen los.

Wie Hagelkörner treffen die Tropfen auf das Wasser, bilden kleine Kreise.

Auf der Haut fühlen sie sich an wie kleine Peitschenhiebe.

Zum zweiten Mal in meinem Leben als Erwachsene weine ich, und diesmal kann ich nicht aufhören.

Teil 5

70 – *Sabiya*

Vielen Dank, schreibe ich meinem Mann als Antwort auf sein Angebot, die Kinder abzuholen und Abendessen zu machen. Dann brauche ich nicht so nach Hause zu hetzen.

Als meine Nachricht abgeht, schaue ich einer Eingebung folgend auf *VG online* nach, obwohl ich während der Arbeit sonst nie im Netz surfe.

Ich sehe die Hauptmeldung. Mir wird schwindlig.

Haavard ist tot. Bei einem Unfall in den Bergen ertrunken.

Dramatische Großaufnahme eines weißen Wasserfalls, darüber ein gelber Rettungshubschrauber, im Hintergrund blauer Himmel und Wolken, einmontiert sein Porträt, dasselbe wie auf der Homepage des Krankenhauses.

Das Bild ist ein paar Jahre alt, er trägt den weißen Arztkittel, ist sommerlich braun, hat lange Haare. Schaut munter und fröhlich in die Welt. Und sieht so gut aus.

Jetzt kann ich seine Haare riechen, sein Gesicht zwischen meinen Händen fühlen.

Mir schießen die Tränen in die Augen. »Nein«, flüstere ich. »Das kann nicht sein.«

Ich will nicht weiterlesen, tue es aber trotzdem, kann es nicht lassen.

Die Angehörigen haben gestattet, dass der Name veröffentlicht wird.

Der Kinderarzt am Krankenhaus Ullevål in Oslo, Haavard

Fougner (43), befand sich mit seiner Frau Clara Lofthus (43), Staatssekretärin im Justizministerium, in den Ferien an ihrem Heimatort in Westnorwegen. Dort ereignete sich der tragische Unfall.

Die Todesursache ist noch nicht bestätigt, berichtet wird aber, der Vater zweier Söhne sei beim Baden in einem sehr kalten Bergsee bei starker Strömung vor den Augen seiner Frau verunglückt.

Sie habe noch versucht, ihn zu retten, es sei ihr aber nicht gelungen. Sie sei körperlich unverletzt, stehe aber unter Schock.

Dann gibt es noch ein paar Links zu Berichten über Clara, von ihrer Ernennung zur Staatssekretärin, zu öffentlichen Äußerungen, zu dem Interview und der Homestory vor ein paar Wochen. Sie hat wirklich eine besondere Ausstrahlung. Gut aussehend, elegant, klug. Kühl und tough. Und dazu ein gewisses Etwas. Leicht begreiflich, dass Haavard sich seinerzeit in sie verliebt hat.

Zitternd scrolle ich weiter runter.

Wie kann es sein, dass er nicht mehr ist? Ist das wirklich wahr?

Wird er sich nie wieder nach mir umdrehen und mir zulächeln?

Nie wieder kleine Kügelchen aus Papierhandtüchern drehen und nach mir schnipsen, mich nicht trösten, wenn ich mich über etwas aufrege, mich umarmen und an sich ziehen, mich auf den Hals küssen, auf die Stirne, überall.

»Aber Sabiya, was ist denn?« Roger kommt den Korridor runter, bleibt stehen, legt mir die Hände auf die Schultern. Er ist derjenige meiner Kollegen, mit dem ich mich zurzeit am meisten unterhalte.

»Ist was passiert?« Er schaut mich besorgt an.

Ich nicke.

»Haavard«, sage ich, dann kann ich nicht weitersprechen, es würgt mich.

»Was ist mit Haavard, Sabiya?«

»Er ist tot.«

»Um Himmels willen, was sagst du da?«

Ich ertrage seinen schockierten Blick nicht, schaue über seine Schulter, Bente kommt um die Ecke, freundlich und energisch. Als sie uns sieht, bleibt sie wie angewurzelt stehen.

»Sorry«, sage ich. »Ich muss gehen. Ich muss einfach weg hier.«

Und ich renne los.

71 – *Roger*

SIE SCHAUT SICH NICHT MEHR UM.

»Was war das denn jetzt?«, fragt Bente. »Hast du sie geärgert?«

»Nein, nein, ganz anders …«

Ich bin so verwirrt, dass ich es nicht rausbringe.

»Jetzt sag schon!«

»Also, sie hat dagestanden und völlig verzweifelt auf ihr Telefon geschaut. Ich hab gefragt, was los ist, und da sagt sie, Haavard ist tot und sie muss jetzt gehen …«

»Haavard *tot*?« Bente löst ihren Pferdeschwanz und bindet ihn mit dem Haargummi neu, das macht sie bei Stress immer. »Das kann doch nicht sein. Haavard hat Urlaub, er ist in Westnorwegen.«

Ihr unerschütterlicher Ton irritiert mich.

»Ich weiß auch nicht mehr als das. Vielleicht ein Autounfall? Schrecklich, egal wie. Die arme Sabiya …«

»Wie meinst du das?« Bente runzelt die Augenbrauen. »Falls das tatsächlich stimmt, ist es ja wohl für uns alle gleich schlimm. Wir vom Pflegepersonal arbeiten ja auch mit ihm zusammen …«

»Du lieber Himmel, du hast überhaupt nichts begriffen«, sage ich seufzend. Weibliche Intuition wird wirklich überschätzt.

Danach arbeite ich weiter wie auf Autopilot, könnte jeden

Moment losheulen. Wir hatten kein so nahes Verhältnis, Haavard und ich, aber ich bin erschüttert.

Dabei hatte ich mich so auf heute Abend gefreut und darauf, meinen neuen Liebsten zu treffen. Den schönen, zutraulichen, lieben Mohammed. Der aus blauem Himmel aufgetaucht ist und meine Tage so zum Leuchten bringt, wie ich es nie für möglich gehalten hätte. Der gern mit mir im Restaurant bei einem guten Essen und einer Flasche Weißwein sitzt, aber genauso gern in gemütlichen Klamotten vorm Fernseher eine Serie guckt. Mit dem ich über alles reden kann.

Sabiya weiß als Einzige von ihm. Zu ihr habe ich seit diesem Sommer wirklich guten Kontakt. Sie freut sich für mich. Und sie versteht, dass wir vorsichtig sein müssen.

Ich freue mich natürlich immer noch. Aber jetzt ist ein Schatten auf den Tag gefallen.

Haavard. Tot.

Jetzt tut es mir leid, dass ich der Polizei von ihm und Sabiya erzählt habe. Aber es war ja die Wahrheit.

Nicht erzählt habe ich ihnen allerdings, dass es mir so vorgekommen war, als hätte ich auf der Treppe zum Pool in Lysebu das besondere Parfüm von Haavards Frau, der Staatssekretärin, gerochen.

Den Geruch habe ich mir von dem einen Mal gemerkt, wo sie bei uns auf Station zu Besuch war. Ich habe ein gutes Gedächtnis für Düfte. Und den Duft habe ich an niemandem sonst gerochen.

Aber ich hatte gemerkt, dass die Polizisten nichts mehr von mir wollten, sie hatten das Interesse an mir verloren, wer will es ihnen verübeln.

Jetzt, da ich Gott sei Dank nicht mehr mit ihnen zu reden brauche, denke ich auch eher, ich habe es mir eingebildet. Ich habe schon seit jeher so eine lebhafte Fantasie.

72 – *Sabiya*

Auf dem Heimweg überstürzen sich rasend die Gedanken in meinem Kopf.

Manchmal im vergangenen Jahr habe ich gedacht, ich würde Haavard tatsächlich lieben, obwohl ich diesem großen Wort nie getraut habe.

Aber dann kamen diese Morde, und er benahm sich so seltsam, als ob er mich irgendwie verdächtigen würde oder einen Verdacht auf mich lenken wollte.

Das hat einen Keil zwischen uns getrieben.

Auch für seine Liste habe ich mich nicht wirklich begeistern können, es war so offensichtlich, dass seine Notizen keinerlei praktische Folgen haben würden. Die Liste war Selbstzweck, vielleicht auch ein klein wenig Angeberei.

Und dann diese Morde. Leute von der Liste. Bis heute sind die Taten nicht aufgeklärt. Die Polizei scheint im Dunkeln zu tappen.

Gleich am Tag nach dem ersten Mord habe ich kontrolliert, ob die Glock noch in der Schublade lag.

Nein, lag sie nicht. Und ich hatte sie nicht rausgenommen.

Ich feuerte die Schublade wieder zu, als ob ich mich an ihr verbrannt hätte. Versuchte, das Ganze zu vergessen. Ohne Erfolg. Und nach dem zweiten Mord erwähnte ich die Waffe gegenüber der Polizei, und dass Haavard und ich als Einzige von ihr wussten.

Ich dachte, ich musste das einfach sagen, hatte Angst vor noch mehr Ärger, wenn ich es nicht täte. Ich habe ja doch eine gewisse Vergangenheit, außerdem bin ich Pakistanerin.

Es war unwahrscheinlich, dass ausgerechnet Haavard diese Leute umgebracht haben sollte. Aber er hat sich wirklich seltsam verhalten. Als er im Flur in Lysebu so auf mich losgegangen ist, fast als würde er mich am liebsten niederschlagen, so wütend funkelten seine Augen.

Aber ich glaubte nicht wirklich, dass er es getan hat, obwohl er verhaftet wurde. Er kam ja auch schnell wieder frei. Nur war die Leichtigkeit zwischen uns dahin, alles zerbrach. Auf eine Art war das auch eine Erleichterung für mich, eine Möglichkeit, mein Leben in Ordnung zu bringen.

Auf Haavards letzte Versuche, Kontakt aufzunehmen, habe ich gar nicht mehr reagiert. Und in der letzten Zeit war Ruhe. Nur gestern früh, da hat er mir auf einmal eine SMS geschickt, dabei wollten wir auf keinen Fall auf diesem Wege kommunizieren. Ich saß zu Hause auf dem Sofa, bekam sofort Panik und löschte die SMS ungelesen. Jetzt tut es mir leid, er muss sie kurz vor seinem Tod geschickt haben.

Oh mein Gott. Was für ein Gedanke.

Ich gehe langsam. Es ist eigentlich ein warmer, schöner Tag, in der Luft zittert schon hochsommerliche Hitze, aber von dem Schock ist mir immer noch eiskalt.

Als ich von der S-Bahn nach Hause komme und aufschaue, sehe ich sie. Ein Polizeiwagen steht direkt vor unserem Briefkasten. Und da sind auch die wohlbekannten Gesichter.

»Sabiya«, sagt die Beamtin, deren Namen ich mir nie merken kann, »wir müssen Sie bitten, uns zu begleiten.«

Im Verhörraum auf dem Präsidium kommen sie auf die SMS zu sprechen, die Haavard mir gestern geschickt hat, sie meinen, das sei eine Art verschlüsselte Mitteilung, dass er meine Pistole irgendwo im Wald vergraben hat.

Und sie haben die Glock tatsächlich gefunden und ausgegraben. Sie wurde bei allen drei Morden verwendet und ist jetzt ein Hauptbeweis.

Zeugen haben mich bei den Morden an Mukhtar Ahmad und Melika Omid Carter in der Nähe der Tatorte gesehen.

Es gibt DNS-Spuren, die mich mit den Opfern in Zusammenhang bringen. Außerdem sind überall auf der Pistole meine Fingerabdrücke.

Das ist kein Wunder.

Überhaupt nicht verstehen kann ich, dass beim letzten Opfer, Susanne Stenersen, Haare von mir gefunden wurden, mit Haarbalg und DNS. Ich bin nie auch nur in ihrer Nähe gewesen.

Wie ist das möglich? Wer hat mir das angetan? Ich kriege keine Luft, ich verspüre einen Druckschmerz in der Brust, wie bei einem Herzinfarkt. Aber ich weiß, das ist psychisch, das ist die Panik, da muss ich durch, irgendwann hört es von selber auf.

73 – *Clara*

Ich sitze zu Hause auf dem warmen, ockergelben Sofa, eine Wolldecke über der Rückenlehne, Orchideen im Hintergrund, die Beine untergeschlagen, aber angezogen wie fürs Büro, dunkelblaue Seidenbluse, schwarze Hose. Im Schoß die Tasse mit der Aufschrift *Beste Mama der Welt*. Ein wenig Puder und Mascara, aber kein Lippenstift, kein Rouge. Sorgfältig gemachte Haare, diskret gewellt, wie Haavard es so liebte, er sagte, dann erinnerte ich ihn an Betty Draper aus *Mad Men*. Vielleicht kam er sich dann ja auch vor wie der ehebrecherische Don Draper.

Der Ohrschmuck ebenso diskret, Ehering, Uhr.

Trauer ausstrahlen, Gefasstheit, Würde.

Jetzt bin ich Witwe, werde nie wieder heiraten, aber das sage ich nicht. Ich werde auch nie wieder eine Beziehung haben, aber das sage ich ebenfalls nicht.

Ich sage nur, dass Haavard die Liebe meines Lebens gewesen sei, dass ich mit ihm hätte alt werden wollen. Dass ich dankbar sei für das Gespräch mit der Polizei nach dem Unglück, dass sie sich fürsorglich um mich gekümmert habe. Dass ich nicht glaube, jemals darüber hinwegzukommen, und ich müsse mich nun darauf verlassen, dass die Zeit mir zu Hilfe kommt, außerdem müsse ich für meine Kinder da sein.

Mit der Andeutung eines Lächelns ergänze ich, für *alle*

Kinder. Eine Überleitung zu dem, was ich über meine Arbeit sagen möchte, über das, wofür ich dabei brenne.

Es war eine Bedingung für dieses Interview, dass ich etwas zu dem Thema sagen darf und sie es auch bringen. Sie haben sich ohne zu zögern darauf eingelassen. Mein medialer Marktwert ist offenbar weiter gestiegen, das wurde mir da klar. In dem Interview soll es also nicht nur um den tragischen Unfall und meine neue Situation als Witwe gehen, sondern auch um mein Engagement für alle Kinder, die heutzutage in Norwegen leiden müssen.

»Und das sind viele«, sage ich. »Die Dunkelziffer ist gewaltig.«

»Ihren Mann hat das auch beschäftigt?« Ich habe Erik Heier dieses Exklusivinterview zugestanden. Er hat dasselbe irritierende TV-Gesicht aufgesetzt, mit denselben einstudierten Grimassen wie an jenem Abend im Schloss.

»Ja, Haavard hat meine Sorge über dieses Thema geteilt.« Ich setze mich ein wenig anders hin. »Bei seiner Arbeit hat er so viel Furchtbares sehen müssen. Das hat ihn sehr betroffen gemacht.«

»Stand Haavard nicht auch kurz wegen der sogenannten Kindesmisshandler-Morde unter Verdacht?«

»Woher haben Sie das?« Ich fasse die Kaffeetasse fester.

»Aus sicheren Quellen«, antwortet Heier.

»Lassen Sie uns eine Pause machen«, sage ich, und Heier nickt seinen Leuten zu. Das Interview aufzuzeichnen, nicht live zu senden, war eine meiner Bedingungen. Und dass ich es redigieren und abnehmen darf.

»Das stimmt schon«, sage ich, als der Kameramann sein Gerät ausgeschaltet hat. »Aber der Verdacht hat sich rasch als unbegründet erwiesen. Die Polizei hat sich entschuldigt, die wahrscheinliche Täterin ist verhaftet. Jetzt hoffe ich um meiner Kinder willen, dass wir diese Wunde nicht wieder aufreißen müssen. Sonst ist unser Gespräch jetzt beendet.«

»Okay, in Ordnung«, sagt Heier, obwohl es ihm sichtlich nicht passt. Wieder nickt er dem Kameramann zu, es kann weitergehen. »Sie schaffen es also zu arbeiten, trotz allem, was Sie mitgemacht haben?«

»Ja, meine Arbeit war mir schon immer sehr wichtig und ist mir jetzt ein großer Trost.«

Der Rest des Interviews geht problemlos vonstatten.

Als wir am nächsten Tag ein paar SMS hin- und herschicken, lädt Heier mich zum Abendessen ein paar Tage später ein. Ich nehme an, obwohl ich dazu keine Lust habe und auch keine Zeit. Vielleicht kann ich dann herausfinden, wie viel er weiß

Die Tage vergehen noch schneller als zuvor.

Arbeit, Arbeit, Arbeit, nach der Schule kümmere ich mich um die Jungs und auch um meine Schwiegereltern, die vom Verlust ihres einzigen Sohnes schwer mitgenommen sind. Mehrmals pro Woche muss ich mit ihnen reden, sie jedes Wochenende besuchen, lieber wäre ihnen öfter. Zum Glück sind Christian und Axel auch stets zur Stelle.

Und dann ist da Vater. Wir fahren so oft zu ihm, wie es geht.

Ich habe Agnes nicht wieder besucht und habe das auch nicht vor. Dann und wann ruft Bodil an, hinterlässt eine Nachricht auf meinem Anrufbeantworter, bittet mich um Rückruf. Meine Mutter wolle mir etwas erzählen, sagt sie. Etwas Wichtiges.

Vielleicht sollte ich hinfahren, gute Miene machen, um sie besser unter Kontrolle zu haben. Aber ich bringe es nicht über mich.

Haavard ist der Einzige der Getöteten, an dem mir etwas gelegen hat. Der Einzige, den ich nicht mit Rücksicht auf seine Kinder eliminieren musste. Es war richtig, es zu tun, es musste sein. Aber es hat mich etwas gekostet.

Am meisten Mühe macht es, die Kinder wieder auf die Beine zu bringen.

Beide sind wie vernichtet durch Haavards Tod. Der eine zeigt es mehr als der andere, der eine weint sich abends in den Schlaf, der andere wird nachts von Albträumen geweckt. Aber beide trauern schwer, und ich muss nach bestem Vermögen versuchen, den Verlust auszugleichen.

Ich tröste mich damit, dass Kinder mit dem Tod von Elternteilen ganz gut klarkommen. Nach einer Weile. Ein Kind zu verlieren, über diese Verletzung kommen die Leute nicht weg.

74 – *Leif*

Ich sitze am Küchentisch gleich neben dem Fenster, hier habe ich so gut wie jedes Frühstück meines Lebens eingenommen.

Weit dort oben sehe ich die Berghänge. Noch sind sie schwarz und nackt, aber bald wird eines Morgens der erste Puderzucker darauf liegen.

Jetzt heize ich schon den Ofen an, sonst wird es im Haus zu fröstelig. All das Feuerholz zu machen, das es braucht, allein um die Stube das Winterhalbjahr über warm zu halten, ist schon sehr mühsam, aber ich liebe diese Arbeit, und ich freue mich, dass ich sie immer noch schaffe.

Haavard hatte vorgeschlagen, ich könnte eine Wärmepumpe einbauen lassen.

Das mache ich erst, wenn es möglicherweise mal nicht mehr anders geht.

Aber jetzt muss ich die ganze Zeit an Wärmepumpen denken, weil ich so viel an Haavard denke.

Der Gedanke an den Unfall ist quälend.

Gleich draußen vor dem Fenster steht unser Ahornbaum, rot und gelb, wie ein Feuer. Im Radio läuft *Fields of Gold* von Eva Cassidy. Vor ihr kam Kari Bremnes. Eine schöne, elegante Frau, auch wenn ihre merkwürdigen Augen mich an Agnes denken lassen und ihren zweifarbigen Blick.

Wenn ich schlafen will, muss ich eine Tablette nehmen.

Jahrelang ging es ohne, in diesem Sommer habe ich wieder damit angefangen.

Aber ich nehme immer nur eine, mehr nicht, ich darf nicht wieder das Maß verlieren, muss an etwas anderes denken als an Haavard und Clara und die Jungs und Agnes.

Diese Frau aus Kleivhøgda ruft ständig an, Bodil, sie sagt, ich solle kommen und mit Agnes reden, es sei wichtig, sie müsse mir etwas erzählen. Ich habe noch nicht darauf reagiert.

Bella schmiegt sich auffordernd an meine Füße. Ich stehe auf, gehe von ihr begleitet zum Kühlschrank, nehme die Schachtel mit dem Katzenfutter raus und fülle die roten, grünen und gelben Pellets in ihr Futterschälchen. Zufrieden schnurrend kaut sie los, wie immer ist das Knuspern zu hören.

Ich setze mich wieder an den Tisch vor mein Käsebrot, trinke einen Schluck Kaffee. Ich schlage die Zeitung auf. Sie kommt dreimal pro Woche, Clara hat mir ein Abonnement geschenkt.

Ein Artikel nimmt fast die gesamte Titelseite ein.

Taucher finden Auto in 180 Metern Tiefe.

Ich kann förmlich spüren, wie mein Blutdruck steigt, es ist dasselbe klaustrophobische Gefühl, das ich oft bekomme, wenn der Arzt oder seine Helferin mir die Manschette um den Arm legen und sie aufpumpen. Ich schließe die Augen, versuche, ruhig zu atmen, öffne die Augen wieder, trinke einen Schluck Wasser.

Nach fünf Minuten bin ich so weit, dass ich den Artikel lesen kann.

Seit ein paar Wochen erforschen amerikanische Taucher, die zu den besten der Welt gehören und modernste Ausrüstung haben, das Tier- und Pflanzenleben am Grund des

Fjords hier in der Gegend. Sie stehen mit Greenpeace in Verbindung und bekämpfen die Idioten, die Grubenschlamm und anderen Dreck in den Fjord leiten wollen. Mehrmals in den letzten Wochen hat etwas darüber in der Zeitung gestanden, immer wieder neue Berichte über Schweinswale und seltenes Plankton.

Und jetzt das. Ein Autowrack. In einer solchen Tiefe, direkt an der Stelle, wo im Winter die Lawinen über die Straße gehen.

Dem Kennzeichen nach sei es der Wagen, der seit einem dramatischen Unfall im Jahre 1988 vermisst ist. Ein Mann sei damals mit ihm untergegangen, ein Mädchen habe sich retten können. Bislang habe niemand Wrack und Leiche bergen können. Niemand war so tief gekommen.

Nicht bis jetzt.

Die Polizei werde jetzt die Möglichkeiten untersuchen, das Wrack zu heben. Eine aufsehenerregende Entdeckung, sagt der Polizeichef.

Ich lege die Zeitung beiseite, schiebe den Teller weg und stehe auf. Mir ist schwindelig, übel.

75 – *Clara*

Und eines Tages, die Luft wird schon kühler und auf dem Weg zur Arbeit wate ich durch gelbes Laub, steht Vigdis in meiner Tür.

»Die Staatskanzlei hat angerufen«, sagt sie mit schlecht verhohlener Neugier. »Ob du Zeit für einen Termin mit der Ministerpräsidentin hast?«

»Äh … Ja, okay. Jetzt gleich? Zusammen mit Munch, nehme ich an?«

»In einer Stunde. Und nein, du allein. Die Götter mögen wissen, was das zu bedeuten hat.«

Nicht jeden Tag wird eine Staatssekretärin zur Ministerpräsidentin bestellt. Zu einem Termin zusammen mit anderen in der Staatskanzlei? Das schon. Zu einem Vier-Augen-Gespräch mit der Ministerpräsidentin? Nein.

Während ich noch ein wenig mit Vigdis plaudere, schleppen zwei Männer etwas Großes, in Plastik Gehülltes herein.

»Ist das etwa …«, frage ich.

»Ja, natürlich. Unser Eisbär, Oddbjørn. Gereinigt, entlaust, bereit, wieder zu verstauben.«

Da kommt Mona aus ihrem Büro.

»Du sollst zum Verhör in der Monrad-Sache?« Sie schüttelt den Kopf. »Eigentlich geht das zu weit. Eine Zumutung, über deinen eigenen Minister aussagen zu sollen. Aber du hast wohl keine andere Wahl.«

»Nein.« Ich schaue auf die Uhr.

»Bei Gelegenheit werde ich mal dem Chef der Staatskanzlei was zu dem Thema flüstern. Aber jetzt erst mal viel Glück.«

»Danke«, sage ich und breche auf.

Die Monrad-Affäre ist zur Belastung für die gesamte Regierung geworden, der Umgang damit hat es nur noch schlimmer gemacht. Bei seinem Auftritt vor dem Untersuchungsausschuss hat Munch eine ausgesprochen schlechte Figur abgegeben.

Ihm weht jetzt ein eisiger Wind entgegen, das merkt man an der Art und Weise, wie Parteifreunde und Kabinettskollegen über ihn reden, ähnlich wie Frauen über abgelegte Liebhaber, deren Namen sie möglichst nicht mehr in den Mund nehmen und an die sie eigentlich gar nicht mehr denken möchten.

Und ich bin sein Geschöpf, eine Verwaltungsjuristin, die er über Nacht zur Staatssekretärin gemacht und die seitdem mehr Aufmerksamkeit errungen hat als die meisten Minister. Sehr ungünstig.

Einerseits wäre es eine Befreiung, jetzt aufzuhören, nicht mehr Politikerin spielen zu müssen, mich auf andere Dinge konzentrieren zu können.

Vielleicht kann ich mit den Jungs wieder nach Westnorwegen ziehen, dort neu anfangen. Wirtschaftliche Sorgen haben wir jedenfalls keine, dank Erbe und Lebensversicherung und all dem.

Eine Stunde später setze ich mich auf einen der Gästestühle im Büro der Ministerpräsidentin. Ich blicke ihr direkt ins Gesicht, bin innerlich ganz ruhig.

»Ja, Clara.« Die Ministerpräsidentin faltet die Hände.

Alles erinnert an die Neujahrsansprache, nur die Kaffeetassen zwischen uns stören das Bild. Ihr Kostüm ist blau. Die Bluse weiß. Das Haar blond und gut frisiert. Der Geruch von Haarspray und Bügelhilfe hängt in der Luft. »So sehen wir uns also wieder. Es war eine sehr bewegte Zeit für dich. Mein Beileid.«

»Danke.«

»Es tut mir leid, dass ich dich jetzt damit behelligen muss. Aber Munch hat sich selbst bei mehreren Gelegenheiten in Verlegenheit gebracht. Dieser Vorfall mit Cathrine Monrad? Was sagst du dazu?«

»Das war wirklich nicht gut, nein …«

»Am liebsten würde ich gar nicht darüber reden … Mit solchen Pfauen hat man nichts als Ärger. Und genauso wenig gefällt mir, dass ein ganzer Haufen skrupelloser Zyniker bereitsteht und nur auf die Gelegenheit wartet, mich ebenfalls über die Klinge springen zu lassen. Genauso mörderisch wie bei Shakespeare, nur dass die Leute heutzutage sich nicht mehr mit Blut an den Händen ertappen lassen.«

Ich lache kurz, das erscheint mir die beste Reaktion.

»Nummer zwei zu sein, wie du jetzt, das ist ganz angenehm. Als Nummer eins ist das eine ganz andere Geschichte. Da kann man sich nicht mehr verstecken. Ein Minister muss mit einem offenen Auge schlafen und unablässig kämpfen, um den Druck der Aufgaben auf der einen Seite und dem der Medien auf der anderen auszuhalten, ohne total die Richtung zu verlieren. Das ist fast unmöglich. Die meisten werden irgendwann überheblich bei dieser Jagd nach Aufmerksamkeit, Macht, Positionen.«

Und jetzt lacht sie, ein müdes Lachen.

»Und dann fühlen sie sich so einsam im Kampf gegenüber dem Finanzministerium und der Staatskanzlei, die Luft wird sehr dünn um sie herum. Eigentlich müsste auf allen Ministerschreibtischen ein Schild stehen mit der Aufschrift *Memento mori.* Wir sind es ja doch alle nur auf Zeit. Irgendwann ist Schluss. Und für Munch ist es jetzt so weit. Was meinst du, wo müsste ein neuer Justizminister seine Schwerpunkte setzen, wenn du nur zwei oder drei nennen solltest? Noch mehr Löschhubschrauber vielleicht?«

Ich lächle kurz, räuspere mich.

»Nun, da ist eine Sache, die mir nicht gefällt, und zwar, dass wir Leute in Isolationshaft nehmen, die weder für sich noch für andere eine Gefahr darstellen. Keines unserer Nachbarländer tut das. Daran könnte etwas gemacht werden. Und es bräuchte eine bessere Rechtshilferegelung für sozial Schwache. Ja, und natürlich sollte der Gesetzesvorschlag wieder aufgenommen werden, den ich vorgelegt habe. Umgehend.«

»Genau, ja.« Die Ministerpräsidentin lächelt. »Das klingt doch ganz vielversprechend. Also, Clara, was hieltest du von einem neuen Amt? Als Justizministerin?